CALORE INATTESO

LETA BLAKE

Una pubblicazione originale Leta Blake Books

Calore Inatteso
Scritto e pubblicato da Leta Blake
Traduzione italiana a cura di VE – Self to Self Translations
Cover di Dar Albert
Impaginato da BB eBooks

Titolo: *Calore Inatteso* – Copyright © 2020 di Leta Blake Books
Print Edizione

Titolo originale: *Slow Heat* – Copyright © 2017 di Leta Blake Books

Prima edizione 2020

ISBN: 9781626226418

Un giovane Alpha pieno di passione incontra il suo destino in un Omega molto più grande di lui. Un Omega con un passato.

Il professore universitario Vale Aman si è costruito una vita soddisfacente: ha una carriera di successo, il talento per la poesia, il suo gatto e gli amici. A trentacinque anni, è un Omega senza un legame ufficiale, che da molto tempo ha abbandonato la speranza di incontrare un Alpha adatto a lui, per non parlare del suo compagno predestinato.

Vale non si aspetta certo che Jason Sabel, un Alpha di soli diciannove anni, riceva da lui l'imprinting nel bel mezzo della biblioteca dell'università, accendendo all'improvviso la fiamma di un desiderio che non può essere ignorato. I due uomini si trovano così a lottare contro un travolgente richiamo sessuale, ma prima di poter consumare la loro passione, devono trovare un accordo che sancisca per sempre la loro unione.

Per Vale, ciò significa non solo rinunciare alla propria indipendenza e consegnare il proprio futuro nelle mani di un Alpha di cui non sa nulla, ma anche dover affrontare le cicatrici del suo difficile passato, e non è sicuro che ne valga la pena. Jason, tuttavia, non ha intenzione di rinunciare alla sua anima gemella senza lottare.

Questo è un romanzo autoconclusivo di 117000 parole, con un travolgente lieto fine e un'accurata ambientazione *Omegaverse* in cui non ci sono mutaforma, ma Alpha, Beta, Omega, gravidanze maschili, calori e nodi. Attenzione: sono presenti contenuti inerenti all'interruzione di gravidanza e alle sue conseguenze.

A Punny e Mimi, due tra le mie persone preferite.

CAPITOLO 1

Definizione di *Érosgápe*
Il compagno predestinato dal punto di vista biologico e spirituale di un Alpha o di un Omega.

Esempio di *Érosgápe* in una frase
Alcuni Alpha e Omega non sono solo compagni per contratto, ma sono *Érosgápe*, legati profondamente nello spirito e nella carne.

Origine ed etimologia di *Érosgápe*
Dal greco del Vecchio Mondo, in senso letterale è la combinazione di amore sensuale (*Éros*) e amore spirituale (*Agápe*).

Primo utilizzo noto
Anno 32 del *Lupo*.

LA VOCE FUORI campo del filmato educativo riecheggiava nella classe. Jason era stravaccato in fondo all'aula accanto a Xan, il suo migliore amico. Come tutti gli altri Alpha nella stanza, sedevano in perfetto silenzio, le erezioni dolenti che premevano sul davanti dei loro pantaloni.

Il documentario presentava un Omega nudo, nel pieno del calore. Era bellissimo, con i capelli scuri, la pelle chiara e i muscoli slanciati. Il filmato non era di qualità tale da permettere di distinguere il colore dei suoi occhi, ma sembravano chiari, forse blu

1

o verdi. Era proprio il tipo di ragazzo che avrebbe catturato lo sguardo di Jason. Vederlo in bella mostra sullo schermo, smanioso e vulnerabile, lo lasciava senza fiato per il desiderio.

A quattro zampe, la schiena incurvata, l'Omega spinse in alto il sedere: la fessura e il buco luccicavano del prodotto della sua eccitazione e del suo bisogno. A Jason venne l'acquolina in bocca, mentre il ragazzo nel video muoveva con frenesia la mano sul proprio cazzo gonfio e lanciava sguardi disperati da sopra la spalla al suo Alpha, giovane ma muscoloso. Era facile leggere le parole "ti prego" sulla sua bocca voluttuosa, mentre si dimenava e si inarcava.

Il suo Alpha, tenebroso e possente, era in piedi di fianco al letto, l'enorme uccello congestionato, e lo fissava con uno sguardo che richiedeva sottomissione. Mentre si posizionava sulla schiena dolorosamente tesa del ragazzo e si spingeva dentro di lui, la voce narrante si dilungava nella spiegazione: *"Nell'agonia del calore l'Omega si presenta al proprio Alpha senza alcuna vergogna. L'istinto lo spinge ad accoppiarsi e lui potrebbe fuggire chissà dove pur di appagare il proprio imperativo biologico. È importante ricordare che un Omega in calore, senza un Alpha pronto a soddisfare i suoi bisogni, è un pericolo per se stesso. Se devi arrivare a legare il tuo Omega per impedirgli di scappare, fallo. Questo vale sia per un compagno a contratto, che per un Érosgápe."*

Il liquido che colava dall'erezione di Jason gli bagnò i boxer e lui non osò muoversi, per paura di avere un orgasmo nel mezzo della sua prima lezione del corso sulle relazioni tra Alpha e Omega. Guardò verso Xan e fu sollevato di non essere l'unico travolto dall'eccitazione.

L'amico si agitò impercettibilmente sulla sedia, gli enormi occhi blu incollati allo schermo, mentre una goccia di sudore gli scivolava su un lato del volto accaldato. I capelli scuri si erano afflosciati a causa dell'umidità che opprimeva la stanza silenziosa e le sue lunghe dita pallide, sempre intente a gesticolare o a tamburellare, erano insolitamente immobili sul banco.

Jason colse l'odore del liquido sull'uccello del ragazzo e il sentore speziato del suo sudore intriso di feromoni. Grazie alle notti trascorse insieme durante i tre anni passati alla scuola preparatoria per Alpha di St. Marjoram, conosceva tutti gli aspetti più sensuali dell'eccitazione di Xan. E aveva trascorso gli ultimi quattro giorni a riscoprirli con grande entusiasmo, visto che dopo i due mesi di separazione estiva si erano ritrovati a condividere la stanza nel dormitorio dell'università di Mont Nessadare.

La pratica rendeva perfetti, così avevano deciso di darci dentro insieme per prepararsi al giorno in cui avrebbero incontrato i loro Omega. *Se* li avessero incontrati. Infatti, anche se più del sessanta per cento delle coppie di Alpha e Omega *Érosgápe* alla fine si incontrava, il quaranta per cento di ciascun gruppo non trovava mai il proprio compagno predestinato.

Jason raggelò al pensiero di un futuro solitario, senza il proprio *Érosgápe*. Persino scegliere un Omega con un legame a contratto sarebbe stato meglio che restare senza compagno. Perché non importava quanto lui e Xan facessero pratica, non avrebbero mai toccato le vette dell'estasi che l'Alpha e l'Omega del filmato educativo avevano già raggiunto, nonostante il calore fosse appena iniziato.

Durante le lezioni sarebbero stati mostrati agli studenti filmati educativi di Omega in tutti gli stadi del calore, della gravidanza e del parto. Gli amici che seguivano i corsi più avanzati gli avevano raccontato che quelli degli Omega al secondo e al terzo stadio erano così intensi, che i giovani Alpha di solito eiaculavano in aula. Si diceva che venissero forniti fazzolettini per ripulirsi e che fosse consigliato portare un cambio di intimo.

"Sebbene gli Omega siano in grado di avere orgasmi multipli di varia natura, sia con il pene che orali, anali e uterini, la situazione più frequente è quella in cui l'Omega raggiunge l'apice con il pene o con la

propria cavità ricettiva. Se il suo utero è disceso e si è aperto, allora lui può arrivare a vette di piacere incredibili. Preparati a vedere il tuo Omega travolto dall'estasi, soprattutto quando l'utero accoglierà la corona del pene, in preparazione al secondo stadio dell'accoppiamento e all'inizio dell'inseminazione".

Le palle di Jason si contrassero e lui chiuse gli occhi, sebbene fosse restio a perdere anche un solo secondo del piacere dell'Omega ripreso nel filmato e della grande abilità dell'Alpha nel procurarglielo.

«E questo è tutto, signori. Vedremo altri filmati dopo che avremo appreso di più riguardo al primo stadio dell'accoppiamento tra Alpha e Omega. Nel frattempo, avete domande?» La voce del professor Shriner era piuttosto acuta per un Alpha e riecheggiò stridula nell'aula, raffreddando il desiderio di Jason quasi con la stessa efficacia di un getto di acqua gelata.

«Sì, signor Monhundy?» Il professor Shriner indicò Wilbet Monhundy, seduto nella seconda fila, alto e muscoloso, la personificazione dell'Alpha ideale se mai ne fosse esistito uno. L'esatto opposto del suo fisico ossuto e allampanato. *Se almeno la sua pubertà si fosse data una mossa!*

Per fortuna, Jason poteva sperare in un futuro più luminoso grazie ai capelli biondi e lisci, che gli scendevano sulla fronte come una cascata di grano, agli occhi blu che potevano ricordare il cielo o i fiordalisi, a seconda del colore dei suoi abiti, e a un viso grazioso che, stando a quanto giurava Father, si sarebbe trasformato in un bellissimo volto virile. Comunque, avrebbe dato chissà cosa per avere i bicipiti e la tartaruga di Wilbet.

«Coraggio, signor Monhundy, parli!»

«Perché gli Omega sparano dal cazzo?» chiese Wilbet con espressione lasciva. «Non possono fecondare niente. Lo sperma contiene solo lo stesso liquido del loro culo, no? Quindi perché lo fanno?»

4

«Moderi il linguaggio, signor Monhundy,» lo rimproverò il professor Shriner. «L'Omega raggiunge l'orgasmo con il pene, emettendo una quantità di liquido simile a quella dei maschi umani del passato. Prima della Grande Morte, non c'erano gli Alpha o gli Omega, solo i maschi e le femmine della specie umana, note come donne. Tra loro i rapporti sessuali erano analoghi, ma non esattamente uguali a quelli che abbiamo noi oggi. I maschi umani eiaculavano in un orifizio situato nel corpo delle femmine, chiamato vagina, e le fecondavano nell'utero forte e resistente di cui erano dotate. Lo sperma era meno abbondante di quello degli odierni Alpha, più simile a quello dei Beta che si accoppiano per piacere, ma che non potranno mai procreare.»

«Ma perché gli Omega lo fanno?» chiese Wilbet di nuovo. «Voglio dire, non mi fraintenda, è una cosa molto eccitante, ma che senso ha?»

Il professor Shriner alzò gli occhi al cielo. «Non dovrei più stupirmi di quello che riuscite a dire voi Alpha adolescenti.» Sospirò. «L'eiaculazione dell'Omega è un retaggio dei nostri antenati, ma non sottovalutate il suo potere, visto che gli fa sperimentare un piacere intenso, anche se meno travolgente di alcuni degli altri orgasmi a sua disposizione. Lo fa rilassare, lasciandolo tuttavia desideroso di averne di più. E, cosa più importante, dà all'utero il segnale di scendere e ammorbidirsi, così che si apra e accetti la corona del pene dell'Alpha per la fecondazione.»

Non c'era nulla di sensuale nel sentire quelle parole dalla bocca del professor Shriner e l'uccello di Jason si ammorbidì in fretta. Il ragazzo si agitò sulla sedia mentre riprendeva a respirare, stranamente grato per il naso lungo, la testa calva e la voce stridula del professore.

«Inoltre, durante il calore l'odore dello sperma dell'Omega è molto intenso. Tra quello e i mugolii di piacere che emette, un

Alpha raggiungerà la piena eccitazione non appena dal pene del suo Omega inizierà a fuoriuscire il liquido. A quel punto non si fermerà finché non avrà depositato il proprio seme quanto più a fondo e con il maggior vigore possibile nel suo utero.» Mentre parlava, le guance del professore tremolarono e arrossirono.

Jason fece una smorfia, l'uccello ormai del tutto flaccido. C'era da sperare che il loro insegnante non avesse un'erezione mentre parlava di quegli argomenti: era troppo vecchio ormai per eccitarsi, fecondare e *possedere* un Omega, giusto? Se l'Omega del professor Shriner era ancora vivo, se non era morto di parto, come era accaduto a molti della sua generazione, doveva essere ormai troppo vecchio per affrontare una gravidanza. Di certo erano almeno vent'anni che il professore non si trovava di fronte a un Omega in calore, ma probabilmente ne serbava ancora un ricordo piacevole.

Jason arricciò il naso.

Il professore fece un cenno al suo assistente, un Beta rotondetto sulla quarantina. «Apri la finestra, Robston. C'è odore di pura lussuria. Questi ragazzi sono bombe piene di ormoni e le mie narici stanno andando a fuoco a causa dei loro feromoni.»

Jason dovette concordare. Anche se poteva distinguere con facilità la fragranza familiare di Xan, era travolto dal fastidioso afrore degli altri nove Alpha presenti nell'aula. L'odore penetrante dei loro feromoni sembrava sfidarlo, accendendo la sua aggressività, e lo rendeva pronto e determinato a combattere nel caso il suo Omega fosse comparso sulla scena.

Sebbene fosse ovvio che non sarebbe successo. Infatti, solo gli Omega adulti, già legati o ormai troppo vecchi per sperare di incontrare il proprio compagno, erano ammessi nel campus della Mont Nessadare. Quelli più giovani, tra cui un giorno Jason, Xan e gli altri Alpha avrebbero potuto trovare i loro *Érosgápe*, venivano tenuti al sicuro fino alla maggiore età presso il campus della Mont Juror, nella contea vicina.

Nel giro di due anni, Jason e i suoi compagni avrebbero incontrato l'ultima nidiata di Omega. *Sacro Lupo, sembrava un tempo infinito!* Nella migliore delle ipotesi, avrebbero ricevuto l'imprinting da uno di loro, mostrando nei suoi confronti una risposta biologica che lo avrebbe marchiato come il loro *Érosgápe*, e in seguito avrebbero siglato un contratto.

Se non fosse accaduto, avrebbero provato di nuovo l'anno successivo e quello dopo ancora, prima di decidere di firmare un contratto con un Omega senza compagno.

Se invece Jason avesse trovato il suo *Érosgápe*, all'Omega sarebbe stata interrotta la somministrazione dei soppressori del calore usati durante l'adolescenza e, quando il suo bisogno di accoppiarsi fosse divenuto incontrollabile e la straziante lussuria che lo ardeva dall'interno avesse annichilito ogni istinto di autoconservazione e salvaguardia personale, avrebbero consumato l'imprinting.

Si diceva che i genitori di Jason avessero consumato il loro imprinting nell'anticamera dello studio dell'avvocato dei nonni, subito dopo la firma del contratto. Il tempo e le sofferenze li avevano resi più posati, e le persone che lui conosceva erano molto più pragmatiche rispetto alla loro relazione fisica, ma condividevano ancora l'amore profondo caratteristico degli *Érosgápe*.

Per la prima volta del suo Omega, tuttavia, Jason desiderava l'intimità della propria stanza, a casa dei genitori, per prendersi il tempo di esplorare i bisogni e i desideri dell'altro. Non voleva farne una sorta di bestiale evento semi-pubblico, anche se non era così folle da presumere di avere la forza di negarsi, se il compagno lo avesse pregato di prenderlo proprio lì, sui gradini del municipio.

Tutti sapevano che, a dispetto della posizione passiva nell'atto della procreazione, gli Omega detenevano un enorme potere sui propri Alpha. Infatti, un vecchio detto recitava: *un Omega insoddisfatto sarà un cappio attorno al collo dell'Alpha.*

«Sacro Lupo, si direbbe che vogliano farci venire nei pantaloni!»

esclamò Xan, mentre gli altri studenti si disperdevano. «Forza, torniamo al dormitorio. Ho bisogno di sfogare tutta questa energia, prima di impazzire.»

Jason si gettò lo zaino in spalla e lo seguì. Impossibile non ammirare il suo culo sodo fasciato nei pantaloni eleganti e il modo in cui le spalle tendevano la camicia Oxford blu dal taglio perfetto. Già, tornare al dormitorio era un'ottima idea. In effetti, quelle a Xan non mancavano mai.

XAN LANCIÒ LO zaino sulla scrivania dal suo lato della stanza e iniziò subito a slacciarsi i bottoni della camicia. «Non farmi aspettare,» sibilò, «sono così arrapato che potrei trasformare un Beta in un Omega, da quanto forte riuscirei a scoparlo.»

Jason ammirò Xan denudarsi il torace glabro, mentre il suo uccello iniziava a risvegliarsi. Aprì la fibbia della cintura e scalciò via i mocassini di pelle appena acquistati per l'università, prima di chiedere: «Come lo facciamo?»

Xan sogghignò. «Stai forse offrendo il tuo culo?»

Jason rise. «Mai.»

«Non mi basta certo un lavoretto di mano, oggi, e non voglio ritrovarmi con la bocca piena del tuo sperma.»

«Sembra che tu voglia giocare di nuovo a fare il mio Omega.»

Le guance pallide di Xan presero fuoco, facendo risaltare le lentiggini chiare sul suo naso. «Forza, costringimi.» Si sfilò le scarpe lucide e si abbassò i pantaloni. «Voglio vederti mentre ci provi.»

Xan era bravo a interpretare il ruolo dell'Omega bramoso e seducente. I suoi occhioni blu e la dolce bocca tumida, così come il suo corpo affamato, erano perfetti per la parte.

«Ti scoperò finché non griderai, implorando il mio nodo.»

Xan gemette. «Fai promesse che non puoi mantenere.»

Jason sollevò un sopracciglio.

Era vero che non poteva dare a Xan il suo nodo, poiché servivano i feromoni di un Omega in calore per attivare quella funzione biologica, ma l'avrebbe comunque fatto venire urlando. L'aveva già fatto prima e l'avrebbe fatto ancora. Alla St. Marjoram erano stati ammoniti cinque volte per gli schiamazzi provenienti dalla loro stanza, anche se i responsabili del dormitorio avevano pensato a qualche lite, quando in realtà erano i gemiti di Xan che si scopava a morte sul suo uccello.

«In ginocchio,» tuonò Jason, finalmente nudo. «Piegati sul letto e fammi vedere il buco.»

Le labbra di Xan si piegarono in un ghigno beffardo, cosa non sorprendente, visto che anche lui era un Alpha e doveva reprimere i suoi stessi istinti per stare al gioco. Secondo Jason, era proprio quello che eccitava Xan, la sfida di sottomettersi quando avrebbe avuto ogni diritto di dire no, ogni diritto di sfidare Jason a combattere invece di gettarsi di traverso sul letto, sollevare il culo e allargare le natiche.

Che spettacolo!

Xan gli lanciò uno sguardo da sopra la spalla, spalancando gli occhi in un'imitazione dell'accattivante, candida innocenza, che molti Omega mostravano nell'agonia del calore. «Fa male. Ho bisogno di te.»

Quelle parole erano così usuali tra gli Omega da essere quasi un luogo comune, ma sembrava fossero tutto ciò che serviva all'uccello di Jason per mettersi sull'attenti. Diciannove anni, perennemente eccitato, stuzzicato da un cazzo di film porno sotto forma di filmato educativo, in quelle condizioni avere un'erezione era più facile che fare due più due.

Si pizzicò i capezzoli guardando il corpo nudo, flessuoso e bellissimo di Xan, abbandonato sul letto, proprio come un giorno sarebbe stato quello del suo Omega. Gli serviva un po' di lubrificante, però, dato che Xan non poteva produrlo, e spingersi a secco dentro di lui sarebbe stato doloroso per entrambi. Spalancò il cassetto della scrivania e afferrò l'olio che teneva lì dentro, l'esterno del flaconcino ancora unto dal giorno precedente, l'ultima volta in cui si erano divertiti con quel gioco particolare.

«Sei mio?» chiese con un tono di voce più profondo, compiaciuto del ringhio che sgorgò dal suo petto. Avrebbe dato qualsiasi cosa perché il suo aspetto riflettesse una simile potenza, ma un'occhiata allo specchio gli mostrò un viso imberbe e fanciullesco e un torace liscio, nulla più di una spolverata di peli e tanta speranza che ne sarebbero cresciuti altri.

«Sempre,» rispose Xan, inarcando la schiena e spingendo il culo in fuori.

Con un ampio sorriso, Jason lo trascinò più indietro sul letto e lo baciò sulla bocca.

Mentre si davano da fare con la lingua, passò le dita unte d'olio attorno all'ingresso di Xan e poi dentro di lui per lubrificarlo, facendolo ansimare. La prostata di un Alpha non era grossa e sensibile come quella di un Omega, ma accarezzarla procurava comunque piacere.

«Voglio che mi vieni dentro», mugolò Xan, le labbra carnose premute sulla sua gola. «Ho bisogno del tuo seme. Riempimi.»

Le palle di Jason formicolarono e lui ringhiò: «Stai zitto. Mi farai esplodere ancor prima che sia riuscito a entrare.»

«Sarai proprio un grande Alpha, se non riesci nemmeno ad aspettare di essere dentro al tuo finto Omega prima di venire.»

«Attento, stronzetto.»

Xan rise. «Perché? Se non hai un po' di controllo, verrai sulla faccia del tuo Omega. E poi lui cosa farà? Si scoperà come un idiota con un dildo, piangendo e pregando che tu torni di nuovo duro? Patetico.»

«Sai che il recupero non è un problema per me.» *E di certo non*

lo sarebbe stato quando fosse stato avvolto dai feromoni di un Omega.
«Ma se non stai zitto, non ti lascerò venire sul mio cazzo.»

«Come se mi importasse.»

«Come se non fosse quello che preferisci di questo gioco.»

Xan fece un gran sorriso. «Entrami dentro e vediamo se sei un bravo Alpha e riesci a far venire il tuo Omega per primo.»

Jason lo guardò a occhi stretti e lo rovesciò sulla schiena con facilità. La penetrazione era sempre un momento esaltante. Amava quella sensazione, tanto da indugiare ancora un po', per avere il tempo di pregustare la stretta bollente che si apriva attorno al suo uccello da Alpha.

Era orgoglioso del proprio cazzo. Gli sembrava che fosse l'unica parte del suo corpo già del tutto sviluppata: un sesso grosso, lungo, che aveva le dimensioni giuste per un Alpha. Si protendeva dal suo corpo, spesso e carnoso, e avrebbe potuto facilmente essere quello di Wilbet Monhundy. O quello del massiccio Father di Xan, un uomo che aveva persino più muscoli che soldi, e di soldi ne aveva una marea.

Jason strofinò il suo enorme cazzo contro quello di Xan, compiaciuto, come sempre, che fosse più spesso di oltre un centimetro e più lungo di quasi due rispetto a quello dell'amico. Non poteva fare paragoni con gli uccelli di altri Alpha, soprattutto in erezione, ma durante l'estate trascorsa nel cottage sul mare dei suoi genitori, rovistando in cantina, era incappato in una piccola collezione di vecchi film porno. Probabilmente li aveva dimenticati suo cugino Jamil, quando aveva trascorso lì sei settimane a studiare la vita delle salamandre per il suo dottorato. Separato dal suo Omega per la prima volta da quando si erano incontrati, di certo doveva essersi sentito frustrato da morire, lì tutto solo.

In ogni caso, durante l'estate Jason aveva guardato i film ogni volta che ne aveva avuto l'occasione, ed era stato entusiasta di scoprire che il suo uccello era più grosso di quelli di entrambi gli

Alpha nei video. Sarebbe stato in grado di spingersi più a fondo nell'utero del suo Omega e di procurargli un piacere più intenso, per non parlare delle maggiori possibilità di fecondarlo.

Abbassando lo sguardo sul volto rapito di Xan, Jason si accarezzò l'erezione. «Apriti per me, Omega.»

Lui rabbrividì, allargò le gambe e lo guardò con espressione febbrile, tremando mentre Jason lo penetrava.

«Cazzo,» sibilò. «Sei grosso, bastardo.»

Anche se gli Omega facevano spesso apprezzamenti sulle dimensioni per provocare i loro Alpha, Jason sapeva che Xan non stava scherzando. I suoi occhi si adombrarono per lo sforzo di accoglierlo, così Jason si ritrasse, scivolò fuori e poi premette di nuovo contro l'ingresso umido di Xan, gemendo nel sentire che si apriva attorno a lui come un guanto stretto e avvolgente.

«Cazzo,» mormorò ancora Xan. In quel momento la sua testa si piegò all'indietro a esporre la gola pallida e il battito pulsante del cuore. «È così bello. È così bello sentirti dentro di me.»

Allontanandosi i capelli biondi dalla fronte, Jason gli rivolse un sorriso soddisfatto. «Omega, è l'uccello di un Alpha quello che hai nel culo. Mostrami la tua gratitudine!»

Xan rabbrividì. «Oh sì... ti sono davvero molto grato.»

«Fammi vedere quanto.»

Xan si strinse attorno a lui e sollevò i fianchi per andare incontro alle sue spinte.

«Sì, così.» Jason gli afferrò l'uccello. Non ce ne sarebbe stato bisogno, se Xan fosse stato un vero Omega; loro, infatti, potevano raggiungere l'orgasmo attraverso la stimolazione di una particolare ghiandola anale e della prostata. «Guarda che buco avido, pronto per il mio seme. Vuoi i miei bambini, Omega? Vuoi che ti riempia?» sussurrò.

«Sì, ti prego,» mugolò Xan, mentre il rossore si diffondeva sul suo torace e i suoi capezzoli si ergevano tesi. «Riempimi col tuo sperma.»

«Mmh, lo vuoi proprio tanto.»

«Da morire.»

«Vuoi il mio nodo?»

«Sì!»

Jason chiuse gli occhi, tagliando fuori il volto familiare dell'amico.

Voleva un Omega, uno vero, di quelli con il culo bagnato dall'eccitazione, che gemesse, implorasse e si contorcesse, piangendo vere lacrime per il desiderio del suo seme, supplicando di portare in grembo i suoi figli, di appartenergli e di essere posseduto. Voleva che venisse tutto attorno al suo cazzo, urlando, cavalcandolo e dimenandosi impotente.

«Jason!» gridò Xan, il corpo che sobbalzava mentre spessi fiotti di liquido schizzavano tra loro.

La stretta del corpo di Xan e le sue vivide fantasie lo travolsero. Lo sperma gli attraversò le palle e schizzò fuori in getti potenti, riempiendo il canale dell'amico e colando fuori intorno al suo uccello. Quando avesse avuto un Omega in calore, sarebbe riuscito a produrne molto di più. Gli avrebbe dato il suo nodo in un orgasmo che sarebbe durato interi minuti, e non solo pochi secondi come quello. Grugnì, spinse forte ancora una volta e sentì un ultimo sprazzo di piacere.

«Stai bene?» gemette, poi collassò sul corpo sudato di Xan.

«Sì,» rispose l'altro, la voce debole e il corpo ancora tremante. «Bene.»

«È stato bello?»

Xan si strinse nelle spalle e Jason intuì che il rimorso post-orgasmico stava già avendo la meglio su di lui, come ogni volta che lo scopava.

«Sss,» lo tranquillizzò. «Nessuno lo sa, ed è impossibile che qualcuno lo scopra. È una cosa tra noi due. Quando avremo i nostri

Omega, saremo contenti di aver fatto pratica.»

Non rimarcò, e non lo fece neppure Xan, che l'unico che stava facendo pratica era lui. Se si fosse scoperto quali erano le sue preferenze, Xan sarebbe diventato un reietto tra gli Alpha. Solo gli Omega e i Beta si facevano scopare, lo sapevano tutti.

Ma a Xan piaceva e Jason pensava che non avesse alcuna importanza. Il fatto che amasse farsi scopare non lo sminuiva, né come uomo né come Alpha.

«Ci divertiamo, questa è l'unica cosa che conta,» sussurrò, strofinando il naso tra i suoi capelli. Lo avvolse con un braccio e se lo tirò più vicino. «Come vorresti che fosse, il tuo Omega?»

Xan rimase silenzioso per un lungo minuto, ma alla fine rispose: «Alto, biondo, bellissimo.»

Quella era la sua solita risposta, ma Jason non era soddisfatto. «Dimmi qualcosa di più. Come vorresti che *fosse*? Come persona?»

Xan fece spallucce. «Non lo so. Non mi sono mai spinto così in là con l'immaginazione. Ho fantasticato solo di mettere il mio uccello dentro di lui. Di accoppiarmi. Tutto qui. Non importa ciò che voglio, comunque. Se saremo fortunati, saranno i nostri corpi a scegliere per noi. Risponderanno allo stimolo dei feromoni di qualche sconosciuto, subendo l'imprinting, e questo è quanto.»

Jason si accigliò. «Perché sembri così sconsolato?» Lui pensava che fosse romantico, trovare il proprio *Érosgápe*, riconoscerlo immediatamente, sentire quell'improvvisa lussuria e il senso di appartenenza. Diede qualche pigro colpetto al braccio di Xan. «È così che è sempre stato.»

O almeno, così era sin dalla Grande Morte.

Xan fece spallucce un'altra volta, prima di rotolare e sollevarsi su un gomito per arrivare ai fazzoletti sul comodino.

«Esatto. È così che vanno le cose. Quindi perché preoccuparsi? Sarà quel che sarà, e ce lo faremo piacere.»

Jason lasciò che Xan si allontanasse dalle sue braccia per pulirsi, le labbra strette in una piccola smorfia. Lui non si sentiva così e avrebbe voluto lo stesso per il suo amico.

Trovare il suo Omega sarebbe stata la cosa migliore che potesse accadergli, se solo fosse stato tanto fortunato da incontrarlo. Era sicuro che il semplice fatto che si trattava del suo *Érosgápe* sarebbe bastato a renderlo felice. Emozionato. Innamorato.

Avrebbero vissuto per sempre felici e contenti, uniti in un legame indissolubile come i suoi genitori e i suoi nonni prima di loro.

Perché mai avrebbe dovuto lamentarsi?

CAPITOLO 2

«Sì!» XAN TIRÒ fuori la testa dal raccoglitore dei resi della biblioteca dell'università, stringendo trionfante un testo dal dorso rosso. «Sapevo che qualche nerd avrebbe concluso il compito in anticipo.»

«Quella è l'edizione sbagliata,» disse Jason, scuotendo la testa. «Il dorso di quella più recente è blu.»

Lo sapeva perché *lui* era proprio uno dei nerd che avevano finito il compito prima della scadenza. Una settimana prima, a essere precisi. Un Omega avrebbe voluto un Alpha brillante, intraprendente, istruito, e lui non aveva intenzione di fallire nell'intento. Era sempre stato uno studente modello, ma da quando, all'età di quindici anni, si era confermato come Alpha, le aspettative nei suoi confronti erano cresciute.

Qualche giorno prima, quando aveva terminato il lavoro, aveva offerto il testo a Xan, ma quell'idiota lo aveva liquidato, affermando che in seguito si sarebbe procurato da solo una copia in biblioteca.

«Scava un po' più a fondo,» suggerì, «potrebbe essercene una copia che qualcuno ha riconsegnato molto tardi la scorsa notte.»

Osservò con ammirazione il modo in cui il collo di Xan arrossiva, rivelando la sua irritazione, mentre rovistava sul fondo del raccoglitore. La vista gli riportò alla mente come quel corpo avvampava quando giocavano all'Alpha e all'Omega, proprio come quella mattina.

Era stato fortunato, tanti anni prima, a trovare un compagno di stanza come lui. All'arrivo della pubertà, i picchi di incontrollabile

16

eccitazione costringevano molti Alpha a trascorrere molto tempo con la propria mano oppure a coltivare amicizie intime con Beta disponibili.

Jason aveva amici Beta tra i vicini di casa, e alcuni di loro avevano acconsentito a soddisfare i suoi bisogni quando era più giovane, ma ora che il suo cazzo aveva raggiunto la piena dimensione da Alpha, la maggior parte di loro aveva deciso che il dolore non valeva il piacere. I Beta somigliavano agli uomini del Vecchio Mondo: il loro ano non era robusto o elastico come quello degli Omega e la loro tolleranza al dolore non era alta come quella degli Alpha. Per fortuna durante l'estate, mentre era al cottage dei suoi sulla spiaggia, aveva incontrato alcuni Beta più grandi, che sapevano apprezzare il cazzo di un Alpha. La casualità di quegli incontri, però, non gli era piaciuta. Mancava un'amicizia di base che permettesse di mettere in pratica giochi di ruolo, ridere e divertirsi.

Con Xan aveva tutto ciò, e anche di più.

Lui aveva un'alta tolleranza al dolore che, per quanto ne sapeva Jason, gli rendeva piacevole la penetrazione; inoltre, amava giocare e sperimentare.

Un lieve sorriso spuntò sulle labbra di Jason al ricordo dell'irrefrenabile risata di Xan quando, quella mattina, gli aveva leccato l'ascella pelosa, pretendendo che il suo "Omega" si sottoponesse a un bagno con la lingua.

«Merda.» Xan gettò da parte un altro libro e scavò ancora più a fondo nel mucchio, il culo per aria mentre si tuffava nel contenitore. «Perché il Sacro Lupo non mi ama? Cosa ho fatto per offenderlo?»

Oh, hai solo cavalcato il cazzo di un altro Alpha e hai pregato per averne ancora.

Jason si morse la guancia. Non era il caso di rivelare in pubblico i giochi a cui si dedicavano lui e Xan in privato. Il suo amico aveva già abbastanza conflitti interiori sulla faccenda. Non gliene servivano altri, nemmeno per scherzo.

Quello che Xan permetteva a Jason di fargli violava una mezza dozzina di comandamenti del Sacro Libro del Lupo. *Invertito*, ecco come il Sacro Libro definiva un Alpha che veniva penetrato. Non era solo indecoroso o insolito, ma rappresentava una perdita di status. Lo dimostrava il fatto che, nei primi anni del Lupo, gli Alpha ricorrevano alla lotta e allo stupro per affermare il potere e il predominio o per esercitare l'autorità e reclamare nuovi territori.

Ringraziando il Sacro Lupo, ormai potere e influenza si basavano sul nome, sulla reputazione e sui possedimenti di una famiglia. Con il suo fisico ossuto e longilineo, così simile a quello di Pater, Jason non sarebbe mai stato in grado di sopraffare qualcuno come Wilbet Monhundy. No, se avesse dovuto combattere per conquistare il proprio posto nella società, si sarebbe ritrovato a pancia in giù in un batter d'occhio, il culo per aria, a lottare per sfuggire al grosso cazzo di un altro Alpha.

Gran cosa, che il mondo fosse diventato un posto più civile.

La porta dietro di loro si aprì e si richiuse, lasciando entrare una folata di aria fredda. Jason rabbrividì nella sua giacca leggera.

«Forse questo è abbastanza simile,» disse Xan, tirando fuori di nuovo il libro col dorso rosso. «Quanto può cambiare davvero tra una versione e l'altra?»

Jason gli strappò il libro di mano, gli diede una rapida scorsa e tornò a gettarlo nel raccoglitore. «Quanto basta.»

«Ehi! Quello mi serve!»

«Ti sto dicendo che non è così. I primi capitoli sulla riproduzione, e tutta quella roba sulle ghiandole degli Omega e la produzione di liquido lubrificante, sono completamente diversi.»

«Perché?»

«Si pensava che le ghiandole degli Omega si gonfiassero in modo così doloroso durante il calore al solo scopo di produrre la lubrificazione necessaria ad accogliere il nodo dell'Alpha, ma adesso si sa che anche il liquido pre-eiaculatorio e lo sperma degli Alpha hanno un ruolo nel ridurre l'infiammazione, trasformando il dolore che provano gli Omega in piacere. È questo il motivo per cui né gli alpha-dildo né le dita sono sufficienti ad alleviare la sofferenza, e per cui gli Omega hanno più difficoltà a provare piacere quando gli Alpha usano i preservativi. La nuova teoria afferma che l'estremo gonfiore delle ghiandole degli Omega e le proprietà antinfiammatorie dello sperma degli Alpha servono da ulteriore stimolo per la specie a unirsi e a procreare. A ogni modo, nel nuovo libro è tutto diverso. L'anno scorso il dottor Romaire Epstar è arrivato a un punto di svolta sulla questione, non te lo ricordi?»

«Perché dovrei saperlo? E perché *tu* lo sai?»

Jason roteò gli occhi e lanciò un'occhiata all'orologio. Mancavano dieci minuti alla lezione. «Perché sono un perfetto nerd, Xan.»

Era un nerd con un bel viso, genitori facoltosi proprietari di una fiorente impresa di trasporti e un fondo fiduciario che gli avrebbe permesso di vivere nel lusso fino a quando non avesse ereditato il resto, ma pur sempre un nerd. Jason era infastidito dalla propria posizione sociale, sebbene si considerasse fortunato a non doversi preoccupare del denaro. Ma quando si trattava di partecipare a eventi mondani e simili, avrebbe preferito starsene a casa e passare il tempo a leggere barbose riviste scientifiche, e Xan lo sapeva. Erano entrambi figli di uomini potenti, eppure c'era una ragione se entrambi si trovavano ai margini della vita sociale della loro scuola.

Jason continuò: «E poi, chi è tra noi quello con la memoria fotografica? Tu o io?»

«Tu,» ammise malvolentieri Xan. «E io non lo sopporto. Vivere con te per altri quattro anni sarà una tortura.» Gli scoccò un'occhiata bollente da sotto le ciglia e il cazzo di Jason fremette.

«Già, una vera tortura. Se siamo fortunati, però, non saranno quattro anni,» gli ricordò. «Ne mancano solo due all'incontro con il primo gruppo di Omega disponibili alla Mont Juror, e allora potremo scoprire se tra loro c'è il nostro *Érosgápe*.»

Se non avessero trovato il loro compagno predestinato, ci sarebbero stati altri quattro anni di incontri con gli Omega più maturi della Mont Juror, prima di essere spinti a stipulare un contratto con uno degli Omega liberi da legami che partecipavano alle serate del comitato Philia.

Xan annuì con un sorriso teso. «Giusto. A quel punto non avremo più bisogno di un compagno di stanza. Perlomeno, non come adesso.» Fece una pausa e si schiarì la gola, gli occhi blu che si scurivano cercando quelli di Jason.

«Se siamo fortunati,» convenne lui.

Lo sguardo di Xan ricadde sulla pila di libri nel raccoglitore. «Merda.» Si morse il labbro inferiore. «Come riuscirò a scrivere questa relazione?»

Jason gli tirò la manica della giacca e, sentendo quanto era soffice, sorrise per la qualità del tessuto e il taglio ricercato degli abiti dell'amico, che pensava non si dovesse badare a spese per essere eleganti. Nemmeno Jason risparmiava sul vestiario, ma preferiva uno stile più semplice. Niente tessuti ricercati o cravattini come Xan, solo pantaloni comodi, una camicia blu fatta su misura e mocassini di pelle nuovi.

«Andiamo,» lo esortò con gentilezza. «Puoi leggere quello che ho scritto io, poi ti aiuterò a preparare un testo quasi altrettanto buono.»

«Quasi, eh?»

«Sì, quasi.» Cinse le spalle di Xan e si girò per uscire dall'edificio, mentre un senso di appagamento gli scaldava il ventre. «Non posso permetterti di fare meglio di me, soprattutto perché non hai nemmeno letto il materiale che ci è stato assegnato.»

All'ingresso della biblioteca, il sole del pomeriggio splendeva attraverso le finestre che si innalzavano fino al soffitto. Un gruppo di professori e dottorandi era raccolto attorno a un grande tavolo rotondo, poco distante dall'entrata; fogli, penne e blocchi per appunti erano sparpagliati ovunque. Era in corso una vivace conversazione, dai toni concitati ma sommessi.

Jason adocchiò il dottor Obi, il luminare che sperava gli facesse da referente per la sua ricerca sulla manifestazione del gene modificato dei lupi negli umani *post-Vecchio Mondo*. Nello specifico, voleva esplorarne il ruolo nell'insorgenza del calore negli Omega e nell'istinto di monta degli Alpha.

Aveva già controllato le tesi su argomenti simili presenti in biblioteca e aveva scoperto che molte delle sue domande iniziali avevano già trovato risposta. Ma c'era ancora tanto da capire sulla Grande Morte, sull'avvento degli Alpha e degli Omega e sul ruolo che i loro geni manipolati giocavano nel comportamento umano del *post-Vecchio Mondo*.

Jason era grato che, diciassette anni prima, il Partito per la Supremazia del Lupo fosse stato sconfitto, e che ciò avesse permesso agli scienziati delle università di estendere ed espandere le ricerche sull'umanità del *post-Vecchio Mondo*. Finalmente la scienza si era liberata dalla tirannia della religione e Jason era pronto a salire a bordo. Tuttavia, esprimere pubblicamente quel genere di opinioni era rischioso. Il Sacro Libro del Lupo era ancora considerato più importante della Costituzione, ma nessuno poteva negare che la scienza e la tecnologia avessero fatto un balzo in avanti nei diciassette anni in cui aveva governato il Nuovo Partito Riformista del Lupo.

Sfortunatamente, pensava Jason, il Nuovo Partito Riformista del Lupo non si era spinto abbastanza lontano nel campo dei diritti civili da sfidare le leggi, assai restrittive, sulla procreazione e sui diritti degli Omega, ma almeno aveva aperto la porta a diversi progressi nella scienza e nella tecnologia.

Il dottor Obi era un pioniere negli studi sulla genetica del *post-Vecchio Mondo* e Jason ammirava molto il suo lavoro. Fiducioso, guidò Xan verso il gruppo di professori, sperando di cogliere l'opportunità per una breve conversazione con il dottor Obi e guadagnarsi così il suo favore.

Il suo sguardo scivolò dal volto ingrigito e accigliato del dottor Obi a quello dello splendido Omega che stava al suo fianco, e il suo cuore si fermò. I suoi sensi furono travolti da un'ondata di pura bellezza: pelle candida, capelli scuri, occhi verdi e un corpo che aveva il profumo della beatitudine. L'uomo era alto e vestito in modo impeccabile con pantaloni blu scuro, una cintura nera e una camicia Oxford verde bosco, e stringeva il braccio di un grosso Alpha muscoloso che indossava una giacca di tweed.

Un attimo prima Jason aveva il braccio attorno alle spalle di Xan e quello successivo la vita che aveva conosciuto fino a quel momento era finita. Un profumo intenso e pungente gli invase il naso e la gola, impregnando le sue mucose. I suoi occhi si rovesciarono all'indietro mentre l'odore penetrava nel suo cervello e lo risvegliava con un brivido che lo scosse fino in fondo all'anima. Una lussuria pulsante e incontrollabile lo depredò della sua umanità, lasciando solo l'istinto animale. Il suo uccello si gonfiò per l'improvviso afflusso di sangue, mentre il suo corpo gridava per il bisogno crudo e ardente.

Jason registrò a malapena le urla scioccate intorno a sé, preso com'era dal folle impulso dettato dai feromoni di mettere mani e bocca sull'intossicante fonte di quell'aroma così perfetto. Inebriato da quel profumo delizioso, afferrò il suo Omega, seppellì il volto nella curva del suo collo e spinse i fianchi contro di lui, ringhiando quando braccia possenti tentarono di allontanarlo.

L'Omega combatté, cercando con tutto se stesso di respingerlo, finché Jason non lo afferrò alla gola, ponendo fine ai suoi sforzi. Allora percepì il terrore e la confusione emanare dall'uomo in ondate così nauseanti da soffocare l'aroma dolce e penetrante che aveva scatenato la spirale della sua follia. Il bisogno di toccare la pelle dell'altro lo indusse a strappargli i vestiti, l'uccello che pulsava umido negli slip in risposta al profumo pungente del fluido che colava dal corpo sotto di lui. Avrebbe voluto annegare in quell'odore, strofinarselo addosso, morire con l'uccello sprofondato nel dolce culo gocciolante del suo Omega.

L'Omega emise un grido selvaggio.

Jason mollò la presa sulla sua gola, mentre suoni e colori turbinavano intorno a lui, lasciandolo combattuto tra il bisogno di confortare il suo Omega terrorizzato e quello di scatenare la propria furia contro le mani che ancora tentavano di allontanarlo.

«Sss.» Il suono tranquillizzante penetrò nel caos della sua mente. L'Omega gli afferrò i capelli e lo strattonò, provando a incontrare il suo sguardo. «Calmati adesso. Sss. Sono qui. È tutto a posto.»

Quella *voce*.

Miele e sabbia si riversarono su di lui, ruvidezza e calore, dolcezza e desiderio. Jason avrebbe voluto ascoltare quella voce ogni secondo di ogni giorno, per tutto il resto della sua vita. Voleva spogliare quell'uomo fino a farlo rimanere nudo e implorante sotto di sé, a pregare per il suo uccello e piangere per il desiderio di avere i suoi bambini.

Quelle mani, però, continuavano a cercare di afferrarlo, le voci a chiamarlo e lui iniziava davvero a incazzarsi.

«Lascialo andare!» urlò il suo Omega. «Altrimenti mi farà a pezzi, porca puttana!»

«Jason, amico, non qui.» La voce disperata di Xan risuonò nell'aria attorno a lui. «Devi calmarti, adesso. Non è così che dovrebbe andare.»

A chi cazzo importava? Aveva il suo Omega accanto a sé e non l'avrebbe mai lasciato andare.

Xan gli appoggiò con cautela la mano sul braccio e lui gli ringhiò contro, sentendo a malapena le sue parole.

«Devi prima fare la registrazione e contrattare con la sua

famiglia, altrimenti potrebbe sporgere denuncia per aggressione. Conosci le regole. Devi calmarti, adesso. Subito.»

Ogni cellula di Jason gli urlava di possedere l'uomo che aveva bloccato sul tavolo e teneva tra le braccia con fare protettivo.

Voleva baciare la bocca spalancata del suo Omega, rosea e seducente. Voleva strappargli i pantaloni e inzuppare le dita nel liquido che colava da lui per prepararlo ad accogliere il suo uccello.

Fu la paura in quegli stupefacenti occhi verde bosco che lo fermò, più della presa di Xan che lo strattonava e delle sue parole assennate o del braccio forte di un altro Alpha di traverso sul suo petto. Più delle guardie di sicurezza accorse in biblioteca armate di siringhe piene di un sedativo per Alpha, più dell'effetto narcotizzante del farmaco che si diffuse nelle sue vene quando lo presero e gli conficcarono quelle punte affilate nel collo, nel braccio e nella coscia. No, a farlo arretrare fu lo scintillio di terrore in quei dolcissimi occhi verdi, incredibili e perfetti.

Jason non riusciva a distogliere lo sguardo, poi le ginocchia gli cedettero e collassò sulla barella che le guardie avevano preparato per accogliere la sua caduta. Allungò la mano e si sentì avvolgere da un gelido terrore mentre la stanza si faceva sfocata e distante come in un sogno. Percepì una stretta alle dita, sbatté gli occhi e li riaprì, grato di vedere il suo Omega tenergli la mano.

«Prendi i suoi dati,» ordinò Xan con asprezza a una delle guardie. «Ci serviranno per i genitori del suo Alpha.»

«Sacro Lupo!» sussurrò l'Alpha in piedi accanto all'Omega di Jason. «Ma come cazzo...»

Jason ringhiò mezzo intontito all'uomo e cercò di sollevarsi dalla barella, deciso a cavargli gli occhi dalle orbite per aver osato parlare con il suo Omega quando era bagnato e aperto, pronto per un uccello. Gli avrebbe strappato gli occhi e fatto a brandelli i testicoli. Lo avrebbe ucciso per aver guardato il suo Omega, per averne respirato il profumo.

«Sss,» lo tranquillizzò il suo Omega. «È un amico.»

A Jason non piacque il suono di quell'affermazione, ma il tocco rassicurante dell'Omega sulla spalla aveva un effetto calmante quasi quanto l'alpha-narcotico che gli avevano iniettato le guardie.

«Com'è possibile?» chiese l'altro Alpha. Jason scattò di nuovo, ma il suo Omega lo fermò, spingendolo indietro sulla barella. «Non è abbastanza maturo per te.»

«A quanto pare lo è, Urho,» mormorò l'uomo, accarezzandogli il polso col pollice in un gesto di conforto. Jason rabbrividì al calore seducente e vellutato della sua voce e gli offrì un sorriso grato, che sembrò sciogliergli il volto e farlo scivolare sul pavimento.

Il suo Omega ricambiò con un sorriso esitante, i denti bianchi e dritti e gli occhi ancora lucidi di paura. «Va tutto bene. Non dire altro, per il momento.»

Jason tentò di dargli una bella occhiata, ma ormai il mondo si stava facendo sempre più confuso. Strinse le dita del suo Omega e lasciò che gli si chiudessero gli occhi, mentre cercava di cogliere quello che accadeva attorno a lui.

«Nome e indirizzo dove poterla rintracciare nei prossimi giorni?» chiese una guardia.

Jason sollevò le palpebre e vide un Beta lì vicino, con un blocchetto per gli appunti in mano e un'espressione seria sul volto.

«Vale Aman,» rispose il suo Omega.

Vale.

Che nome meraviglioso.

Il cuore di Jason si contrasse, facendolo sussultare dal dolore.

«Non sei tenuto a fornire alcuna informazione,» lo interruppe Urho, posandogli una mano sul braccio, ma Vale si ritrasse e lanciò uno sguardo in direzione di Jason.

«Invece sì,» disse. «È la legge.»

«È solo un bambino, non può essere il tuo Alpha. È troppo giovane.»

«Non starai insinuando che io sia troppo vecchio?» sospirò Vale e chiuse gli occhi, liberando Jason dal loro incantesimo. «Sono ancora in età fertile. La sua rivendicazione è valida.» Le sue guance si tinsero di rosso e Jason bruciò di desiderio. «Ora lasciami chiudere questa faccenda. Sono Valendo Aman, ma potete chiamarmi Vale, abito al 981 di Oak Avenue e sarò felice di ricevere i genitori di questo giovane Alpha come vuole la legge.» Deglutì a fatica e strinse la mano di Jason in un gesto rassicurante. «È tutto?»

«Non vuoi neanche sapere il *suo* nome?» chiese Xan.

Vale posò lo sguardo su di lui, sorpreso. «Sì, immagino di sì.» Tornò a rivolgersi a Jason, scrutandolo con attenzione. «E tu chi sei?»

Jason aprì la bocca, ma il sedativo gli aveva intorpidito la lingua. Le sue labbra tremarono in un gemito inarticolato.

«È Jason Sabel, figlio di Yule Sabel e Miner Hoff. Un'ottima famiglia.»

In qualche modo il tono di Xan lasciava intendere che la famiglia di Jason fosse meglio di quanto il suo Omega meritasse. Jason provò a lanciargli uno sguardo di avvertimento, ma riusciva a malapena a tenere gli occhi aperti.

Mentre le guardie assicuravano Jason alla barella, preparandosi a portarlo fuori dalla biblioteca, lui lottò per tenere lo sguardo fisso su Vale, ipnotizzato dai suoi occhi verdi.

«E io che pensavo di essere al sicuro,» mormorò Vale quasi a se stesso, ma Jason riuscì a sentirlo con chiarezza nel caos della sua mente. Vale strinse le labbra in una linea sottile e si schiarì la gola. «Non è la prima volta che mi sbaglio, e non sarà l'ultima.»

«Vuoi dire che pensavi di essere libero,» sibilò Xan con astio, incrociando le braccia sul petto. Jason farfugliò una specie di ringhio verso di lui, ma Xan lo ignorò. «Speravi che il tuo Alpha fosse morto.»

«Sperare non è la parola esatta,» rispose Vale con dolcezza, lo sguardo così concentrato su Jason da risultare lusinghiero. «Comunque, sembra che sia solo stato un po' lento ad arrivare.» Gli indirizzò un sorriso amaro, un'espressione triste che Jason avrebbe voluto cancellare e rimpiazzare con un'esplosione di gioia. «Si è preso il suo tempo.»

«Il suo tempo per cosa? Per nascere?» lo derise Xan. «Forse sei tu quello che è stato troppo veloce. Scommetto che sei uno di *quegli* Omega. Scommetto che non sei nemmeno vergine.»

Jason tentò di lanciarsi verso Xan, strattonando le cinghie che le guardie avevano assicurato solo qualche momento prima. Avrebbe colpito il suo amico, l'avrebbe preso a pugni, gli avrebbe spaccato la faccia per i suoi insulti.

«Portatelo via!» gridò una guardia.

Jason si aggrappò alle dita di Vale, trascinandolo con sé, finché lui non si chinò e gli sussurrò: «Lasciami andare, adesso.»

Ansioso di compiacerlo, Jason lasciò andare la sua mano e si crogiolò nella propria disperazione mentre le guardie lo allontanavano dall'Omega e lo conducevano fuori, nel sole accecante del pomeriggio.

CAPITOLO 3

«MERITI DI MEGLIO,» disse Xan, serrando la mascella. Era stravaccato sulla sedia accanto al letto di Jason nell'ambulatorio dell'università, in attesa che lui smaltisse il sedativo e che arrivassero i suoi genitori. «È vecchio. Usato.»

Jason si tolse il ciuffo di capelli biondi dalla fronte e gli lanciò uno sguardo truce. "Ti ucciderò, se non chiudi quella bocca."

«Non l'hai visto?» le labbra dell'amico si arricciarono in una smorfia sprezzante.

«Sì. È bellissimo.»

«Ha i capelli grigi sulle tempie. Le rughe attorno agli occhi. Ha come minimo trentacinque anni, forse anche quaranta.»

Una strana sensazione di disagio si agitò nello stomaco di Jason.

Mentre svaniva l'effetto del sedativo, scoprì di non riuscire a ricordare molto del suo Omega, a parte gli occhi verde bosco e il profumo invitante.

Oh, e la sua voce.

Una voce adorabile e deliziosa, che sembrava fatta di miele e sabbia e si infrangeva sulla sua anima in dolci ondate ritmiche.

Il ricordo di quella voce lo fece fremere. Non riusciva però a ricordare quanto l'uomo fosse alto, di che colore fossero i suoi capelli, quale forma avesse il suo viso o qualcos'altro che indicasse la sua età.

Sollevò il mento. «È bellissimo,» ribadì.

«Delirio da feromoni,» lo liquidò Xan.

Jason strinse i pugni. «Cos'hai detto?»

«Mi hai sentito. Sto cercando di proteggerti. Tutto qui,» rispose l'amico con voce resa brusca dalla frustrazione.

«Insultando il mio Omega?»

«Non è ancora il tuo Omega, o sbaglio?» Xan lo guardò con gli occhi blu imploranti. «Sii ragionevole.»

«Lo sono. Sei solo geloso.»

Xan sgranò gli occhi. «Non sono geloso. Siamo solo… tu e io non siamo… Non provo nulla per te.»

Jason lo fissò, mentre il significato di quelle parole lo raggelava come una fredda coltre di neve. «Ovviamente no. Sei geloso che io abbia trovato il mio Omega così presto.» Incrociò le braccia sul petto e provò a convincere se stesso di non aver visto il profondo dolore negli occhi di Xan.

«Sì, certo. Ci vorrà parecchio tempo prima che tu possa consumare l'imprinting con lui. Lo sai, vero? Prima dovete stipulare il contratto, e i tuoi genitori la tireranno per le lunghe, se sanno cosa è meglio per te. E visto che ci tengono a te, lo faranno.»

Xan annuì con decisione. «Diavolo, probabilmente suggeriranno un surrogato. In effetti, è l'unica cosa sensata. È troppo vecchio per rischiare una gravidanza, anche se è ancora fertile. E i tuoi vorranno un Omega che possa darti più di un figlio».

«Non prenderò mai un surrogato!»

«Ah, sì? Aspetta e vedrai. Quando non sarai più accecato dai feromoni, capirai che grosso rischio sia, questo Omega. Non darà mai alla luce una prole sana. Sarai incastrato con un Omega vecchio e malaticcio e il tuo nome non avrà futuro.»

I Sabel non erano una delle famiglie più prestigiose dell'alta società, ma godevano comunque di una certa reputazione. Jason aveva bisogno di un erede o due. Magari tre.

«Chiudi il becco! Non sai di cosa stai parlando.»

Xan scrollò le spalle. «Ok, fai come ti pare.»

«Signor Sabel, signor Hoff, ecco vostro figlio.»

Jason lottò per mettersi in posizione seduta e fu assalito dalle vertigini, mentre i suoi genitori piombavano nella stanzetta.

I luminosi occhi blu di Father, sempre teneri e affettuosi, erano incupiti dalla preoccupazione, mentre quelli nocciola di Pater erano stanchi e segnati da cerchi scuri.

Entrambi erano vestiti in modo meno formale del solito: Father indossava un paio di pantaloni beige e una camicia Oxford bianca con le maniche arrotolate, mentre Pater portava una camicia di cotone con un cardigan marrone scuro e pantaloni comodi, consumati dall'uso. Entrambi erano freschi di parrucchiere: i capelli biondi di Father erano tagliati in modo deciso, corto e ordinato, mentre quelli castano chiaro di Pater, con quella frangia liscia sulla fronte, avevano uno stile meno severo, che ricordava quello del figlio.

Jason rammentò che Pater aveva affrontato un calore solo alcune settimane prima, e il pensiero di averlo costretto a interrompere i trenta giorni di riposo prescritti dal dottore gli procurò una fitta di rimorso. Pater era cagionevole di salute e Father diventava particolarmente protettivo durante tutta la convalescenza. Sembrava, però, che il fatto che Jason avesse assalito un Omega nel mezzo della biblioteca dell'università fosse una ragione sufficiente per rimettersi in piedi, e al diavolo la salute.

«Vi lascio soli,» disse l'infermiere che si era preso cura di Jason al momento del suo risveglio, procurandogli l'acqua che lo avrebbe aiutato a smaltire il sedativo. «Sono certo che il rettore Rory vi raggiungerà al più presto per discutere di questa situazione.»

Era chiaro che l'infermiere non aveva alcun desiderio di rimanere nella stanza e assistere a qualunque conversazione stesse per avere luogo. Era un Beta, così come la maggior parte del personale sanitario non medico, ma non sembrava interessato a cogliere pettegolezzi.

«Sì, grazie,» rispose Father.

«Jason, stai bene?» chiese Pater ansioso, sedendosi sul bordo del suo letto per accarezzargli i capelli.

Father si strinse alle sue spalle, come a formare uno scudo protettivo attorno a entrambi. L'ansia per la propria famiglia si riversava da lui in ondate dall'odore pungente, che il naso sensibile di Jason aveva imparato a riconoscere da quando Pater era stato male in seguito a un devastante aborto spontaneo.

«Dovreste chiedervi se sta bene il suo Omega,» intervenne Xan.

Il *suo* Omega? Ma non aveva appena detto che ancora non poteva considerarlo tale? Che razza di stronzo!

Le sopracciglia di Pater si contrassero. «Figliolo, cos'è successo?»

Jason abbassò il mento e desiderò gettargli le braccia al collo per cercare conforto nella sicurezza del suo calore. Ormai era un Alpha in procinto di stipulare un contratto, non poteva comportarsi come un moccioso viziato.

«Lui era proprio *lì* e non ho potuto... io non volevo... è stato più forte di me.» Jason non voleva che il suo delicato Pater lo considerasse un bruto.

Pater gli strinse la mano per rassicurarlo. «Questo è il motivo per cui i giovani Alpha e Omega vengono fatti incontrare sotto una rigida supervisione.» Voltò lo sguardo verso Father. «Cosa ci faceva un giovane Omega senza legame nel campus degli Alpha?»

«È vecchio,» sbuffò Xan.

«Cosa?» Father gettò un'occhiata confusa nella sua direzione e poi si volse di nuovo verso Jason. «Cosa intende dire Xan?»

Jason fece spallucce. Non intendeva dare spiegazioni, anche se prima o poi i suoi genitori avrebbero scoperto la verità. Ma non voleva neppure che le loro menti fossero avvelenate dal giudizio di Xan, così lanciò all'amico uno sguardo truce, sfidandolo con gli occhi a dire un'altra parola contro il suo Omega.

Xan gli restituì l'occhiataccia.

«Adesso ci siamo noi con Jason, Xan. Tu puoi andare,» tagliò corto Father. Il suo tono era debole e stanco. Jason sapeva quanto fosse difficile per lui soddisfare i propri bisogni di Alpha durante il calore del compagno senza fargli del male o fecondarlo, per poi prendersi cura di lui durante la convalescenza con la stessa premura di un Omega con un neonato. Per quanto Pater apparisse stanco, Father probabilmente era altrettanto esausto.

«Non se ne può andare,» ribatté Jason. «È un testimone.» L'umiliazione gli bruciò nel ventre come carbone ardente. «Dovrà rilasciare una dichiarazione alla polizia.»

«Sta arrivando la polizia? Qui?» Pater si guardò attorno. «Gli hai fatto del male, figliolo? O gli hai dato motivo per sporgere denuncia per aggressione?»

Jason scosse il capo, ricordando il modo in cui aveva stretto la gola di Vale, gli aveva strappato gli abiti e lo aveva piegato sul tavolo. Tuttavia, l'uomo si reggeva sulle proprie gambe quando lui era stato portato via sulla barella e non aveva detto nulla riguardo allo sporgere denuncia per aggressione, nonostante il suo comportamento fuori controllo.

Aveva fornito i propri dati spontaneamente e assicurato che sarebbe rimasto in attesa di essere contattato dai genitori di Jason. Di certo non avrebbe cambiato idea, o invece sì?

Le narici di Jason fremettero.

C'era stato quell'altro Alpha, sulla scena. Urho. Non aveva sentito il suo cognome. L'uomo aveva incoraggiato Vale a *non* collaborare. E se dopo che lui era stato allontanato fosse riuscito a persuaderlo? A convincerlo che Jason era troppo giovane e imprevedibile? Se avesse indotto Vale ad accusarlo di aggressione?

Lo stomaco gli si strinse per la paura e il disprezzo di sé. Bell'Alpha che era! Non era riuscito a controllarsi ed era stato portato via a forza come un pazzo. Non ci sarebbe stato da stupirsi se Vale non avesse mai voluto sottomettersi a lui, vista l'orribile prima impressione che gli aveva fatto. *Era ovvio* che avrebbe sporto denuncia. Perché non avrebbe dovuto? E quell'altro Alpha... se avesse toccato Vale, se lo avesse tenuto lontano da lui? Jason non avrebbe avuto altra scelta che squarciargli la gola o morire provandoci.

Digrignando i denti, strinse gli occhi e provò a riprendere il controllo delle proprie emozioni. Non avrebbe affrontato la situazione come un ragazzino. Si sarebbe comportato da uomo, da Alpha, e avrebbe corteggiato il suo Omega fino a farlo cadere di propria volontà ai suoi piedi. Esattamente dove doveva stare. Solo che non sapeva da dove iniziare. Niente di quello che stava accadendo si trovava nei libri.

«Hai fatto del male a quell'Omega, figliolo?» chiese Father con gentilezza, sfiorandogli il mento per indurlo ad alzare lo sguardo. I suoi occhi erano teneri e blu come il cielo, con un anello color del grano attorno alla pupilla. «Capisco quanto possa essere difficile controllare l'istinto. Colto così di sorpresa, proprio durante la tua prima settimana di università, è un miracolo che tu non abbia fatto di peggio, ma so che non avevi alcuna intenzione di ferirlo.»

Il nodo alla gola di Jason divenne troppo stretto perché riuscisse a parlare, ma scosse la testa.

«L'Omega stava bene,» si intromise di nuovo Xan. «Ma di certo non grazie a Jason e ai suoi animaleschi tentativi di spogliarlo e montarlo.»

Jason sprofondò nella vergogna e tolse la mano dalla presa di Pater per nascondere il proprio volto.

Xan proseguì in tono irritato. «L'Omega sembrava piuttosto calmo riguardo all'intera faccenda. Alla fine, ha convinto Jason a lasciarlo andare.»

Jason si chiese come mai Xan fosse così furioso. La sua vita era diventata un enorme casino e gli avrebbe fatto comodo un po' di sostegno da parte dell'amico.

«Comunque, il nome del suo Omega è Valendo Aman, e

sembra si faccia chiamare Vale. Vive a Oak Avenue.»

«Ci sono case signorili in quella zona, Yule,» disse Pater in tono speranzoso, malgrado la ruga di preoccupazione sulla fronte. «Di certo proviene da una buona famiglia. Dovremmo parlare con i suoi genitori.»

«Buona fortuna,» commentò Xan sottovoce.

Lo sguardo di Father tornò a concentrarsi su di lui. «Che diavolo sta succedendo, Jason?»

In quel momento, fece capolino dalla porta la testa calva del rettore Rory, un ulteriore Alpha che si aggiungeva al gruppo. Quando i suoi occhi si soffermarono su Pater, quest'ultimo abbassò lo sguardo, mentre Father si raddrizzò bruscamente.

Il rettore Rory si sistemò il gilet e si schiarì la gola, prendendosi un attimo per abituarsi ai feromoni post-calore di Pater, poi entrò nella stanza e rivolse a Father un sorriso caloroso. «Buonasera, signor Sabel. Buonasera, signor Hoff. Sembra che ci troviamo di fronte a un bel problema, non è vero?»

«Così pare,» rispose Father con asprezza. «Per prima cosa, vorrei sapere cosa ci faceva un giovane Omega celibe al campus. Chi è il pazzo che l'ha portato qui?»

«Vedo che Jason non vi ha fornito molti particolari.» Il rettore si passò la mano sulla testa lucida. «Signor Sabel, signor Hoff, l'Omega di vostro figlio non appartiene al gruppo di quest'anno.»

«Il prossimo?» chiese Pater con un sussurro. «È davvero giovane!»

«No, Miner,» rispose Father, che evidentemente aveva messo insieme i pezzi. «È più vecchio di Jason.»

«Oh!» esclamò Pater, accigliandosi. «Allora avrebbe dovuto pensarci bene, prima di mettere piede al campus. Come è riuscito a entrare?»

«Vale Aman è un nostro professore,» rispose il rettore, inarcando un sopracciglio e lasciando loro il tempo di assimilare la notizia.

«Ha trentacinque anni. Ha superato da parecchio l'età prevista per l'imprinting e non ha mai trovato il suo *Érosgápe*.» Scrollò le spalle e sibilò tra i denti: «Almeno, questo è ciò che credevamo.» Spostò lo sguardo su Jason. «È una situazione insolita. Avevamo presunto che l'Alpha di Vale fosse morto o che non fosse in grado di trovarlo. Il professor Aman ha vissuto per quasi quattordici anni da solo, come Omega senza contratto.»

«Sacro Lupo, che casino!» mormorò Father, pizzicandosi il ponte del naso con le dita e sospirando.

«È in buona salute?» chiese Pater.

«Sì, per quel che ne so. Non ha mai saltato una lezione, al di fuori dei periodi di calore, ed è sempre disponibile sia con gli studenti che con gli altri professori. È intelligente, colto e ha un'incredibile dedizione al lavoro.» Il rettore chiuse la bocca di scatto. «Questo naturalmente dovrà cambiare. Un Alpha fresco di imprinting non reagirebbe bene al fatto che il suo Omega insegni in classi piene di potenziali rivali, giovani e virili. Vale dovrà organizzarsi e lo stesso farà la scuola. Avrò un professore in meno.»

«Lo dice come se fosse colpa di Jason,» disse Father, incrociando le braccia sul petto.

«Lo sanno tutti che l'imprinting non è colpa di nessuno. Se siamo fortunati, troviamo il nostro *Érosgápe*, se non lo siamo, ci accontentiamo di un contratto oppure restiamo scapoli. Tutto qui,» sospirò il rettore. «Il fatto è che sono preoccupato per Jason. Vale ha vissuto da solo per molto tempo, non sarà facile rimetterlo in riga, e Jason è così giovane, non è abituato al comando...»

Lo sguardo di Father si incupì. «Per caso questo Aman ha contatti con i gruppi che si battono per i diritti degli Omega?»

Il rettore si strinse nelle spalle. «Non ne ho idea, ma di certo Vale Aman è un uomo che tiene alla propria indipendenza. In ogni caso, sarà una bella sfida.»

Pater scrutò il figlio con espressione preoccupata. «Ti è parso riluttante?»

Jason rabbrividì senza riuscire a trovare le parole adatte per riassumere come Vale lo avesse dapprima combattuto, poi tranquillizzato e infine avesse collaborato con le guardie.

Il suo Omega era stato perfetto e aveva fatto ogni cosa nel modo giusto. Era stato Jason a mandare tutto a puttane.

«Era sorpreso,» intervenne Xan, «ma deciso a rispettare la legge.» Con quelle parole, consegnò a Father il foglietto con i dati di Vale. «Ha detto che rimarrà in attesa di essere contattato.»

Pater accarezzò il volto di Jason e sussurrò: «Non ti preoccupare. Andrà tutto bene.»

«Ho parlato con Vale,» disse il rettore. «È a casa e ha intenzione di rimanere lì fino a quando la polizia non avrà raccolto la sua testimonianza. A proposito, gli agenti dovrebbero arrivare da un momento all'altro per quelle di Jason e Xan.»

La vescica di Jason doleva per via di tutti i bicchieri d'acqua bevuti da quando era arrivato all'infermeria dell'università. Per la prima volta da quando aveva percepito il profumo di Vale, la sua mente era più lucida e lui si alzò lentamente su gambe malferme per andare in bagno.

Pater lo seguì come se fosse tornato a essere un bambino, tenendolo per un gomito per dargli stabilità. Father a sua volta stava accanto a Pater, senza perderlo d'occhio, e a Jason scappò una risata al pensiero dell'istinto di protezione che doveva emanare dal loro terzetto.

Dopo essersi liberato ed essersi lavato le mani, si rivestì con calma con gli abiti che indossava prima di arrivare all'ambulatorio. Sul tessuto persisteva una leggera traccia del profumo del suo Omega, ma si fece forza per non perdere di nuovo il controllo come un animale. Si rifiutava di farsi trovare con addosso un camice da ospedale all'arrivo della polizia per la sua deposizione, quindi *sarebbe riuscito* a dominarsi. Un attacco di follia da Alpha era più che sufficiente per quel giorno, ma supponeva che il tranquillante specifico che dovevano avergli somministrato in aggiunta al sedativo l'avrebbe aiutato.

Pater era in piedi accanto alla finestra, le braccia incrociate sul petto, e osservava il fiume che scorreva accanto al centro medico del campus. Jason riusciva a distinguere le onde grigio-blu, increspate di bianco, sollevarsi e ricadere nel primo vento autunnale. Le spalle del padre erano incurvate dalla stanchezza, ma si faceva forza con un orgoglio che un giorno Jason avrebbe desiderato trovare nel suo Omega. Miner Hoff sapeva chi era e chi fossero le persone a cui aveva votato la sua vita, che a loro volta vivevano per lui. Quello gli dava un equilibrio che nemmeno la sua salute precaria riusciva a spezzare.

Father era in piedi accanto al letto di Jason e lo guardava vestirsi. Teneva le mani in tasca e si dondolava sui talloni, le spalle ampie che tendevano la maglietta. «Trentacinque anni,» sussurrò. «La gravidanza sarà un problema...»

«Zitto,» lo ammonì Pater da sopra la spalla. «Non è il momento.»

Father annuì, adeguandosi alla volontà del suo Omega come faceva sempre quando l'altro esprimeva i propri desideri in modo esplicito.

«È arrivata la polizia,» annunciò l'infermiere, facendo capolino dalla porta. «Sono all'ingresso del campus.»

«Bene. Togliamoci il pensiero.»

«E poi portiamo Jason a casa,» mormorò Pater. «Quando saremo lì, penseremo a come procedere. Xan, puoi venire con noi, se ti fa piacere. Sono sicuro che Jason avrà bisogno di un amico.»

Xan guardò Jason dalla sedia accanto al letto. «No. Tornerò al dormitorio per rispondere alle domande che circoleranno. Vorranno sapere tutti cosa sta succedendo e, se non metto in chiaro le cose, inizieranno le chiacchiere.»

«Se vengo a sapere che lo hai insultato…»

Xan sollevò una mano. «Credevo che ci fidassimo l'uno dell'altro. Senza condizioni.» Inarcò un sopracciglio e Jason si chiese come fosse possibile che fosse passata solo qualche ora da quando avevano scopato, mettendo in scena quel loro gioco così pericoloso.

«Mi fido di te.»

«Bene,» rispose Xan. «Perché abbiamo bisogno l'uno dell'altro.»

Prima che Jason potesse chiedergli chiarimenti, due poliziotti fecero il loro ingresso nella stanza, blocchi alla mano e nasi che fremettero nel cogliere le tracce del recente calore di Pater.

Vedendo Father posare un braccio sulle spalle del compagno, in un gesto protettivo che era allo stesso tempo un'affermazione di possesso, Jason provò il desiderio travolgente di assumere quel ruolo per Vale e sperò di averne la possibilità.

Se solo fosse riuscito a ricordare il suo aspetto. Se solo avesse saputo con certezza che anche Vale lo desiderava.

Iniziarono le domande, e Jason dovette rivivere la propria umiliazione e la quasi violenza perpetrata ai danni dell'uomo che, sperava, un giorno avrebbe portato in grembo i suoi figli. A peggiorare le cose, c'era la consapevolezza che avrebbe dovuto ripetere quel resoconto molte altre volte.

Avrebbe dovuto raccontarlo alla polizia, poi agli avvocati e infine allegare una descrizione di quanto avvenuto al contratto che avrebbe sancito la loro unione. Sperava inoltre di poter spiegare a Vale il proprio punto di vista sull'accaduto, per implorare il suo perdono. Se fosse stato fortunato, il suo Omega glielo avrebbe concesso e si sarebbe inginocchiato davanti a lui in segno di sottomissione.

CAPITOLO 4

V ALE RAVVIVÒ IL fuoco con un attizzatoio d'ottone.

La stagione era agli inizi e non c'era ancora bisogno di riscaldare la casa, ma lo studio che aveva ricavato dal vecchio giardino d'inverno di Pater era isolato male e pieno di spifferi. Era anche stipato di libri, fogli sparsi, bozze e appunti che aveva accumulato nel corso degli anni e che non sapeva come archiviare.

I mobili erano abbastanza nuovi, li aveva acquistati con i suoi soldi, usando il primo assegno ricevuto dopo essere diventato professore alla Mont Nessadare. Il pavimento era di mattonelle lucide posate con cura e le finestre sul retro della stanza si aprivano sul giardino incolto, abbandonato alla natura sin dalla morte di Pater.

Sebbene Vale adorasse quello studio, non riusciva a mettersi comodo sul divano di pelle, né a crollare sulla poltrona dietro la grande scrivania di legno, ma continuava a camminare avanti e indietro nei pressi del camino, appoggiandosi di tanto in tanto alla mensola per scrutare le fiamme. Sollevò lo sguardo verso Urho, che faceva roteare un bicchiere di bourbon con espressione assorta, sprofondato nella poltrona di pelle preferita da entrambi. Era l'esatto opposto del ragazzo che aveva agguantato Vale nella biblioteca: pelle scura contro quella eburnea del giovane Alpha, riccioli neri spruzzati d'argento dove la chioma dell'altro era liscia e bionda, cinque anni più vecchio di Vale, mentre Jason doveva essere di almeno quindici anni più giovane.

«A cosa stai pensando?» chiese, pur sapendo che se ne sarebbe pentito.

«È troppo giovane per te,» rispose Urho con gentilezza, passandosi la mano sull'ombra di barba che aveva sulle guance.

L'immagine del suo sedere sodo mentre lui, nudo davanti al lavandino, si sistemava la barbetta sale e pepe con il rasoio affilato che portava avanti e indietro tra le loro case balenò nella mente di Vale, che sospirò. Gli sarebbe mancato, quel sedere.

«Mi hai sentito?» insisté Urho.

«Hai detto che è troppo giovane. Da quando questo ha importanza, quando si è *Érosgápe*?»

«Ha sempre avuto importanza. Tanto per cominciare, è per questo che sono stati creati i surrogati.»

Vale colpì la legna con tale forza che alcuni ceppi si spostarono, sollevando un vortice di scintille. «Non proprio. I primi surrogati erano Alpha come te, rimasti senza contratto dopo la morte del compagno o per altri motivi, ed erano incaricati di aiutare gli Omega rimasti a loro volta senza contratto a superare le sofferenze del calore.»

Vale odiava tirare in ballo Riki, l'Omega di Urho morto da tempo, pur se in modo indiretto, ma non poteva permettere all'amico di negare ciò che era accaduto quel giorno. Anche se Urho era spinto da un timore irrazionale per quello che sarebbe accaduto a Vale, o dal comprensibile dispiacere di perdere ciò che avevano condiviso per quasi dieci anni, non potevano sfuggire alla realtà.

L'altro, tuttavia, sembrò non farci caso e si limitò a specificare: «Vengono utilizzati anche quando un Omega soffre di sessuomania.»

«Calore interminabile,» lo corresse Vale. «Sessuomania è un termine superato.»

Urho grugnì.

Vale lo prese come un cenno d'assenso e proseguì: «Solo in seguito ha preso piede l'impiego di Omega surrogati nel caso in cui l'unione con l'*Érosgápe* si riveli "sconveniente" da un punto di vista sociale.» Storse il naso, sdegnato.

«O quando si scopre che un Omega a contratto è sterile,» lo corresse Urho, palesemente determinato a porre l'utilizzo dei surrogati in una luce positiva.

«In ogni caso, si tratta di un'usanza molto più recente. I tribunali hanno fatto riferimento al precedente dei surrogati Alpha solo per poterla legittimare.»

Comunque, a prescindere dalle difficoltà di Urho ad accettare la situazione, che altro avrebbe potuto fare Vale, se non riconoscere Jason come proprio Alpha? Denunciarlo per aggressione? Non ci sarebbe voluto molto a far decadere una simile accusa, considerati tutti i testimoni e il fatto che non avesse subìto reali danni fisici o uno stupro. Gettarsi tra le braccia di uno dei gruppi che lottavano per la libertà degli Omega? Era una possibilità, ma avrebbe dovuto rinunciare alla propria vita e, a dire il vero, la sua casa, il suo lavoro e i suoi amici gli piacevano parecchio. Il suicidio? No.

Vale aveva visto la gentilezza negli occhi del suo Alpha, per quanto ben nascosta dalla lussuria selvaggia e dalla furia possessiva. Forse era qualcosa su cui poteva fare affidamento o forse no, solo il tempo l'avrebbe detto. Magari si sarebbe risolto tutto in una bolla di sapone. Lui non era privo di fascino, ma era vecchio, ben oltre l'età per poter essere considerato uno sforna marmocchi valido e affidabile. Ad ogni modo, in nessun caso avrebbe firmato un contratto che prevedesse una gravidanza. Quindi era possibile, persino probabile, che il suo giovane Alpha *scegliesse* un surrogato, e lui sarebbe stato d'accordo.

Sentì un dolore improvviso e inspirò bruscamente.

Era ridicolo come l'imprinting governasse tutto, a dispetto di ogni logica e di ogni valutazione razionale della situazione. Il suo attaccamento non era reale, non si basava su affinità e punti in comune come il legame con Urho, eppure non poteva negare la sofferenza bruciante e oppressiva che provava al pensiero che quel suo Alpha tanto giovane rivendicasse un surrogato al suo posto.

«Entro sei settimane sarai di nuovo in calore,» gli ricordò Urho, uno scintillio nei gentili occhi castani. Avevano atteso entrambi con impazienza quel momento e avevano programmato di recarsi fuori città, nella casa di campagna di Urho, per avere una maggiore intimità. «Chi ti aiuterà allora? Il ragazzo non è adatto. Troppo giovane, troppo sfrenato. Come minimo finirà per farti del male e, nel peggiore dei casi, ti ingraviderà contro la tua volontà.»

«Sei proprio sicuro che il mio Alpha sia uno stupratore, eh?»

«No. Non è uno stupratore,» ribatté Urho. «È un bambino. Ricordo cosa significa avere diciannove anni. Se avessi incontrato Riki a quell'età, lo avrei ingravidato ancora prima che si accorgesse di quello che gli stava capitando. Non sarei stato in grado di fermarmi. Quando si è giovani, la pulsione sessuale è violenta, e tra *Érosgápe* lo è ancora di più. Anche quando si è più maturi, è molto più forte che tra compagni a contratto. Perché pensi che tengano Alpha e Omega separati fino alla maggiore età? Serve a tenere gli Omega al sicuro.»

«Sai bene che gli Omega provano un impulso altrettanto violento.» Vale arrossì.

Non aveva bisogno di ricordare a Urho il modo in cui lo implorava di fecondarlo quando scopavano durante un calore, il modo in cui lo supplicava di togliersi il preservativo e dargli ciò che entrambi desideravano. E di certo non aveva bisogno che qualcuno rammentasse a lui come l'affidabile Urho, leale e all'antica, glielo avrebbe negato, e negato, e *negato*, fino a quando il calore non fosse passato.

Perché entrambi sapevano di non desiderare davvero un figlio, ed erano consapevoli che Vale non ne avrebbe mai avuti. Era solo l'istinto a parlare.

Con Jason, però…

«Ma hai ragione, sarebbe difficile per un ragazzo resistermi, quando sono in calore. È un problema serio.»

«Oh, sì. Sei proprio irresistibile,» rispose Urho, gli occhi accesi dai ricordi. «Ho rischiato di cedere durante alcuni dei tuoi calori, e non avevo nemmeno subito l'imprinting. Pensa a cosa farebbe un giovane Alpha privo di controllo e sotto imprinting. Ti scoperebbe a morte, nel tentativo di farti avere un figlio.»

Vale sospirò.

«Allora, lascerai che sia io ad aiutarti col calore?» chiese Urho in tono burbero, accigliandosi. «Anche se sei deciso a stipulare un contratto e legarti a un altro?»

«Lo sai che non posso. Sarebbe illegale.»

E immorale. Per quanto riguardava Vale, era quello, il problema più grave.

«Se non permetterai a *qualcuno* di aiutarti, sarà una tortura.»

«Lo so.»

«Potresti provare un altro ciclo di soppressori del calore.»

Vale rabbrividì e lanciò a Urho uno sguardo furioso. «Già, perché l'ultima volta hanno funzionato proprio bene.»

«Ormai sono passati parecchi anni, Vale. Hanno una composizione diversa, potresti non avere la stessa reazione.»

«E se invece l'avessi?»

Urho gemette e si strofinò il volto. «Ti aiuterei a superarla.»

«Tu e quanti altri Alpha? No. Non proverò mai più i soppressori del calore.»

Aveva ceduto alla tentazione solo due volte, da quando gli erano stati tolti quelli somministrati ai giovani Omega, ed entrambe le volte i farmaci avevano causato il temuto calore di ritorno, più lungo e violento di un calore normale.

La seconda volta aveva perso la testa. Annebbiato dalla lussuria, era sfuggito alle cure dei suoi amici Beta, Yosef e Rosen, ed era finito a fare la cazzo di bambola gonfiabile per una banda di Alpha, in un locale di quelli in cui la gente perbene non metterebbe mai piede.

Si era sforzato in ogni modo di cancellare quei ricordi, ma di colpo stava tornando tutto a galla.

Voltò le spalle a Urho e fissò le fiamme, rivivendo il passato con gli occhi della mente. Era rimasto lì tre giorni interi a prendere i cazzi di estranei, scatenando più di una sfida e di un combattimento tra Alpha, prima che finalmente i suoi amici lo trovassero, quando ormai il calore si stava esaurendo. Umiliato, pieno di lividi e lacerazioni interne e ingravidato da un Alpha sconosciuto. Non avrebbe mai pensato di arrivare a toccare il fondo in quel modo.

Appena possibile aveva affrontato un doloroso aborto illegale e aveva chiuso per sempre con i soppressori del calore. L'unica cosa buona che ne era venuta fuori era stata l'incontro con Urho: aveva trovato un accordo con lui e i suoi problemi col calore erano finiti.

Umiliazione e orrore si riaccesero con i ricordi che continuavano a scorrere nella sua mente e Vale si strofinò il viso, nel tentativo di scacciarli.

Urho sapeva tutto dell'incidente, ma non ne avevano mai parlato. Anche se Vale si fidava ciecamente di lui, il suo amico era piuttosto conservatore. Aveva servito come medico nell'esercito, a fianco degli Alpha che combattevano contro i gruppi per la liberazione degli Omega. Le sue opinioni sugli Omega erano influenzate da quelle esperienze, oltre che dal profondo legame condiviso con Riki, a detta di tutti un uomo schivo e pacato.

Ma la vita di Vale era diversa.

«Non deve saperlo,» disse.

«Il giovane Jason Sabel, intendi?» chiese Urho.

«Chi altro? Dovrai tenere per te quello che sai del mio passato.»

Urho fece roteare il suo drink e annuì, aggrottando la fronte. «Come vuoi.»

Vale sperava di poter contare anche sulla discrezione dei suoi

44

amici Yosef e Rosen.

Un Alpha inesperto come Jason non avrebbe mai potuto comprendere cosa fosse successo e ciò che aveva passato. Non avrebbe mai capito la follia del calore di ritorno e le scelte disperate dettate dall'istinto. Per non parlare del senso di impotenza nello scoprire di aspettare il figlio di un Alpha ignoto, del rischio e del dolore dell'aborto, e della vergogna che ancora lo consumava quando quei ricordi orribili tornavano ad assalirlo. A prescindere dall'esito della loro negoziazione, Jason non avrebbe mai dovuto sapere nulla di quanto gli era accaduto.

Gemette. Sotto molti aspetti, sarebbe stato meglio se Jason non l'avesse mai trovato.

«Potrei insinuare che aspetti un figlio da me,» propose Urho, con la sua bizzarra capacità di leggergli nel pensiero. «E quando la tua reputazione sarà rovinata e non sarai più desiderabile, potremo inscenare un aborto.»

Vale scosse la testa, sconcertato. «Non direi mai una simile bugia, perché si dà il caso che ci tenga, alla mia reputazione. E comunque non funzionerebbe. Sacro Lupo! Basterebbe una semplice visita medica o un qualunque Alpha, incluso il mio, che mi desse un'annusata, per accertare che non sono in attesa.»

«*Potrei* fecondarti al tuo prossimo calore, se riesci a rinviare il contratto fino ad allora.»

«Tralasciando i protocolli, e ingravidarmi in queste circostanze ne violerebbe molti, tu non desideri un figlio da me.»

«*Non* sono nemmeno contrario.» La voce di Urho era tenera, affettuosa.

«Accidenti! Questo sì che è un motivo valido per riprodursi!»

Quello che avevano condiviso, affetto, sesso e amicizia, era sempre andato bene a entrambi, ma nessuno dei due aveva mai desiderato di più. Vale aveva la sua vita, e così Urho. Inoltre, Urho aveva i suoi ricordi con Riki. Avere un figlio con un Alpha che aveva sperimentato un legame tra compagni predestinati sembrava un insulto, sia nei confronti di Vale che in quelli del suo Omega perduto.

«Se sei preoccupato per il tessuto cicatriziale, so come indurre un parto anticipato e sono sicuro che te la caveresti.» Urho aggrottò la fronte. «Però sarebbe rischioso per il bambino.»

Vale sbuffò. «Pensi che ti metterei in una posizione simile, dopo quello che hai passato? Non ho intenzione di correre un tale rischio. Tempo fa mi hai detto che non avrei mai potuto affrontare un parto, e la tua opinione è stata confermata da ogni dottore che mi ha visitato in seguito. Evitiamo di arrivare a misure drastiche.»

Urho sospirò. «Ci tengo troppo a te, sono disposto a tentare qualsiasi cosa.»

«Apprezzo che tu stia provando ad aiutarmi, anche oltrepassando i tuoi limiti.» Vale gli sorrise con il cuore colmo d'affetto. «Ma non hai pensato che potrei non aver bisogno del tuo aiuto?»

«Quindi ti limiterai a sottometterti?»

«Come l'Omega che sono?» lo provocò Vale.

Urho sospirò. «Non sei solo un Omega.»

«*Nessuno* di noi è "solo un Omega", anche se rispondiamo alle stesse leggi e alla stessa natura.»

«Hai una vita così piena! Vederla infrangersi ai piedi di quel giovane idiota è…»

«È il mio Alpha, quello che stai insultando,» gli ricordò Vale a voce bassa, attizzando di nuovo le braci.

«Come puoi arrenderti e lasciare tutto nelle sue mani? Come puoi permettere che sia lui a decidere se ti vuole o meno?»

Vale gli lanciò un'occhiata ironica. «Queste sono domande al limite del rivoluzionario, amico mio.»

Urho sbuffò e distolse lo sguardo, scrutando l'oscurità del giardino incolto. «Dannazione, Vale! Lo sai che credo che le nostre leggi esistano per una buona ragione e che il posto di un Omega sia accanto a un Alpha, e viceversa, ma questo vale quando le cose vanno come dovrebbero.»

«Come sono andate tra te e Riki.»

«Sì.»

Vale lasciò che le parole aleggiassero nell'aria per alcuni istanti. Non aveva bisogno di dirlo ad alta voce, anche Urho sapeva che non tutti potevano essere come lui e Riki. Qualcuno, come Vale, beneficiava di anni di indipendenza, libero da ogni legame, per poi trovarsi in un simile casino. Alla fine, fece del proprio meglio per rassicurare l'amico. «Avrò anch'io voce in capitolo. La legge non mi impone di firmare un contratto con clausole che ritengo inaccettabili, e Jason vorrà che io sia soddisfatto dei termini proposti.»

«Il potere di persuasione degli Omega,» commentò Urho.

Insinuare che gli Omega sfruttassero il proprio potere seduttivo e l'innato bisogno degli Alpha di compiacere i propri compagni per imporre la propria volontà era una sorta di insulto. Eppure, Urho lo aveva detto in un tono così tenero da rendere innocua la stoccata. Era ovvio che fosse stato ben contento di essere alla mercé di Riki.

«Lui avrà i suoi genitori che si batteranno per difendere i suoi interessi. Io avrò solo me stesso.»

«E me. E Yosef. Probabilmente anche Rosen si schiererebbe al tuo fianco.»

«Sì, non riesco a immaginare che non lo farebbe.»

«Non ostinarti ad affrontare da solo i genitori e gli avvocati del ragazzino. Tu da solo contro tutti loro? Il vostro potere di persuasione ha pur sempre dei limiti. È un cucciolo, farà quello che vogliono i suoi genitori.»

«Forse. Non si può mai sapere.»

Urho sbuffò.

Vale rifletté per qualche istante. «Hai mai sentito di un caso

47

simile? So che ce ne sono nei registri, ma tu hai mai conosciuto un Alpha e un Omega predestinati con una tale differenza d'età?»

«Nell'esercito, quando ero un giovane medico, c'era un comandante che aveva un Omega di venticinque anni più giovane, e non era un surrogato. Era il suo *Érosgápe*.»

«E?»

«E l'Omega era un gran bel pezzo di figliolo. Una cosina dall'aspetto dolce e…»

«Urho, se è una delle solite storielle squallide e offensive su un Omega che soffre di calore interminabile, ti infilzo con questo attizzatoio rovente.»

«Beh, il vecchio Alpha aveva il suo bel daffare con lui. Quando non è più stato all'altezza, ha chiesto aiuto ad alcuni amici. L'ha fatto per amore del suo Omega, anche se è stato un colpo al suo orgoglio. Suppongo che, come partner passivo, non avresti questo tipo di problemi, almeno finché riuscirai a bagnarti a sufficienza.»

«Sacro Lupo, devi sempre tirare in ballo il sesso! Non mi riferivo a quello. Erano felici? Si volevano bene? Hai detto che il tuo comandante amava il suo Omega e che erano *Érosgápe*, ma il loro legame era proprio come quello di ogni altra coppia predestinata?»

«Non lo so. Non ho mai chiesto. All'epoca pensavo solo a tornare a casa da Riki, quindi non ho prestato molta attenzione, a parte la curiosità sulla loro vita sessuale. Immagino che, tutto sommato, non fossero così diversi dagli altri *Érosgápe*. Mi sono sempre chiesto che fine abbia fatto l'Omega, dopo la morte del suo Alpha. Di certo gli è sopravvissuto.»

«A meno che non sia morto di malattia o per un incidente.»

«O che si sia tolto la vita.»

«Per tutti i diavoli! E questo cosa dovrebbe significare?»

«So solo che quando Riki se n'è andato, io ci ho pensato. È una cosa comune nelle coppie predestinate, quando uno dei due muore. Sono certo che per gli Omega sia lo stesso.»

Da quando erano amici non avevano mai parlato così tanto della morte di Riki. Di solito a Urho piaceva condividere ricordi felici o aneddoti divertenti del suo Omega, preferendo evitare argomenti dolorosi.

«Beh, suppongo che se Jason Sabel deciderà di firmare un contratto con me, anziché scegliere uno sforna-marmocchi surrogato, scoprirò di persona la profondità di questo tipo di rapporto.»

Urho tornò a farsi silenzioso, la sua espressione scontrosa e distaccata.

«Cosa c'è adesso?»

«Il legame tra *Érosgápe* non è come te lo aspetti.»

«In che senso?»

«Non è istantaneo. È una cosa graduale. Il ragazzo ha già subito l'imprinting, e quella è la parte più immediata. Tu ne hai percepito la forza, ma le reali connessioni di questo legame? Quelle si sviluppano solo col tempo, anche in presenza di un contratto. Il termine *Érosgápe* non indica nulla di diverso da un amore profondo.»

«Davvero?»

«Almeno secondo la mia esperienza e quella di altre persone con cui ne ho parlato.»

«Faccio fatica a crederlo.» Aveva già percepito la tensione provocata dal richiamo del suo Alpha. Più che amore, sembrava un'inaspettata dipendenza da stupefacenti, incontrollabile e nauseante.

«L'imprinting non è un colpo di fulmine, ma ci si avvicina. Il legame tra *Érosgápe* è ciò che nasce in seguito, dopo la firma del contratto, quando si consuma il rapporto e si scopre chi è davvero l'altra persona. In alcuni casi, se la firma del contratto viene posticipata, il legame tra i due *Érosgápe* si forma durante il periodo del corteggiamento, che nel tuo caso ti consiglio di protrarre il più possibile. Dai tempo al ragazzino di crescere e di fare scelte ragionate, guidate dal cervello, invece delle scelte idiote che si fanno seguendo il proprio cazzo.»

«Stai dicendo che io sono una scelta del cazzo?»

«Sto cercando di farti capire che si tratta di una situazione complicata e che saltarti addosso non la risolverà.»

«Non hai torto.» Vale sospirò, ripose l'attizzatoio sul suo supporto e si sedette sul divano. Il fuoco ne aveva riscaldato la pelle, che gli trasmetteva una piacevole sensazione alla schiena.

«Un'altra parola per dire amore, quindi? Perché mai avremmo dovuto inventarne una diversa, amore non bastava?»

«Direi di no, visto che l'amore ha innumerevoli sfaccettature. Che diavolo! Anche se non proviamo l'istinto di stringere un legame, tu e io ci amiamo. E tu amavi i tuoi genitori e ami quel tuo orribile gatto.» Urho indicò col capo la palla di pelo argentato che dormiva sotto la scrivania di Vale. Zephyr era bellissima; una vera femmina, come solo le creature non umane potevano ancora essere.

«Il legame tra *Érosgápe*, però, è eterno ed è riconosciuto dalla legge. Quello che si prova quando si è *Érosgápe*, è amore di un altro livello, assoluto e indissolubile. Nel caso degli Omega, tuttavia, non scatta un interruttore che cambia tutto all'improvviso. Il sentimento si insinua in loro pian piano, finché si rendono conto che, dannazione, morirebbero per il proprio Alpha. Non solo in teoria, ma per davvero. Sia gli Alpha che gli Omega sarebbero pronti a strapparsi le viscere e servirle su un vassoio in cambio della vita e della felicità del loro *Érosgápe*.»

Vale chiuse gli occhi. «Pater è morto cercando di impedire che Father venisse investito da un'autopompa dei vigili del fuoco. Sono stati travolti entrambi.» Non l'aveva mai raccontato a Urho. Lui sapeva solo che i suoi genitori erano morti in un incidente e non aveva chiesto altro, visto che capiva bene cosa volesse dire affrontare un lutto. «Ma avrebbe fatto lo stesso per me. L'amore non può essere così diverso.»

«Non so in che altro modo spiegartelo,» rispose Urho con voce roca. «Ciò che provano gli *Érosgápe* è diverso da ogni altro tipo d'amore, è guidato dall'istinto e regolato dalla legge. È fisico e spirituale. Questo è il motivo per cui ha bisogno di un termine specifico. Quando l'avrai provato, capirai. È lento e improvviso allo stesso tempo.»

Vale sospirò e chiese: «Quando lo provi, ti senti *più...*»

«Cosa vuoi dire?»

«Più completo?»

«Ah.» Urho fece roteare il liquore e ne bevve un lungo sorso. «No. È più come andarsene in giro tutto il tempo consapevole che ti manchi qualcosa e divorato dal bisogno di riempire quel vuoto con il tuo *Érosgápe*, senza però riuscire mai a raggiungere una completa fusione di anime. Ma durante il calore ci vai così vicino, che è come raggiungere il paradiso.»

Vale smosse le braci e pose la domanda che per anni si era trattenuto dal fare. «Come è morto Riki?»

Urho raggelò e, per un lungo momento, Vale pensò che non avrebbe risposto.

«Un aborto. La gravidanza era quasi a termine, ma il bambino era malformato, un parto naturale era impossibile. Riki è morto per l'emorragia, non sono riuscito a fermarla.»

Vale rabbrividì al pensiero del peso che gravava sulle spalle di Urho. «Mi dispiace.»

«Il parto è sempre pericoloso per un Omega, a prescindere dall'età. Quando ero un medico a tempo pieno, ne ho visti moltissimi finire male. E adesso, quando faccio il volontario nei quartieri poveri della città, mi capita di tutto.»

«Non capisco come tu possa farcela. Come fai a sopportare tutto quel sangue e quelle morti?»

«Quando va bene, il parto è un'esperienza meravigliosa. E

quando va male, c'è bisogno di me.» Urho scrollò le spalle. «Come ho detto, è sempre rischioso per gli Omega e io non posso tirarmi indietro. Che significato avrebbe avuto la vita di Riki, se non provassi ad aiutarli?»

Vale si sentì stringere il cuore e inghiottì il nodo che gli serrava la gola.

Urho proseguì: «I corpi degli Omega sono stati creati dagli uomini, non dal Sacro Lupo come sostengono i testi religiosi. Se ci fosse stata una mano divina nella loro creazione, senza dubbio avrebbe fatto sì che fossero più resistenti e che il parto risultasse più semplice. I vostri fianchi non sono larghi a sufficienza perché neonati robusti possano passarvi attraverso con facilità e il retto ha una spaventosa tendenza a lacerarsi. Inoltre, accade fin troppo spesso che un Omega vada in setticemia. Le possibilità che tu riesca ad avere un parto senza complicazioni, alla tua età e con quel tessuto cicatriziale, sono spaventosamente basse. Soprattutto se non viene indotto in anticipo, come ti ho suggerito.»

Vale sentì una stretta al cuore, sebbene sapesse che quella era la verità. «Di' pure le cose come stanno, Urho, non far caso ai miei sentimenti.»

«Ci penso anche troppo ai tuoi sentimenti, amico mio, ma ho paura per la tua vita. Non sono sicuro che quel tuo giovane Alpha si renderebbe conto di che perdita sarebbe per il mondo intero se tu morissi di parto.»

«Come sei melodrammatico! Il mondo non sentirebbe la mancanza delle mie poesiole.»

«Maledizione, intendevo dire che i tuoi amici e i tuoi studenti sentirebbero la mancanza del loro amico e professore. Quanto alla tua poesia, certo che il mondo ne sentirebbe la mancanza! Le tue opere sono la massima espressione di ciò che significa essere umano. Non sminuire la loro importanza.»

«Sei proprio innamorato di me.» Vale rise. «Non negarlo. Certo, non come se fossi il tuo *Érosgápe*, ma ciò che provi va oltre la semplice amicizia. Solo un innamorato potrebbe entusiasmarsi di fronte ai miei scarabocchi, ed è normale che dopo tutti questi anni io ricambi il tuo affetto. Siamo onesti, Urho, le mie poesie si perdono tra le migliaia, se non milioni, di cosiddette "massime espressioni dell'umanità". Puoi passare anni sdraiato sullo stomaco con un microfono in mano, a cercare di comprendere il linguaggio dei ratti dei boschi attraverso il loro cicaleccio, ma resterai sempre intensamente e profondamente umano. Proprio come l'idiota che di notte si arrovella tentando di mettere insieme parole graziose, e di giorno insegna ai suoi studenti a non far scempio dei fondamenti della grammatica. Forse anche di più.»

«Promettimi che non firmerai il contratto con quel ragazzino senza mostrargli prima le tue poesie e che, se lui non le apprezzerà, se non sarà in grado di riconoscerne il valore, non ti butterai via. Lo rifiuterai. Dirai che i termini del contratto sono inaccettabili. È un tuo diritto garantito dalla legge.»

L'idea di mostrare i suoi componimenti al giovane ed esuberante Alpha che l'aveva abbordato in biblioteca pareva assurda, in qualche modo anche più che firmare un contratto con lui e andarci a letto. Forse era quello che intendeva Urho, quando asseriva che il legame tra *Érosgápe* era qualcosa che richiedeva più tempo dell'imprinting istintivo tra Omega e Alpha.

«Promettilo,» insisté Urho.

«Ti voglio bene anch'io, amico mio.» Vale sospirò con un sorriso stanco, evitando con astuzia di fare qualsiasi promessa. «Ti amo tanto.»

CAPITOLO 5

J ASON SI SVEGLIÒ nella sua vecchia stanza a casa dei genitori e osservò il cielo azzurro dalla finestra. Il cuore gli batteva forte contro la cassa toracica, mentre col pensiero ripercorreva gli eventi del giorno prima.

Rotolando su un fianco, si raggomitolò in una palla, colpito da una travolgente ondata di gioia straziante e desiderio. La sera precedente aveva assunto una dose di alpha-tranquillante, un farmaco creato per aiutare gli Alpha a comportarsi in modo civile durante le prime fasi dell'imprinting, nel caso non fossero stati in grado di concludere subito il contratto con il proprio Omega. Gli effetti del medicinale non erano spiacevoli, sebbene non fossero divertenti come quelli dei blandi allucinogeni che lui e Xan erano riusciti a recuperare un paio di volte dai compagni di corso più grandi alla scuola superiore. Quella sì che era stata un'esperienza bizzarra ed esilarante, con tutti quei fiorellini che lo seguivano ovunque e gli uccellini che continuavano a parlargli nell'italiano del Vecchio Mondo.

Il tranquillante, invece, gli dava la sensazione di una leggera brezza fresca che gli scorreva nelle vene. Rendeva la sua percezione del mondo meno intensa, a dispetto del risveglio degli ormoni Alpha scatenato dall'imprinting, ma lo faceva sentire solo più rilassato, non lo metteva fuori uso come l'inibitore usato dalle guardie in biblioteca. Di certo la sera precedente lo aveva aiutato a placare la sua eccitazione e le sue paure, così da riuscire a dormire, ma ormai la sua efficacia stava svanendo.

Fremeva per l'energia repressa. Si chiese cosa stesse facendo il suo Omega, dove fosse in quel momento e cosa provasse riguardo a ciò che era accaduto.

Il giorno prima il rettore Rory non gli era sembrato troppo ottimista, e aveva avuto la sensazione che i poliziotti che stavano raccogliendo la sua testimonianza lo compatissero per ragioni a lui incomprensibili. Infine, durante la notte, c'era stato l'accorato e insistente mormorio dei suoi genitori. Avrebbe voluto restare sveglio per origliare la loro conversazione, ma dopo essere stato riempito di tranquillanti, accompagnati dall'insolita concessione di un bicchiere di vino, era stato così intontito che aveva permesso a Father di accompagnarlo a letto.

Ricordava il viso attraente di suo padre segnato da un'improvvisa stanchezza, mentre lo aiutava a sistemarsi con la sua consueta tenerezza.

«Andrà tutto bene, figliolo,» aveva affermato, accarezzandogli i capelli e posandogli un bacio sulla fronte, proprio come faceva quando era piccolo. «Ce ne occuperemo noi.»

Pater si era affacciato nella stanza con un bicchiere di whisky in mano, chiaro segno di stress, e Father si era alzato per raggiungerlo. Erano rimasti a fissare Jason dalla porta, due sagome nere illuminate dal bagliore giallo delle lampade del corridoio. Jason aveva cercato di restare sveglio, con l'intento di strisciare fuori dal letto per seguirli nella loro ala della casa e origliare fuori dalla porta.

Anche nel suo stato di stordimento, era consapevole di essere un Alpha che stava affrontando una situazione insolita e non poteva lasciare che lo trattassero come un bambino. Nessun Omega ne sarebbe stato ben impressionato. Specialmente uno già adulto. Doveva essere forte e pronto ad assumere il controllo. Per farlo, aveva bisogno di capire come stessero davvero le cose, ma i suoi genitori gli stavano dicendo solo ciò che pensavano avesse bisogno di sapere.

Invece era piombato in un sonno profondo e si era risvegliato alla prima luce del mattino. La stessa luce che ora strisciava lungo il pavimento della sua stanza. Le ombre dei rami degli alberi si agitavano nella brezza autunnale che filtrava attraverso la finestra aperta, rinfrescando l'ambiente.

Si mise a sedere con una certa cautela, ma il vino e il tranquillante non gli avevano lasciato postumi come la bottiglia di brandy bevuta insieme a Xan il primo giorno di università. L'amico l'aveva rubata dall'armadietto dei liquori del padre e l'aveva portata di nascosto nella loro stanza al dormitorio. Se l'erano scolata tutta, poi avevano scopato e poi avevano scopato ancora. Jason aveva avuto difficoltà a venire, dopo aver bevuto tutto quel liquore, ma Xan aveva perso ogni inibizione, come alcuni degli Omega nei filmati educativi.

Il risveglio, però, era stato imbarazzante, con Xan che vomitava dappertutto e la testa di Jason che sembrava poter esplodere da un momento all'altro.

Per non parlare del consueto senso di colpa di Xan...

Si voltò e trovò sul comodino un bicchiere d'acqua e altre quattro pastiglie di alpha-tranquillante. Le pillole scintillavano alla luce del sole. Erano blu e avevano le dimensioni delle perline di una collana per bambini. Per prima cosa si bagnò la bocca con l'acqua, poi prese in mano le compresse e le studiò.

Cosa sarebbe successo se non le avesse prese? Sarebbe stato travolto dal richiamo dell'imprinting e dal desiderio di stare insieme al suo *Érosgápe* al punto da commettere qualche follia? Si sarebbe calato dalla finestra e avrebbe corso per mezza città, fino a Oak Avenue, per bussare alla porta di Valendo Aman, finché non gli fosse stato concesso di entrare o si fosse reso ridicolo? O finché non fosse arrivata di nuovo la polizia?

Serrò gli occhi e strinse le pillole nel pugno. Lasciò che quella sensazione si riversasse su di lui: la forza del desiderio e il bisogno impellente di accoppiarsi e formare un legame. Era dolorosa o piacevole? Entrambe le cose? Si sentiva come se avesse una ferita aperta, qualcosa che doveva essere curato e per cui il solo rimedio possibile fosse la presenza di Vale.

Vale.

Chi era lui, comunque? Cosa ne sapeva davvero Jason?

Un professore.

Un uomo dai capelli neri brizzolati sulle tempie, stando a quanto diceva Xan.

Un uomo dagli occhi verde bosco.

Una voce che lo avvolgeva stringendolo forte, ma che era anche dolcissima.

Eppure, nulla di tutto ciò era reale. Era tutto dovuto all'istinto, ai feromoni e all'imprinting.

Chi era Vale? Che genere di persona era? Era stato solo per molto tempo.

Di certo non era il giovane Omega appena uscito dalla Mont Juror che Jason si era aspettato come *Érosgápe*. Il tipo di Omega con cui avrebbe dovuto affrontare al massimo qualche divergenza di opinioni sullo sport o su dove andare in vacanza.

No, Vale avrebbe avuto opinioni forgiate dall'esperienza e un suo passato che Jason avrebbe dovuto accettare.

Prese una delle pillole e la buttò giù. Attese qualche minuto, curioso di capire con quanta rapidità avrebbe fatto effetto e se il dosaggio ridotto sarebbe stato comunque efficace. Il suo sguardo si soffermò sulle ombre mutevoli dei rami degli alberi.

Da qualche parte lungo Oak Avenue c'era un uomo che gli apparteneva.

Un uomo di cui non sapeva nulla.

Un uomo che i suoi genitori vedevano come una minaccia.

La corrente nascosta e vibrante del suo istinto da Alpha lo cercava senza sosta.

Dove, dove, dov'è lui? Era proprio qui ieri sera, dov'è andato?

Quando il tranquillante entrò in circolo, l'urgenza del desiderio si smorzò un poco. Era come abbassare di una tacca il volume della nuova radio di Pater. C'era davvero bisogno di tutte e quattro le pillole? Era schiavo a tal punto del proprio corpo da dover abbassare la forza delle sue pulsioni di ben quattro tacche?

Magari solo un'altra.

Jason inghiottì una seconda pillola blu e finì il bicchiere d'acqua. Rotolò giù dal letto e si diresse in bagno. Era annesso alla sua stanza e aveva due porte, una che dava sul corridoio e l'altra sulla sua camera da letto. Le chiuse entrambe, si liberò, poi si fece doccia e barba.

Si prese il suo tempo, rasando fino all'ultimo pelo e tremando fino al midollo mentre un'idea si andava formando nella sua mente. Sapeva che la parte più importante di ogni piano era avere ben chiaro il risultato che si voleva ottenere, e ciò che desiderava lui era molto semplice: scoprire di più su Valendo Aman.

Rimanere in attesa che i suoi genitori chiamassero Vale e si accordassero per un incontro, aspettare che suo padre scoprisse qualche sporco segreto dall'investigatore privato che aveva senza dubbio ingaggiato la sera prima, o attendere come un timido coniglietto un confronto accuratamente programmato alla presenza degli avvocati e della sua famiglia, tutto ciò non gli avrebbe fornito le informazioni di cui aveva bisogno in quel momento.

C'era solo un modo per ottenere ciò che voleva.

Si sistemò i capelli in un elegante ciuffo che gli ricadeva sulla fronte, perse qualche secondo a desiderare invano muscoli che non aveva, poi si vestì rapidamente con i primi abiti a portata di mano, pantaloni beige, una semplice camicia blu e scarpe da ginnastica.

Tornando nella propria stanza, cercò di fare meno rumore possibile. Aprì la finestra facendola scorrere sui cardini ben oliati, la scavalcò e strisciò sulla ripida tettoia sottostante, prima di scivolare lungo il pergolato coperto di rampicanti.

La suola delle scarpe colpì il terreno con un tonfo e lui si allontanò svelto, uscì sul marciapiede, attraversò la strada e si diresse a nord, verso Oak Avenue e Valendo Aman.

Non gli serviva un indirizzo. Era talmente su di giri che avrebbe riconosciuto il profumo del suo Omega a cento metri di distanza.

Con il tranquillante che scorreva lento nelle sue vene, era certo che metà della dose lasciatagli dai genitori fosse più che sufficiente per controllare i propri impulsi. Tuttavia, giusto per stare tranquillo, si era infilato in tasca un'altra pillola.

Mentre camminava, si ritrovò ad apprezzare la bellezza del mattino. Le strade erano appena state ripulite dai nuovi camion che la città aveva acquistato per spazzare e aspirare i rifiuti. Le persone si affrettavano per raggiungere il posto di lavoro o la scuola, e nel vederle Jason fu colto dall'improvviso pensiero delle lezioni che stava perdendo. Avrebbe dovuto chiedere gli appunti a Xan.

L'ultima moda prevedeva che gli Omega impegnati indossassero una spilla con un cerchio d'oro appuntata al colletto, per segnalare a ogni Alpha vagamente interessato che non erano disponibili per un contratto, né come surrogati, né tantomeno per un po' di sesso occasionale. Jason notò che alcune spille erano d'oro, altre d'argento, e un Omega dall'aspetto facoltoso ne aveva una di diamanti sull'elegante camicia inamidata, infilata nei pantaloni su misura sostenuti da una spessa cintura in pelle.

Passandogli accanto, Jason gli fece un cenno di saluto con il capo. Sapeva che suo padre non ne avrebbe mai indossata una e che le trovava offensive, ma quel pensiero scivolò via quando il suo sguardo si soffermò su una coppia che rideva davanti a una panetteria.

Era evidente che provenissero dallo stesso ambiente. Indossavano entrambi abiti informali, come se fossero in vacanza e si fossero trascinati fuori dal letto e per le strade della città solo per procurarsi i caffè caldi e fumanti che tenevano tra le mani. Un sacchetto bianco passò dall'uno all'altro.

«Il mio preferito!» esclamò quello dai capelli scuri, estraendo un panino appiccicoso dal profumo di cannella.

Il suo Alpha fremette all'implicita lode e lo attirò a sé, baciandolo sulla fronte. «Come se potessi dimenticarlo.»

Qual era il dolce preferito di Vale? O il colore? Dove amava trascorrere le vacanze?

Lo stomaco di Jason si contorse, mentre una strana sensazione di terrore si faceva strada dentro di lui. Cosa sarebbe accaduto se Vale non avesse amato il mare? Avrebbe dovuto abbandonare il cottage, dove aveva trascorso la maggior parte delle sue estati, a favore di viaggi avventurosi tra cime di montagne innevate e gelide tende? E tutto questo solo per compiacere un uomo appena conosciuto?

Chi era Vale? Cosa significava essere *Érosgápe* e perché Jason sentiva il disperato bisogno di compiacerlo? Cosa lo avrebbe spinto a fare quell'uomo? Strinse i pugni e cercò di controllare il turbinio di emozioni che lo stava sopraffacendo.

È ciò che hai intenzione di scoprire, idiota. Calmati.

Oak Avenue era una strada signorile, anche se gridava classe media e appariva ordinaria a confronto della struttura mastodontica, grande come un intero isolato, che era la villa dei suoi genitori. Tuttavia, la casa di Vale aveva un aspetto piacevole, con un portico ombreggiato, un vialetto curato e un giardino incolto, folto e lussureggiante, che faceva capolino dal retro. Le doghe in legno erano dipinte di un blu mare che lenì i timori di Jason riguardo al cottage. Un uomo che viveva in una casa del colore dell'oceano non poteva certo odiarlo, vero?

Le ampie finestre della facciata principale erano aperte per lasciar entrare l'aria fresca del mattino. La porta d'ingresso era dipinta in un marrone caldo e accanto ad essa c'era una finestra stretta e lunga. Sul fianco dell'edificio si apriva un'altra finestra, e ce n'era una anche al piano superiore, con una tenda di pizzo bianco che ondeggiava spinta dal vento.

Arrivato sul retro della casa, Jason si bloccò di colpo. Dal confine della proprietà la brezza trasportò il profumo della pelle del suo Omega e percependolo non poté fare altro che inspirare a fondo. Le finestre sul retro erano impressionanti e sembravano indicare che il giardino, un tempo, fosse stato un luogo di cui essere orgogliosi. Ora era un disastro, ma un disastro glorioso. Un tappeto rosso, giallo e arancione ricopriva il terreno e il profumo di rose appassite e morenti si mischiò con la particolare fragranza di Vale, finché Jason credette di svenire per la forza del desiderio.

Raccolse il coraggio per avvicinarsi.

Avresti dovuto bussare alla porta principale come una persona rispettabile.

Il pensiero gli attraversò la mente mentre si intrufolava nel giardino ricoperto di piante di menta profumata.

Non era lì per fare la persona rispettabile.

Quello era compito dei suoi genitori. I loro avvocati avrebbero contattato quelli di Vale per poi incontrarsi in una stanza anonima e carica di tensione, agendo come se si trattasse di affari e non di qualcosa di molto più importante.

Lui, invece, era lì per scoprire chi fosse realmente Vale, prima che avvocati e contratti si mettessero in mezzo.

Anche le finestre posteriori erano aperte e avvicinandosi sentì una voce. *La* voce. Ruvida di rabbia. Jason sentì rizzarsi i peli sul collo. Perché il suo Omega era così furioso? Chi avrebbe dovuto sfidare?

«Quindi sono io che devo pagarne il prezzo?»

Un'altra voce giunse fino a Jason e lui dovette trattenere un ringhio, finché non si rese conto che proveniva dal moderno vivavoce poggiato in mezzo al caos della scrivania di Vale.

Jason batté le palpebre con le mani che tremavano. Quello era l'ufficio di Vale. Stava sbirciando nella casa di Vale.

Cumuli di fogli si agitavano nella brezza, tenuti fermi da tazze di caffè e libri posizionati in punti strategici. Sul divano in pelle erano gettati una coperta lavorata a maglia e un cuscino, come se il suo Omega avesse dormito nello studio, anziché in camera da letto. In un angolo c'era un camino pieno di cenere; una poltrona e alcune librerie completavano l'arredamento.

Dov'era Vale?

«Questa non è una punizione.» Jason riconobbe la voce del rettore Rory che si diffondeva dall'altoparlante. «È impensabile che tu possa rimanere al campus dopo aver subìto l'imprinting di un Alpha. Sei consapevole che basterebbe una mossa sbagliata da parte di uno di quei ragazzi per scatenare un disastro, e sei abbastanza maturo per sapere a che livello di violenza si potrebbe arrivare. Finché non avrai firmato il contratto, non ti sarai accoppiato e il legame non si sarà assestato, non potrai lavorare al campus.»

Vale saltò dalla poltrona che l'aveva nascosto fino a quel momento e raggiunse a grandi passi la scrivania, vi si appoggiò e si avvicinò al vivavoce con i pugni serrati. «Cosa dovrei fare? Morire di fame?»

«Per quanto abbia seri dubbi sul tuo bisogno di lavorare, vista la tua eredità, il tuo Alpha è piuttosto facoltoso. I Sabel non ti faranno mancare niente. Ti garantiranno una rendita ragionevole, ne sono certo.»

Il volto già bianco di Vale impallidì ulteriormente. Jason avrebbe voluto prendere a pugni il rettore, pur senza capirne il motivo. Era vero che non avrebbe mai permesso che Vale soffrisse, se poteva evitarlo.

«Sono un *uomo adulto* e sono abituato a prendermi cura di me stesso. Non voglio la carità.»

«Non è carità, Vale. È un tuo diritto, come suo Omega.»

«Amo il mio lavoro, Rory. Perché non lo capisci?»

«Lo capisco fin troppo bene. È un peccato, ma è così che stanno le cose. Il tuo lavoro sarà lì ad aspettarti, quando avrai firmato il contratto e stretto il legame, o lui si sarà laureato, qualsiasi cosa succeda per prima.»

«Questo è ridicolo! Non posso essere tenuto lontano dai miei studenti solo perché lui potrebbe dare di matto. Ci sono migliaia di Alpha per strada. Tutto ciò che devo fare è uscire di casa, per trovarmene uno davanti.»

«Quegli Alpha non sono sotto la mia responsabilità. Nessuno mi farà causa o mi sbatterà in galera, se Jason Sabel impazzisce e li riduce in poltiglia. E la maggior parte degli Alpha che incontri per strada sono più vecchi ed esperti, è difficile che commettano un passo falso se dovessi avere un calore inatteso.»

«Ho trentacinque anni! Non ho mai avuto un calore inaspettato in tutta la vita.»

«Non sei nemmeno mai stato esposto ai feromoni del tuo Alpha. Questo cambia le cose.»

Il respiro di Vale divenne irregolare per l'angoscia e il battito di Jason accelerò.

«Mi dispiace. Davvero.» Ci fu una pausa e quando Vale non rispose, il rettore proseguì: «Ti farò contattare da Jon Biers per sapere a che punto sei con il programma e per le valutazioni parziali degli studenti. Cerca di non prenderla così male, amico mio, e goditi la vacanza.»

«Una vacanza di due anni?»

Vale trasalì sentendo il rettore sbuffare stupefatto. «Quindi hai intenzione di farlo aspettare?»

«Non lo *conosco* nemmeno, quel ragazzo! Sono rimasto con lui meno di dieci minuti, ieri pomeriggio. Ti aspetti che cada ai suoi piedi e ceda al nostro primo appuntamento?»

«Alcuni lo fanno.»

«Sono ragazzi che lo fanno con altri ragazzi. Adolescenti con gli occhi a cuoricino, senza passato né progetti per il futuro, oltre a quello di stare insieme al proprio compagno.»

«Oh, Vale.» Il rettore sospirò pesantemente. «Preferisci chiamarlo anno sabbatico?»

«Non proprio.»

«Scrivi poesie. Pubblicale. Prenditi tempo per conoscere il tuo Alpha e capire i tuoi sentimenti. Il mondo ti aspetterà.»

Vale chiuse la chiamata, afferrò un fermacarte tondo e piatto dalla scrivania e lo scagliò contro il muro con un grido di rabbia. Il fermacarte lasciò un profondo segno circolare sulla parete color corallo e atterrò sul pavimento con un forte tonfo.

«Il mondo aspetterà?» urlò Vale. «Fottiti! Io ho una *vita*, porca puttana!»

Jason osservò il suo Omega, ipnotizzato dal rossore che si diffondeva sulle sue clavicole lasciate scoperte dal colletto aperto.

Vale si voltò di scatto, gli occhi fiammeggianti e i capelli scompigliati in maniera selvaggia sulle tempie come se li avesse tirati con forza. Il suo sussulto di sorpresa fu meraviglioso, come un piccolo assaggio dei gemiti che sarebbero venuti un giorno, sperando che *non* ci volessero due anni.

Xan aveva ragione, Vale *stava* ingrigendo, ma era alto e snello, forte e bellissimo. La maglietta verde donava ai suoi occhi una sfumatura color muschio più profonda e i pantaloni neri richiamavano i suoi capelli scuri. Era stupendo.

«Sto per chiamare la polizia,» sussurrò Vale, fissando Jason con gli occhi sgranati mentre arretrava lentamente verso la scrivania.

All'improvviso Jason si rese conto che stava guardando proprio lui, che stava parlando con lui e che il suo respiro tremava per la paura.

«Non ho intenzione di farti del male,» chiarì Jason alzando le mani. «Mi dispiace, non intendevo spaventarti.»

«Lo stalking è un reato. Anche tra *Érosgápe*.» La mano di Vale era tesa verso il telefono.

La gola di Jason si serrò e lui rimase senza fiato. Sacro Lupo! Quell'uomo era il suo *Érosgápe*! La sola idea gli risultava incredibile, straordinaria, persino surreale. «No,» sussurrò. «Non ti sto perseguitando.»

«E allora, cosa?»

«Io...» Jason si interruppe.

Era venuto lì per curiosare e cercare di capire che persona fosse Vale Aman, ma senza un vero e proprio piano. Sapeva solo che aveva bisogno di rivederlo e sentire la sua voce per capire la reazione dei suoi sensi e del suo cervello, ma ora che era lì, completamente sopraffatto dalla sua presenza, non sapeva più cosa fare.

«Anche origliare le telefonate private è un reato.»

«Io...»

«Tu?»

«Volevo vederti.»

«Ne sono sicuro.» La condiscendenza avvelenava il miele della sua voce. «L'avvocato dei tuoi genitori mi ha chiamato già questa mattina per prendere accordi. È così che si fa, Jason.»

Jason.

Aveva pronunciato il suo nome. La dolcezza di quella "S", leggermente blesa, vibrò ed esplose alla base del suo cranio riempiendolo di scintille.

«Di' ancora il mio nome.»

Vale sospirò, afferrandosi la radice del naso. «Dovremmo chiamare i tuoi genitori, perché vengano a prenderti prima che la situazione ci sfugga di mano.»

La sensazione di elettrizzante euforia scomparve e i fuochi d'artificio si spensero in fredde ceneri svolazzanti.

«Tu non volevi vedermi,» disse Jason a voce alta, la comprensione che si faceva strada mentre pronunciava quelle parole.

«Io pensavo...»

Cosa *aveva* pensato? A dire il vero, aveva agito senza rifletterci troppo.

Vale tolse la mano dal volto e il suo braccio ricadde mollemente, sul suo fianco. «Certo che volevo vederti. In fondo, non mi sei indifferente.» Sollevò la mano per bloccare sul nascere qualunque tentativo di Jason di scavalcare la finestra. «Ma questo... Venire qui da solo è pericoloso, Jason. E va contro il protocollo.»

«Il protocollo non ci permetterà di conoscerci davvero.»

«Davvero?»

«Sì, come...» Si spremette le meningi, alla ricerca delle parole giuste. «Sai che volevo vederti, ma ne conosci il motivo?»

«È il tuo istinto che ti spinge a cercare l'Omega con cui hai avuto l'imprinting.»

«Sì, esatto! Hai idea di quanto sia terrificante? Di come mi senta strano? Non sono in me, sono scosso nel profondo e straziato, lacerato dal desiderio di compiacerti, anche se nemmeno ti conosco.»

Sembrava pazzo e si stava mettendo a nudo. Si stava mettendo nelle sue mani, ecco a cosa l'aveva portato quell'avventura! Nel profondo lo aveva sempre saputo, ma non era stato in grado di fermarsi e impedirsi di sperare.

Vale lo fissò. Le ciglia scure facevano risaltare il colore dei suoi occhi, come il trucco utilizzato dagli Alpha e dagli Omega di una certa età che frequentavano i Jazz Club della zona. Jason aveva visto le loro fotografie sui giornali, nelle pagine di cronaca mondana. Vale però non era truccato, possedeva una luce naturale.

Oppure erano i feromoni che lo facevano apparire così agli occhi di Jason. Un'altra cosa che non avrebbe mai saputo.

«Tu sei spaventato?» chiese Vale.

«Già.»

«Oh.» Gli angoli della bocca di Vale si sollevarono in una piega amara. «Ammetto di non aver mai considerato la questione dal tuo punto di vista. È dura quando il nostro istinto animale ci viene sbattuto in faccia. Ci piace credere di essere al di sopra di tutto. Così intelligenti. Guidati solo dal nostro senso morale. Ma in realtà, nel profondo, è questo ciò che siamo.» Indicò Jason e poi se stesso. «Il primo calore è un ottimo e spietato promemoria per i giovani Omega. È logico che l'imprinting abbia lo stesso effetto sugli Alpha.»

«Volevo scoprire qualcosa su di te,» sussurrò Jason. «Qualcosa che non fosse contenuta in un rapporto dell'investigatore privato di mio padre o scritta su qualche contratto.»

«Avresti potuto provare col telefono. I tuoi genitori hanno il mio numero. Oppure avresti potuto chiedere all'operatore telefonico di metterti in contatto con me. Non ci sono altri Valendo Aman, in città.»

«Avevo bisogno anche di vederti.»

«Perché?»

«Non riuscivo a ricordare il tuo aspetto,» confessò Jason. «Non esattamente. L'imprinting è stato così rapido. Tutto si è ridotto a una sensazione e la mia mente non è riuscita a trattenere la tua immagine completa.»

Vale distese le braccia. «Allora, cosa ne pensi?»

Jason sentì la gola stringersi per l'emozione. «Sei stupendo.»

«Sono molto più vecchio di quello che avresti dovuto aspettarti.»

«Non per questo sei meno perfetto.»

Vale sorrise gentilmente e agli angoli dei suoi occhi si formarono alcune piccole rughe. «Sei dolce.»

«E di me che ne dici?» Jason allargò le braccia ripetendo il gesto di Vale. «Sono solo un ragazzino e per di più pelle e ossa. Devi essere deluso.»

Vale deglutì a fatica e distolse lo sguardo, rivolgendolo al buco nel muro lasciato dal fermacarte. «Sei un bellissimo ragazzo. Sono certo che tu ti sia visto allo specchio. Non hai bisogno delle mie rassicurazioni.»

«Invece sì.»

Sacro Lupo! Ne avrebbe sempre avuto bisogno. Ne aveva bisogno quanto di respirare.

«Allora sappi che ti trovo attraente in modi che non avrei mai creduto possibili.»

Jason fu travolto dal sollievo e da un'ondata di lussuria. Frugò nella tasca e ne tirò fuori un'altra piccola pillola, che inghiottì subito.

Vale si acciglò. «Cos'è quello?»

«Alpha-tranquillante,» ammise Jason timidamente.

«Mi sembra giusto.» Vale esitò e lo guardò come se fosse una creatura selvaggia. «Sta funzionando?»

«Sì.»

Vale annuì piano, poi si appoggiò alla scrivania e incrociò le braccia. «Se resti lì fuori, possiamo parlare.»

«Sul serio?»

«Per un po'. Non sei l'unico che sente il richiamo dell'*Érosgápe*.»

Jason avrebbe voluto crederci, ma Vale sembrava così calmo, mentre lui si sentiva così eccitato. Avrebbe voluto prenderlo tra le braccia e non lasciarlo andare finché non fosse stato ricoperto di sudore, saliva e sperma. Ma non gli sembrava che Vale fosse dello stesso avviso.

«Come è andata la mattinata?» chiese con voce sommessa, tentando con qualcosa di semplice.

«Ho perso il lavoro. Come inizio non è stato un granché.»

«Ti prometto che non dovrai essere tu a "pagare il prezzo" di ciò che sta accadendo,» rispose Jason. «Non è colpa tua se ci ho messo tutto questo tempo a trovarti.»

«Non eri neanche nato.»

«Sì, che lo ero. Avevi sedici anni quando sono nato, quindi io ne avevo sei quando hai avuto bisogno di me.»

La mano di Vale si contrasse, come se fosse stata pronta a prendere quella di Jason e poi ci avesse ripensato. «E cosa avrebbe potuto fare un Jason di sei anni, per un Vale ventiduenne?»

«Darti la speranza di avere un futuro?»

Il volto di Vale si scurì e Jason desiderò potersi rimangiare quelle parole. Incurvò le spalle e abbassò lo sguardo.

«Io ce l'avevo, un futuro. Tutto ciò che è accaduto prima che tu sbucassi fuori dal nulla era il mio futuro. Era *la mia vita*.»

«Mi dispiace.» Jason sollevò lo sguardo sperando che Vale capisse. «Volevo solo dire che forse per te sarebbe stato meno doloroso. Non so niente della tua vita. Non avrei dovuto fare illazioni. I miei professori ripetono sempre che imparare significa saper ascoltare. Migliorerò, lo giuro.»

Le labbra di Vale si arricciarono in un sorriso. «Sei giovane, ma se manterrai questo atteggiamento, ce la caveremo.»

«Sì?» Jason si ritrovò con il cuore in gola.

«Ci sono molte questioni da affrontare e da risolvere, ma sembri un ragazzo di buon cuore, Jason.» Il corpo di Vale si rilassò e sorrise con sincerità. «Ne sono felice.»

«Voglio che tu sia felice di tutto ciò che mi riguarda.»

«Il potere di persuasione dell'Omega,» sussurrò Vale con una punta di sarcasmo. Jason sgranò gli occhi nel sentire quel termine offensivo provenire dalla bellissima bocca del suo Omega, insieme all'accusa che Jason non intendesse davvero ciò che aveva appena detto.

«Forse, ma non è così che funziona? Non è così che dovrebbero andare le cose?» chiese Jason.

«Oh, sei così giovane.»

Era andato lì per conoscere meglio il suo Omega, ma a ogni frase che usciva dalla sua bocca, Vale si faceva più distante.

«Qual è il tuo colore preferito?» chiese disperato. Non aveva intenzione di andarsene del tutto a mani vuote.

Vale lo assecondò. «Blu.»

«Tutti i blu? O una tonalità in particolare?»

Vale inclinò la testa riflettendo pensieroso, mordicchiandosi il labbro inferiore. «Aspetta un attimo. Ho un lembo di tessuto, un vecchio segnalibro a nastro.»

Si allontanò e Jason si appoggiò al davanzale, tentato di intrufolarsi all'interno e seguirlo, così che la distanza tra loro non superasse i pochi passi di prima e non divenisse intollerabile. Tuttavia, riuscì a controllarsi e attese, lo sguardo incollato a Vale che frugava nel caos di un cassetto della sua scrivania. Ne tirò fuori un nastro blu con la stampa di una stella dorata da un lato e alcune parole sull'altro, si avvicinò alla finestra e glielo mostrò. «Questo blu.»

«Più scuro di un uovo di pettirosso, ma non quanto un fiordaliso.»

«Si chiama oltremare.»

«Davvero?» Jason si sporse per prendere il nastro dalle sue mani e Vale lo lasciò fare, facendo attenzione a evitare qualsiasi contatto fisico. Il nastro era morbido e logoro, ma il colore era ancora vivido. Le parole dicevano "POETA DELL'ANNO" e Jason le tracciò con le dita. «L'hai vinto?»

«Sì, il mio ultimo anno alla Mont Juror.» Vale ridacchiò e la dolcezza di quel suono riverberò lungo la spina dorsale di Jason. «La poesia si intitolava "Quando il sole tramonta sulla tua pelle". Era tremenda.»

«Impossibile, hai vinto!» ribatté Jason. «Doveva essere bella.»

«Era il lavoro di uno studente.»

Jason sorrise e il suo cuore accelerò. Dunque, Vale era severo con se stesso e un po' snob. Poteva gestirlo. Così andava bene. Quella era un'informazione su cui lavorare per ottenerne altre. «E adesso sei un professore.»

«*Ero*, a quanto pare.»

Merda. Un altro passo falso. Era un idiota. Se continuava così Vale non avrebbe mai creduto che Jason fosse intelligente.

«Tornando alla poesia,» si precipitò a dire.

«Sì, è più sicuro,» ironizzò Vale, divertito.

«Il rettore ha detto che dovresti comporre poesie e pubblicarle.»

Vale alzò gli occhi al cielo. «Sono anni che ne pubblico.»

«Allora posso comprarle?»

Vale impallidì leggermente. «Non posso impedirtelo, ma preferirei che non lo facessi.»

«Perché?»

«Sono personali.»

«In che senso?»

«Preferirei non parlarne.»

Jason iniziava ad avere male ai piedi e avrebbe voluto infilarsi in casa e buttarsi su una di quelle poltrone dall'aspetto così comodo. Si appoggiò al davanzale e spostò il peso da un piede all'altro. «Perché?»

«Sacro Lupo, la tua ostinazione è fastidiosa!»

«Vorrei leggere le tue poesie, ma tu non vuoi che lo faccia e quindi mi sento combattuto. Voglio conoscerti meglio, ma voglio anche compiacerti. Il primo è il vero me stesso, l'altro è l'istinto. Dai al vero me una ragione per non fermarsi in libreria sulla strada di casa.»

Vale serrò la mascella e poi la rilassò, come aveva fatto al telefono con il rettore quando si era davvero incazzato. «Ho scritto e pubblicato poesie sulle mie esperienze con il calore, Jason. Ho affrontato molti calori da quando sono diventato adulto. Di rado da solo.»

Jason trattenne il respiro e si allontanò di un passo dalla finestra.

Lo sapeva. Ok, magari non lo *sapeva* nei particolari, ma Vale aveva trentacinque anni. Era impossibile ignorarne le implicazioni. Per non parlare del fatto che l'Alpha che era stato insieme a lui il giorno precedente era ricoperto del suo odore. Era impossibile che non avessero… anche quando non c'era alcun calore da placare.

«Oh,» disse.

Vale lo guardò con freddezza, valutando la sua risposta. «E quindi?»

«E quindi cosa?»

«Capisci cosa significa?»

«Sì.»

«E perché non dovresti leggere le mie poesie?»

«Posso gestirlo.»

«Sembra che tu stia per svenire o per fuggire via.»

Jason sollevò il mento. «Sono un progressista. Credo nei diritti degli Omega.»

Vale sospirò e tornò a stringere la base del suo naso. «Sei così maledettamente giovane! Cosa devo fare con *te*?»

«E tu sei così maledettamente condiscendente, dannazione, cosa dovrei fare *io* con te?» sbottò Jason, incapace di contenere il fastidio di essere liquidato con tale facilità.

Vale lo fissò per un momento e poi gettò indietro la testa e rise.

Jason fu tentato di fare come aveva detto Vale e scappare via. «Cosa c'è?»

«Credo che se riusciremo a superare l'incredibile bizzarria di questa situazione, potremo imparare ad andare d'accordo, Jason Sabel.»

Jason incrociò le braccia sul petto e mantenne la sua posizione. Dal terreno sotto i suoi piedi si sollevò un profumo di menta. «Qual è il tuo dolce preferito?»

«Crostata di ciliegie. Il tuo?»

«Torta al rabarbaro.»

«Accidenti se è amara! Devi avere un cuore molto dolce. È

quello che diceva sempre Pater: l'amore per il cibo amaro è rivelatore del più dolce dei cuori.»

«Lui è…?»

«Sono morti entrambi molto tempo fa. Sono solo al mondo.»

«Non più.» Jason si avvicinò di nuovo alla finestra e allungò una mano all'interno, con il palmo verso l'alto. «Ci sono qui io, adesso.»

Vale oltrepassò piano la scrivania, gli occhi fissi su Jason come se non riuscisse del tutto a fidarsi di lui, e con delicatezza spinse la sua mano di nuovo fuori dalla finestra.

«Sì, sei proprio qui e non ci dovresti essere.» Un sorriso gentile gli rischiarò il volto. «Dovresti tornare a casa, adesso. Altrimenti sarò costretto a chiamare i tuoi genitori e nessuno di noi lo vuole davvero.»

Infine, chiuse la finestra e tirò le tende, lasciando Jason solo nel giardino.

CAPITOLO 6

«DOVE SEI STATO?»

Father afferrò Jason e lo trascinò dall'ingresso fino al retro della casa, dove Pater amava rilassarsi e ascoltare musica con il loro grammofono di ultima generazione.

Vestito con un paio di pantaloni scuri dalla piega perfetta e una camicia bianca, Father sembrava pronto per un incontro d'affari, al contrario di Pater che si trovava nella sua veranda, sdraiato sul divano di pelle blu. Indossava pantaloni comodi, pantofole e una vecchia maglietta comprata durante una gita allo zoo, quando Jason aveva nove anni. Stava anche fumando, e quello non era mai un buon segno.

Se Pater fumava, significava che era sconvolto.

Se Pater fumava, Father si sarebbe preoccupato.

«Ehi,» mormorò Jason debolmente, mentre Father lo trascinava dentro la stanza.

Pulito e ordinato, con tutti i libri e gli spartiti sistemati in ordine alfabetico per autore o compositore, la veranda aveva un'aria virile ma accogliente. Gli schienali delle poltrone di pelle e del divano erano drappeggiati con morbide coperte, e le finestre e la porta a vetri si aprivano su un giardino ben curato, pieno di fiori autunnali e riscaldato dai colori delle foglie appassite. Nella stanza c'erano anche tre chitarre, un pianoforte, un violino e un tamburo alto e sottile che produceva un suono rilassante quando veniva percosso.

Una massiccia scrivania e un tavolo da gioco, che Pater usava più che altro per scartabellare tra i suoi spartiti, davano un'aria vissuta all'ambiente e la radio e il grammofono avevano un posto d'onore sulla credenza accanto al piano che Pater suonava di tanto in tanto.

Uno spesso disco in vinile girava sul grammofono e il corno diffondeva una melodia priva di parole e malinconica, un brano cupo per violino e pianoforte. Non era un buon auspicio, quindi Jason non si stupì che Pater sembrasse più fragile del solito quando si sollevò su un gomito per puntare su di loro gli occhi nocciola carichi di preoccupazione.

«Dove sei stato?» sussurrò in una stanca eco della domanda già posta da Father. La sigaretta che penzolava tra due dita, si mise a sedere con cautela; il dolore fisico che provava era evidente.

Jason trasalì. «Stai bene?»

Pater lo ignorò. «Hai importunato quell'uomo?»

«Non l'ho importunato. Ho solo…»

Pater sbatté le palpebre. «Quindi sei andato da lui?»

«Sì, ma…»

«L'hai aggredito?»

«Cosa?» Jason sgranò gli occhi, scioccato.

«L'hai toccato? In qualsiasi modo?»

«No.» Jason deglutì a fatica, il dolore che lo colpiva come un fulmine a ciel sereno. «Io non, non avrei mai…»

Pater infilò la mano in tasca e ne tirò fuori la pillola che Jason aveva abbandonato sul comodino. «La dose che ti abbiamo lasciato era quella giusta, Jason. Se ne prendi di meno…» inarcò un sopracciglio, lasciandogli assorbire l'evidente sottinteso.

«Non gli farei mai del male. Mai.»

Pater lo scrutò con attenzione e poi sollevò lo sguardo su Father.

Dopo aver scrollato le spalle in risposta a qualunque cosa avesse visto, fece un tiro dalla sigaretta e si voltò di nuovo verso Jason. «Siediti.»

Father si portò nella posizione che assumeva ogni volta che Jason era nei pasticci. Si mise in piedi dietro a Pater, le mani sullo schienale del divano, le spalle dritte come a proteggere l'altro da qualche minaccia, e affrontò Jason con tutta l'autorità da Alpha che riuscì a raccogliere. Due contro uno. Non era giusto.

«Non ho fatto niente di male,» si difese Jason prendendo posto sulla "sedia delle punizioni". Si trattava di una poltrona imbottita, chiamata così perché era lì che da ragazzino veniva condotto per subire le inevitabili ramanzine. «Gli ho solo parlato.»

Pater alzò le mani e un po' di cenere cadde sulla sua maglietta. «Sei andato là a disturbare quell'uomo? A dispetto dei limiti del protocollo?»

«Volevo…»

«L'avrai spaventato a morte, te ne rendi conto?» Pater aspirò dalla sua sigaretta. «Un Alpha sotto imprinting compare alla sua porta con chissà quali intenzioni! Deve aver…»

«Volevo solo parlargli.» Le parole uscirono cariche di dolore.

«E l'hai fatto?» chiese Father, scacciando il fumo emesso da Pater con una smorfia.

«Sì.»

Father si acciglò: «E come è andata?»

«Lui… era d'accordo.» Jason si mosse a disagio, combattuto tra un ostinato atteggiamento di sfida e una punta di vergogna. Forse *aveva* spaventato Vale. D'accordo, senza forse, ma alla fine era andato tutto bene, no?

«Inizia a parlare,» lo sollecitò Father, massaggiando le spalle del marito.

Pater scrollò via le sue mani e si chinò in avanti per spegnere la sigaretta sul piattino d'ottone che teneva sul tavolino a quello scopo.

Jason li guardò male. «Lasciate almeno che vi racconti l'intera storia. Ascoltatemi, prima di aggredirmi.»

Pater fece un cenno con la mano come se lasciarlo parlare fosse un'enorme concessione da parte sua. Trattenendo l'irritazione, Jason si schiarì di nuovo la voce e iniziò a parlare. Raccontò di come si fosse svegliato e si fosse reso conto che non avevano intenzione di trattarlo da adulto.

«Proprio come state facendo adesso,» puntualizzò. «Ero certo che sarebbe finita così. Non avete intenzione di dirmi quello che ho davvero bisogno di sapere su Vale! Pretendete di decidere al mio posto quello che dovrei volere, quello che dovrei mettere sul contratto e quello che è importante. Beh, io non sono d'accordo!»

Un'espressione sorpresa e ferita attraversò il volto di Father. «Non credi che abbiamo a cuore i tuoi interessi?»

«Ci credo, ma non sono i miei interessi a starmi a cuore. Io voglio sapere quali sono i *suoi* interessi e quali i *suoi* desideri. Voglio sapere chi è lui, al di là degli stupidi fatti che l'investigatore andrà a scovare.»

Pater sospirò e si passò la mano sulla fronte. «Jason, non puoi semplicemente presentarti alla porta di quell'uomo e chiedergli di farti entrare.»

«Non l'ho fatto.»

«È quello che hai detto.»

«No. Non l'ho fatto! Gli ho parlato attraverso la finestra.»

«Sacro Lupo! Gli hai parlato attraverso la finestra. Lo avrai terrorizzato quel poveretto.»

«A dire la verità, mi è parso tranquillo. Per la maggior parte del tempo. Voglio dire, all'inizio era spaventato, ma poi ha capito che non gli avrei fatto del male.» Jason sentì un rivolo di sudore colargli dalla fronte e lo sfregò via. «Si è fidato abbastanza da chiacchierare con me per qualche momento.»

Ma non abbastanza da afferrare la mano che gli aveva teso.

Jason riusciva ancora a sentire la pelle formicolare dove le dita di Vale avevano sfiorato le sue nocche, spingendogli via la mano per chiudere la finestra.

«E cosa hai scoperto su di lui?» chiese Father con gentilezza.

Jason esitò. Non aveva intenzione di rivelare loro ciò che aveva detto Vale delle proprie poesie, o dei calori che aveva affrontato con l'aiuto di Alpha surrogati. Anche se immaginava che, comunque, fosse solo questione di tempo prima che l'investigatore privato rivelasse quelle informazioni ai suoi genitori.

«Gli piace il blu. Questo blu.» Tirò fuori il nastro dalla tasca, sorridendo al ricordo di Vale che lo cercava frugando nel caos del cassetto della sua scrivania. «Ed è un disastro nei lavori di casa, ma non è un problema, assumerò qualcuno.»

«Oh, Jason,» sussurrò Pater.

«I suoi occhi sono color verde bosco, le sue labbra sono stupende. Quando ride è come se una scossa mi percorresse la spina dorsale e...» si interruppe, non volendo dire nulla che potesse essere interpretato come romantico o sessuale. I suoi genitori erano già fin troppo pronti a imputare le sue opinioni agli effetti dell'imprinting. «È furioso perché gli è stato imposto di lasciare l'università.»

«Te l'ha detto lui?» chiese Father.

«No, l'ho sentito per caso e lui se n'è accorto.»

«È un peccato, ma...»

Jason lo interruppe. «Gli ho promesso che non avrebbe dovuto essere lui a pagare il prezzo di ciò che è successo. Puoi convincere il rettore Rory a reintegrarlo?»

«No.» Father si passò la mano sul capo, scompigliandosi i capelli biondi. «Figliolo, non puoi stare al campus con lui finché non avrete completato il legame. È qualcosa che va oltre il compimento dell'imprinting, oltre la firma di un contratto. Dovrete aver raggiunto l'unione profonda e completa degli *Érosgápe*, te ne rendi conto? Altrimenti sarebbe troppo pericoloso per te e per i tuoi compagni.»

«Non darò di matto perché un Alpha qualunque...»

«Non è negoziabile.»

«E tu vivrai qui a casa finché...» Pater scosse la testa.

«Finché non sarà tutto sistemato,» concluse Father per lui.

«Devo vivere qui? Perché?»

«Perché è chiaro che non si può contare sul fatto che tu non sgattaioli a casa del tuo Omega. Non possiamo addossare questa responsabilità all'università. Dovremo occuparcene noi.»

«Non potete tenermi prigioniero. Non sono un bambino.»

«No, ma non sei pronto per questo, Jason.» Pater guardò Father in cerca di sostegno e lui gli strinse le spalle con fare rassicurante, ma fu scacciato di nuovo.

Con un sospiro, Father andò a sedersi sulla poltrona accanto a Jason. «Tuo padre ha ragione. Il tuo corpo lo bramerà come una droga e, senza uno stretto controllo, cederai al desiderio.»

«Può tenermi d'occhio Xan.»

«Assolutamente no. Xan è ancora più immaturo di te,» sbottò Father.

«Ma...»

«No,» disse Pater piano, soffiando una lunga voluta di fumo. «Non ci saranno ulteriori discussioni in proposito.»

Jason rispose a denti stretti: «E i nostri progetti? Xan e io ci siamo giurati che saremmo stati compagni di stanza all'università quando avevamo quattordici anni. Ha bisogno di me.»

«Il tuo attaccamento nei suoi confronti diminuirà man mano che le cose con il tuo Omega si sistemeranno,» rispose Pater, e la punta di consapevolezza nella sua voce portò Jason a sospettare che avesse intuito qualcosa sul rapporto che lo legava a Xan.

Altro fumo si levò verso il soffitto, creando spirali e mutando forma nell'aria. Per Jason quel fumo aveva il profumo della tristezza.

«*Se* le cose con il suo Omega si sistemeranno,» borbottò Father.

«Questo cosa dovrebbe significare?» chiese Jason.

«Vuol dire che abbiamo parecchie questioni da risolvere,» intervenne Pater, la voce spezzata dalla stanchezza.

Father lo fissò con espressione penetrante. «Significa che non ho intenzione di permettere che il tuo futuro sia determinato dalla mano fin troppo casuale del destino.»

Pater gli lanciò un'occhiataccia. «Basta così. Sai bene come andrà a finire se continui su questa strada.»

«Quale strada?» chiese Jason. «Cos'è che non mi state dicendo?»

«Figliolo, ti devi fidare di noi. Siamo i tuoi genitori. Vogliamo solo ciò che è meglio per te.» Father si chinò in avanti, le sopracciglia leggermente inarcate e il tono preoccupato.

«È davvero troppo presto per questa conversazione,» dichiarò Pater.

«Non sono uno stupido, sapete?» obiettò Jason.

«Certo che non lo sei, ma tuo padre ha ragione. Questo non è il momento di parlarne.» Father diede un'occhiata all'orologio, «Tra venti minuti devo incontrare Jeft Mellors. Ci fornirà una prima serie di informazioni da esaminare. Poi passerò ai magazzini per vedere come vanno le cose con le spedizioni.»

Pater scrollò le spalle ossute, con un movimento che tradì la sua stanchezza.

«È l'investigatore che hai assunto?» chiese Jason. «Jeft Mellors? Sta raccogliendo informazioni su Vale?»

Father si acciglò. «Non c'è bisogno che ti preoccupi di questo.»

«Non potete escludermi così! Vi ho già detto che è proprio questo il motivo per cui sono uscito stamattina, perché sapevo che avreste agito in questo modo. Se volete che mi comporti bene, se volete che segua il protocollo, non potete tenermi all'oscuro.» Pater sospirò e Father strinse le labbra.

«Mi mostrerai quello che ti porterà.» Jason osò puntare il dito contro suo padre e cercò di apparire più adulto, pronto ad affrontare ciò che sarebbe accaduto. «Tutto quanto.»

Father si massaggiò le tempie. «D'accordo. La scelta è tua ed è giusto che tu sappia a cosa vai incontro.»

Jason strinse gli occhi. Non era un idiota. Sapeva a cosa stava alludendo Father e che a Pater quell'idea non piaceva. Stava suggerendo che Jason prendesse un surrogato al posto di Vale.

«Vai adesso, Yule,» disse Pater. «Io resterò qui con Jason. Oggi lo seguirò nei suoi esercizi con la chitarra, è da un po' che non lo facciamo.»

Jason gemette ma non si lamentò. Accettò la carezza di Father sui capelli e osservò i suoi genitori salutarsi con un bacio, poi si alzò per prendere la chitarra acustica a cui era passato una volta che le sue mani erano divenute quelle di un adulto. Tornò a sedersi, sistemandosi però sullo sgabello accanto al padre, e cominciò a rigirarsi lo strumento tra le mani. «Con quale brano devo iniziare?»

Pater fece un gesto noncurante con la mano. «Uno che riuscirai a non massacrare. I miei nervi non reggerebbero.»

Un'ora più tardi le dita di Jason dolevano e Pater stava disteso sul sofà, con un braccio sugli occhi, ad ascoltare invece che a dargli consigli. Però non stava più fumando, il che era un miglioramento. Sembrava il momento buono per concludere.

«Ho finito.» Jason si alzò e ripose la chitarra sul suo sostegno.

«Hai suonato meglio del solito.»

Jason sorrise dolcemente. Aveva chiuso gli occhi e immaginato che sul divano ci fosse Vale al posto di Pater, ma non aveva intenzione di rivelarlo. «Grazie.»

«Eri più concentrato. C'è un motivo particolare?»

«Ho pensato che a Vale potrebbe piacere. Che io sia bravo a suonare, intendo.»

Pater sorrise e si mise seduto. «Forse sì,» concordò, mentre tirava fuori dalla tasca quattro pillole blu e gliele porgeva. Jason mandò giù l'alpha-tranquillante senza sforzo. Nel giro di qualche minuto la sensazione di fredda calma si insinuò nel suo corpo, stabilizzando la rinnovata brama che stava montando in lui senza che nemmeno se ne rendesse conto.

«Non intendevo spaventarlo.» Jason sedette sul divano, lasciando che Pater gli posasse un braccio sulle spalle con affetto. «Non avevo neanche in programma di parlargli.»

«E cosa avevi intenzione di fare?»

Le orecchie di Jason avvamparono. «Avevo intenzione di, ecco, sbirciare dalle finestre e, beh, vedere se fossi riuscito... Non lo so. Volevo solo scoprire qualcosa di lui.»

«Capisco.»

«Quando si è spaventato, ho provato a rassicurarlo, ma...»

«Mi dispiace di averti accusato, prima. Avevo passato un'ora a immaginare gli scenari più tremendi, temendo che la polizia comparisse alla nostra porta annunciando che avevi aggredito quel poveretto. È l'istinto. Con l'imprinting non si scherza, tesoro.»

«Ne sono consapevole. Sapevi che è solo al mondo? I suoi genitori sono morti.»

«Capisco.» Pater si accigliò. «Questo renderà più complicate le trattative. Non è consuetudine interagire direttamente con l'Omega, ma in questa situazione, forse, è giusto così. Ci preparerà per ciò che verrà dopo.»

La mente di Jason tornò a quando aveva teso la propria mano, giurando che Vale non sarebbe più stato solo al mondo. «Gli ho detto che adesso sono io, la sua famiglia.»

Pater rise piano. «E lui cosa ha risposto?»

«Ha detto che avrei fatto meglio a tornare a casa.»

Pater diede una stretta alla spalla di Jason. «Accetterà più volentieri le tue dichiarazioni romantiche quando le cose saranno meno incerte.»

«Almeno non mi odia. Ha detto che ho un cuore buono e pensa che un giorno potremo stare bene insieme.»

Non era esattamente ciò che aveva detto Vale, ma Jason aveva bisogno di credere che fosse quello che intendeva.

«Ci *assicureremo* che tu abbia un futuro felice, va bene? Faremo tutto ciò che è in nostro potere.»

«Father sta già pensando a un surrogato.»

Pater scosse la testa. «Zitto. Non ne parleremo adesso e, con un po' di fortuna, non ne parleremo mai.» Ritrasse il braccio e diede un colpetto al ginocchio di Jason, sorridendo con labbra tremanti. «Di certo non adesso. Sono troppo stanco, mi dispiace.»

«Hai di nuovo avuto un calore difficile?»

«Più invecchio e più diventano intensi, ma il vero problema sono le pillole che prendo per evitare una gravidanza.»

L'argomento metteva Jason in leggero imbarazzo, ma se voleva diventare un buon Alpha per il suo Omega, non poteva evitarlo. «Non capisco cosa intendi. A lezione ci hanno spiegato che i preservativi per gli Alpha dovrebbero prevenire indesiderate…»

Pater rabbrividì. «Li odio»

«Come mai? I professori dicono che non comportano una reale diminuzione del piacere per gli Omega, evitano solo che concepiscano.»

Pater sbuffò. «I tuoi professori hanno tralasciato il fatto che il piacere è qualcosa che va oltre la sensazione fisica. L'istinto fa percepire l'inseminazione come connessione, come intimità. Inoltre, io sono allergico ai preservativi approvati dal governo e quelli del mercato nero sono ormai introvabili.» Gli occhi di Pater si incupirono. «La verità è che non vogliono che controlliamo le nascite, capisci?»

«Lo so.» L'aveva sentito centinaia di volte quando suo padre beveva qualche bicchiere di troppo e iniziava a blaterare dei diritti degli Omega.

«Se si trattasse di una volta sola, potrei tollerarlo, ma al quinto o sesto nodo, mi gonfio e inizio a sanguinare. Dopo cinque giorni di rapporti ininterrotti? Beh, probabilmente mi lacererei e mi verrebbe un'infezione.» Frugò in tasca alla ricerca delle sigarette, ma Jason gli prese la mano per fermarlo.

«Va tutto bene, Pater. Non hai bisogno di fumare.»

«Lo odi, vero?» chiese in tono di scusa. «Lo so, è una pessima abitudine.»

«Lo fai solo quando sei triste. O spaventato. O infelice. Non capita tanto spesso.»

«In genere solo quando sono prossimo al calore.»

Jason gli strinse la mano. «Quindi quando affermi di prendere quei farmaci per non concepire, in verità stai dicendo che probabilmente hai già concepito e...»

Pater si mosse a disagio. «Sì. I farmaci abortivi più efficaci sono praticamente dei veleni. Fanno il loro lavoro, distruggendo ogni ovulo fecondato, ma il fisico ne paga il prezzo. Usarli con continuità, come devo fare io, significa che le sostanze tossiche si accumulano, abbattendo le mie difese immunitarie. È per questo che tuo padre è così protettivo nei miei confronti.»

«Pensavo che prendere quei farmaci fosse illegale, a prescindere dal motivo.»

«Beh, credo che siamo d'accordo sul fatto che valga la pena infrangere alcune regole. In caso contrario, sarei morto da tempo.» Accarezzò i capelli di Jason. «E non potevo permetterlo. Tu avevi bisogno di me.»

«Anche Father aveva bisogno di te.»

«Certo.» Un sorriso affettuoso incurvò le sue labbra. «Lui avrà sempre bisogno di me. Purtroppo, non so per quanto ancora avrò la fortuna di essere qui per lui. La mia salute peggiora a ogni calore.»

«Non c'è un modo di fermarlo? Il calore, intendo.»

«Con il trascorrere degli anni gli inibitori hanno smesso di funzionare e, peggio ancora, hanno iniziato ad avere l'effetto opposto, causando un calore di ritorno.» Rabbrividì. «Sfortunatamente, al nostro governo interessa di più incrementare le nascite che la salute degli Omega. Potrei farmi asportare l'utero, ma è molto più difficile accedere a un simile intervento che ai farmaci abortivi.» Si strofinò la bocca con la mano. «Inoltre, dopo tutti questi anni in cui ho condiviso calore e intimità con tuo padre, non so cosa significherebbe farne a meno. Il nostro legame rimarrebbe lo stesso? Saremmo ancora connessi in maniera così profonda? È un rischio troppo alto.»

«Mi dispiace.»

«Va bene così. È il nostro fardello, mi dispiace solo che tu debba soffrire a causa del nostro dolore.»

«Non preoccuparti per me. Io sto bene.»

Pater tirò Jason a sé e le sue braccia lo circondarono. «Non è vero. È un momento spaventoso per te, e vorrei essere più forte e poter sistemare tutto in modo che tu non debba avere paura.»

«Si vede che sono terrorizzato?»

«Tutti gli Alpha lo sono, amore. Tuo padre tremava come una foglia quando ha avuto l'imprinting. Beh, una volta che la sensazione di meraviglia è passata e ci siamo ritrovati sudati e appagati. Ma immagino che tu non voglia sentirne parlare.»

«No, davvero.»

«In seguito, però, si rese conto di quanto potere avessi su di lui e ne fu terrorizzato.» Pater rise. «Ricordo che volle sapere se amassi particolarmente il brasato, perché lui lo odiava a temeva che pretendessi di mangiarlo tutte le sere.

«A dire il vero non sembrava che Vale si aspettasse che fossi spaventato. Anzi, si è sorpreso quando gli ho confessato i miei timori.»

Pater inclinò la testa e il suo sorriso si intenerì. «Beh, è ovvio che gli Alpha non vadano in giro a vantarsene con le persone non legate e, anche se alla Mont Juror ne fanno cenno, non approfondiscono più di tanto. Sono certo che le sue stesse paure abbiano fatto passare in secondo piano quell'informazione. Ma sì, l'imprinting è un gran casino. Direi quasi che è un'ossessione, e il bisogno di stare vicino al tuo Omega sarà irresistibile.»

«Mi sveglierò ogni giorno con il desiderio di andare da lui?»

«Non vorresti farlo anche in questo momento?»

Sepolto sotto l'effetto dell'alpha-tranquillante, Jason poteva percepire lo struggente bisogno che iniziava a risvegliarsi. «Sì.»

«Benvenuto nel resto della tua vita.»

«Sei serio?»

«Sì. Non importa che scelte farai.»

«Anche se prendessi un surrogato, continuerei a volere Vale?»

«Non stiamo parlando di surrogati.»

Chiaramente si trattava di un argomento delicato, così Jason preferì porre un'altra domanda. «Com'è andata con Father dopo il legame?»

Ripensando al passato, il volto di Pater si illuminò. «Una meraviglia. Da subito siamo stati una bellissima coppia.» I suoi occhi tornarono a incupirsi, mentre gli tornava alla mente un ricordo doloroso. «Le nostre vite erano perfette, almeno fino al fallimento della prima gravidanza. Eravamo felici. Devoti. Innamorati.»

«Lo siete ancora.»

«Sì, ma ora è diverso. Abbiamo superato avversità e perdite. I primi tempi era tutto puro e dolce, pieno di meraviglia e ottimismo.» Gli sfuggì una risata amara. «Non potevamo immaginare quanto le cose potessero andare male. Eravamo euforici.»

Pur sapendo che si trattava di una domanda dolorosa, Jason sentiva il bisogno di capire. «Cosa è successo dopo il primo aborto?»

Pater prese di nuovo il pacchetto di sigarette, e quella volta Jason non lo fermò. «La situazione degenerò in maniera drammatica. Le pause tra un calore e l'altro sembravano tempo preso in prestito.» Aspirò dalla sigaretta e riprese a parlare. «In seguito, ogni gravidanza andò peggio. Ero in balìa di dottori che cercavano di capire perché non riuscissi ad arrivare a termine. Mi consideravano una specie di esperimento scientifico. Provarono ogni genere di iniezioni, pillole ed esami. Tuo padre divenne l'ombra di se stesso. Non avrebbe voluto continuare a provare, ma...»

«Ma cosa?»

«Tuo nonno Derak non era disposto ad accettare di aver sofferto invano per mettere al mondo tuo padre. L'ultimo Sabel a portare avanti il nome e i geni della famiglia.» Aspirò di nuovo e buttò fuori una nuvola di fumo. «Derak ha preteso che mi attenessi al contratto in cui mi impegnavo a generare almeno un figlio vivo, minacciando di rivolgersi alle autorità. Poi, al quinto aborto, ha provato a costringere tuo padre a ripudiare il nostro contratto e accettare un surrogato. Lui non l'ha mai perdonato per come mi ha trattato.» Pater sbuffò. «A Derak, comunque, non interessava il suo perdono. Era un egoista. Non è mai stato granché come genitore.»

«Perché non me ne hai mai parlato?» Jason era a conoscenza degli aborti e aveva immaginato il peso che avevano comportato a livello emotivo, ma non aveva mai sentito una parola riguardo alla crudeltà di suo nonno. Lo stupiva pensare che il vecchio che riempiva con gioia il suo piatto con fette di torta extra, durante le festività delle Notti d'Autunno, fosse stato un mostro dispotico.

«Non volevo rovinare la nostra serenità con i ricordi di quei tempi infelici.»

«Perché proprio adesso?»

«Perché ora ho bisogno che tu capisca cosa significhi essere un Omega in questo mondo. Hai la responsabilità di un'altra persona, adesso. Di una persona vera. Un uomo con sogni e sentimenti, un passato e un presente.» Pater schiacciò la sigaretta fumata a metà e si rivolse a Jason in tono accorato. «Promettimi che non gli rinfaccerai mai nulla di ciò che ha fatto in passato, soprattutto se correlato alla sua natura.» Afferrò il mento di Jason e lo costrinse a incontrare i suoi occhi. «Se prenderemo in considerazione un contratto con lui, dovrai essere in grado di tenere fede al nostro patto.»

«Giuro che non gli rinfaccerò mai il suo passato, qualunque esso sia.»

«Bene.» Pater gli diede un buffetto sulla guancia e respirò pesantemente, un suono più simile a un rantolo che a un sospiro.

«Stai bene?»

«Sono stanco.» Si alzò lentamente, le gambe tremanti. «Ho bisogno di stendermi per un po'. Posso fidarmi che non ti fionderai di nuovo all'altro capo della città?»

«Sì.»

«Questo è il mio dolce ragazzo.» Pater gli accarezzò i capelli. «Sarai un Alpha meraviglioso per lui.»

«Lo spero.»

«Ne sono certo, tesoro.»

CAPITOLO 7

«STAI BENE? TI ha fatto del male?»
Il suono della voce di Rosen sembrò tagliare l'aria della cucina come una lama e lui irruppe nella stanza con fare determinato, i capelli scuri raccolti in uno chignon alto, tenuto in ordine da un fermaglio, e il maglione beige che cadeva sulle cosce avvolte in pantaloni attillati dello stesso colore.

«Fatti dare un'occhiata.» Yosef seguì a ruota il suo giovane amante. Indossava una camicia gessata stirata in modo impeccabile con le maniche arrotolate, e aveva barba e capelli bianchi tagliati con cura.

«Ecco qua i miei Beta, forti e bellissimi, giunti in mio soccorso!» esclamò Vale ridendo, prima di tornare a spalmare il burro sulle due fette di pane tostate a puntino che si era appena preparato. «Non ditemi che devo sfamarvi in cambio dei vostri servigi? Ho finito il pane.»

«Non ci pensare proprio,» rispose Yosef, incrociando le braccia sul petto. «Cucinerà Rosen. Non mi sono ancora ripreso dall'ultimo panino, se così lo vogliamo chiamare, che mi hai preparato.»

«Quel formaggio era solo un po' ammuffito,» borbottò Vale, sedendosi al tavolo ricoperto di posta con il suo toast in mano. «Bastava grattar via la parte verde e sarebbe stato perfetto.»

«Perfetto, dice lui,» lo schernì Rosen, passando accanto a Vale per raggiungere il frigorifero. «Yosef, tu dagli una controllata mentre io vedo di preparare una cena degna di questo nome.»

«Sto bene, lo giuro.»

Yosef tuttavia lo fece alzare in piedi e lo esaminò come se fosse un pezzo di arredamento di cui stava valutando l'acquisto, alla ricerca di ogni segno o graffio nella finitura. «È tutto intero,» annunciò infine. «Come siamo messi con la cena?»

«C'è del pesce surgelato da scongelare e qualche patata dolce non del tutto rovinata. È un accostamento insolito, ma è sempre meglio della zuppa di pollo con i sottaceti che ci è toccata il mese scorso.»

Yosef sospirò, tastò di nuovo Vale da capo a piedi e infine si sedette accanto a lui. «Se non fossimo stati così preoccupati per te, ci saremmo fermati al negozio di alimentari mentre venivamo qui.»

«Ti avevo già detto al telefono che stavo bene,» rispose Vale pazientemente, offrendo metà del toast a Yosef, che lo prese e lo scrutò alla ricerca di tracce di muffa, prima di dargli un morso.

«Cosa penserà il tuo Alpha della tua assoluta incapacità nei lavori domestici?» chiese Yosef, guardando i ripiani della cucina ricoperti di briciole e i sacchi di immondizia accanto alla porta. Dovevano essere rifiuti che Vale aveva dimenticato di portare fuori da almeno una settimana.

«Pare che navighi nell'oro, stando a quanto dice Rory. Se il mio modo di tenere la casa lo infastidisce, può permettersi di assumere qualcuno.»

Non era intenzione di Vale apparire così indifferente all'idea che il suo Alpha lo trovasse inadeguato. Sebbene avesse cercato in tutti i modi di non farlo trasparire, quando aveva visto Jason fuori dalla finestra, illuminato dalla luce del sole come un glorioso angelo dei tempi antichi, non era rimasto immune all'impulso viscerale di compiacerlo. Solo che in lui si manifestava in modo diverso: nel bisogno di procurare piacere al suo Alpha.

E purtroppo, per molti uomini una casa pulita era fonte di piacere.

«Sempre troppo perso nei tuoi pensieri, per preoccuparti di cose come portare fuori la spazzatura,» commentò Rosen, facendo scorrere l'acqua fredda sul pesce. «Però sono certo che apprezzerà le tue poesie.»

«Sacro Lupo, spero di no.»

Yosef lanciò un'occhiataccia al compagno e, anche se quello si trovava alle sue spalle, Vale non ebbe bisogno di voltarsi per intuire che Rosen gliela restituì.

«Non intendo tollerare il giudizio di un ragazzetto ignorante sul lavoro di una vita.»

«È davvero così giovane?»

«Ha diciannove anni.»

Il fischio di Rosen rieccheggiò nella stanza mentre assimilavano la realtà della situazione.

«Sacro Lupo in paradiso! Questo è...» Yosef diede un ultimo morso al toast che Vale aveva condiviso con lui.

«Terribile?»

«Stavo per dire insolito.»

«Non è che non sia mai successo prima,» osservò Rosen. Aveva tagliato a pezzi le patate dolci e le aveva disposte in una teglia che aveva lasciato lì anni prima, sapendo che Vale non ne avrebbe mai comprata una.

«È bellissimo.» Vale sperò di non aver lasciato trasparire dal tono della voce la forza del desiderio che provava. Jason era giovane, ma aveva una mascella decisa, una fossetta sul mento e occhi blu caldi come il mare in un giorno d'estate. La ciocca dorata sulla fronte aveva la noncuranza tipica della giovinezza e il suo sorriso, per quanto non fosse comparso spesso nel corso della loro conversazione, aveva fatto fermare il cuore di Vale tanto era splendido.

«L'aspetto non è tutto,» fu il saggio commento di Yosef.

«Facile per te dirlo, quando Rosen ha l'aspetto di una star del cinema.»

«Ma è anche un artista eccezionale ed è in grado di analizzare il pensiero di Jeveris come un professore di filosofia. Oh, aspetta, in effetti è un professore di filosofia.» Strizzò l'occhio al suo amante e si allungò sulla sedia con un leggero sospiro. «Come è potuto accadere, Vale? Tu, tra tutti, meritavi di meglio. Hai già sofferto troppo, con la morte dei tuoi genitori e poi…»

Yosef non avrebbe detto di più sul terribile secondo calore di ritorno di Vale, e sul conseguente aborto illegale, così proseguì: «E ora questo? È sempre dura per gli Omega, ma a te è andata peggio che a molti altri.»

Pur avendo sempre intuito la pietà che l'amico provava nei suoi confronti, a causa del suo passato travagliato, per Vale fu lo stesso doloroso sentire quelle parole.

«Non possiamo sapere se la situazione è davvero così brutta,» rispose Vale con cautela. «Sembra una persona gentile.»

«Gentile? Venire a infastidirti a casa tua, farti temere per la tua sicurezza e…»

«Non aveva intenzione di spaventarmi. Al momento non ha il pieno controllo su se stesso, ma ha portato il tranquillante e ne ha fatto uso. Non intendeva fare niente di male.»

«Mmm.»

«Yosef, è il mio Alpha. Anche se non dovessi mai concludere il contratto con lui, questo non cambierà. Sarà meglio che ti ci abitui.»

«E Urho?»

«Lui…» Vale si interruppe, non sapendo come affrontare il discorso.

«Ha il cuore spezzato,» intervenne Rosen.

«Ti ama,» rincarò Yosef.

«Anch'io lo amo, ma il nostro non è mai stato il tipo di amore che provi per la persona con la quale vuoi condividere la tua vita. Siamo solo amici. Non è come tra voi due, e non ha nulla a che vedere con il tipo di legame che sento nascere ora nel mio cuore.» La sua espressione si incupì.

«Cosa si *prova*, davvero?» Rosen chiuse l'acqua, condì il pesce e si apprestò a friggerlo in una vecchia padella tutta ammaccata.

«È intenso.» Vale non voleva aggiungere altro. Era una cosa troppo intima e lo faceva sentire privo di controllo, come quando era in calore. Irrefrenabile e bisognoso, anche se non lo avrebbe mai ammesso. «Tra l'altro, sono stato sollevato dal mio incarico all'università finché il contratto con Jason Sabel non sarà concluso e legalizzato, oppure fino al momento della sua laurea, se dovesse scegliere di prendere un surrogato.»

«Cosa?» Yosef si voltò verso di lui, le sopracciglia corrucciate. «Assurdo. Questa è palese discriminazione.»

«Sei tu l'avvocato. Dimmelo tu.»

Lui si accarezzò piano la barba bianca. «La legge favorisce sempre gli Alpha, ovvio, e l'istruzione di un Alpha ha la precedenza sulla carriera di un Omega. Il loro futuro ha sempre più valore del presente di un Omega,» rispose in tono derisorio, citando un noto slogan dei gruppi per la liberazione degli Omega.

«Certo, perché devono provvedere a noi puttane Omega, sempre arrapate o gravide,» sibilò Vale, offrendo una versione più volgare della tipica argomentazione utilizzata sia dal Nuovo Partito Riformista del Lupo che dal Partito per la Supremazia del Lupo. Si strofinò gli occhi e si allungò contro lo schienale della sedia. «Per questo agli Alpha serve un'ottima istruzione.»

Yosef gli diede una pacca gentile sul braccio. «Non dire così. Finirai per metterti nei pasticci.»

Vale scoppiò a ridere. Non era già nei pasticci?

«Qual è l'orientamento politico della sua famiglia?» Rosen girò il pesce e aggiunse alcune spezie che aveva nascosto negli armadietti di Vale. «Lo sai?»

«Sono ricchi, quindi la mia prima ipotesi è che votino per il

Partito Reazionario del Lupo, ma non ne sono certo. Potrebbero essere religiosi e appoggiare la Supremazia del Lupo.»

«È il figlio di Yule Sabel?» chiese Yosef.

«Sì, e di Miner Hoff. Non so altro. Sono sicuro che abbiano chiesto a un investigatore di fare ricerche su di me, ma io non ho soldi da buttare in queste stupidaggini.»

«A dire il vero, ce li hai. Ti spetta una rendita, adesso. Non hai più bisogno di essere così parsimonioso con la tua eredità.»

«Non ho intenzione di accettare alcuna rendita. È una cosa ridicola.»

«Sarebbe ridicolo che tu non la prendessi almeno in considerazione. Yule Sabel possiede una società che produce componenti di motori per automobili e la loro famiglia è molto più che benestante. Inoltre, negli ultimi cinquant'anni hanno incrementato il loro patrimonio vendendo a una cifra mozzafiato le terre che avevano ereditato. Era sui giornali. Lo sapresti, se qualche volta ne leggessi uno.»

Vale alzò gli occhi al cielo. I giornali erano per chi era interessato a conoscere tutte le cose spiacevoli che accadevano nel mondo. I poeti avevano bisogno di vedere la bellezza o non sarebbero riusciti a scrivere una parola che non fosse intrisa di lacrime.

«Guarda chi è arrivata per la cena,» disse Rosen con tenerezza. «La mia cucciolina.»

Zephyr si intrufolò nella stanza, annusando l'aria con il nasino delicato.

«Detesta quel linguaggio sdolcinato, Rosen,» gli ricordò Vale. «Quante volte devo dirtelo?»

Zephyr si strusciò contro le caviglie di Rosen e miagolò in quel suo modo adorabile, finché lui non lasciò cadere un pezzettino di pesce. Lei si rifugiò in un angolo e lo divorò in piccoli spasmodici morsi di beatitudine.

«Beh, a quanto sembra, se sei disposto a corromperla puoi parlarle come ti pare. Bei principi morali che hai, Zephyr,» la rimproverò Vale. «Chi avrebbe mai immaginato che il tuo affetto fosse in vendita!» Si voltò verso Yosef. «A differenza del mio.»

«Questo è assurdo.» Yosef incrociò le braccia. «Come tuo avvocato, non posso permetterti di rinunciare a tutti quei soldi.»

«Non voglio essere in debito con loro. Non voglio essere costretto a firmare il contratto per aver tratto un vantaggio economico dall'imprinting.»

«Non è così che funziona, dal punto di vista legale. Ti devono quei soldi, che tu stipuli il contratto con il figlio oppure no. Per il resto della tua vita, anche se lui scegliesse un surrogato. Funziona così, punto e basta. Non c'è alcun obbligo da parte tua.»

«Non essere sciocco, certo che c'è. C'è un obbligo morale, se non legale. Non posso accettare i loro soldi senza che questo influenzi le mie scelte.»

«So come sei fatto. Più che propenso, questo ti renderebbe solo più restio ad accettare il contratto,» ribatté Yosef. «Non vorresti sentirti come una prostituta.»

«A differenza della nostra cara vecchia Zephyr,» disse Vale indicando con lo sguardo la sua gatta. «La puttanella del pesce.»

Scese il silenzio, mentre loro rimuginavano sulla situazione e Rosen finiva di preparare la cena. Vale si strofinò gli occhi, immaginando come sarebbe stato non doversi più preoccupare dei soldi. Era una bella tentazione, tuttavia…

«Mi dovrebbero dare una rendita anche se Jason scegliesse un surrogato?» chiese. «Per quale motivo?»

«Perché, in quanto Omega, ti verrebbe proibito per sempre di stipulare un contratto con un altro Alpha. Inoltre, Jason dovrebbe pagare ogni anno una considerevole multa, per aver privato il mondo delle tue potenziali prestazioni riproduttive.»

«Dovrà pagarla anche se stipulo il contratto?»

«Solo se ti rifiuti di assicurare almeno un neonato vivo.»

Si guardarono l'un l'altro.

«Perciò dovrà pagarla in ogni caso,» concluse Vale.

«Proprio come la tua rendita. Se Jason opterà per un surrogato, dovrà spiegarne il motivo sui documenti da consegnare al governo. Nel tuo caso, l'infertilità o l'età avanzata potrebbero giustificare la sua scelta di formare una famiglia con un altro Omega. Il governo sarebbe favorevole. Quando si tratta di *Érosgápe*, tuttavia, se l'Omega rifiutato avesse un figlio con chiunque altro scorrerebbe il sangue, quindi la legge te lo vieterebbe e Jason dovrebbe pagare la penale.»

«Non dovrebbe essergli condonata, se scegliesse un surrogato per via della mia infertilità?»

«No, perché al governo interessano principalmente due cose: i soldi e i bambini. Punto. Non è una questione di logica.»

Le patate dolci erano pronte e Rosen le tolse dal forno e recuperò i piatti per tutti.

«Supponiamo che Jason prenda un surrogato,» disse Vale, la gola che si stringeva in modo sospetto. «Che succede con i miei calori?»

«Da quel momento dovrai gestirli nel modo più discreto possibile. Comunque, se manterrai al minimo i contatti con il tuo Alpha, sarà praticamente impossibile per Jason scoprire con chi e come li affronti.»

«Non ho mai capito per quale motivo un Omega sterile debba essere rifiutato. Un Alpha non sarebbe in grado di gestirne due? Prendersi cura allo stesso tempo di un surrogato e del suo *Érosgápe* non dovrebbe essere un problema, per un Alpha giovane e virile,» intervenne Rosen.

Vale emise un basso ringhio e una sensazione di crescente malessere si fece strada nelle sue viscere, al pensiero di condividere la propria casa o il proprio Alpha con un altro Omega.

Yosef inarcò un sopracciglio divertito. «Uno dei motivi è questo tipo di reazione,» rispose, «ma la ragione principale è che in passato si era soliti fare proprio così. Un tempo gli Omega erano trattati come bestiame da riproduzione e gli Alpha più ricchi e potenti arrivavano ad acquistare quelli senza contratto al solo scopo di spargere il proprio seme in lungo e in largo. Questo finì per causare un impoverimento del patrimonio genetico e la diffusione di anomalie ereditarie, senza contare gli Alpha insoddisfatti che iniziarono a rinunciare ai loro contratti, vendendo i propri Omega a chi ne aveva già due, tre o anche cinque. Alla fine, il governo decise di intervenire e mise un freno all'intera faccenda. Questo accadde ben prima che il Nuovo Partito Riformista del Lupo prendesse il potere, è ovvio. Sembra che persino quegli invasati religiosi della Supremazia del Lupo riuscissero a riconoscere gli inconvenienti derivanti dal traffico di esseri umani.»

Vale volse lo sguardo fuori dalla finestra della cucina e osservò alcune foglie fluttuare nella brezza e atterrare con delicatezza sul prato.

«Comunque, non c'è motivo di presumere che sceglierà un surrogato,» lo rassicurò Yosef.

Vale scrollò le spalle. Non avrebbe dovuto avere alcuna importanza, eppure sentiva un nodo allo stomaco al pensiero di essere rifiutato dal suo *Érosgápe*. Sembrava che il suo cuore non conoscesse alcuna logica.

«Come possiamo convincerti ad accettare la rendita che ti spetta?» chiese Yosef, riportando il discorso sul problema soldi.

«Non potete.»

«Troverò un modo.»

«La cena è servita.» Rosen portò in tavola il pesce e le patate dolci.

Nel corso della cena misero da parte l'argomento dell'inatteso *Érosgápe* di Vale, focalizzandosi invece sui programmi di Rosen e

Yosef in vista delle imminenti festività delle Notti d'Autunno. Dopo aver mangiato, lavato i piatti ed essersi spostati nello studio di Vale, divenne chiaro che Yosef era pronto a riprendere il discorso. Stava giusto aprendo la bocca per parlare, quando suonò il campanello.

Avvicinandosi alla porta d'ingresso, lo stomaco di Vale fece una capriola e si attorcigliò.

Poteva essere Jason? E lui sperava che lo fosse o l'idea lo spaventava? Maledetto imprinting, rendeva tutto così confuso.

Fuori dalla porta c'era un corriere con due grossi pacchi tra le braccia.

«Signor Aman?»

«Sì, sono io.»

«Questi sono da parte dello studio legale Tissue & Freet. Firmi qui, per favore.» L'uomo gli mostrò un modulo e gli porse una penna.

Mentre Vale firmava, Yosef apparve al suo fianco. «Cos'è?»

«Non ne ho idea.» Vale restituì il modulo al corriere e accettò in cambio i pacchi. «Sono da parte di uno studio legale.» Se li infilò sotto il braccio mentre il corriere attraversava il prato, schivando le foglie cadenti e le ghiande che precipitavano dalla quercia vicino al cancello. «Forse Rory mi ha già spedito le condizioni della mia sospensione temporanea, anche se non credo ci vogliano due pacchi per contenerle.»

«Ah, no,» borbottò Yosef, prendendo il primo pacco dalle mani di Vale. «Sono le informazioni precontrattuali. Tutto quello che la famiglia di Jason Sabel ritiene importante che tu sappia su di lui e che consideri prima che inizino le trattative ufficiali.»

Stavano tornando nello studio, quando Zephyr balzò davanti a loro, avanzando con la coda alta, tutta impettita. Vale accese le luci del corridoio, usando il regolatore installato da suo padre per creare un'atmosfera piacevolmente intima. Da quando i suoi genitori erano morti, era raro che alzasse le luci al massimo, preferendo il conforto della penombra alla spietata realtà della luce bianca delle lampadine elettriche.

Tornati nello studio, Rosen e Yosef si accomodarono l'uno accanto all'altro sul divano, con Zephyr appollaiata sulle cosce di Rosen. Una volta che anche Vale si fu sistemato, tutti e tre puntarono lo sguardo sui pacchi sopra il tavolino da caffè.

«È il rapporto pre-negoziale,» spiegò Yosef in risposta allo sguardo interrogativo di Rosen.

«Di già? Non sono trascorse nemmeno ventiquattr'ore.»

«È probabile che stiano preparando il fascicolo sin da quando hanno avuto conferma che Jason è un Alpha,» spiegò Yosef. «La maggior parte delle famiglie lo fa, così quando è il momento devono solo aggiungere le ultime informazioni. Di solito si tratta del voto di laurea dell'Alpha, dei suoi progetti per l'immediato futuro, delle sue aspirazioni lavorative, se possiede una casa, cose così. In questo modo, oltre agli ultimi dati, hanno già messo insieme un bel pacchetto con tutte le informazioni utili per la famiglia dell'Omega prescelto.»

Vale prese uno dei pacchi, lo soppesò tra le mani e osservò il sigillo ancora intatto. «Sono belli grossi, per contenere così pochi anni di informazioni.»

«Probabilmente ci sono anche i dati relativi alla famiglia: genealogia, resoconto delle più recenti nascite andate a buon fine, proprietà che Jason dovrebbe ereditare e imprese. In sostanza, tutto ciò che potresti aver bisogno di sapere sulle famiglie Sabel e Hoff. Considerati la loro ricchezza e il loro prestigio, queste informazioni potrebbero risalire addirittura ai primi anni dopo la Grande Morte.»

«Cosa dovrei farmene di tutto ciò?» Vale si portò il pacco al naso, annusando il profumo dolce della carta nuova mischiato alla polvere di vecchi documenti. Qualunque cosa ci fosse in quei pacchi, erano più informazioni di quelle che desiderava, ma erano tutte cose che i Sabel si aspettavano conoscesse al momento delle negoziazioni.

«Ti aiuterò volentieri a dargli un'occhiata. Ho già supervisionato questo tipo di contratti.»

«Io nel frattempo posso tenermi occupato con un libro o, meglio ancora, fare un salto al negozio di alimentari per rifornire la tua dispensa,» si offrì Rosen. «Qualunque cosa ci sia in quei pacchi, non sono affari miei.»

«Ti ringrazio. Dovrebbero bastare i soldi che ci sono nel secondo cassetto della cucina. Sotto i coltelli.»

«Certo, mi sembra giusto dare la possibilità a un ladro di armarsi, prima di derubarti,» lo rimproverò Rosen.

Vale si strinse nelle spalle. Un tempo aveva conservato i soldi nella cassaforte situata nel vecchio studio di suo padre, ora divenuto camera degli ospiti, ma poi aveva dimenticato la combinazione e ci aveva lasciato dentro, forse per sempre, un bel mucchio di soldi. Quindi ora si limitava a ficcare tutti i contanti che ritirava dalla banca nel cassetto della cucina. Perché no? C'erano case molto più belle della sua da svaligiare, in Oak Avenue. Chi avrebbe puntato su una casa con un giardino incolto e una gran quantità di polvere su ogni mobile visibile attraverso le finestre?

Rosen fece scomodare Zephyr, che protestò con un miagolio stridulo e schizzò su una libreria, facendo cadere sul pavimento alcuni dei volumi più piccoli nella sua furia.

«Le piaci molto più di me. Portatela via quando te ne vai.» Vale lanciò uno sguardo torvo al libro di poesia di Calitan che era atterrato sulla costa, con tutte le pagine aperte.

«Yosef richiede tutta la mia attenzione.» Rosen si mise a ridere. «Lei sta meglio qui con te. Bene, sarò di ritorno tra un'ora e mezza con un po' di cibo fresco e privo di muffa.» Si chinò a posare un bacio sulla testa di Yosef, poi se ne andò gridandogli da sopra la spalla: «Vale, assumi il mio uomo, d'accordo? Prima di rovinarti con le tue mani.»

Vale si spostò dalla poltrona al divano, portando con sé il pacco. «Yosef, sai che mi fido del tuo giudizio. Nonostante il nostro disaccordo sulla rendita. Vuoi essere il mio avvocato? Sei disposto a rappresentarmi in questa faccenda?»

«Certo.»

«Suppongo che sarei negligente se non ti chiedessi qual è la tua tariffa.»

«Non voglio soldi.»

«Insisto, voglio pagarti.»

«Se accetterai la rendita, lo prenderò in considerazione. In caso contrario, assolutamente no.»

Vale sospirò e porse a Yosef il primo pacchetto. «A te l'onore.»

«Con piacere.»

CONTENEVA ALCUNE FOTOGRAFIE. Vale non se lo aspettava.

La prima era un'immagine di Jason da piccolo, in braccio al Pater, il viso ricoperto da quella che sembrava torta di cioccolato, le parole "Mister Pasticcio, due anni" stampate con cura sul retro. La seconda mostrava un Jason neonato tra le braccia del Father, un pugno minuscolo premuto contro le labbra arricciate. La terza ritraeva Jason durante la festa per il suo quinto compleanno, le guance da cherubino illuminate dalle candeline sulla torta. La quarta era uno scatto, decisamente imbarazzante, di Jason nel periodo della pubertà: il naso troppo grande per il suo volto e lo zigomo destro deturpato da un enorme foruncolo. Eppure sorrideva, e Vale riconobbe lo stesso splendido sorriso intravisto per un attimo quella mattina.

«È intelligente,» commentò Yosef, indicando l'ultima fotografia. «Questo è un premio per aver ottenuto i voti migliori della sua classe in scienze.»

Vale non aveva nemmeno notato il piccolo trofeo tra le mani di Jason. Era rimasto folgorato dal ragazzo sulla foto, ancora più allampanato di come era adesso. Jason era alto, magro e si muoveva come un cucciolo con le zampe troppo grandi.

«Sono sicuro che da qualche parte ci sono anche le sue pagelle,» disse Yosef, scartabellando tra gli altri documenti.

«Perché avranno messo queste?» Vale tornò alla prima immagine di Jason da bambino. I genitori, Yule e Miner, sembravano piuttosto giovani in quelle fotografie. Risplendevano di felicità e Jason, tra le loro braccia, era adorabile.

«Per due ragioni: dimostrare che è sempre stato un bimbo sano, ma anche per stuzzicare il tuo desiderio di avere figli. "Guarda quanto era carino il tuo Alpha! Non vorresti fare un bambino con lui?"»

Vale si morse il labbro inferiore. A essere sinceri, se le circostanze fossero state diverse, gli sarebbe piaciuto avere un bimbo suo, per tramandare i geni dei suoi genitori, soddisfare i propri desideri e, presumeva, quelli del suo Alpha. Tuttavia...

«Sta funzionando?» chiese Yosef in tono tranquillo, mentre sfogliava altri documenti e glieli passava in un ordine che Vale non comprendeva.

«Non ha importanza, no?» Vale scrollò le spalle e mise da parte le fotografie. «Cos'altro c'è?»

«Una lettera dei suoi genitori.» Gliela passò. «Per lo più sono le solite cose, i loro sogni e la speranza che quella con il loro figlio sia un'unione riuscita, il desiderio di avere dei nipoti e la fiducia nel fatto che le famiglie possano andare d'accordo. La seconda pagina, però, è interessante. Descrive la condizione clinica di Miner Hoff, potenzialmente ereditaria, che rende quasi impossibile per lui portare a termine una gravidanza. È rilevante solo perché i vostri figli potrebbero risultare portatori del gene. Se mai doveste averne.»

Vale sentì un nodo allo stomaco mentre l'ansia invadeva il suo cuore, insieme a tristi ricordi di sangue e dolore. Chiuse gli occhi. Una prima valutazione di Urho, e una successiva visita con un altro medico per scoprire perché a volte il nodo gli procurasse sofferenza, non avevano portato buone notizie. La formazione di tessuto cicatriziale dava a Vale poche possibilità di sopravvivere a un parto.

Quello che era sembrato un vago dolore quando il dottore aveva formulato la diagnosi iniziale, ora aveva un volto e un nome: Jason. Era terribile avere un Alpha giovane e bellissimo e doverlo ferire e deludere a causa dei suoi errori passati. Che cosa tremenda strappare al ragazzo la possibilità di una vita con il suo *Érosgápe*.

Il senso di colpa gli torse le viscere.

«Tu vuoi avere figli, Vale?» chiese Yosef con dolcezza.

«Sappiamo entrambi che non accadrà,» sussurrò lui.

Yosef accettò la sua risposta in silenzio, ed entrambi lasciarono che la tristezza aleggiasse tra di loro. Infine, Vale chiese con voce tremante: «Come gestiamo la questione?»

«In realtà, la rivelazione su Miner Hoff ci fornisce un'ottima carta da giocare.» Yosef gli diede una pacca affettuosa sul ginocchio. «Un Omega che ha sofferto come lui, e che forse ancora soffre, considerate le leggi sulle soluzioni chirurgiche, non insisterà affinché un altro Omega si sottoponga a un'esperienza indesiderata, dolorosa e che potrebbe portarlo alla morte. A meno che non sia una persona orribile, cosa di cui dubito. Basta che punti i piedi e rendi chiaro che non vuoi figli. A quel punto dovranno accettare che usiate sempre i preservativi per Alpha come contraccettivi, oppure cercheranno un surrogato. Starà a Jason decidere cosa fare, immagino.»

«È così giovane, si fiderà del consiglio dei suoi genitori e loro riusciranno a convincerlo.»

«Tu cosa vorresti che succedesse?»

«Non lo so.» Vale si passò con ansia una mano tra i capelli. «Come mi ha fatto notare Jason stamattina, da una parte c'è il vero me e dall'altra c'è il me risvegliato dalla sua presenza, e non vogliono la stessa cosa. Ventiquattr'ore fa ero felice e soddisfatto della mia vita. Questa sera, non posso dire in tutta onestà che preferirei che tutto questo non fosse mai successo. Mentirei, se affermassi che non voglio che scelga me,» sbuffò, si alzò dirigendosi all'armadietto dei liquori e versò un po' di scotch per entrambi. «Neanche lo conosco e già mi deprimo all'idea che faccia la scelta più intelligente. *Dovrebbe* scegliere un giovane surrogato con molti anni fertili davanti a sé. Cosa ho io da offrirgli?»

«Te stesso. E non sei dai buttar via.»

«Sono molto più vecchio di lui e non potrò dargli un figlio. So che l'unione tra *Érosgápe* dovrebbe avvicinarsi alla beatitudine, ma può davvero valere tutte queste seccature? L'ostracismo che dovrà affrontare quando tutti i suoi conoscenti avranno Omega dell'età appropriata? Quando i suoi amici organizzeranno feste selvagge e io sarò più interessato a una cena per pochi intimi? Quando sforneranno bambini e si costruiranno una famiglia? Credi che allora penserà: "Beh, almeno ho scopato Vale a morte con il mio nodo e ho riempito il preservativo di sperma, durante i nostri epici e infruttuosi accoppiamenti." Non penso proprio.»

«Siete *Érosgápe*. Nessuno potrà mai soddisfarlo come farai tu. È così che vanno le cose ed è così che andranno sempre. Sceglierà te, Vale.»

«Non voglio che lo faccia!» si scolò lo scotch e se ne versò un altro mentre il liquore gli bruciava la gola.

«Hai appena detto di sì.»

Vale gemette e riempì un altro bicchiere anche per Yosef. «Lo so. Quello che intendo è che voglio che abbia una vita felice. Quando è passato questa mattina…» Porse lo scotch all'amico.

Yosef ingollò il liquore in un unico sorso e chiese con voce roca: «Vai avanti. Quando è passato questa mattina, cosa?»

Sul divano accanto a Yosef, i documenti tornarono a prendersi gioco di Vale con la promessa di una famiglia che non avrebbe mai potuto avere. «È un bravo ragazzo, con un cuore tenero, si merita una famiglia e una bella vita, sicura e normale.»

«Ah, ah, ah.»

«Che c'è?»

«Devi smetterla di punirti per il calore di ritorno che hai subìto e per quello che è accaduto dopo.» Gli occhi di Yosef erano illuminati dalla luce della cruda verità, come succedeva sempre quando beveva. Forse dargli quello scotch era stato un errore. «Ti meriti di essere felice, Vale. Se pensi di rifiutare l'unione con lui, fallo almeno perché credi davvero che sarai più felice da solo.»

«Non sarei solo. Avrei te, Rosen e Urho.»

«Ci avrai in qualsiasi caso. Forse Urho non sarà più il tuo amante, ma farà sempre parte della tua vita. Puoi avere tutti noi e anche questa cosa con Jason. Non sei obbligato a rinunciare a noi, e non serve che tu punisca te stesso per aver preso i soppressori del calore tanti anni fa, quando non avevi Urho ad aiutarti e non sapevi che altro fare.»

«Avevo già sofferto un calore di ritorno,» sussurrò Vale. «Avrei dovuto saperlo.»

«Vale, le persone disperate fanno cose disperate, non è colpa tua.»

«Avrei potuto tenere il bambino.»

«Allora è questo il punto? Ti senti in colpa per la tua scelta?»

All'epoca non gli era parso di avere davvero una scelta. La prospettiva di portare in grembo il figlio di un Alpha sconosciuto, farlo nascere per conto proprio e crescerlo da solo era sembrata spaventosa. E il pensiero di affrontare un'esistenza da Omega non legato e senza contratto, senza un Alpha e con un figlio al seguito, nella loro cultura? Appena dopo la morte dei suoi genitori? Gli era sembrato impossibile e ingiusto nei confronti del bambino. Quale futuro avrebbe avuto?

Guardando la sua vita in quel momento, non riusciva a immaginarla con un figlio preadolescente a complicare ancora di più le cose con Jason. No, non rimpiangeva la sua decisione. Ne rimpiangeva solo le conseguenze e il fatto che, a causa di quella scelta, avesse molto meno da offrire al giovane e bellissimo Alpha da cui desiderava, con disperata mancanza di logica, essere scelto come compagno.

«Vorrei che tutta la mia vita fosse andata in un altro modo. Vorrei aver incontrato Jason quando era il momento giusto, quando tutti i miei coetanei hanno incontrato i loro *Érosgápe*. Vorrei avergli già dato tanti adorabili bambini. Oppure vorrei non averlo mai incontrato. Allora avrei potuto continuare beato la mia relazione con Urho, finché uno di noi non si fosse stancato. O lo avessimo fatto entrambi. O fossimo morti.»

«Sei perfetto per un diciannovenne, dopo tutto,» rispose Yosef. «Fantastichi su cose che non puoi avere e che non si potranno mai realizzare.»

Vale sbuffò. «È il tuo modo per dirmi che dovrei crescere?»

«Sì. Cresci, Vale. Tira fuori la testa dal culo e affronta la situazione di petto.» Yosef aggrottò le sopracciglia bianche. «Hai bisogno di un piano. Le cose andranno più veloci di quello che pensi.»

Zephyr fece cadere un altro libro dallo scaffale ed entrambi sussultarono.

«Vedi, anche il tuo gatto è d'accordo con me. Smettila di autoflagellarti e di sognare l'impossibile. Fai un respiro profondo. Espira. Accetta la situazione per quella che è, poi vediamo di andare avanti insieme. Ci siamo capiti?»

Vale mandò giù quel che rimaneva del suo liquore, sbatté il bicchiere sul tavolino da caffè e annuì. «Il tuo ragionamento non fa una piega. Ho finito di rimuginare. Cosa viene dopo?»

«Ecco una lista delle loro proprietà. Vediamo cosa erediterà il tuo Alpha, confrontiamolo con quanto metti tu sul tavolo e stabiliamo che tipo di accordo possiamo negoziare in tuo favore. Non dovrebbe essere difficile, soprattutto visto che è figlio unico. Sono sicuro che è viziato. È probabile che i suoi genitori non gli abbiano mai negato qualcosa in tutta la vita.»

Vale fece un cenno d'assenso, prendendo la lista delle proprietà. Non c'era niente da fare se non procedere come se Jason potesse scegliere lui, nonostante i suoi fallimenti e le sue colpe.

E se Jason non l'avesse fatto? Se avesse scelto l'opzione più intelligente?

Allora Vale avrebbe dovuto fare i conti con un cuore spezzato.

CAPITOLO 8

IN PIEDI ACCANTO alla finestra della sua camera da letto, Jason contemplava, oltre il prato ben curato della propria abitazione, la strada che sapeva condurre a casa di Vale. Quella mattina Father si era presentato da lui poco prima dell'ora in cui era solito svegliarsi, e aveva controllato che assumesse l'intera dose di alpha-tranquillante.

Sebbene il farmaco lo aiutasse a rimanere lucido, non riusciva a non essere infastidito dai suoi effetti. Voleva sentire l'impulso dell'imprinting. Voleva abbandonarsi al desiderio di lanciarsi fuori di casa, farsi strada tra gli Alpha e gli Omega occupati nelle loro faccende, e rivedere Vale. Al diavolo i protocolli! Per fortuna non era uno stupido, e il tranquillante lo aiutava a ricordare le tante ragioni per cui doveva essere paziente.

Almeno per il momento.

Scese nella cucina al piano di sotto e si preparò un tramezzino con le uova per colazione. Lo mangiò appoggiato alla porta dello studio, cercando di cogliere ogni possibile frammento di informazione dal sommesso mormorio dei suoi genitori. Non appena la porta si aprì, si allontanò con un balzo e finse di esaminarsi nell'elegante specchio dalla parte opposta del corridoio. Si diede una sistemata ai capelli e si controllò i denti, sperando di dare l'impressione che non stesse facendo niente di più che concedersi un po' di vanità.

Il cipiglio di Pater gli disse che non se l'era bevuta per niente.

«Entra, figliolo. Vorremmo condividere con te le informazioni che ci ha portato Jeft Mellors.»

Jason schizzò via dallo specchio e si infilò nello studio del padre. La leggera brezza autunnale, proveniente dalle finestre aperte, dissipava il fumo di sigaretta, ma il piattino in ottone sul bordo della scrivania, con i quattro mozziconi schiacciati, rivelava il persistere della preoccupazione e della sofferenza di Pater.

«Siediti.» Father indicò la sedia davanti alla sua scrivania. Portava la consueta camicia Oxford e un paio di pantaloni eleganti. Giacca e cravatta erano pronte su un attaccapanni di fianco alla scrivania, ma le avrebbe indossate solo in caso di una riunione di lavoro. I capelli biondi erano tirati all'indietro, fissati con il solito olio dal profumo di limone per tenerli lontani dalla fronte accigliata, e gli occhi blu sembravano stanchi, ma non arrabbiati. Jason lo prese come un buon segno.

Pater si accasciò sull'altra sedia vuota. Invece dei pantaloni sportivi del giorno prima, ne indossava un paio più eleganti, dal taglio all'ultima moda. Le maniche del maglione erano arrotolate sugli avambracci e mostravano le mani tremanti. Lui le bloccò tra le gambe, poi fece un cenno d'assenso a Father.

«Puoi fumare, se vuoi,» sussurrò Jason. «Posso sopportarlo.»

Pater gli rivolse un sorriso gentile. «Mi sono lasciato andare fin troppo. È ora di mettersi al lavoro.»

Father sbatté un plico di fogli alto un paio di centimetri sulla scrivania, accanto a tre volumi sottili, rilegati in tessuto. «Spero che il signor Aman assuma un avvocato che possa aiutarlo a preparare le informazioni precontrattuali. Dubito che abbia pronto il fascicolo che ogni giovane Omega predispone per questo tipo di evenienza. In ogni caso, qualsiasi informazione i suoi genitori avessero raccolto per lui, sarà andata persa, visto che non è mai servita. Potremmo non avere mai accesso a tutte le informazioni che vorremmo sulla sua famiglia.»

«Per me è lo stesso,» rispose Jason.

Suo padre strinse le labbra, ma non contestò la sua opinione.

«La buona notizia è che il Father era un assistente ricercatore alla Mont Juror, quindi è plausibile che non ci sia carenza di intelligenza in famiglia. Avevano una bella casa, erano socievoli e benvoluti e il Pater era considerato da tutti una brava persona.»

Jason mantenne l'espressione neutrale. Era consapevole che avrebbe dovuto preoccuparsi di queste cose, ma non ci riusciva. L'interesse per la posizione sociale scompariva al confronto della bellezza degli occhi di Vale.

Father proseguì: «Ecco, qui c'è la stima del valore della casa di Oak Avenue. Appartiene di diritto al signor Aman, è un lascito dei suoi genitori. Comunque, visto che tu erediterai la nostra, non ci sarà bisogno di tenerla. Una volta che sarete legati, potrai venderla e usare il ricavato per comprare una proprietà più adatta, più vicina a noi, e...»

«Ma se a lui piace la sua casa, perché non vivere lì?»

Father aggrottò le sopracciglia e Pater diede un leggero colpo di tosse.

«Beh?» insisté Jason.

«Oak Avenue è in un quartiere della città destinato a una classe medio-alta. Niente di cui vergognarsi, certo, ma non è una zona adatta a qualcuno destinato a ereditare il tuo patrimonio,» rispose Father.

Jason serrò le mani l'una all'altra e ascoltò il padre blaterare della piccola baita nei boschi posseduta dai genitori di Vale, che sembrava essere caduta in rovina molto prima della loro morte. «Venderai anche quella,» annunciò Father.

«Posso avere un pezzo di carta e una matita?» chiese Jason.

Sorpreso, il padre sollevò lo sguardo dai documenti. «Suppongo di sì.» Gli passò un taccuino giallo a righe. «A cosa ti serve?»

«Voglio solo tenere traccia dei miei pensieri.»

Scarabocchiò: *Se a Vale piace la sua casa, vivremo lì finché vorrà.*

Se Vale vuole ristrutturare la baita, lo faremo. Se invece non dovesse interessargli, la sistemerò e la venderò.

Pater cambiò posizione, provando a nascondere il tentativo di leggere ciò che Jason aveva scritto. Lui non glielo impedì, ma non gli rese nemmeno le cose facili.

«Bene, sono pronto. Cos'altro c'è?»

«Scrive poesie,» rispose Father con una punta di disapprovazione nella voce.

«Lo so.»

«Te l'ha detto?» Pater sembrava sorpreso.

«Sì.»

«Ti ha detto che sono...» Father si schiarì la gola. «Ti ha detto che sono poesie erotiche?»

«Ha detto che non crede sia il caso per me di leggerle in questo momento, visto che descrivono i suoi calori e gli Alpha che l'hanno aiutato a superarli.» Serrò i pugni e la matita gli si conficcò nel palmo della mano.

«È solo istinto,» sussurrò Pater, toccandogli il ginocchio e accennando alle sue dita contratte. «La logica può governare l'istinto, se ne prendiamo il controllo.»

Jason si costrinse a rilassarsi. «La cosa non mi piace, ma non è colpa sua se non ero lì quando aveva bisogno di me.»

Father li osservò, soppesandoli entrambi, poi annuì piano. «Concordo.»

«Ma Vale ha ragione,» dichiarò Pater. «Una cosa è riconoscere che poteva solo rimettersi a un Alpha di fiducia per superare i periodi di calore, un'altra è leggere le poesie che descrivono l'atto. Ti consiglio di non farlo.»

«Non capisco perché mai abbia sentito il bisogno di scrivere poesie sull'argomento!» Father si appoggiò allo schienale della sedia con un'espressione tesa. «Poteva evitarlo. Non ce n'era motivo.»

Pater alzò gli occhi al cielo. «Yule, quel che è fatto, è fatto.»

«Scriverà poesie su Jason? Penso che dovremmo includere il

divieto di scrivere poesie nell'eventuale contratto che stileremo.»

«Questo è assurdo.» Pater rise.

«No,» ribatté Jason. «Nessun divieto.» L'idea che Vale potesse comporre poesie su di lui era meravigliosa. Il suo cuore si strinse e poi sussultò. Desiderava meritare l'attenzione di Vale e che lui gli dedicasse i suoi versi. «Scriverà secondo la sua ispirazione.»

Father sbuffò ma alzò le spalle.

Jason appuntò sul suo blocco: *Vale ha il permesso di scrivere tutto ciò che vuole.*

Pater fece schioccare la lingua e sussurrò: «Come se potessi impedirglielo. Ma va bene, tesoro, scrivilo.»

Father tirò fuori un altro foglio con espressione accigliata. «Questo è preoccupante. È parte di un fascicolo di uno studio medico presso cui si è recato diversi anni fa per il dolore provocato dal nodo durante un calore.»

Jason strinse di nuovo i pugni, ma prese un lungo respiro e lo rilasciò piano.

«Pare ci sia la presenza di tessuto cicatriziale di origine ignota, che potrebbe rendere problematica una gravidanza.»

«Una gravidanza è problematica per natura,» rispose Pater con tranquillità. «Dati poi la sua età e questo tessuto cicatriziale… Non credo sia giusto aspettarsi che sia in grado di…»

«Una,» dichiarò Father deciso.

«Yule…»

«Jason è il nostro unico figlio, e dopo tutto quello che ci ha fatto passare mio padre, quello che abbiamo sofferto per portare avanti la discendenza?»

Pater si coprì il volto con una mano, mentre con l'altra andava alla ricerca delle sigarette.

«Jason, questo è importante. Se hai intenzione di stipulare il contratto con quell'uomo, devi pensarci a lungo e con attenzione.» Father lo scrutò, la fronte aggrottata. «Capisci la posta che c'è in gioco? Devi tenerne conto. Generazioni di uomini prima di te hanno sofferto per farti venire al mondo, per tramandare il patrimonio genetico. Se lui non è in grado di avere figli, ci sono altre opzioni. Puoi stipulare il contratto con un surrogato...»

«Basta,» lo interruppe Pater, la sigaretta che pendeva dalle labbra mentre strofinava un fiammifero per accenderlo. «Non abbiamo idea se voglia figli oppure no. Ce ne occuperemo nel corso delle trattative.»

«Cosa importa se vuole avere figli? E Jason?»

«Come hai detto tu, Jason ha diverse opzioni.» Pater emise un brusco respiro e una spirale di fumo si alzò dalle sue narici. «La scelta spetta a loro, in quanto *Érosgápe*, non a noi.»

Father incurvò le spalle e serrò la mascella, ma non parlò più di surrogati e procreazione, passando al reddito che Vale aveva perso a causa della rimozione dal suo incarico all'università.

«Ovviamente lo rimpiazzeremo con la rendita che gli spetta. È una cifra ragionevole.» Father raccolse i documenti e li infilò in un raccoglitore marrone. «A esclusione del drammatico resoconto della morte dei suoi genitori, che non è proprio necessario che ascolti, per oggi questo è tutto ciò che abbiamo. Se riceveremo altre informazioni su di lui, ci assicureremo di fartelo sapere.»

Jason fissò i libri di poesia sulla scrivania del padre. «Quelli sono nostri, non dobbiamo restituirli?»

«Pensavo fossimo d'accordo che è meglio se non li leggi.»

«Di sicuro non parleranno tutte di sesso o calore quelle poesie, no?»

Father lanciò un'occhiata a Pater in una delle loro solite conversazioni silenziose. A un cenno affermativo del compagno, Pater afferrò i libri. «Se vuoi, posso leggerli e strappare le pagine con le parti adatte a te.»

Jason si passò la lingua sulle labbra. Vale aveva usato la scusa delle poesie erotiche per evitare che Jason leggesse le sue pubblicazioni, ma non si era espresso sugli altri componimenti, giusto? E sebbene l'idea di distruggere i volumi al solo scopo di leggere alcune poesie fosse spiacevole, era comunque meglio che non avere idea di quello che il suo Omega aveva scritto in tutti quegli anni. «Sì, mi piacerebbe.»

Pater annuì e si infilò i libri sotto il braccio. Spense la sigaretta e si alzò lentamente. «Sarò nella veranda. Che c'è da mangiare?»

Father sbuffò piano. «A questo punto direi di prendere qualcosa da asporto, anche se avevo messo a scongelare le bistecche.»

«Mangerò qualsiasi cosa mi portiate.» Pater gli sorrise. «Quello che non devo cucinare io è sempre il mio cibo preferito.»

«Anche il nostro.» Father rise e i suoi occhi blu persero il velo di fatica e tristezza che li offuscava. «Forza, diamoci da fare!»

«E io?» chiese Jason. «In questo momento dovrei essere a lezione di scienze politiche.»

«Il rettore Rory ha acconsentito a farti riprendere le lezioni lunedì. Il protocollo prevede che resti isolato finché l'alpha-tranquillante non abbia avuto la possibilità di assestarsi nel tuo sistema.» Father si accigliò. «Tuttavia, non credo ti faccia bene startene con le mani in mano ad annoiarti. Perché non lavi l'auto di Miner e le dai una lucidata? Quando avrai finito, troveremo qualcos'altro per tenerti occupato.»

«Le altre famiglie della nostra condizione sociale hanno domestici Beta che si occupano di queste faccende. E che cucinano.»

«Le altre famiglie non hanno tuo padre come Omega. Lui ci tiene alla sua privacy, e anch'io.»

Jason impiegò alcune ore a lavare l'auto e darle la cera, e l'incombenza gli tenne la mente occupata per la maggior parte del tempo. In diversi momenti, tuttavia, si lasciò andare ai sogni a occhi aperti, immaginando di far dono a Vale di un'auto nuova di zecca, appena uscita dalla catena di montaggio, e poi andare insieme a lui al cottage sulla spiaggia per una settimana di ozio sulla sabbia. Si chiese se fosse possibile trovare un'auto color blu oltremare.

Quando ebbe finito, tornò di sopra nella sua stanza e si fece un'altra doccia. Si cambiò e scelse un paio di pantaloni puliti dal taglio perfetto, opera del sarto di suo padre, e una semplice camicia verde. Iniziò a lavorare a un compito per il corso sulla biodiversità del professor Rochera, dedicando molto tempo a disegnare nei dettagli le ali di una falena della famiglia dei Saturnidi al margine della pagina. Poi si esercitò ancora con la chitarra, strimpellando alcune canzoni che conosceva e tentando di comporne una tutta sua. Non era mai stato un musicista particolarmente motivato, non come Pater che amava sia suonare che comporre, ma avendo Vale "il Poeta" come potenziale pubblico, desiderava potergli offrire qualcosa di speciale. Beh, sempre che ne fosse in grado.

Continuò a suonare, ricordando i cumuli di fogli sparsi nello studio di Vale, la luce che filtrava dalla finestra sulla sua pelle e il pulsare del battito sul suo collo. Suonò seguendo quel ritmo costante, delicato ma deciso. Vale era così bello. Le dita di Jason danzavano sulle corde e lui chiuse gli occhi, lasciando che la musica lo pervadesse come mai era accaduto prima.

Prima di uscire per incontrare alcuni fornitori, Father gli portò un'altra dose di alpha-tranquillante. «Tornerò più tardi con qualcosa da asporto, ma se nel frattempo vi venisse fame, non aspettatemi e cucinate quello che ho messo a scongelare.»

«Sì, signore.»

«Sei un bravo ragazzo, Jason,» disse suo padre con affetto, accarezzandogli i capelli e rivolgendogli un sorriso. «So che in questo momento ti senti sopraffatto, ma ti assicuro che andrà tutto bene.»

«Lo so,» rispose Jason. Non lo disse perché si fidava dei suoi genitori, sebbene lo facesse, ma perché era consapevole di essere una persona determinata. Era giovane, ma non era un idiota, e ogni secondo che passava era sempre più certo di poter essere quello di cui Vale aveva bisogno. Sarebbe diventato più alto, più brillante e si sarebbe impegnato al massimo. Avrebbe fatto tutto ciò che era necessario.

Dopo che suo padre se ne fu andato, qualcuno bussò alla porta d'ingresso. Senza alcuna logica, Jason sentì il cuore salirgli in gola. Sapeva che non poteva essere Vale, ma forse… Gli aveva detto di non essere indifferente alla sua presenza, magari anche lui stava morendo dalla voglia di vederlo?

Jason tentò di nascondere il proprio disappunto nel trovare Xan sulla soglia di casa, con in mano un barattolo della famosa crema del Woodenhall Candy Store per Pater e un sorriso timido e nervoso per lui. «Ehi, ti ho portato i miei appunti delle lezioni. Ho pensato che tanto per cambiare potevo essere io a darti una mano a scuola.»

Jason spalancò la porta. Qualunque fosse stato il problema di Xan l'ultima volta che l'aveva visto al centro medico dell'università, pareva risolto. «Pater adora quella crema, quindi suppongo di dover lasciare che entri.»

«Anche se l'altro giorno sono stato un coglione?»

Jason sorrise e gli mise un braccio sulle spalle per guidarlo attraverso l'atrio. «Chi non si comporterebbe come un coglione quando il suo migliore amico dà di matto e aggredisce un Omega in biblioteca?»

«Non io, a quanto pare.»

«Già, non tu. Tu ti sei rincoglionito all'istante e senza alcuna esitazione.»

La battuta attenuò il rimprovero e non ci fu bisogno di pronunciare la parola "scusa" ad alta voce.

«Vuoi dare tu la crema a Pater o preferisci lasciargliela sul tavolo?»

«Qui va bene.» Xan poggiò il barattolo al sicuro sul tavolo in marmo accanto all'attaccapanni.

«Andiamo di sopra.» Jason aiutò Xan a sfilare il cappotto e lo appese. «Ho preparato nuovi vetrini per il microscopio dalla tua ultima visita. Questa volta si tratta di patologie degli alberi.»

La botanica non era proprio la sua materia preferita, ma ci andava vicino. Adorava studiare le piante e come coltivarle, era affascinato dalla struttura dei loro processi chimici e dalle funzioni riproduttive. Amava anche studiare le loro patologie e le rispettive cure.

A Xan non interessava nulla di tutto ciò, ma di solito lo lasciava fare. Considerato che era lì per farsi perdonare, o almeno così voleva fargli credere, quel giorno non sarebbe stato diverso. «Il fungo *Gymnosporangium juniperi-virginianae* è proprio interessante.»

«Secchione,» mugugnò Xan, poi rise e si raddrizzò il papillon dalla fantasia blu e oro.

«Della peggior specie,» concordò Jason, prendendo la mano dell'amico per trascinarlo al piano superiore, nella sua stanza. «Aspetta di vedere che delizia è il batterio che faceva marcire le radici dell'acero giapponese nel Vecchio Mondo. È il batterio più grazioso che abbia mai visto.»

Mentre Jason sistemava il microscopio sulla scrivania meticolosamente organizzata, Xan si aggirò per la stanza, osservando ogni cosa come se non l'avesse mai vista prima e potesse non vederla mai più. Infine, si sedette sul bordo del letto e si morse il labbro inferiore.

«Davvero non vogliono lasciarti tornare a scuola?»

«Posso tornare a frequentare le lezioni dalla prossima settimana.» Jason tirò fuori alcuni vetrini dalla sua collezione. Erano interessanti anche le ali di farfalla che aveva ordinato a fine estate e, se ricordava bene, Xan non le aveva ancora viste. «Però non potrò tornare a vivere al campus.»

«Mai?»

«È probabile. Se concluderò il contratto con Vale, vivremo insieme da qualche parte, ma se le trattative andranno per le lunghe, i miei genitori vorranno che resti a casa.» Jason alzò le spalle in segno di solidarietà. «È uno schifo, lo so che avevamo fatto un sacco di progetti, ma guarda il lato positivo, ci guadagni una stanza tutta per te!»

Xan lo fissò, le guance, di solito colorite, improvvisamente pallide. «Come puoi restare così calmo?»

Jason ridacchiò. «Calmo? Se ti sembro calmo è solo grazie all'alpha-tranquillante.» Fece scivolare un vetrino sotto al microscopio e diede un'occhiata. Non lo aveva acquistato, ma lo aveva preparato da sé. Conteneva i granelli di sabbia proveniente dalla spiaggia vicino al loro cottage e, sotto al microscopio, mostrava un'incredibile varietà di forme e colori. «Dentro di me sto impazzendo, ma se assecondassi le mie emozioni, peggiorerei solo le cose.»

Al centro del vetrino, tra i coralli verdi, rossi e blu, i minerali e le rocce, brillava la piccola spirale di una conchiglia. «Guarda prima questo,» disse. «È fantastico.»

Xan non si mosse dal letto neanche quando Jason lo esortò con un sorriso. Invece, strinse le dita a pugno e incontrò il suo sguardo con occhi colmi di lacrime.

«Cosa c'è che non va?» chiese Jason con gentilezza, il cuore che faceva una capriola dentro al suo petto. «Perché sei così sconvolto?»

«Che ne sarà di me?» la voce di Xan si spezzò.

Jason lo guardò a bocca aperta, un turbinio di pensieri nella mente.

«Te la caverai.»

«No.»

«Certo che sì. Lo so che ci eravamo promessi di vivere insieme, ma non l'ho pianificato io ciò che è successo. E poi hai un sacco di amici a scuola, a differenza mia, e saranno ben felici di farti divertire ora che non ci sono più io a farti studiare tutto il tempo.» Jason lasciò perdere microscopio e vetrini e si sedette sul letto vicino a

Xan.

«Ho bisogno di te.» Le parole gli uscirono senza che potesse fermarle. «Perché non puoi tornare? Questa mattina ho sentito che hanno licenziato il tuo Omega, perciò non avresti problemi. Dimmi che tornerai.»

Il cuore di Jason si strinse mentre Xan si appoggiava alla sua spalla. «Vorrei poterlo fare. Davvero. Ma dicono che non sono affidabile, pensano che andrò da lui nel cuore della notte e non sarò in grado di controllarmi. Sono convinti di potermi sorvegliare meglio a casa.»

Senza contare che casa sua era più vicina all'abitazione di Vale di circa otto chilometri, perciò forse non desiderava così tanto tornare all'università.

Gli occhi blu di Xan si sollevarono piano fino a incontrare quelli dell'amico. Vi si leggeva una tempesta in avvicinamento e, sebbene Jason non ne conoscesse il motivo, il suo stomaco si attorcigliò.

«Cosa si prova?» chiese Xan a voce bassa. Il suo tono era un intreccio tremante di rabbia e dolore. «Tu ancora...?» Scosse la testa.

«Ancora cosa?»

Xan si raddrizzò. I suoi occhi vagarono per la stanza, come se non potesse sopportare di tenere lo sguardo su qualcosa troppo a lungo. «Trovare il tuo *Érosgápe* è fantastico come dicono?»

«È terribile.»

«Perché?»

«Perché lo desidero da morire e non posso averlo.» Provò a cercare le parole per spiegare ciò che provava, ma era semplicemente... *troppo*. «Nemmeno lo conoscevo. È così strano e intenso, e ora sono costretto a prendere i tranquillanti per comportarmi come una persona normale. Non lo vedo da più di un giorno e non so quando potrò farlo, e questo mi fa star male fin nel profondo. Come se potessi morire da un momento all'altro. È terribile.»

«Adesso è solo lui che vuoi?»

«Cosa vuoi dire?»

Xan serrò la mascella. «Lo sai cosa voglio dire, Jason.»

«Oh!»

Lo shock lo travolse. Il pensiero dei giochi tra lui e Xan non l'aveva neanche sfiorato. Non da quando aveva incontrato Vale. Non immaginava che a Xan mancassero di già. Cercò di ritrovare l'uso della parola per rispondere.

«È così difficile rispondere a una semplice domanda?» la mano di Xan tremò nello scostare una ciocca bruna dagli occhi imploranti.

Jason sentì il cuore stringersi. Il punto non era che *non* desiderasse Xan, solo che desiderava di più Vale. E il desiderio di Vale, il ricordo del suo luminoso sorriso, del ventaglio di linee attorno ai suoi occhi, del tono tremante con cui pronunciava il suo nome, gli procuravano un costante prurito sottopelle che non poteva calmare, che non lasciava spazio ad altro.

La voce di Xan si spezzò. «Mi desideri ancora?» inclinò la testa, una mano intenta a slacciare i bottoni della camicia per svelare la pelle pallida e glabra. Si fece più vicino, l'ombra del suo respiro sulle labbra di Jason. «Io ti desidero ancora. Per me nulla è cambiato.»

Il suo bacio non era sgradevole. Era persino piacevole, dolce e umido, affamato e in un certo qual modo spaventato. Jason si rese improvvisamente conto che c'era la concreta possibilità che facessero sesso.

Era una sensazione piuttosto strana, poiché lo voleva ma allo stesso tempo non lo voleva, eppure lo *voleva*.

Il sangue corse a gonfiargli il cazzo, che premeva tra la coscia e la gamba del pantalone. Rabbrividì, travolto dall'eccitazione. L'interazione tra eccitazione e tranquillante rese tutto ancora più strano, gelandolo dall'interno invece che riscaldarlo. Una brezza oceanica al posto del solito incendio.

«Mi sono svegliato stamattina con questo desiderio,» gemette Xan. «E tu non eri lì a soddisfarlo.»

«Mi dispiace.» Jason aveva la testa che girava, l'uccello dolorante e si sentiva tirato in due direzioni opposte anche mentre piegava la testa per lasciare che Xan gli succhiasse il collo.

«Scopami, adesso,» ordinò Xan, prima di reclamare le sue labbra.

Il bacio divenne più profondo e Jason lo assecondò, incuriosito dalla dissociazione che percepiva dentro di sé, il modo in cui la sua bocca su quella di Xan sembrava un gesto meno intimo del semplice rimanere fuori dalla casa di Vale, a parlare con lui attraverso una finestra aperta.

«Puoi fingere che sia lui,» lo tentò Xan con un sussurro umido contro le sue labbra, come se avesse percepito la direzione dei suoi pensieri. «Immagina quello che vuoi.»

Jason chiuse gli occhi, ma era impossibile confondere il profumo di Xan con l'aroma dolce e conturbante di Vale. D'altronde, che male c'era a giocare un'ultima volta? Per quel che ne sapeva, in quello stesso momento Vale poteva trovarsi tra le braccia dell'Alpha che era con lui in biblioteca. Jason sapeva cosa combinavano quei due. L'aveva percepito dall'odore di Vale quel primo giorno.

Lo stomaco gli si contrasse per la gelosia e Jason strinse Xan più vicino. Se a Vale potevano essere perdonati i passati amanti, allora lo stesso valeva per lui.

I baci di Xan si fecero più disperati. «Non fermarti,» gemette. «Ti prego, non fermarti.»

Interrompendo il bacio, Jason lo guardò negli occhi. «Lo vuoi?»

«Più di ogni altra cosa.»

«Succhiamelo.» Il suo tono di voce si arrochì e le parole divennero un ordine indiscutibile. «Tirami fuori il cazzo e fammi venire.»

Xan tremò di sollievo, dimenandosi per slacciargli i pantaloni. Spalancò la bocca per accogliere la punta dell'uccello di Jason, succhiò e gemette, lasciando colare la saliva lungo tutta l'asta, fino ad accumularsi nei fitti ricci biondi del pube.

Jason gemette piano, attorcigliando con le dita i suoi capelli, scuri e umidi. Xan sapeva cosa gli piaceva, sollevò lo sguardo e lo fissò con gli occhi sgranati, mugolando e facendo roteare la lingua attorno al suo cazzo. Una sensazione di forza e dominio pervase Jason mentre spingeva nella bocca aperta di Xan.

«Prendilo,» ringhiò con voce roca, strattonando i capelli di Xan. «Succhialo.»

Xan mugolò e si abbassò svelto la cerniera dei pantaloni, iniziando a masturbarsi con una mano, mentre cercava di inghiottire l'uccello di Jason fino in fondo.

Jason gli tenne giù la testa e pompò nella sua gola fin quasi a strozzarlo, fin quando gli si annebbiò la vista. Intorno a loro l'aria si fece elettrica, in un aumento di consapevolezza mai sperimentato prima. Quello non era il loro solito modo di fare sesso. Non c'erano risate, nessun divertimento. Jason stava dominando un altro Alpha ed era eccitato dalla sensazione di potere. Non aveva nulla a che fare con Xan.

All'improvviso comprese.

Era un'espressione del suo lato Alpha. Una scopata per il predominio. Lo stesso tipo di sesso che gli Alpha del passato usavano per punire o possedere, per sottomettere un altro uomo. Innescato dalla vicinanza al suo *Érosgápe*, l'impulso di conquistare e controllare era diventato ancora più intenso. Jason era tentato di abbandonarsi a quel tipo di eccitazione, nuova e brutale, ma allo stesso tempo sentiva che era sbagliato. Non aveva nulla a che fare con l'amicizia, né con il suo Omega.

Fu scosso da un brivido e lasciò andare la testa di Xan. «Basta. Fermati.»

Xan si allontanò, sfregandosi le labbra umide con il dorso della mano e alzando tremante lo sguardo. «Perché?»

Jason si guardò l'uccello duro e bagnato, che pulsava e puntava dritto verso di lui. «Perché è sbagliato.»

«A causa sua?»

L'espressione di Jason si incupì. *Sì*. Ma era più di quello. «Ti sto trattando con troppa durezza.»

«A me piace.»

«L'incontro con Vale ha innescato l'istinto di affermazione del mio lato Alpha.»

Gli occhi di Xan si spalancarono mostrando, se mai era possibile, un desiderio ancora più grande. «Oh.»

«Non era così tra noi.» All'uccello di Jason, però, sembrava non importare e una goccia di liquido luccicò sulla punta. Continuava a provare il desiderio di dominare Xan e costringerlo a sottomettersi. Una ferocia sconosciuta pulsò dentro di lui, ma chiuse gli occhi e la ricacciò indietro. «Non è mai stato così. Prima. Era per divertirci.»

«A me non importa com'è, Jason. Lo voglio e basta. Lo voglio così tanto e se tu te ne vai, se non sei là con me...»

La mente di Jason fu invasa da interrogativi sul futuro di Xan che non si era mai permesso di considerare. Cosa sarebbe successo se Xan non avesse mai trovato un Omega? Uno di cui si potesse fidare in merito ai suoi bisogni segreti? Avrebbe davvero smesso di desiderare di essere scopato, una volta trovato il suo *Érosgápe, se* mai questo fosse accaduto? O peggio, cosa sarebbe successo se Xan avesse riposto la sua fiducia nell'uomo sbagliato?

«Ne ho bisogno,» piagnucolò Xan, stringendosi forte l'uccello e tirando indietro il prepuzio per esporre la cappella. «Tu mi dai ciò che mi serve. Solo tu. E anch'io ti sarò d'aiuto, lui non puoi ancora scoparlo, ma puoi scopare me. Sarò tuo, se mi vorrai.»

Un fremito di possesso attraversò la spina dorsale di Jason.

Xan non era Vale, non era abbastanza e mai avrebbe potuto

esserlo, ma Jason poteva averlo. Poteva dargli ciò che gli serviva e possederlo per un poco, essere l'Alpha che l'avrebbe fatto urlare e venire. Poteva procurare al suo bellissimo amico il piacere di cui aveva bisogno. L'istinto dell'Alpha era una cosa naturale. Esisteva per una ragione.

«D'accordo.» Jason fece un cenno d'assenso. «Va bene.» Le sue palle erano dure e tese e non sapeva quanto sarebbe durato, ma Xan voleva ciò che lui poteva dargli e, anche se sapeva che non era giusto, non si sarebbe tirato indietro. «Spogliati e tira su quel culo!»

Mentre si toglievano i vestiti si fissarono negli occhi, la sfida era stata accolta. Il tempo di ritrovarsi nudo e il pulsare dell'uccello di Jason aveva ormai annullato ogni suo pensiero razionale. Consumato dal bisogno di ghermire e conquistare, di provare chi fosse il migliore tra loro, avrebbe dimostrato chi era l'Alpha più forte.

I loro odori si confusero, saturando la stanza della loro lussuria e del loro bisogno. In quel mix di odori sensuali, però, Jason colse anche la flebile traccia di qualcosa di diverso. Qualcosa di autentico e giusto. Qualcosa che gli era necessario più dell'aria, tanto da indurlo a distogliere lo sguardo dall'amico per cercarne l'origine.

Spinse Xan sul letto. La sua sottomissione rimpiazzò la precedente sfida, e il sangue di Jason cantò in vittoria.

«Così, tira su il culo,» mugugnò, ancora alla ricerca della fonte del profumo che aleggiava attorno a lui, appena fuori portata. «Preparati per il mio uccello.»

Poi i suoi occhi caddero sul comodino.

Eccolo lì.

Jason afferrò la striscia di tessuto blu, il segnalibro che gli aveva dato Vale, e se lo premette contro il naso. *Sì.* Come marchiato a fuoco nel materiale, c'era il profumo della casa di Vale: vecchi documenti, libri polverosi e l'odore penetrante delle mine delle matite. Al di sopra di quegli odori predominanti, Jason riusciva a distinguere appena una traccia di muschio, un accenno di menta proveniente dal giardino e il dolce profumo alle rose della pelle di Vale.

Gemette, l'uccello che pulsava, duro e dolorante.

La sua mente si affollò di pensieri confusi. Il suo Omega era là fuori, a poche strade di distanza, e forse proprio in quel preciso momento veniva scopato da un altro Alpha, o forse no. Non aveva importanza. Non c'era nulla che potesse fare, né riguardo al passato, né riguardo al presente.

Solo il futuro aveva importanza.

E nell'immediato futuro, aveva tutte le intenzioni di scopare Xan a morte. Avrebbe fatto gemere, gridare e venire un altro Alpha. L'avrebbe fatto implorare. L'uccello di Jason divenne ancora più duro.

Sul letto, Xan lo aspettava nudo e pronto, allungandosi all'indietro per tenere aperte le sue natiche. Si era preparato in fretta e furia e il suo buco stretto luccicava di saliva.

«Sbrigati,» gli sussurrò. «Scopami.» I suoi occhi blu ardevano d'urgenza da sopra la sua spalla e le labbra rosse gli si schiudevano a ogni violento respiro.

Con il profumo della casa di Vale ancora nelle narici, Jason gettò via il nastro. La saliva non era certo sufficiente come lubrificante, ma lui si spinse lo stesso contro l'entrata di Xan che cedette un po', senza però permettergli di penetrare a fondo. Una punta di frustrazione corse lungo la sua spina dorsale e lui spinse con più forza.

«Ti prego. Ne ho bisogno.» Xan inarcò la schiena e si offrì come un Omega.

«Prendilo, allora,» rispose Jason, afferrando i fianchi di Xan e penetrando oltre lo stretto anello di tessuto muscolare.

Xan gridò e il suo buco si contrasse con violenza. Jason gemette per il desiderio di andare più a fondo, ma non voleva fare del male all'amico. Gli massaggiò la schiena e si chinò ad aspirare l'aroma dolce del suo sudore, che gli riempì le narici rimpiazzando il profumo del nastro e di Vale.

Chiuse gli occhi cercando di concentrarsi e riacquistare la lucidità persa nei meandri della lussuria. Vale non era lì ed era sbagliato coinvolgerlo, soprattutto con Xan che si stava arrendendo a lui con tale ardore.

Jason aveva sbagliato. Di nuovo.

Sarebbe stato proprio un bell'Alpha.

Prese alcuni respiri profondi per ritrovare la calma. Sotto di lui, Xan tremava e il suo corpo pulsava intorno all'uccello di Jason. Il suo cuore batteva all'impazzata sotto il palmo della sua mano. Gemette piano e il sentore acre della disperazione si insinuò nell'odore del suo corpo.

Jason si abbassò sul materasso, portando Xan con sé e affondando ancora di più nel suo corpo. «Tranquillo,» mormorò con dolcezza. «Ci sono io con te.»

Xan andò incontro alle sue spinte, prendendolo fino alla radice, e scoppiò in un pianto soffocato, le dita avvinghiate alle lenzuola.

Jason strofinò il naso contro la sua nuca. «Va tutto bene. Ti darò ciò di cui hai bisogno. Non piangere, Xan.»

Gli accarezzò la schiena finché il suo corpo non cedette intorno a lui e poi, mentre Xan piangeva contro il materasso, lo scopò con lunghi colpi decisi. Si prese il suo tempo, assicurandosi di avere la giusta angolazione e lasciando Xan a tremare, implorare e contorcersi tra le lenzuola.

«Parlami,» singhiozzò Xan tra le lacrime. «Dimmi le cose che mi piace sentire.»

Con il cuore straziato dal dolore, Jason sussurrò contro la sua spalla: «Proprio così! Prendilo da bravo, piccolo Omega. Apriti per me, troia.»

«Non fermarti. Ti prego, non fermarti!»

«Non mi fermo. Non adesso.» Jason aumentò la velocità delle sue spinte. «Mi desideri così tanto.»

«Così tanto,» ansimò Xan, inarcando la schiena e gemendo forte, con le lacrime che ancora gli scorrevano lungo il viso.

«Vuoi che ti riempia con il mio bambino?»

«Sì. Oh sì, Jason.» Xan fu scosso da un brivido violento. «Ti amo.»

Jason smise di spingere e Xan si irrigidì sotto di lui.

«Io non...» iniziò Xan in un sospiro stridulo e roco.

«No. Sss.» Jason scostò i capelli scuri di Xan e gli baciò le spalle. «Certo che mi ami, sei il mio Omega, e io ti darò il mio nodo.» Con la gola strozzata dalle lacrime premette il volto sulla schiena del suo amico.

Una spietata risolutezza gli afferrò le viscere. Quella sarebbe stata l'ultima volta. Doveva esserlo. Perché Xan lo amava, non come un amico ma come un amante, e quella fantasia doveva finire per il bene di entrambi.

«Ti prego, fammi venire,» piagnucolò Xan. «Per favore. Voglio venire. Aiutami. *Fammi venire!*»

Jason gli sollevò i fianchi in modo da colpire la sua prostata a ogni affondo. Trattenendo le proprie emozioni, scopò Xan forte e veloce, obbligandolo a prendere il suo uccello fino in fondo. Proprio come piaceva a lui.

«Porca puttana!» gridò Xan, il buco allargato all'inverosimile attorno al cazzo di Jason. «Sto per...»

«Fallo!» lo incalzò Jason. Avrebbe voluto farlo voltare, vedere un'ultima volta il suo viso mentre veniva. «Fammi vedere quanto ami il mio cazzo.»

Xan si dimenò, tutto il suo corpo si contorse nella morsa dell'orgasmo. Dalla sua gola sfuggì un grido rauco e il suo corpo pulsò intorno all'uccello di Jason. Lui chiuse gli occhi, immaginò un utero pronto a essere riempito e pompò il proprio piacere dentro

Xan per l'ultima volta.

Quando il picco dell'orgasmo scemò, Jason strofinò il viso sul suo collo, gli baciò la spalla e uscì piano dal suo corpo.

Xan collassò sul materasso, esausto e ancora tremante.

Quando vide il suo seme colare dal buco ancora aperto, Jason sentì lo strano bisogno di spingerlo di nuovo dentro con le dita, invece afferrò un asciugamano dal cesto di panni sporchi e lo porse a Xan.

«È stato bello?»

Xan annuì, le guance accese dal pianto e il petto arrossato dallo sforzo. Si ripulì, poi fissò la chiazza bagnata sulle lenzuola. «Scusa.»

«Non preoccuparti. Sono io quello che ti ha fatto venire, quindi suppongo sia colpa mia.»

Xan si rivestì con mani incerte e così fece Jason. Come al solito su di loro gravava un pesante silenzio. In circostanze normali Jason avrebbe già ripreso a chiacchierare, cercando di distogliere l'amico dalla spirale di sensi di colpa che inevitabilmente lo affliggevano, oppure avrebbe scacciato i suoi pensieri oscuri facendo progetti per l'incontro successivo.

«Devo tornare a scuola,» mormorò Xan quando si fu vestito, il farfallino storto e lo sguardo basso.

Jason sentì le parole bloccarsi in gola. C'erano molte cose che avrebbe voluto dire, ma non sapeva da dove cominciare. Alla fine, tutto ciò che riuscì a rispondere fu: «Sì.»

Xan alzò gli occhi a incontrare il suo sguardo. «Ci vediamo a lezione?»

«Lunedì.»

Xan lo fermò sulla soglia della stanza, posandogli una mano sul petto. «Conosco la strada.» Deglutì a fatica, gli occhi che si riempivano di nuovo di lacrime. «Questa è stata l'ultima volta, vero?»

Jason annuì.

«Sei diverso, adesso. Lui ti ha reso diverso.»

«Non è stato lui. È perché… siamo *Érosgápe*.» Non sapeva come altro spiegarlo.

«Capisco.»

Xan, però, sembrava non aver capito affatto. In realtà, dava l'impressione di stare per scoppiare di nuovo a piangere e il rimorso di Jason si intrecciò alla tristezza che già provava.

«Riguardo a quello che ho detto prima…» Xan si schiarì la gola. «Era…»

«Era parte del gioco.» Jason mentì al suo posto.

Gli occhi di Xan sfrecciarono di nuovo verso il pavimento. «Giusto.»

Jason gli sollevò il viso, accarezzandogli il mento con il pollice. La sua bocca si contrasse nello sforzo di trattenere le lacrime e Jason lo strinse in un abbraccio. «Mi dispiace. Quando troverai il tuo *Érosgápe* o l'Omega giusto con cui siglare il contratto, questo dolore se ne andrà, te lo prometto.»

Xan si districò dalle sue braccia e si schiarì la gola. «Certo, e comunque eravamo solo amici che si facevano compagnia. Tutto qui.»

Jason ricacciò indietro la sua risposta.

Xan si voltò. «Ci vediamo a lezione.»

Jason lo guardò camminare lungo il corridoio, verso le scale. Il suo cuore doleva e le palle pulsavano per il recente orgasmo. Rientrando nella sua stanza colse un movimento con la coda dell'occhio e sentì odore di tabacco. Seduto sui gradini della scala che portava in soffitta, Pater lo fissò con uno sguardo carico di significato.

Jason avvampò. «Da quanto sei lì?»

Pater scrollò le spalle e indicò i tre scatoloni sui gradini sotto a quelli dove era appollaiato. Sopra ognuno di essi c'era scritto: "Addobbi delle Notti d'Autunno". «Mi farebbe comodo una mano.»

«Certo. Sicuro.» Jason si asciugò i palmi sudati sui pantaloni controllando per essere sicuro di essersi ricomposto. Sentì la porta al piano di sotto aprirsi e chiudersi.

Prese lo scatolone più grande e sorrise per nascondere la tensione. «Voglio un sacco di addobbi quest'anno, va bene? Se Vale deciderà di partecipare a una delle celebrazioni, voglio che ne resti impressionato.»

«Vedremo.» Pater si alzò e gli passò le dita tra i capelli per sistemarli un po'. «Quindi, quella è stata la vostra ultima volta?»

«Cosa?» un'ondata di calore gli risalì lungo il collo e all'improvviso riuscì a percepirlo, l'odore del suo incontro con Xan che si diffondeva dalla porta aperta della sua stanza.

Pater sospirò e sollevò uno scatolone più piccolo che attendeva sulla scala. «Dimmi solo che è stata l'ultima volta.»

«Sì, lo è stata.»

«Bene.» Si sistemò la scatola su un fianco e fissò Jason negli occhi. «Agli Omega non piace che i loro Alpha scopino altre persone senza permesso.»

Jason deglutì. Non aveva mai sentito Pater usare termini tanto volgari. Di solito usava l'espressione fare l'amore o, se riferito a qualcosa privo di implicazioni emotive, parlava di semplice sesso. «È stata l'ultima volta,» ribadì. Non poteva spiegarsi meglio, né aggiungere altro. Non senza rivelare il segreto di Xan.

«Sai che stai rischiando molto, vero?»

«Lo so. Mi dispiace.» Jason si agitò, ma suo padre non aveva ancora finito con lui.

«Xan deve fare attenzione. Nonostante i dettami del Sacro Libro del Lupo, quando si è giovani, arrapati e bloccati alla Mont Nessadare, qualche piccola trasgressione è piuttosto comune e per lo più ammessa, ma quando si inizia a corteggiare un Omega bisogna rinunciarvi, onde evitare futuri problemi.»

Jason annuì in silenzio.

Pater iniziò a scendere le scale della soffitta e Jason lo seguì. «Se Valendo Aman venisse a saperlo, non ne sarebbe felice. Contratto o meno.» Scosse la testa. «Tieniti per te quello che è capitato oggi e assicurati che non succeda di nuovo.»

Jason sospirò. «Ti prego, Pater, non essere deluso. È stato un addio, te lo giuro. Non accadrà mai più.»

Pater inarcò un sopracciglio. «Sono contento di sentirlo. Adesso vai a farti la doccia e apri la finestra per arieggiare quella stanza. Puzza di sesso.»

Jason arrossì fino alla radice dei capelli e desiderò che il pavimento si spalancasse sotto i suoi piedi e lo inghiottisse.

«Quando hai finito porta quegli scatoloni al piano di sotto, nella veranda, e aiutami a smistare gli addobbi.» Gli rivolse un sorriso appena accennato. «Dobbiamo decidere quali usare per la prima Notte d'Autunno, questo fine settimana.»

Jason sorrise. «Inviterai Vale per la Festa dei Doni dell'Alpha?»

«È ciò che avevo in mente.» Pater si sistemò meglio lo scatolone tra le braccia. «E sì, ci assicureremo che sia tutto perfetto. Per il tuo Vale.»

QUELLA SERA, DOPO che Jason ebbe preso l'ultima dose di alpha-tranquillante e prima di andare a dormire, Pater lo prese da parte e gli porse un piccolo fascio di fogli dai bordi sfrangiati. «Queste sono le poesie di Vale che, al momento, ritengo appropriato tu legga.»

Jason li prese frastornato. «Grazie.»

Father passò accanto a loro, trascinandosi lungo il corridoio con un'espressione cupa in volto, ma Pater si limitò ad alzare gli occhi al cielo. «Supererà la faccenda della poesia, prima o poi, ma forse dovresti andare a leggerle nella tua stanza.»

Quella era esattamente l'intenzione di Jason, non riusciva a immaginare di leggere le poesie di Vale con i suoi genitori che gli alitavano sul collo osservando preoccupati le sue reazioni. Le parole della prima poesia sembravano danzare sulla prima pagina e lui si avviò subito verso le scale, per poi fermarsi e voltarsi ansiosamente verso suo padre.

«Sì, Jason?»

«Mi stavo solo chiedendo, prima di leggerle, ecco, vorrei sapere...» Si scostò i capelli dalla fronte e aggrottò le sopracciglia, facendosi forza. «Ce ne sono di buone?»

«Oh!» Pater sorrise increspando gli angoli dei suoi occhi nocciola. «Penso siano eccellenti, davvero un ottimo lavoro. Vale ha uno stile gradevole e piacevolmente descrittivo, senza molti fronzoli e sincero.» L'espressione di Pater si fece distante, mentre ripensava senza dubbio a qualcosa che aveva letto. «Ce ne sono alcune che dovresti davvero leggere, quando sarai più maturo. Ma non adesso e non in questo frangente.»

«Miner!» chiamò la voce di Father dallo studio. «Vieni da me, per favore.»

Pater rispose da sopra la spalla. «Certo, Yule. Sto arrivando.»

«Credi che siano arrivate nuove informazioni su Vale?» chiese Jason, indeciso se seguire suo padre per vedere cosa stesse succedendo o precipitarsi nella sua stanza a leggere le poesie.

«In quel caso, puoi aspettare fino a domattina,» rispose l'uomo. «Ma credo che si tratti della disputa che Yule ha dovuto risolvere oggi al magazzino. Adora farmi rivivere le sue imprese eroiche, per far colpo ancora una volta su di me.» I suoi occhi brillavano e Jason scoppiò a ridere. «Corri nella tua stanza adesso, vai a farti incantare dalle parole del tuo Vale.»

Jason sfrecciò su per le scale e chiuse a chiave la porta dietro di sé. Camminò avanti indietro per qualche secondo, cercando di smaltire un po' di energia. La stanza aveva ancora l'odore di Xan, nonostante avesse cambiato le lenzuola e lasciato aperta la finestra.

Raccolse il segnalibro regalatogli da Vale e vi affondò il naso. Riusciva ancora a sentire l'odore della sua casa e anche la nota più nitida della menta proveniente dal giardino, ma l'essenza dell'eccitazione di Vale e il profumo della sua pelle erano ormai svaniti, rimpiazzati dal forte odore del sesso fatto quel giorno con Xan.

Demoralizzato, si infilò il segnalibro in tasca. Non avrebbe dovuto scopare Xan. O forse sì. Non lo sapeva. Era tutto così confuso. Non doveva nulla a Xan, ma in quel momento, preso dall'impulso di affermare la propria natura di Alpha, non era stato in grado di distinguere ciò che voleva da ciò che *desiderava*. E Xan era così disperato e così innamorato. Era stato assalito da un mix di inebrianti sensazioni e aveva ceduto. Non riusciva a pentirsene, ma allo stesso tempo lo rimpiangeva.

Sedette alla scrivania, ma il telescopio e i vetrini erano ancora là e lui non voleva perdere tempo a metterli via, prima di leggere. L'odore dello sperma di Xan aleggiò di nuovo fino a lui e Jason si alzò, stringendo la presa sul fascio di fogli. La finestra di fronte dava sul tetto e lui la scavalcò, uscì e si sistemò sulle lastre di ardesia.

La brezza notturna lo avvolse, gelandogli le ossa. I suoi capezzoli dolevano per il freddo e il naso gli bruciava, ma era comunque meglio che leggere le poesie di Vale in una stanza che puzzava dei suoi errori. Essere un Alpha adulto sarebbe sempre stato così disorientante e difficile? Sperava di no. Quello che era sembrato solo un gioco, un semplice divertimento senza complicazioni, ma in quel momento assumeva tutto un altro aspetto, con potenziali conseguenze per ognuno di loro.

Sperava che Xan stesse bene. Sperava che non fosse solo.

Uno strato di nuvole oscurò le stelle, ma la luna, determinata come sempre, riuscì a penetrarlo, pallida e severa. Jason rabbrividì sotto l'occhio sfregiato del Sacro Lupo, che tutto vedeva e conosceva.

Due Alpha non avrebbero dovuto giacere insieme. Non per fare un favore al proprio migliore amico, né come gesto di affermazione della propria superiorità. A meno che si avesse intenzione di privare l'altro della sua virilità.

Baciarsi e accarezzarsi, *tenere* l'uno all'altro? Non era quella la via del Lupo.

Secondo il Sacro libro del Lupo, gli Omega erano stati creati per impedire atti contro natura come quelli, e naturalmente per procreare. Per portare avanti la specie. E poiché la riproduzione era il dovere più sacro agli occhi del Sacro Lupo e del mondo, sprecare il proprio seme nel corpo di un altro Alpha non poteva essere tollerato dalla secolare legge religiosa.

Sotto l'occhio freddo e vigile della luna, Jason si chiese se in precedenza non avesse commesso un grave errore a ritenere quella regola così sciocca. Ora aveva ferito il suo migliore amico, gli aveva spezzato il cuore e aveva deluso suo padre. Senza contare che se Vale l'avesse scoperto, non ne sarebbe stato *felice*.

Fu travolto da una strana ondata di emozioni, un intreccio di gioia e dolore. Non avrebbe mai voluto dare un dispiacere a Vale, il solo pensiero gli era intollerabile. L'idea che ciò che aveva fatto con Xan *potesse* ferire i sentimenti del suo orgoglioso e risoluto Omega, incrinando il suo atteggiamento distaccato e maturo, gli era intollerabile, tanto da fargli venire la nausea.

Non che lui fosse degno di suscitare in Vale sentimenti tanto profondi. Non dopo quello che aveva fatto quel giorno.

Presto, però, lo sarebbe stato. Sarebbe diventato un uomo migliore, un Alpha migliore, guadagnandosi la devozione del suo Omega, il suo amore e la sua sottomissione.

Non appena gli fosse stato permesso di farlo, non appena avessero sistemato tutte le frustranti questioni preliminari con gli avvocati.

Jason sospirò, chiuse gli occhi e cercò di rilassarsi. Lasciò che la brezza notturna cancellasse quello che era accaduto con Xan, l'imbarazzante conversazione con suo padre, la gelosia e il timore che Vale potesse trascorrere del tempo con un altro Alpha, mentre lui era obbligato a seguire il *protocollo*. Frenò l'impazienza che gli ribolliva dentro e attese che giungesse la pace, lasciando che l'alpha-tranquillante lo portasse alla deriva.

Quando riaprì gli occhi, le nuvole si erano diradate e splendevano le stelle. Tra le sue mani i fogli si sollevavano a ogni alito di vento, vi posò lo sguardo e cominciò a leggere.

I versi iniziali della prima poesia lo colpirono come schegge di vetro, bellissime e scintillanti. Si premette una mano sul cuore impazzito, mentre leggeva il verso seguente e il successivo, e quello dopo ancora.

Ogni parola scelta da Vale.

Ogni parola un caleidoscopio attraverso cui imparare a conoscerlo.

Ogni parola perfetta. Proprio come il suo Omega.

Le imparò tutte a memoria senza fatica, poi si sdraiò nell'oscurità, rivolgendo lo sguardo al cielo e meditando sul loro significato per ore.

CAPITOLO 9

«PENSI CHE PORTARE Urho sia stata una buona idea?» sussurrò Rosen all'orecchio di Vale, mentre aspettavano sul marciapiede che Yosef e Urho scendessero dal sedile posteriore dell'auto mandata dai Sabel a prenderli.

Vale lanciò un'occhiata al suo splendido amico. Rosen portava i capelli sciolti sulle spalle in una lunga cascata morbida e indossava un dolcevita marrone e una giacca color caffellatte che gli stavano a pennello. In confronto a Vale, e al suo completo verde scuro abbinato a una camicia bianca, aveva un'aria informale e disinvolta. Yosef almeno era vestito in maniera altrettanto elegante, con un abito rosso fragola che, insieme ai capelli bianchi e alla barba curata, lo faceva apparire una versione slanciata e attraente del Babbo Natale delle favole del Vecchio Mondo.

Scrutò la casa, anzi il palazzo, di Jason. Dove diavolo avevano trovato blocchi di granito così grandi gli avi dei Sabel e come li avevano trasportati fin lì? Dall'esterno, la villa aveva un aspetto freddo, ma Jason non gli era sembrato un uomo freddo, né lo era stato il Pater, Miner, quando lo aveva chiamato al telefono per invitarlo.

«Urho è il gorilla del gruppo,» mormorò Vale. «Dubito che avrò bisogno dei suoi servigi, ma non voglio che pensino che sia indifeso.»

«Cosa credi che abbiano intenzione di fare? Rapirti e costringerti con la forza a consumare l'imprinting?»

Vale sbuffò piano.

«E lo farebbero proprio durante il primo banchetto delle Notti d'Autunno?» proseguì Rosen.

«No, ma non voglio correre rischi. Inoltre, Urho fa parte della mia vita. Miner, il Pater di Jason, mi ha chiesto di invitare i miei amici più intimi, e siete voi tre.»

«Sì, ma Urho è un Alpha. L'Alpha di cui parli nelle tue poesie. L'Alpha che ti ha aiutato a superare… quanti calori, ormai?»

Vale scrollò le spalle, sperando che il suo stomaco scombussolato non lo costringesse a vomitare tra i cespugli. «Se vogliono stipulare un contratto d'unione con me, dovranno accettare tutti quanti voi. Non è quello che mi ha detto Yosef solo qualche giorno fa?»

«Sei terrorizzato.» Rosen circondò con un braccio le spalle di Vale con fare protettivo. «Va tutto bene. Ci sono io con te.»

Vale alzò gli occhi al cielo e si sfilò dall'abbraccio di Rosen. «Jason assume l'alpha-tranquillante. Dovrebbe andare tutto bene.»

«Anche se c'è Urho?» chiese di nuovo Rosen, senza dubbio convinto che Vale avesse oltrepassato i limiti portandolo con sé.

«*Soprattutto* se c'è Urho,» intervenne l'interessato, la voce profonda e rassicurante alle orecchie di Vale, che si voltò e lo colse mentre lisciava le pieghe del semplice abito grigio abbinato a una cravatta nera. «Forza, signori, andiamo. Non perdiamo tempo.»

Vale fece strada lungo il viale d'accesso, con Urho subito dietro di lui e i due piccioncini che chiudevano la fila tenendosi a braccetto.

Se non fossero stati amici così devoti, l'invidia di Vale nei loro confronti avrebbe potuto avvelenargli l'animo.

La casa incombeva minacciosa, nonostante fosse di soli tre piani, di cui l'ultimo probabilmente un attico. La facciata di granito e le ampie finestre li fissavano come orbite vuote, conferendo un'aria imponente all'intera struttura. Se non altro, le finestre al piano terra erano illuminate da luci calde come miele che si riversavano sul prato ben curato.

La porta d'ingresso si aprì prima che avessero la possibilità di suonare il campanello. Vale si era aspettato un servitore Beta o persino Miner stesso, ma fu colto di sorpresa nel trovare Jason alla porta. Si bloccò sui gradini davanti all'entrata, il cuore che gli balzava nel petto, e gemette nel sentire il piccolo rivolo bollente che iniziava a colare da lui.

Jason riusciva a sentirne l'odore? E Urho? Sacro Lupo, quanto poteva essere umiliante che la sola vista del ragazzo provocasse in lui una simile risposta? Sperò di essere così fortunato da non peggiorare l'imbarazzo, bagnandosi ancora di più. Una leggera eccitazione, giusto per riconoscere la presenza del suo Alpha ed *Érosgápe*, avrebbe dovuto essere sufficiente. Implorò il proprio corpo di mantenere il controllo.

Jason deglutì a fatica, facendo sussultare il pomo d'Adamo sulla sua gola. «Benvenuti,» disse con voce roca. «Entrate. I miei genitori ci aspettano in soggiorno. Siamo felici di avervi qui.»

Una piccola spinta di Urho fece fare a Vale un balzo in avanti. «Grazie.» Entrò nell'atrio caldo e luminoso della casa dei Sabel e iniziò a togliersi la sciarpa. «Vi siamo grati per questo incontro informale, prima di doverci riunire al tavolo con gli avvocati.»

Jason fissò con aria frastornata la gola di Vale, poi alzò lo sguardo sul suo viso. «La Festa dei Doni dell'Alpha serve a ringraziare il Sacro Lupo per tutte le cose meravigliose che ci ha elargito.» Gli rivolse un sorriso timido e prese il suo cappotto e la sua sciarpa. «E trovare il proprio *Érosgápe* di solito è considerata una cosa meravigliosa. Qualcosa di cui essere grati.»

«Lo è.»

Lo stomaco di Vale fece una capriola di fronte al modo adorabile con cui Jason inclinò la testa per annusare di nascosto la sua sciarpa prima di appenderla all'attaccapanni accanto alla porta. Poi il ragazzo appese il suo cappotto con la stessa grazia e reverenza che un sacerdote avrebbe rivolto alla reliquia di un santo e lui sentì le labbra contrarsi in un piccolo sorriso. Almeno quella sera non sarebbe stato l'unico a non riuscire a controllare le proprie reazioni.

Vale presentò Urho, Rosen e Yosef, mentre Jason prendeva anche i loro cappotti e li appendeva con meno cura, ma comunque in maniera ordinata. Jason sorrise con calore a tutti tranne che a Urho, a cui rivolse un'espressione che ricordava quella di un animale ringhiante. Vale, però, doveva ammettere che c'era qualcosa di seducente nel suo sforzo. Era meglio di quello che sarebbe riuscito a fare lui se Jason si fosse presentato alla sua porta con un ex amante al seguito, aspettandosi che Vale gli sorridesse e facesse buon viso a cattivo gioco.

Si accigliò. Cosa andava a pensare? Certo che avrebbe gestito bene la situazione. Conosceva a malapena quel ragazzo. Anzi, sperava per il suo bene che avesse avuto almeno un paio di amanti, altrimenti qualsiasi Omega con cui avesse siglato il contratto d'unione avrebbe dovuto prendersi la briga di insegnargli *tutto*. E chi diavolo ne avrebbe avuto voglia? Eppure, l'idea che Jason fosse stato con qualcun altro gli provocò una stretta allo stomaco.

Se opterà per un surrogato, cosa che sarebbe giusto facesse, starà con qualcun altro per sempre. Fattene subito una ragione.

«Hai aiutato i nostri ospiti a togliere i cappotti, tesoro?» chiese Miner Hoff dalla soglia di quello che sembrava un salotto arredato con cura. Indossava un abito dai colori autunnali e aveva in mano un bicchiere contenente ghiaccio e un liquido ambrato. Era alto, quasi quanto Jason, e snello.

«Sì,» rispose Jason, inspirando bruscamente e divorando il suo Omega con lo sguardo. Vale si chiese cosa vedesse, ma qualsiasi cosa fosse sembrava piacergli. «Stavamo proprio per raggiungervi in salotto.»

Miner si avvicinò e strinse la mano di Vale con calore. Non indossava la spilla circolare sul colletto, come voleva la moda più recente per gli Omega impegnati, e Vale sospirò di sollievo. Secondo la sua esperienza, rifuggire i simboli della sottomissione denotava una mente indipendente e, quasi senza volerlo, sentì la speranza farsi strada nel suo cuore.

«Ciao, Vale.» Miner lo salutò con un sorriso cordiale. «Sono felice che tu sia venuto, e ti ringrazio per aver portato i tuoi amici. Siamo impazienti di conoscervi.»

Forse i genitori di Jason non avevano intenzione di insistere per un surrogato. Sembrava una scelta improbabile, addirittura dannosa per la loro famiglia, ma come spiegare altrimenti il calore nello sguardo di Miner e il suo atteggiamento onesto e rassicurante?

«Andiamo, finiremo le presentazioni in salotto con Yule. Anche lui non vede l'ora di conoscervi.» L'ultima frase suonò meno sincera e Vale si innervosì di nuovo.

Jason si fece più vicino, come se avesse percepito che aveva bisogno di lui. Senza toccarlo, si limitò ad avvicinarsi e gli sussurrò: «Sono davvero felici che tu sia qui. Entrambi.» Sorrise, e Vale sentì il suo cuore sbriciolarsi in tanti pezzettini. Non c'era un termine migliore per descrivere quella sensazione e si stupì della propria ridicola reazione alla vista di una fila di denti. «Anch'io sono molto felice che tu sia qui,» proseguì Jason. «Hai un aspetto fantastico.»

A quelle parole, Vale decise di arrendersi alla speranza. Sacro Lupo, il suo goffo e adorabile cucciolo di Alpha era semplicemente troppo delizioso per descriverlo a parole.

«Anche tu.»

Jason spalancò gli occhi e s'impappinò, perdendo del tutto la sua compostezza.

Vale rise. «Oddio. Avevo scordato quanto sei incantevole, e giovane.»

«Sono grande a sufficienza per te. Smettila di preoccupartene.»

Vale inclinò la testa. C'era una vena di comando nel suo tono, un qualcosa che lo colpì allo stomaco e gli fece tremare le ginocchia, facendolo rabbrividire fin nel profondo. «Bene, bene,» mormorò affascinato, senza poter aggiungere altro, poiché entrarono nel salotto e tutti tacquero.

Yule Sabel era in piedi accanto al camino, le braccia incrociate dietro la schiena e il petto gonfio come il re del castello. Cosa che in un certo senso era, immaginò Vale. Quasi si aspettava che l'uomo sollevasse il mento e dicesse: «Hai il permesso di inginocchiarti.»

Invece, Yule diede a tutti quanti una rapida occhiata, rilassò le braccia e sul suo viso apparve un meraviglioso sorriso. Era lo stesso sorriso luminoso di Jason, ma su un volto diverso.

«Benvenuti,» li accolse, avanzando con il braccio teso. Prese la mano di Vale e la strinse con fermezza. «È bello avervi tutti qui. Posso offrirvi qualcosa da bere?»

«Sacro Lupo, sì.» Rosen si gettò i lunghi capelli dietro le spalle e lanciò a Yosef un sorriso divertito. «Prenderò una dose abbondante di qualunque cosa abbiate.»

Miner scoppiò a ridere e Yule seguì il suo esempio. Jason si avvicinò a Vale e respirò a fondo: lo stava annusando, anche se cercava di essere discreto. Lo stomaco di Vale fece un'altra capriola e un nuovo, imbarazzante, rivolo di umori colò dalla sua apertura. Si mosse a disagio e sentì una vampata di calore risalirgli fino al collo, quando Jason emise un leggero rantolo.

«Giusto! Anneghiamo la tensione nell'alcool, che ne dite?» esclamò Yule con un sogghigno. «Ci sentiremo tutti più a nostro agio, dopo un paio di bicchieri. Non tu, però, Jason.»

Il ragazzo trasalì nel sentirsi giudicato troppo giovane o fuori controllo per bere alcolici, e Vale provò un moto di solidarietà nei suoi confronti. Non era giusto per quel povero Alpha che la loro differenza d'età non gli permettesse di concludere in maniera rapida e pulita il contratto, per poi dare sfogo al loro desiderio.

«L'alcool inibisce gli effetti dell'alpha-tranquillante,» gli sussurrò.

Jason annuì, ma senza incontrare il suo sguardo.

«Prima le presentazioni.» Miner prese un sorso dal bicchiere ricolmo che teneva in mano, rivelando l'ansia che provava a dispetto della calorosa accoglienza.

«Certo,» rispose Yule, dirigendosi verso il mobile bar con le bottiglie di liquore e i bicchieri di cristallo disposti con ordine.

«Avete conosciuto Jason. Io sono Miner Hoff, il Pater. Per favore, datemi del "tu".»

«Yule Sabel,» si presentò il signore del castello, rivolgendo di nuovo lo sguardo verso Vale. «Potete dare del "tu" anche a me. E questi signori, chi sono?»

«Io sono Vale. Niente formalità, naturalmente.» Si detestò per il battito accelerato del suo cuore. Era un uomo adulto. Aveva gestito con autorità intere classi di giovani Alpha fino alla settimana precedente. Era in grado di affrontare l'incontro con i genitori di uno di loro. «Yosef Deckel è il mio avvocato,» aggiunse, sfiorando la manica di Yosef. «Rosen Mann è un amico e Urho Chase è…»

«Il tuo gorilla?» intervenne Yule, una scintilla di divertimento nello sguardo.

Vale si chiese se in qualche modo avesse sentito le sue parole sul vialetto d'ingresso. Aveva creduto che le finestre fossero chiuse, ma forse si era sbagliato. «Urho è un amico dalla mente lucida che ha a cuore i miei interessi.»

«Capisco.» Il tono di Yule rese chiaro che tutti *si rendevano* perfettamente conto di cosa rappresentasse Urho per Vale.

Jason rimase completamente immobile, con lo sguardo fisso sul muro, come se stesse cercando di ignorare un impulso impellente e indesiderato. All'improvviso attraversò il salotto per aprire la finestra e lasciar entrare un filo d'aria fresca. Nessuno lo rimproverò.

Vale si sentì sollevato quando Rosen porse la mano a Miner e si presentò: «Io sono Rosen.»

Yosef e Urho seguirono il suo esempio, furono scambiate altre strette di mano e le presentazioni, per quanto rapide e imbarazzanti, furono concluse.

Tutti, a esclusione di Jason, si raccolsero attorno al mobile bar in attesa dei loro drink. Il liquore, forte e pregiato, scivolò nella gola di Vale lasciando un piacevole bruciore al suo passaggio.

Sperava che l'alcool lo rilassasse alla svelta, perché non sapeva più da che parte girarsi. Verso Jason che, in piedi accanto alla finestra, aveva occhi solo per lui? Verso i genitori del ragazzo, che stavano chiacchierando amabilmente con i suoi amici? Oppure verso il bagno, dove avrebbe potuto sistemare il fastidioso rivolo di umidità che rifiutava di arrestarsi?

Il suo dilemma si risolse quando Miner gli si avvicinò con nonchalance, senza perdere d'occhio il figlio e con il bicchiere di nuovo pieno in mano. «Come è andata la settimana?» gli chiese conducendolo verso le sedie accanto al mobile bar, dove però nessuno dei due si sedette.

«Annoiato, per lo più,» rispose schietto Vale. «Sono abituato a giornate piene di impegni. Ho bisogno di trovare un nuovo ritmo. Temo di aver oziato parecchio.»

«Come è giusto che sia. Sono certo che avessi molto su cui riflettere. Ci sono così tante cose da considerare.»

«Sì, e molte incognite. Ad esempio, cosa ne sarà dei miei averi, del mio fondo pensionistico, dell'eredità dei miei genitori?»

Miner impallidì e lo guardò con gli occhi pieni di empatia. «Posso solo immaginare quanto tu sia preoccupato riguardo a tutta la situazione. Ti prometto che non ti faremo pressione per farti firmare un contratto al più presto.»

«Ehi, questo discorso somiglia un po' troppo a una trattativa!» intervenne Yule, sorridendo leggermente a Miner. «Questa sera limitiamoci a fare conoscenza, evitiamo di creare tensione e di cominciare col piede sbagliato.»

Come poteva Yule non rendersi conto che era proprio

l'incertezza che aleggiava nell'aria a rendere l'atmosfera così pesante? Se Vale fosse stato sicuro di poter continuare la propria vita senza grossi cambiamenti, sarebbe stato più sereno, o almeno non così preoccupato. Meglio sapere, che essere tormentato dai dubbi.

«Jason,» chiamò Yule, attraversando la stanza per avvicinarsi al figlio che era ancora accanto alla finestra. «Prendi un bicchiere d'acqua.» Gli mise in mano il bicchiere e rimase a osservarlo mentre lo sorseggiava. Vale notò la gentilezza con cui Yule faceva scivolare un braccio attorno alle spalle del ragazzo e gli sussurrava qualcosa all'orecchio, facendolo arrossire e annuire con un sorriso grato.

«Ora capisco a chi deve il suo aspetto Jason,» disse Vale a Miner, «la tua altezza e il tuo fisico uniti ai capelli biondi e agli occhi blu di Yule vi hanno permesso di mettere al mondo un figlio davvero stupendo.»

«Mi fa piacere che lo pensi,» rispose Miner guardando con orgoglio verso l'altro capo della stanza, dove Yule e Jason chiacchieravano tranquilli. «Ed è anche piuttosto brillante.»

«Ne sono sicuro.»

«La sua passione è la scienza, in ogni sua branca, ma si sta specializzando in biologia.» Miner si voltò verso di lui. «E cosa mi dici di te? Quali studi hai fatto?»

A quella domanda, Vale quasi scoppiò a ridere. Sapeva che sia Miner che Yule, erano al corrente del suo curriculum scolastico e lavorativo. Arrivati a quel punto, un investigatore privato doveva averli già informati sui fatti salienti della sua vita, ma non c'era modo di evitare quel tipo di convenevoli. «Ho studiato lettere e in aggiunta ho seguito un corso di scrittura creativa, specializzandomi in poesia.»

«Capisco, e cosa ti ha spinto verso la poesia?»

Vale percepì Jason che si avvicinava.

«Non ne sono certo. Mi ha sempre affascinato, fin da bambino.»

Jason si mise dietro al mobile bar, sorseggiando la sua acqua e ascoltando con espressione avida, come se le parole di Vale fossero un delizioso mix di sesso e cioccolata. Vale si girò leggermente per includere il ragazzo nella conversazione.

«I tuoi genitori erano soliti leggerti poesie?» chiese Miner.

«No, ma quando sono stato grande abbastanza ho iniziato a leggere i libri di poesia di mio padre. La prima volta che mi sono cimentato con versi giambici e trocaici avevo sei anni.»

«Erano belli?» chiese Jason in tono sommesso. Vale percepì un'eco della fermezza con cui aveva affermato che la poesia, che gli era valsa il nastro segnalibro, dovesse essere per forza valida.

«Per un bambino? Forse, ma ovviamente erano tremendi. Credo che il mio primo componimento si intitolasse: "Il tè dell'orsacchiotto". Il latte si rovesciò e gli animali di pezza si disperarono. Era piuttosto drammatico.»

Jason gli rivolse un sorriso luminoso come il sole e il cuore di Vale si strinse per il desiderio disperato di averne di più. Si schiarì la gola e distolse lo sguardo, colto da un'inaspettata timidezza.

«Che cosa carina!» dichiarò Miner. «Da bambino Jason era più interessato a ragni e insetti. Il tè con gli animali di pezza era più la mia idea di svago, ma lui mi trascinava sempre a giocare nel fango.»

Vale incontrò lo sguardo di Jason e ripensò alle sue fotografie da bambino, forte e pieno di salute. Riusciva a immaginare quel ragazzino con i pantaloni corti che si rotolava nell'erba ridendo. Era un'immagine meravigliosa.

«Scrivi ancora?» chiese Miner.

Vale non riuscì a evitare una risatina ironica.

Miner rise. «D'accordo, ammetto di conoscere la risposta.»

«Le tue poesie sono meravigliose,» intervenne Jason, ingoiando subito dopo un enorme sorso d'acqua, con le guance che si coloravano di rosa e gli occhi che sfrecciavano verso il pavimento.

«Le hai lette?» Vale sentì le viscere attorcigliarsi e capì che il proprio odore era cambiato dal fremito allarmato delle narici del giovane Alpha.

«Io, uh…» Jason rimase a corto di parole.

Miner riprese il discorso lasciato in sospeso dal figlio. «Ho dato una scorsa a uno dei tuoi libri e gli ho permesso di leggere le poesie adatte a questo stadio degli eventi.» Toccò il bicchiere di Vale con il proprio in un piccolo brindisi. «Ci sai davvero fare con le parole. Le tue opere sono fantastiche.»

Jason si accigliò, infastidito per essere stato messo in ombra dal padre.

«Fantastiche,» mormorò. «Sono d'accordo. Potenti e anche brillanti.»

«Grazie.»

Il giovane Alpha pareva sul punto di sciogliersi sul pavimento. Il potere che Vale aveva su di lui era intossicante e gli fece accelerare il battito dall'eccitazione.

Miner proseguì: «Ti ammiro per aver raggiunto tanti traguardi nella tua vita. Stimato professore per i giovani Alpha e in più affermato poeta.» Ingollò ciò che rimaneva del suo liquore e appoggiò il bicchiere sul bancone, facendo cenno a Jason di versargliene un altro. «Sarebbe più corretto dire che ti invidio.»

«Ma tu hai molto di cui essere orgoglioso…» Vale guardò Jason che li stava ascoltando con espressione attonita. Ricordava cosa significasse avere quell'età, lo stupore di scoprire che i tuoi genitori erano esseri umani con i propri sogni, alcuni realizzati e altri infranti, le proprie debolezze e i propri rimpianti. Scoprire che i suoi genitori non erano le creature perfette che immaginava era stata la prima perdita della sua vita. E poi li aveva persi davvero, entrambi.

«Naturalmente lo sono.» Miner fece un gesto noncurante con la mano elegante. «Ma ho sempre desiderato diventare un musicista. Quando ero giovane, sognavo di suonare con l'orchestra sinfonica della città, ma il Pater di Yule non l'avrebbe mai permesso.» Il suo sorriso vacillò.

«Non lo sapevo,» rispose Jason, l'espressione incupita. «Lui non era molto gentile con te, vero?»

Miner alzò le spalle. «Ormai è tutto passato. Mi sono accontentato di comporre e di insegnare a Jason a suonare.» Guardò il figlio con affetto. «Non è molto portato, ma il talento non può sostituire il duro lavoro, qualcosa di cui lui non ha mai avuto paura. Con la chitarra è passabile e non è così male al pianoforte.»

Jason rise, gli occhi azzurri scintillanti. «Credimi, detto da lui è un gran complimento, di solito è meno generoso. Comunque, mi sto impegnando a migliorare.» Le parole "per te" erano sottintese e Vale le percepì come dita calde premute sul suo cuore.

«Non vedo l'ora di sentirti suonare.»

Jason sorrise di nuovo e lui andò quasi in estasi per il luccichio dei suoi denti bianchi in quella luce soffusa.

«Cosa mi dici della tua famiglia?» chiese Miner. «Dove vivono i tuoi?»

Un'altra domanda di cui, sicuramente, conosceva già la risposta, ma era probabile che volesse sentire di persona come Vale avesse affrontato quello che era successo.

«I miei genitori sono morti entrambi in un incidente. Non ho altri parenti.»

«Erano *Érosgápe*, oppure…»

Le unioni tra Alpha e Omega stipulate per contratto erano in tutto e per tutto pari a quelle predestinate, dal punto di vista legale, tuttavia erano ancora guardate con sufficienza, come se avessero meno valore. Vale raddrizzò la schiena e sorseggiò il suo liquore, prima di rispondere: «*Érosgápe*, sebbene io sia nato piuttosto tardi.»

Miner annuì, già al corrente.

«Davvero?» chiese Jason. «Come mai?»

Vale fece roteare il liquore nel suo bicchiere e si impose di mantenere un'espressione neutra e non pensare a ciò che sapeva dei problemi di Miner nel concepire e nel portare a termine una gravidanza. «Erano entrambi ben oltre la trentina quando si sono trovati. A quanto pare nella mia famiglia maturiamo piuttosto tardi.» Mandò giù un lungo sorso e fece una smorfia per il bruciore. «Forse non dovrei essere così stupito dalla nostra situazione.»

«Non avevano siglato alcun contratto in gioventù?» La domanda venne da Yule, che si era allontanato dalla conversazione con Urho, Yosef e Rosen per ascoltare Vale.

«No. Erano entrambi romantici. Credevano che la loro metà fosse là fuori e, a quanto pare, avevano ragione.»

«Incredibile. Hanno corso un bel rischio,» fece notare Yule.

«Forse, ma c'è sempre il rischio di incontrare il proprio compagno dopo essersi legati a qualcun altro e quello sì che deve essere un vero inferno, almeno da quanto ho sentito.»

«Su questo sono proprio d'accordo,» esclamò Yule.

«Ci vuole coraggio a rimanere soli,» intervenne Miner, «ma ce ne vuole ancora di più a credere nel destino.»

«A proposito di particolari tipi di inferno, il tuo Pater doveva essere un folle,» continuò Yule, «affrontare i calori senza un Alpha, come deve aver fatto prima di trovare il suo compagno, è stata una scelta molto avventata.»

Vale inarcò un sopracciglio e Miner impallidì. «Dubito che abbia affrontato i calori senza un Alpha. Sono pronto a scommettere che abbia fatto quello che avrebbe fatto ogni Omega di buon senso, cercando qualcuno che lo aiutasse.»

Jason si lasciò sfuggire un suono leggero, quasi un ringhio, ma quando Vale guardò nella sua direzione, ammutolì; l'unico indizio del suo disagio era il rossore che gli era risalito lungo il collo pallido.

La mascella di Yule fremette e lanciò uno sguardo a Urho, prima di rivolgere a Vale un sorriso teso. «Certo, capisco che un simile accordo sia preferibile, ma continuo a ritenere che un contratto sia un'opzione migliore. Più civile.»

«Non credi che se avessi scelto una simile opzione, ci saremmo ritrovati in un bel casino, quando Jason mi ha agguantato in biblioteca?»

Yule si irrigidì, ma piegò la testa lasciando intendere che aveva capito.

«Il ridicolo fardello della purezza che gli Alpha tradizionalisti hanno storicamente imposto ai propri Omega è una vera assurdità.» Un bagliore oscuro brillò negli occhi di Miner e la rabbia crepitò nella sua voce.

«Hai ragione,» si affrettò a convenire Yule. «Anche se sono convinto che i gruppi di liberazione si spingano troppo oltre, ma è chiaro che gli Omega meritino di essere trattati con maggiore clemenza e comprensione rispetto al passato. Questo include il potersi prendere un amante quando è necessario, come nei casi di calore interminabile o per sopportare un'esistenza senza un contratto o un legame con un compagno.»

«*Sopportare*,» bofonchiò Vale tra i denti, osservando Yule allontanarsi e riprendere a chiacchierare con Rosen su argomenti di certo più leggeri, nello specifico una ricetta per il ripieno della polpa di granchio e del pane di mais.

Jason fissò Urho con espressione truce, ma quando Vale gli porse il bicchiere quasi vuoto e gli chiese di riempirlo, tornò in sé con un sorriso dolce e rispose con gentilezza: «Certo.»

«Non ci sono molti anni di differenza tra di noi,» disse Miner pensieroso mentre Jason versava un altro scotch. «Che classe frequentavi alla Mont Juror? Io ero in quella della Luna del Lupo.»

«Classe della Tempesta del Lupo.»

«Ah, il mio amico Miles aveva un fratello più piccolo in quella classe, Rasmus Beck.»

«Lo conoscevo bene.» Vale pensava che fosse un villano, ma non avrebbe divulgato l'informazione di propria volontà.

Miner sorrise. «Jason si diplomerà con la classe della Pioggia del Lupo. Mi è sempre piaciuto come suona, mi ricorda l'espressione del Vecchio Mondo "piove a catinelle".» Si interruppe. «Chiedo perdono, sto parlando a vanvera, ma le discussioni sui diritti degli Omega mi rendono nervoso.»

Vale sorrise e si sentì ancora più vicino al Pater di Jason. «Succede anche a me.»

«Normalmente mi concederei una sigaretta, ma è un'abitudine che sto cercando di perdere.»

«Non farti problemi per me.»

«A Jason non piace. Tu non fumi, vero?»

Vale scosse la testa.

«Bene, sarà un sollievo per lui.» Miner strizzò l'occhio al figlio.

«Jason, vieni a sederti con gli amici di Vale,» chiamò Yule, guidando tutti verso i piatti di antipasti disposti sul tavolino da tè vicino al divano. «Dovresti familiarizzare anche con loro.»

Vale sorrise incoraggiante al ragazzo, che uscì da dietro al mobile bar per andare a sedersi su una lussuosa poltrona accanto a suo padre. Rosen, Yosef e Urho si accomodarono sul grande divano in pelle, con in mano i loro drink.

«Quello che è successo deve essere stata una gran brutta sorpresa,» disse Miner, mentre con calma raggiungevano il gruppo dall'altra parte della stanza. «Avrai pensato che tutto *questo* non fosse nel tuo destino.»

«Sì, avevo smesso di sperare.»

Sperare non era la parola giusta, ma dal suo sguardo era evidente che Miner si fosse reso conto di aver involontariamente messo Vale con le spalle al muro. Lo prese per un braccio fermandosi a qualche passo dall'accogliente salotto dove Rosen tesseva le lodi delle tortine di cipolle caramellate e mele. «Ti capisco più di quanto tu possa immaginare.»

«Gli Omega hanno una certa affinità gli uni con gli altri,» concordò Vale.

«Sì.» Lo sguardo di Miner cercò il suo. «Tutti noi passiamo la giovinezza con il fiato sospeso, in attesa del compagno o del contratto che significano l'inizio della nostra vita. Tu devi aver trascorso molto tempo nella convinzione che stesse per accadere.»

«Sempre e ovunque.»

«Sì.» Miner inclinò la testa. «E proprio quando, con ogni probabilità, ti sei arreso e sei riuscito a sentirti di nuovo a tuo agio costruendoti una vita per conto tuo, ecco che arriva Jason.»

Era una trappola o Miner era davvero dispiaciuto per lui? Vale si limitò a sorridere ironico.

«È un ragazzo dolce,» affermò Miner con un sorriso.

«E io devo ammettere che adoro le sorprese,» concesse lui.

Miner fece tintinnare di nuovo il suo bicchiere. «Alle sorprese, allora, e ai doni del Sacro Lupo.»

Jason offrì a Vale il proprio posto e si mise in piedi accanto al camino. Era un giovane tranquillo, da quanto aveva potuto constatare. Non si intrometteva nei discorsi con maleducazione come facevano molti Alpha, né pretendeva che l'attenzione di Vale fosse tutta su di lui. Anche se ogni occasione era buona per divorarlo con sguardo affamato, ma appena Vale lo coglieva sul fatto, lui arrossiva dall'imbarazzo.

Dov'era finito quel cucciolo di Alpha disperato, che si era presentato alla sua finestra ansioso di scoprire qualcosa su di lui, spinto dall'istinto di stare più vicino al proprio Omega? Era lì, ci avrebbe scommesso, sotto il velo di timido distacco che mostrava. Quello era il Jason che avrebbe dovuto imparare a conoscere, la persona in cui si trasformava quando era solo.

La conversazione si spostò dalle ricette di Rosen alle loro preferenze in fatto di teatro, e Vale non riuscì a stabilire chi tra Yosef e Yule fosse più appassionato. Discussero delle opere teatrali e dei musical più recenti, esprimendo entrambi opinioni accese e ben argomentate, dagli attori principali al ritmo dello spettacolo. Anche lui apprezzava il teatro, ma non con tale impeto. Non gli interessava che un protagonista sbagliasse una battuta, a patto che in quell'ora e mezza lui riuscisse a fuggire dal mondo reale e a trovare nuovi argomenti su cui scrivere.

Si chiese se Jason amasse il teatro e si voltò verso di lui per scoprirlo, ma il ragazzo non sembrava prestare attenzione alla conversazione. Invece, se ne stava appoggiato al muro, bello da far venire l'acquolina in bocca, con il cuore negli occhi e il corpo dinoccolato avvolto in un abito dal taglio incantevole che esaltava la larghezza delle sue spalle e il gonfiore del suo uccello da Alpha.

Il cuore di Vale perse un colpo, intrappolato in un groviglio di sentimenti primordiali e superficiali, un caos di sensazioni che desiderava e rifuggiva, che bramava e temeva. Si schiarì la gola e finse di studiare con interesse il dipinto sopra il divano, un tripudio di forme e colori senza alcun senso. Il suo battito accelerò, mentre l'euforia dovuta allo sguardo di Jason gli faceva girare la testa.

«La cena sarà servita a breve, signore,» giunse una voce dalla porta.

Vale si voltò e vide un servitore Beta ingaggiato per l'occasione, riconoscibile dalla tradizionale divisa composta da pantaloni neri e camicia bianca. Sembrava che i Sabel non tenessero personale fisso. I servitori a chiamata venivano impiegati solo quando non si avevano domestici propri. Vale ne aveva usufruito in più di un'occasione come servizio catering per alcune feste.

Stupito, guardò Jason che scrollò le spalle e si spostò dal muro.

Yule si alzò e fece un gesto d'invito verso la porta. «Perché non ci accomodiamo in sala da pranzo?»

Miner fece strada e, mentre percorrevano il corridoio, Jason si avvicinò furtivamente a Vale. «Tutto bene, finora?»

«Dovrei essere io a chiederlo a te.»

«Cosa?»

«È credenza comune che sia compito dell'Omega compiacere e affascinare l'Alpha.»

Jason alzò gli occhi al cielo. «Vecchie favole.»

«Concordo.»

Jason sorrise e continuò: «Di solito è Father a cucinare in casa nostra, ma questa sera abbiamo ingaggiato personale esterno. Spero che il cibo sia buono, anche se non posso garantirlo, perché è la prima volta che ci affidiamo a questo chef.»

Uno spiraglio di ottimismo si insinuò nel suo cuore al pensiero che Yule Sabel, l'Alpha di questa reggia, più ricco di quanto molti uomini potessero mai sognare, preparasse la cena ogni sera per la sua famiglia. Se quello era il genere di Alpha che aveva cresciuto Jason, forse non era così sbagliato permettersi di sperare.

«Sarà di certo fantastico,» rispose. «Meglio di qualsiasi cosa potrei cucinare io. Sono un cuoco terribile, chiedi a Rosen.»

«Come potresti mai essere tremendo in qualcosa?» chiese Jason.

Vale rise e scosse la testa. «Il potere di persuasione dell'Omega è roba forte, tesoro. Stai attento. Potrei diagnosticarti un delirio da feromoni per aver detto una simile sdolcinatezza.»

Jason stava per negare quando, sulla soglia della sala da pranzo, Yule lo afferrò per una spalla e lo guidò verso una sedia a destra del capotavola. «Siediti accanto a me, figliolo.»

Miner si avvicinò per sussurrare a Vale: «Ho pensato fosse meglio mettere un po' di spazio tra voi, in modo che possiate entrambi pensare con maggiore chiarezza. Vuoi sederti accanto a me?»

Vale stava quasi per protestare. A dire il vero si sentiva molto più lucido quando interagiva con Jason che il contrario. Il richiamo dei feromoni funzionava in entrambe le direzioni, il suo corpo sembrava sapere di essere destinato a Jason e di conseguenza si rilassava.

Yosef e Rosen sedettero di fronte a Vale, lasciando Urho davanti a Jason. L'immediata tensione tra i due fu subito evidente e sulla tavola sembrò aleggiare una latente minaccia. Vale intuì che Miner stava decidendo se lasciare Urho dov'era o scambiarlo di posto con Rosen, ma in quel modo l'Alpha sarebbe stato più vicino a Vale di quanto lo fosse Jason e non era il caso di agitare gli animi.

Invitare Urho forse non era stata una buona idea. Odiava quando Rosen aveva ragione.

Alla fine, Miner sembrò abbandonare l'ipotesi di un cambio di posto e Vale si ritrovò a incrociare le dita.

«Lo sai, Jason?» iniziò Yule dopo aver colto l'espressione insistente di Miner. «Urho era un medico dell'esercito.»

«Sono ancora un medico,» intervenne l'interessato. «Però mi sono congedato dall'esercito. Adesso metto a frutto le mie abilità professionali solo come volontario.»

«Davvero ammirevole,» commentò Yule.

Jason rizzò il pelo.

Yule proseguì ignaro: «Ora collabora con il professor Minze e il dottor Obi all'università, nello studio sul calore degli Omega e sulla procreazione. Gli stavo giusto raccontando del tuo interesse per la genetica.» Sorrise a Miner tutto orgoglioso, nella chiara speranza che l'Omega approvasse la sua abilità nel dare inizio a una conversazione.

Miner sospirò e bevve un sorso abbondante di vino.

Vale avvicinò il proprio bicchiere al naso e annusò curioso. Era un buon vino d'annata, gli ricordava alcune delle bottiglie che aveva preso dalla cantina del proprio Pater.

«Davvero?» Con uno sforzo palese Jason cercò di rilassare la propria espressione e guardò Urho negli occhi. «Io studio biologia, indirizzo genetica. Sono anni che ammiro l'operato del dottor Obi. Ho persino preso in considerazione di chiedergli di seguirmi su alcune idee per il progetto di ricerca individuale che dovrò svolgere il prossimo anno. Che tipo è?»

Urho fece roteare il vino nel bicchiere e sorrise con indulgenza. «È geniale, naturalmente, ma severo. Posso mettere una buona parola per te, se vuoi, ma devo avvertirti che non ha pazienza con gli stupidi.»

«Io non sono uno stupido e sì, grazie, te ne sarei grato,» ribatté Jason con un sorriso teso.

«Allora, quale aspetto del calore studi, nello specifico?» chiese Yule a Urho.

«La posizione con cui l'Omega si offre all'Alpha, i suoi legami con i geni derivanti dai lupi e quelli più antichi propri degli umani.»

Jason inarcò appena le sopracciglia. «È un argomento piuttosto vicino alla mia area di interesse.»

Urho si appoggiò allo schienale della sedia per consentire al servitore Beta, che era entrato nella stanza, di mettergli di fronte un piatto colmo di cibo. «I lupi in genere non inarcano così tanto la schiena, è un comportamento che si riscontra più spesso nei primati.»

Vale sospirò. Una volta che Urho iniziava a parlare delle sue ricerche, poteva diventare difficile farlo tacere. Sorrise con riconoscenza al Beta che stava disponendo un piatto dal profumo delizioso sulla sua tovaglietta.

«Code di aragosta alla griglia con aglio e burro piccante,» gli sussurrò l'uomo.

A Vale venne l'acquolina in bocca. Non era poi così male essere ricchi, se ti consentiva di ingaggiare un cuoco che poteva preparare una simile cena. Non riusciva a ricordare l'ultima volta che aveva mangiato un'aragosta. Non da quando lui e Urho avevano trascorso una vacanza vicino al mare, diversi anni prima.

Fu sollevato nel constatare che i suoi potenziali suoceri non erano tipi da rivolgere una preghiera al Sacro Lupo prima del pasto. Non era mai stato molto religioso e sarebbe stato imbarazzante fingere di esserlo. L'aragosta era paradisiaca, tanto che riuscì appena a trattenere un gemito nel gustarla. Jason gli scoccò uno sguardo soddisfatto, prima di prendere un altro boccone dal proprio piatto.

«Come verifichi le tue teorie?» chiese ancora Yule, a quanto pareva l'unico rimasto a prestare attenzione a Urho. «Di certo non modifichi i geni degli Omega per scoprire se questo influenza il loro comportamento. Non pensavo che avessimo già la tecnologia per farlo, anche se so che ci stanno lavorando in molti.»

«Certo che no. Sarebbe contrario all'etica, e comunque hai ragione, non abbiamo quel genere di tecnologia,» concordò Urho. «Al momento, i nostri studi si limitano a cercare Omega che si offrano come volontari e ammettano l'incapacità di assumere un atteggiamento lordotico.» Si voltò verso Jason per spiegare: «L'atteggiamento lordotico è il tipico inarcamento del dorso…»

«So cos'è l'atteggiamento lordotico,» scattò il ragazzo.

Miner emise un piccolo gemito, scuotendo la testa.

«Ottimo, allora saprai che si tratta di una delle posizioni più riconoscibili delle fasi iniziali del calore e che scatena una sicura risposta in ogni Alpha che la veda, *Érosgápe* o meno che sia…»

Il viso di Jason avvampò e il giovane lanciò a Urho un'occhiataccia, le mani serrate minacciosamente sulle posate.

Miner si schiarì la gola, ma Vale sembrò l'unico ad accorgersene.

«… e li spinge per istinto a montare l'Omega e produrre il nodo.»

Miner mugolò piano nel tentativo di attirare l'attenzione di Yule.

«Quindi cosa succede se un Omega non si offre in modo corretto?» chiese però il padrone di casa.

«In genere…»

Vale interruppe Urho prima che potesse continuare. «Un Omega che non sia in grado di offrirsi in atteggiamento lordotico, di solito si rivolge a un medico, preoccupato di avere qualcosa che non va.»

«E poi?» lo incalzò Yule, inconsapevole della tensione del figlio.

«A quel punto, spesso si offrono volontari per i test genetici,» proseguì Vale. Urho preleva il loro sangue, esegue qualche analisi e prova a trarre le sue conclusioni dalle informazioni ottenute.»

«E cosa hai scoperto?» chiese Yule, rivolgendosi di nuovo all'altro Alpha.

Miner gli rivolse un cenno brusco, il pomo d'Adamo che andava su e giù nervosamente.

Quella volta, Yule se ne accorse, si volse di scatto verso suo figlio e mise una mano sulla sua, stringendola finché Jason lasciò andare lo stiletto da aragosta e, grazie al Lupo, il coltello.

«I risultati confermano le mie ipotesi,» rispose Urho con la bocca piena di aragosta. «Gli Omega con i livelli dei marcatori dei geni dei lupi più elevati nel sangue, spesso non assumono la posizione corretta o lo fanno in maniera incompleta. Hanno un comportamento più simile a quello dei lupi cosa che, stranamente, ha l'effetto di *non* innescare nell'Alpha l'istinto a formare il nodo con la stessa potenza. Non c'è nulla che scateni la bestia che c'è in noi come la vista di un Omega che ci si presenta nella giusta posizione,» concluse sogghignando.

Jason si allontanò di colpo dal tavolo e Yule lo seguì, afferrandolo per una spalla e spingendolo di nuovo sulla sedia.

Vale si schiarì la gola, ma quello che ne uscì fu più che altro uno squittio. Yosef mise la mano sul braccio di Rosen e Urho si pulì la bocca con il tovagliolo. A occhi bassi per la vergogna, Jason borbottò qualcosa che somigliava a una richiesta di *perdono*, ma che non arrivò in fondo al tavolo.

«No, sono io che mi scuso,» rispose Urho. «Ho dimenticato cosa significhi essere un giovane Alpha. Avrei dovuto mostrare maggiore sensibilità. Non mi ero reso conto che la mia ricerca potesse rivelarsi un argomento spinoso, ma avrei dovuto pensarci.»

«Nemmeno io l'avevo ritenuto tale,» concordò Yule. «È stato miope da parte mia. È passato troppo tempo da quando ero così giovane e preda degli istinti, ma l'impulso ad affermare il proprio dominio su un altro Alpha era prevedibile.»

Jason si agitò sulla sedia come se non riuscisse a decidere se fuggire o alzarsi per farsi valere. Vale si schiarì la gola un'altra volta e lo sguardo del ragazzo fu su di lui in un battibaleno, così gli rivolse un sorriso rincuorante. «Va tutto bene.»

Jason deglutì a fatica e annuì. «Mi dispiace. Non accadrà più.» Quindi tornò alla sua cena, anche se sembrava che non si stesse più godendo l'aragosta.

Urho rivolse a Vale un sorriso rassicurante, ma sembrò un sorriso scialbo in confronto a quelli di Jason, e lui ormai desiderava solo quelli. Con mani tremanti, si rese conto che anche la sua aragosta non sembrava avere più lo stesso meraviglioso sapore che aveva prima di quel momento d'imbarazzo.

CAPITOLO 10

«LASCIA CHE TI accompagni alla porta,» disse Urho mentre l'auto a noleggio accostava davanti a casa di Vale.

Avevano già lasciato Rosen e Yosef all'appartamento che condividevano in un edificio ristrutturato di recente vicino al fiume. La casa di Vale era la fermata successiva.

«Se te lo permetto, vorrai fermarti a bere qualcosa e se ti fermi a bere qualcosa...» Vale sorrise riluttante.

Lo sguardo di Urho si accese d'interesse. «Perché non dovrei fermarmi per un bicchierino, allora?»

«Perché faresti aspettare troppo la macchina a noleggio, non voglio far arrabbiare l'autista e sono sicuro che gradirebbe rientrare a casa a un orario decente.»

Urho si chinò su di lui e il profumo del suo costoso dopobarba colmò lo spazio tra loro. «Posso chiamare un taxi.»

Vale sospirò e si avvolse la sciarpa ancora più stretta attorno al collo. «Sai che non puoi entrare, Urho. Non con queste intenzioni, non più.»

«Non abbiamo neanche avuto un vero addio.» Le sue parole erano intrise di tristezza e Vale si ritrovò a dover combattere la sua.

«È così che va la vita.» Non aveva potuto dire addio ai suoi genitori prima che morissero. Quando si giungeva al termine di qualcosa, spesso accadeva in maniera inaspettata. Potersi dire addio era un dono che non tutti ricevevano. «Non posso andare contro il mio istinto, in questa faccenda. Se Jason sceglierà un altro, allora... sarà necessario trovare una soluzione per i miei calori. Chi lo sa cosa

159

ci aspetta?»

«Sei uno sciocco. Hai rubato il cuore del ragazzo e del Pater. L'Alpha? Quello è un altro paio di maniche, ma sappiamo chi è che comanda veramente in quella casa.»

«Non litighiamo. Sono stanco.»

Urho sfiorò con il pollice la fossetta sul mento di Vale. «Un bicchiere tra amici.»

«Non stasera. Conosco bene quello sguardo. Sono anni che lo vedo e ti ha sempre fatto ottenere ciò che volevi, e che certo volevo anch'io, ma se adesso lo permettessi, domani mattina non potrei guardarmi allo specchio.»

«Sei così sicuro di te? Magari voglio solo bere qualcosa.»

«Ti voglio un bene dell'anima, Urho, ma sei un pessimo bugiardo. Berremo qualcosa insieme un'altra sera, quando non saremo entrambi così fuori fase.»

«Mi mancherai.»

Vale sorrise e sfiorò la guancia dell'amico, la ricrescita gli graffiò la punta delle dita. «Anche tu.»

«Con chi ti confiderai su come è andata la serata?»

Lui scrollò le spalle. «Ho un telefono, forse chiamerò qualcuno. Ho degli amici.»

«Rosen, Yosef e me.»

Vale sussultò fingendosi offeso. «Ne ho anche altri. E poi, chi ti dice che abbia bisogno di parlare della serata? Quel che è stato è stato, lui è quel che è, non c'è altro da aggiungere.»

«È un cucciolo.»

«L'hai già detto. Non cambia nulla.» Vale aprì la portiera e scese dall'auto. Si chinò verso l'interno e sorrise a Urho un'ultima volta. «Buon ritorno a casa.»

Camminando lungo il vialetto d'accesso, osservò la sua casa da un punto di vista oggettivo. Cosa ne avrebbe pensato Jason? Per quanto tempo avrebbe potuto tenerla, una volta stipulato il contratto? Sempre *se* lo avessero fatto. Il giardino nella parte anteriore era abbastanza in ordine, visto che pagava qualcuno per occuparsene, ma gli spazi sul retro e ai fianchi della villetta erano una selva incolta. Probabilmente il giovane Alpha avrebbe voluto venderla e non poteva biasimarlo.

A quel pensiero, Vale si bloccò sui suoi passi, ritornando con la mente a come era stata un tempo la casa. Pater era stato molto più bravo di lui nei lavori domestici e tutto appariva sempre fresco e luminoso. Osservò la quercia vicino alla recinzione e ricordò le braccia forti di Father che lo sollevavano fino al ramo più basso, la voce di Pater che lo ammoniva: «Fai attenzione mentre ti arrampichi. Ne esiste uno solo di Vale, in tutto quanto il mondo.»

La vita era sembrata così semplice, prima della morte dei suoi genitori. Quella casa era tutto ciò che gli restava di loro, ma se avesse firmato il contratto e Jason avesse voluto venderla, non avrebbe avuto il diritto legale di opporsi.

Inghiottì il senso di oppressione che lo aveva colto ed entrò.

JASON GIOCHERELLAVA CON un vetrino da microscopio, nel tentativo di preparare un campione con una goccia di vino. Di solito era un'operazione piuttosto semplice, ma non riusciva a concentrarsi e le sue dita si muovevano impacciate, di certo a causa del calmante che gli scorreva nelle vene. L'assenza di Vale gli procurava un profondo malessere, ma vederlo andare via lo aveva in un certo modo sollevato.

Era stata una serata strana e imbarazzante, ma non era stato il solo ad averla percepita così. Dai piccoli cambiamenti nell'odore e nell'espressione di Vale si era accorto che, in alcuni momenti, anche lui si era sentito a disagio. Non era giusto, niente era come avrebbe dovuto essere. Si supponeva che due *Érosgápe* andassero perfettamente d'accordo fin dall'inizio, no? Era davvero così importante la loro differenza d'età?

Sospirò e si premette i pollici sugli occhi. Sarebbe stato forte, sarebbe stato l'Alpha che Vale si meritava.

Consultò di nuovo il libro di biologia per controllare le istruzioni sulla preparazione del vetrino con un campione in sospensione. Anche se l'aveva fatto un'infinità di volte, quella sera non sembrava riuscirgli nel modo corretto. Dopo aver riletto la stessa frase per la sesta volta, si appoggiò allo schienale della sedia, frustrato, e si guardò attorno osservando la sua camera.

Cosa ne avrebbe pensato Vale? Sulle pareti erano appesi alcuni dipinti raffiguranti delle navi, che Pater aveva scelto per lui quando lo avevano spostato dalla nursery in quella stanza. C'erano anche dei disegni appuntati qua e là: le meravigliose immagini trovate sotto la lente del microscopio e gli occasionali schizzi abbozzati nei momenti di noia al parco o mentre aspettava Father, nel suo ufficio alla Sabel Motor Parts o alla banchina di carico al porto. Di certo, agli occhi di Vale sarebbero parse cose da bambini.

La sua camera da letto doveva essere quella con le tende di pizzo che fluttuavano mosse dal vento. Di certo, aveva scelto lui stesso i suoi mobili e i dipinti appesi alle pareti, secondo il suo gusto e la sua personalità. Perché lui non doveva rendere conto a nessuno. Probabilmente non c'era un solo pezzo di carta con un suo disegno appiccicato con il nastro adesivo, e se ci fosse stato, di sicuro sarebbe stato la bozza di una delle sue poesie fatte di parole devastanti e brevi frasi taglienti, che dilaniavano il lettore alla luce del loro significato.

Vale era un prodigio e Jason aveva ben poco da offrirgli che fosse davvero suo. Strinse gli occhi. Perché doveva essere così giovane? Perché non era nato quando avrebbe potuto essere utile al suo Omega? Avrebbero potuto crescere insieme, sviluppare gusti simili e vivere l'intera vita insieme, fianco a fianco.

Il vetrino che teneva ancora in mano scivolò dalle sue dita sudate e cadde sul tappeto, imbrattandolo con una piccola macchia rossa. La fissò con sguardo truce, afferrò lo stelo del calice colmo di vino sulla sua scrivania e bevve un lungo sorso. L'aveva rubato dal mobile bar mentre i suoi genitori erano in cucina, intenti a pagare il Beta che aveva servito a tavola. L'alcool interferiva con l'alpha-tranquillante, ma bloccava gli indesiderati pensieri sulla sua inadeguatezza, così ne prese un altro sorso abbondante.

Ripensò a Vale che indossava il cappotto a fine serata, l'intenso profumo della sua eccitazione ormai svanito. L'aria notturna aveva invaso l'ingresso attraverso la porta aperta, rubando a Jason anche il dolce aroma della sua pelle. Si era sentito così orgoglioso quando Vale si era bagnato nel vederlo, ma quando l'eccitazione si era affievolita, durante il corso della serata, la sua umiliazione era stata ancora più cocente. Era ovvio che non era stato in grado di mantenere il proprio dominio di Alpha su Vale. Non avrebbe dovuto esserne sorpreso, gli aveva parlato a malapena.

Chiuse gli occhi e ripensò al momento peggiore, proprio quando erano giunti ai saluti. Father aveva ringraziato gli ospiti per aver accettato il suo invito, stringendo la mano di ciascuno di loro. Pater aveva seguito il suo esempio, ma Jason aveva esitato, non abbastanza sicuro di sé.

Vale si era stretto la sciarpa attorno al collo, coprendo la sua bellissima gola, poi si era voltato verso di lui e gli aveva detto con un sorriso malinconico: «È stato un piacere.»

A quel pensiero, Jason sbatté il pugno sulla scrivania. Non era stato all'altezza. Avrebbe dovuto mostrarsi forte e galante. Avrebbe dovuto dire a Vale che era... che lui voleva... Sacro Lupo, non sapeva cosa avrebbe dovuto dirgli, ma di certo *non avrebbe dovuto* restare in silenzio.

Gli amici di Vale si erano sperticati in complimenti su quanto fosse stata piacevole la serata, su quanto si fossero divertiti. Balle.

Era stato un incontro inusuale e bizzarro e ora tutti sapevano che piccolo idiota lui fosse. Il pensiero di ciò che potevano aver detto a Vale tornando a casa era terrificante. Magari erano ancora con lui in quel momento, a riempirgli le orecchie su quanto Jason non fosse abbastanza adulto per dargli la vita che meritava.

L'unica cosa positiva era che, alla fine della serata, Vale si era rivolto a Father e gli aveva detto: «Possiamo iniziare le trattative. Non ho bisogno di sapere altro, prima di procedere.»

Father, però, aveva rovinato tutto rispondendo: «Mi sento in dovere di avvisarti che ci sono diverse questioni su cui non ho intenzione di cedere.»

Gli occhi di Vale erano diventati così gelidi da non sembrare più umani, tanto che Jason sentì il cuore avvizzire solo al ricordo di quello sguardo. «Beh, allora mi sembra giusto avvertirti che per me è lo stesso.»

Il respiro di Jason divenne affannoso al ricordo dello sguardo freddo e del ringhio irritato di Father. D'istinto si era frapposto tra i due, ma era rimasto in silenzio. Per quel piccolo gesto di galanteria, era stato ricompensato dal sorriso sincero di Vale e dal leggero tocco di due dita sulle sue. «Grazie, Jason, è stata davvero una bella serata.»

Jason gemette, l'uccello che diventava duro contro la sua coscia. Un tocco appena accennato, eppure bruciava nella sua memoria, riusciva ancora a sentirne il fremito sulle nocche. Nessun altro uomo avrebbe più potuto soddisfarlo. Si premette il palmo della mano sul cazzo, chiuse gli occhi e immaginò che Vale fosse lì.

Sul suo viso comparve una smorfia. No, Vale non avrebbe mai dovuto vedere quella stanza così piena della sua infanzia, molto meglio immaginare se stesso nella sua. Le ombre illusorie della camera dell'Omega si insinuarono nella sua mente, calmandolo.

Lì, avrebbe potuto prendere, possedere e reclamare senza preoccupazioni o vergogna. Non c'era nulla del suo passato, sarebbero stati solo loro due, ma appena iniziò a sbottonarsi i pantaloni per liberare l'uccello, si bloccò. Urho era stato nella camera di Vale, proprio lì l'aveva preso, l'aveva visto presentarsi in atteggiamento lordotico, implorando di essere riempito dal suo nodo, e aveva soddisfatto i suoi bisogni. Urho aveva aiutato il *suo* Vale, il suo Omega, ad affrontare il calore.

Ringhiò e si prese la testa tra le mani.

Pater aveva definito ridicole quel tipo di reazioni da parte degli Alpha. Persino Father aveva concordato nel ritenere la gelosia un'emozione primitiva e sgradevole per un uomo moderno, ma Jason odiava lo stesso il pensiero delle mani di Urho addosso a Vale. Odiava Urho, e odiava la forza di quell'odio.

E se Urho fosse stato con Vale proprio in quel momento? Se lo stava toccando, dandogli piacere, mentre lui sedeva solo e tormentato nella sua stanza? Non avevano firmato il contratto. A Vale poteva non importare un accidente del protocollo. Poteva non importargli affatto che fossero *Érosgápe*.

Jason si trattenne a stento dal mettersi a urlare. Disperato, afferrò il vino, lo buttò giù in un unico sorso e rabbrividì alla sensazione del bruciore dell'alcool che combatteva il freddo dell'alpha-tranquillante nelle sue vene.

Non poteva tollerarlo. Non l'avrebbe tollerato. Doveva accertarsene.

Con il cuore che martellava nel petto, aprì la finestra sopra la tettoia e mise fuori un piede.

Un colpo secco alla porta della sua camera lo fece sussultare e sbattere la testa contro il telaio della finestra. Come facevano i suoi genitori a sapere cosa stava pianificando?

«Jason? C'è una telefonata per te.»

La voce di Father suonò fastidiosamente compiaciuta alle sue orecchie. Come faceva suo padre ad apparire così calmo, quando lui stava andando in pezzi?

Father continuò in tono allegro: «Puoi prenderla nel mio studio.»

«Non voglio parlare con nessuno.» Era stanco delle chiamate dei compagni di università che cercavano di scovare pettegolezzi sulla sua situazione.

Suo padre scoppiò a ridere. «Credo che con questa persona ci vorrai parlare.»

Jason sollevò gli occhi al cielo, respirò a fondo l'aria fredda della notte e rimise dentro il piede. «Di' a Xan che lo richiamerò domani.»

«È Vale, figliolo,» ribatté Father con uno sbuffo divertito. «Scendi e vieni a parlare con lui.»

Vale.

Il suo cuore fece una capriola e le ginocchia gli tremarono. «Sì, ehm, aspetta. Solo un secondo.»

Si precipitò allo specchio accanto all'armadio dandosi una rapida occhiata. I pantaloni erano spiegazzati, la camicia un disastro e i capelli andavano in ogni direzione.

Inaccettabile. Si affannò a darsi una sistemata, cercando di dominare l'eccitazione che gli stringeva la gola.

La porta si aprì e Father fece capolino, ridacchiando. «È una telefonata, figliolo, non avrà la minima idea del tuo aspetto. Datti una calmata.»

Jason si passò la mano tra i capelli un'ultima volta e sfrecciò oltre il padre che ancora sogghignava e giù per le scale, quasi catapultandosi nello studio. Dopo aver chiuso a chiave la porta, sprofondò nell'ampia poltrona in pelle, dietro l'imponente scrivania di legno di Father, e afferrò la cornetta del telefono.

«Pronto?»

Poteva sembrare più affannato e fuori controllo di così? Ne dubitava. Si schiarì la gola, e si stava preparando a tentare di nuovo con voce più salda e controllata, quando Vale parlò: «Sei sorpreso di sentirmi, Jason?»

La vibrante sensazione del suo nome sulle sue labbra gli sfrecciò lungo la spina dorsale. «Un po', ma sono anche contento. Credo. Voglio dire, non so perché hai chiamato, magari non dovrei esserne contento.» Stava farfugliando come un idiota. «Devo esserne contento?»

«Non sto telefonando per darti brutte notizie, se è questo che ti preoccupa.»

«Oh, bene.» Jason sbatté con forza la fronte sulla scrivania, dondolandosi avanti e indietro. *Che il Sacro Lupo lo aiutasse!* Come Alpha era un fallimento. Un totale fallimento.

Il vino gli scorreva nelle vene, annullando l'effetto dell'alpha-tranquillante un po' di più a ogni respiro. Sentiva troppo caldo, così slacciò i primi bottoni della camicia per respirare meglio.

«Abbiamo avuto così poco tempo per noi, questa sera.» La voce di Vale era incantevole e lui avrebbe voluto riempirne una vasca per potersi crogiolare in quel miele per ore. «Sei d'accordo?»

«Sì,» rispose Jason, il cuore che arrancava. «Ti piacerebbe trascorrere del tempo da soli?»

Vale rise. «Sarebbe un'imprudenza rimanere completamente soli in questo momento, ma avrei desiderato poter parlare un po' di più con te. Faccia a faccia. Invece abbiamo trascorso la serata a scambiarci convenevoli.»

«Avrei voluto parlare con te, ma Pater continuava a intromettersi. Penso che ti volesse tutto per sé.»

Vale mormorò il suo assenso. «Di solito gli Omega apprezzano la reciproca compagnia. Probabilmente a causa delle simili esperienze vissute, come l'essere mandati via di casa così giovani per frequentare le scuole per gli Omega... e altre cose.»

Altre cose come il calore, la sottomissione, la gravidanza. Esperienze che un Alpha non poteva davvero conoscere o capire.

«Ho letto le tue poesie, quelle che Pater mi ha passato.»

«Lo so, ne abbiamo parlato prima.»

«Non proprio. Hai solo scoperto che le ho lette, ma non ne abbiamo discusso.»

«Vuoi che ne parliamo adesso?»

«Sì,» rispose Jason, estasiato dalla possibilità di porre a Vale le domande che aveva desiderato rivolgergli da quando, solo sul tetto, aveva letto le poesie.

«D'accordo. Cosa vuoi sapere?»

«Hai visto davvero una balena in mare o è qualcosa che hai scritto basandoti sulla tua immaginazione?»

Le balene erano sull'orlo dell'estinzione da tanto di quel tempo che gli avvistamenti erano incredibilmente rari. Jason non credeva di aver mai incontrato qualcuno che ne avesse vista una con i propri occhi.

«Tu cosa ne pensi?»

«Non lo so. Grazie alle tue parole sono riuscito a immaginarla in maniera perfetta, così ho pensato che di certo l'avessi vista. Poi, però, ho ricordato la difficoltà che provo nel descrivere a Xan i miei vetrini preferiti. Non trovo mai le parole per esprimergli ciò che vedo, così alla fine mi limito a mostrarglieli. Forse è più facile raccontare qualcosa che immagini, piuttosto che descrivere qualcosa di cui hai avuto un'esperienza diretta.»

«Xan è l'amico che era con te in biblioteca?»

C'era una punta di gelosia nel tono di Vale?

«Sì, è stato il mio compagno di stanza fin dalla scuola superiore e avevamo progettato di dividerla anche all'università, ma suppongo che non accadrà.»

«Capisco. Non era a casa tua, stasera,» continuò Vale con cautela. «Mi è stato chiesto di portare i miei amici più stretti, avrei gradito conoscere anche i tuoi.»

«Sì, beh.» La mente di Jason andò nel pallone. Come spiegare quello che stava accadendo con Xan? Non poteva dire la verità.

«Lui... noi... Non so, forse lo incontrerai presto. Non posso prometterlo, però. È complicato.»

«Molti aspetti di questa situazione lo sono,» mormorò Vale. «Per rispondere alla tua domanda, non ho mai visto una balena, ma ho letto di quegli animali nei testi recuperati dal Vecchio Mondo e, quando ero piccolo, Pater mi portò al cinema a vedere un vecchio filmato sulle balene dei mari del Sud.»

«Davvero?» L'anima da scienziato di Jason drizzò le orecchie. «C'erano così tanti animali che si sono estinti, prima e dopo la Grande Morte, ed è fantastico poterli vedere nelle vecchie fotografie. Sarebbe fantastico poter vedere un filmato su un animale così raro.»

«Posso provare a chiederlo al professor Bitar. È un mio amico ed è responsabile dell'archivio video dell'università. Se esiste una copia di quel filmato nei loro caveau, lui di certo lo saprà.»

«Pensi che me lo mostrerebbe?» si sbottonò un altro po' la camicia, poiché pur avendo i brividi sentiva ancora caldo. La voce di Vale sembrava avere questo effetto su di lui, soprattutto con il liquore che contrastava con facilità l'alpha-tranquillante. «Sono solo al primo anno e non ho una ragione valida per chiederglielo, a parte la curiosità.»

«La curiosità intellettuale dovrebbe essere sempre ricompensata. Posso mettere una buona parola per te e non vedo perché dovrebbe rifiutare. Anche tu dovrai impegnarti, però.»

«Certo che lo *farò*,» acconsentì Jason con entusiasmo.

Vale emise un lieve verso che andò dritto al suo cazzo. Si agitò, diventando di nuovo duro, e si premette il ricevitore all'orecchio nel tentativo di cogliere ogni respiro del suo Omega.

«C'è altro che vuoi sapere sulle mie poesie?»

«"Fiocchi di neve bruciano nel calore della notte". È un riferimento all'alpha-tranquillante, vero?»

«Ti sembra che lo sia?»

«Sì, perché il narratore è avvolto in questo calore umido,

sull'orlo di quelli che chiama "pendii scivolosi", che mi fanno pensare sia alla dolcezza del corpo dell'Omega, sia al richiamo a un legame emotivo che non era previsto, ma che è trattenuto da quei fiocchi di neve ardenti. Un bruciore freddo. È quella la prima sensazione che provo quando l'alpha-tranquillante mi scorre nelle vene, raggelandomi dall'interno. Credo che Pater non abbia colto il simbolismo.»

Vale rise e Jason si aggrappò al bordo della scrivania, travolto dal desiderio. Respirò a fondo e si aprì un poco alla volta i pantaloni per permettere al suo uccello di sbucare fuori nell'aria fresca dello studio del padre.

«Bene, mi piacerebbe dirti che ti stai inventando significati nascosti, ma sì, i versi di quella poesia sono tratti dalla descrizione di un amico della sua prima esperienza con l'alpha tranquillante.»

«Quindi parla di sesso.»

Vale rise di nuovo. «Già. In modi diversi, ma quasi tutte le mie poesie ne parlano.»

«Lo sapevo! I versi di "Visconte, stai sognando?", con le ciliegie e l'esplosione di sapori sulla lingua descritti come lo "splendore pulsante dell'estate", si riferiscono al sesso orale. Dimmi che ho ragione.»

«Hai ragione.»

Jason ebbe un leggero capogiro e strinse gli occhi. «Sacro Lupo, sei uno svergognato.»

«È così terribile?» ribatté Vale facendo le fusa.

«No, lo adoro.»

Vale si lasciò sfuggire un debole gemito strozzato, il respiro ridotto a una serie di strani rantoli. «Tesoro, sei duro?»

Jason abbassò lo sguardo sul suo cazzo arrossato e palpitante, con il liquido che colava dalla punta. Lo avvolse nel pugno, stringendolo finché un'altra goccia non scivolò di lato. «Sì,» ringhiò. «E ho il cazzo in mano.»

Perché lo aveva detto? Vale di certo si sarebbe offeso e avrebbe chiuso la chiamata. Che genere di Alpha fuori controllo era per...

«Jason, anch'io sono duro e in questo momento mi sto sbottonando i pantaloni.»

Sacro Lupo, cosa stava succedendo? Stava *succedendo* davvero?

«Com'è il tuo uccello?» chiese, divorato dal bisogno di sapere. «Dimmelo. Subito.»

«Beh, ecco, non è eccessivamente grosso, ma è più lungo della media.»

Jason gemette. «Sì?»

«E sono circonciso, come erano soliti fare a molti bambini nel Vecchio Mondo, prima della Grande Morte.»

«Perché?» L'uccello di Jason pulsava nel suo palmo, l'eccitazione per nulla affievolita da quella notizia.

«Un problema infantile. Il prepuzio era troppo stretto e non avrebbe potuto ritrarsi sul glande, così rimuoverlo è stata ritenuta la soluzione migliore.»

«Uh.» Jason chiuse gli occhi, il ricevitore stretto contro l'orecchio, e provò a immaginare un uccello senza prepuzio. Ne aveva sentito parlare, ma non ne aveva mai visto uno.

«Ti sembra strano?»

Vale parve... era possibile che fosse vulnerabile? Si affrettò a rassicurarlo. «Sono impaziente di vederlo.»

L'Omega mugolò. «Spero che ti piaccia.»

«Sì? Davvero?» Jason ringhiò e dovette mordersi la guancia per impedirsi di superare il limite.

«I suoni che fai sono meravigliosi, tesoro, come se stessi per venire per me.»

«Verrai prima tu per me,» rispose Jason a denti stretti. Era un ordine, perché era così che si faceva. Prima gli Omega, dopo gli Alpha, e lui non era il tipo da mancare al dovere nei confronti del suo Omega, nemmeno per telefono.

LETA BLAKE

«Devo farlo?»

«Sì.»

Vale mugolò. «Oh, penso che potrei farlo.»

«Lo farai.» Jason chiuse gli occhi ascoltando il respiro affannoso all'altro capo della linea. Le palle gli dolevano ed era pronto a venire appena il suo Omega avesse raggiunto l'orgasmo.

«Parlami,» sussurrò Vale, teso e senza fiato. «Sono così pronto e bagnato per te.»

«Vuoi rendere orgoglioso il tuo Alpha, vero?»

«Sì!»

«Allora vieni per me,» mormorò Jason. «Adesso. Fammi sentire.»

Vale gridò. Il suono del suo piacere infranse il fragile controllo di Jason sul proprio orgasmo, che lo squarciò come una lama bollente. Rabbrividì e tremò con i muscoli scossi dagli spasmi e il seme che schizzava a fiotti sul parquet. I suoi gemiti irrefrenabili risuonavano aspri e disperati. Per un attimo, una bizzarra lucidità gli schiarì la mente, permettendogli di vedersi per ciò che era in quel momento: un ragazzo tremante e sconvolto che sudava e veniva in maniera tanto violenta da provare dolore, spargendo le prove del suo piacere su tutto il pavimento dello studio del padre. Poi, di colpo tornò in sé. Ansimando tra le lacrime provocate dal desiderio, fissò il suo sperma a terra. Sacro Lupo, aveva combinato un disastro.

«Ecco, così. È bellissimo.»

«Tu sei bellissimo,» sussurrò Jason. «E mio. Tu sei mio.»

Vale gemette. «Solo se tu vuoi che lo sia.»

«Lo voglio. Ti voglio così tanto.»

L'Omega sospirò e il suo piacere sembrò scemare, mentre Jason ancora tremava per il bisogno. «Non era per questo che avevo chiamato,» gli disse con una punta di imbarazzo.

«Non è stato un errore.» Jason si raddrizzò, infondendo un tono di comando nella sua voce, a dispetto dei brividi che gli scuotevano gambe e braccia. «Non dire che lo è stato.»

«Non lo dirò. Non ancora.» Ma la sua voce era triste. «Non posso. È stato così perfetto, ascoltarti, percepirti attraverso il telefono. Anche tu hai provato quella sensazione?»

«Riesco quasi a sentire il tuo sapore,» ringhiò. Ci riusciva davvero. La voce di Vale era dolce sabbia sulla sua lingua e lui la ingoiò. «Non essere dispiaciuto. Non te lo permetterò.»

«Non lo sono,» rispose piano l'altro. «Rimpiango solo di non aver raggiunto l'obiettivo che mi ero prefissato.»

«Che sarebbe?»

«Conoscerti meglio.»

«Beh, ora sai che suoni faccio quando vengo.»

Vale rise. «In effetti, direi di sì.»

«Ed era una cosa che prima non conoscevi.»

«Già.» La voce di Vale si fece di nuovo affannata. «Grazie per averla condivisa con me.»

«Sono io che dovrei ringraziare *te*.»

«Dovresti, sì. Dimmi cosa ti è piaciuto di più.»

«Sei proprio uno svergognato.»

«Ti dà fastidio che lo sia?» chiese Vale in tono impertinente.

«No. Mi piace. Se fossi un santarellino, avremmo un sacco di problemi.»

Vale ridacchiò di nuovo, la tensione che attraversava a ondate il telefono a ogni domanda. «Dovremmo darci una ripulita.»

«Non voglio smettere di parlare con te.»

«Ancora una domanda, poi ci daremo la buonanotte. Potrai telefonarmi di nuovo lunedì, dopo la scuola.»

«A dire il vero, non ti ho mai chiamato.»

Vale sbuffò. «Non fare il pignolo. Ti sto dando il permesso di chiamarmi lunedì.»

«Lo farò di certo. Lunedì.»

«Dopo la scuola.»

«Sì.»

«Va bene, ho un'ultima domanda per te, Jason Sabel. Ti credi capace di essere il mio Alpha?»

Il dubbio che non sarebbe mai riuscito a convincere il suo Omega di essere abbastanza adulto lo assalì, ma sollevò il mento, ripensando al suono dolce dell'orgasmo di Vale. «So di esserlo.»

«E se i tuoi genitori non fossero d'accordo?»

«La scelta spetta a me, non a loro.»

«Non hai ancora il quadro completo della situazione. Non ti chiederò di farmi promesse, questa sera. Voglio solo che tu mi dica con onestà cosa ti suggerisce l'istinto. Un surrogato potrebbe ancora essere...»

«Non dirlo nemmeno. Noi abbiamo appena... Noi due... Siamo stati insieme.» Lottò per trovare le parole. Anche al telefono, aveva significato qualcosa. «Abbiamo appena fatto l'amore. Non voglio sentir parlare di surrogati. Non adesso. Né mai.»

«Capisco che non sia il momento migliore, ma...»

«No,» lo interruppe Jason. «Smettila. Ho un'ultima domanda per te.»

Vale esitò. «Ti ascolto.»

«Nelle tue poesie, cos'hai contro le lettere maiuscole?»

L'Omega ridacchiò piano, un suono che lo fece apparire giovane e imbarazzato. «È solo un ridicolo manierismo che ho iniziato a usare da giovane e che ora è divenuto il mio marchio stilistico, tutto qui. Preferisci le lettere maiuscole? Posso iniziare a usarle, se vuoi.»

«Fai quello che ti rende felice. Le tue parole sono meravigliose così come sono.»

Vale rimase in silenzio per un lungo momento. «Buonanotte, Jason. Dormi bene.»

«Buona notte. Sogni d'oro.»

Restarono ad ascoltare ciascuno il respiro dell'altro per il tempo di qualche battito del cuore, poi Jason riappese, determinato a mostrare la sua forza di volontà, così come a esercitare il proprio ruolo.

CAPITOLO 11

«A VETE FATTO SESSO telefonico?» Rosen spalancò gli occhi scuri, le labbra rosee aperte per lo stupore. Teneva i capelli raccolti in uno dei suoi stravaganti chignon e indossava una maglietta macchiata di pittura. Stava preparando una tela per un'altra delle sue creazioni, come chiamava le opere d'arte che produceva quando non era impegnato a insegnare all'università o a giocare allo chef.

Vale sospirò, si grattò la barba incolta e iniziò a camminare avanti e indietro per la stanza che Rosen aveva affittato per farne il suo studio. Si trovava sopra un garage nelle vicinanze dell'appartamento dei suoi amici ed era immersa nel caos. Il pavimento era appiccicoso a causa delle macchie quasi secche di colori a olio e gocce di trementina, e l'odore acre assalì le sue narici a dispetto delle finestre aperte. Tele dai colori vivaci ricoprivano le pareti ed erano accatastate in piccole pile di circa una trentina di centimetri di spessore, mentre sopra un bancone erano allineati dei barattoli di vetro con tracce di vernice.

«È stato un errore,» ammise infine.

«Ah.»

Si accigliò e si arrestò di colpo vicino a Rosen che stava mescolando un blu, molto simile al suo colore preferito, su un ampio bancale di legno. «Cosa significa "ah"? La tua espressione la dice lunga su quanto sia stata una mossa disastrosa.»

Rosen alzò le spalle. «Ormai è fatta. A chi importa se è stato un errore? Va' avanti, dico io.»

«Sì, ma avanti verso cosa? Questa è la vera domanda. Adesso gli ho dato una speranza.» E l'aveva data a se stesso. A dire il vero, era quella la cosa peggiore. Jason era un ragazzino e i suoi genitori avrebbero potuto influenzarlo abbastanza facilmente, ma era il suo cuore che aveva messo a rischio come uno stupido.

«È stato bello?»

«Non essere ridicolo.»

«Quindi… fantastico,» mormorò l'amico. «Se avesse fatto schifo, mi avresti raccontato tutto e se l'avessi odiato non ci sarebbe stato alcun problema. Avresti semplicemente deciso di non unirti a un Alpha che non è nemmeno in grado di farsi valere nel sesso telefonico, l'avresti spinto a prendere un surrogato e avresti chiuso con lui.»

«Sacro Lupo, sei quasi peggio di Urho!»

«Non l'hai raccontato anche a *lui*, vero?»

«No. È così tradizionalista che lo troverebbe "inappropriato".»

Rosen fece una smorfia. «Sei davvero crudele con lui.»

«Non posso fare nulla riguardo ai suoi sentimenti per me.»

«Almeno non negare che anche tu provi qualcosa per lui.»

Vale gemette. «Ti sfugge del tutto il punto fondamentale di ciò di cui sto parlando. Quando torna Yosef? Lui capirà.»

«È andato a trovare il Pater. Non sta bene, non lo è più stato dalla morte del suo compagno.»

«La maledizione dell'*Érosgápe*,» mormorò Vale, incrociando le braccia sul petto e immaginando un futuro in cui Jason avrebbe dovuto affrontare così tanti anni di solitudine. Come Urho. «Morirò molto prima di Jason. Un'altra ragione per cui starebbe meglio con un surrogato della sua età.»

Rosen alzò gli occhi al cielo. «Puoi continuare a ripeterlo, ma non lo renderà vero. Proprio come mangiare panini con il formaggio ammuffito non li trasformerà in una cena decente.»

«A proposito, devi nutrirmi prima che torni a casa. Ho finito ogni cosa minimamente commestibile. Stamattina sono stato sul punto di mangiare il cibo di Zephyr, prima di trovare un pezzo di formaggio sul fondo del frigorifero.»

«Ammuffito, immagino.»

«L'ho raschiato.»

Rosen sospirò. «Io sarei molto più preoccupato di come pensi di nutrire il tuo Alpha, piuttosto che chiedermi se starebbe meglio con un surrogato oppure no.»

«Un surrogato probabilmente saprebbe cucinare,» rispose Vale, desolato. Si rendeva conto che ormai stava piagnucolando, ma non gli era concessa un po' di autocommiserazione? A prescindere da cosa sarebbe accaduto, avrebbe comunque dovuto affrontare un grosso cambiamento.

«Sai molto bene che un surrogato non lo soddisferebbe fino in fondo. Non sarebbe mai la stessa cosa. Siete *Érosgápe* e lui continuerebbe comunque a struggersi per te. Senza contare a cosa condanneresti te stesso. Una vita intera sapendo che Jason è là fuori, infelice insieme a qualcun altro, mentre tu non puoi averlo. Ridicolo. Tira fuori il meglio di te. Convincilo a siglare il contratto. Sii felice.»

«Quel calore... te lo ricordi?» rivolse a Rosen uno sguardo eloquente. «Quando mi avete trovato, e poi...»

Rosen gettò a terra il pennello e lo abbracciò forte. «*Quello* è stato un errore. Un errore tragico e atroce, fatto in buona fede.»

«Il tessuto cicatriziale dovuto all'aborto renderebbe un parto troppo rischioso. Anche in caso di un accordo, di un'unione legale e della successiva consumazione, Jason dovrebbe sempre trattenersi durante il calore, non potrebbe mai lasciarsi andare fino in fondo, dovrebbe sempre mantenere la necessaria lucidità per usare un preservativo mentre io lo imploro di darmi un figlio. Starebbe molto meglio con qualcuno con cui potrebbe abbandonarsi al calore e scoparlo a morte.»

Rosen si irrigidì, ma lo strinse ancora più forte. Alla fine, gli sussurrò nell'orecchio: «Gira voce che Miner abbia accesso a farmaci abortivi.»

Vale si scostò bruscamente dall'abbraccio di Rosen. «Cosa?»

«Medicinali che impediscono lo sviluppo della gravidanza. È il motivo per cui è così debole.» Rosen si tolse una ciocca di capelli scuri dagli occhi, ma quella tornò a ricadere quasi all'istante. «O almeno è ciò che ho sentito.»

«Chi te l'ha detto?» Il cuore di Vale prese a battere furiosamente e una sensazione di gelo gli afferrò le viscere.

Rosen scrollò le spalle. «I Beta spettegolano come chiunque altro. Me l'ha detto l'amante del farmacista.»

«Quale farmacista?»

«Quello del quartiere Delta.»

«Anton? Il farmacista con la barba rossa che regala animaletti fatti con i palloncini ai bambini che sono in attesa che prepari le loro medicine?»

«Proprio quello.»

«Prepara farmaci abortivi per Miner Hoff? Ne sei certo?»

«Per lui e per altri Omega che non sopravvivrebbero a una gravidanza.»

«No!» Gli girava la testa. «È troppo rischioso.»

«È vero. Shankar me l'ha detto solo perché voleva sapere se Yosef sarebbe disposto a rappresentare Anton se mai dovesse essere scoperto e arrestato. Gli ho detto che naturalmente Yosef ne sarebbe felice, ma sappiamo tutti che quelle leggi sono inattaccabili. Quell'uomo verrebbe impiccato.»

Vale deglutì a fatica. «Non puoi dirlo a nessuno, Rosen, sai cosa accadrebbe a Miner.»

E a Yule, se fosse stato riconosciuto complice. Anton non avrebbe avuto alcuna possibilità. Se l'avessero scoperto, sarebbe di sicuro stata aperta un'indagine e chissà quanti altri Omega usavano quei farmaci illegali? Sacro Lupo, sarebbe stato un disastro!

Gli occhi di Rosen divennero scuri per la rabbia. «Non metterei mai in pericolo nessuno. Te l'ho detto solo perché, beh, forse potrebbe aiutarti se mai accadesse il peggio.»

«Anton o Miner?»

«L'uno o l'altro. Entrambi. Non riesco a credere che l'Omega che abbiamo incontrato l'altra sera vorrebbe che tu affrontassi un parto a rischio della tua vita. È una brava persona.»

Vale annuì.

In linea di massima era d'accordo, ma aveva i nervi a fior di pelle per la tensione e la preoccupazione. Non voleva che Jason perdesse i genitori a causa di un simile scandalo. Il nome della famiglia ne sarebbe uscito macchiato per sempre e le loro terre e la loro impresa sarebbero stati espropriati dallo Stato. Jason si sarebbe trovato sul lastrico, i suoi genitori sarebbero finiti in carcere e forse anche giustiziati per crimini contro l'umanità. Il pensiero gli faceva rivoltare lo stomaco.

Come poteva Yule essere tanto egoista da ingravidare Miner, sapendo i rischi che correva? Aveva fatto la parte dell'Alpha devoto alla Festa dei Doni dell'Alpha, Vale non avrebbe mai sospettato che fosse tanto crudele. Si chiese se Jason ne fosse a conoscenza. Non riusciva a credere che quel ragazzo dai grandi occhi innocenti ne sapesse qualcosa.

«È difficile da credere,» sussurrò Vale.

«Alcune persone giocano a fare gli eroi fino all'idiozia,» osservò Rosen, «ma credo che nessuno di noi denuncerebbe Anton. Non con quello che sappiamo e che abbiamo visto.»

Vale si sfregò il viso e rimase in silenzio.

Il Beta riprese a dipingere e Vale restò a osservarlo in un silenzio teso. Alla fine, la quiete della stanza e la brezza lo calmarono. Anche il ritmo del lavoro di Rosen era rilassante. Il processo era simile al modo in cui Vale componeva le sue poesie: anche lui si abbandonava al flusso creativo per accennare una bozza sulla base dell'ispirazione iniziale, poi rifiniva il testo un poco alla volta, limandolo, mettendolo a fuoco, finché le parole non risultavano perfette, come fili d'erba verdi e affilati.

Rosen dapprima dava pennellate sommarie, poi utilizzava un raschietto per ridurre i bordi, aggiungendo i dettagli con un pennello più fine e mano più leggera. Forse tutta l'arte iniziava come un pasticcio e si andava delineando pian piano, fino a divenire qualcosa che valeva la pena condividere con un'altra persona.

«Preferivi che non te lo dicessi?» chiese Rosen dopo quasi un'ora.

«Sono contento che tu me l'abbia detto, ma sinceramente non saprei cosa farmene di questa informazione.»

«Ho pensato che non dovessi firmare il contratto senza esserne a conoscenza. Non solo perché potrebbe esserti utile, ma anche perché è giusto che tu capisca i rischi di legarti a quella famiglia.»

«Già, stabilire profonde connessioni con una famiglia che potrebbe essere annientata con un solo colpo della lama del boia sembra pericoloso.»

Rosen scrollò le spalle. «Vero, ma sono certo che tu non ritieni sbagliato quello che stanno facendo.»

«A dire il vero, sì che lo ritengo sbagliato,» ribatté Vale. «Yule Sabel non mi è parso il genere di uomo che manca di autocontrollo, ma continuare a ingravidare sistematicamente il suo Omega a rischio della sua salute? Questo è inammissibile.»

«Non conosciamo l'intera storia. Potrebbe esserci una buona ragione.»

Vale inarcò un sopracciglio. «L'unica spiegazione a cui riesco a pensare è la mancanza di volontà.»

Rosen gli lanciò un'occhiata da sotto le spesse sopracciglia. «Il mondo è vasto,» affermò con la sua voce da professore di filosofia. «Ci sono cose che non possiamo sapere senza porre domande, e a volte quelle domande non possono essere fatte.»

Vale lo osservò tracciare il contorno di un quadrato giallo con una spessa linea blu. «Forse hai ragione, ma sarà dura scrollarsi di dosso questa consapevolezza venerdì, quando inizieremo le trattative.»

«Forse ti renderà più forte. In questo modo sarai cosciente sin dal principio che Yule è un uomo come chiunque altro, che nasconde le proprie terribili mancanze. Sapere che in ballo non c'è solo il tuo passato e che il tuo non è il peggiore dei peccati a quel tavolo, potrebbe aiutarti a rimanere saldo nei tuoi principi.»

Vale rimuginò su quel pensiero. «Ho un unico punto fermo da sostenere a quell'incontro. Tutto il resto, nei limiti del ragionevole, è negoziabile. Ma sappiamo entrambi quale impegno non potrò assolvere e questo metterà fine a tutto.»

«Davvero?»

«Sai che è così. Jason vorrà dei figli e i suoi genitori si assicureranno che il suo imprinting e il "potere di persuasione dell'Omega" non si mettano in mezzo.»

Rosen non parve convinto, ma infilò il pennello in un barattolo pieno di acquaragia e sospirò, voltando le spalle alla tela. «Qualche volta vorrei poter avere un figlio.»

«Tu?»

«Certo.» Le sue labbra tremarono in un sorriso dolceamaro. «Un piccolo Yosef sarebbe molto carino, non credi?»

«Soprattutto se avesse il pizzetto bianco.»

Rosen alzò gli occhi al cielo. «Come Omega probabilmente ti è difficile capire cosa si perdono i Beta. La nostra cultura si fonda sull'esaltazione della relazione tra Alpha e Omega, della perfezione e dell'ebbrezza di un accoppiamento alimentato dal calore.» Si sfregò le dita macchiate di colore. «So che tutto ciò ha lo scopo di mascherare il pericolo e la natura insidiosa del processo di riproduzione, per dare un'apparenza romantica al rischio e alla mancanza di controllo e far credere che ne valga la pena, ma non posso fare a meno di pensare che avere un figlio, un bimbo tutto tuo, sia una cosa meravigliosa.»

«Suppongo di sì.» Non che lui l'avrebbe mai scoperto. Era condannato a essere sterile quanto Rosen e Yosef, ma era vero che non aveva mai riflettuto su come dovesse essere, dal punto di vista di un Beta, non avere nemmeno la possibilità di un surrogato per riprodursi. Aveva sempre presunto che la maggior parte dei Beta non desiderasse avere figli e aveva invidiato le loro vite spensierate, senza calori da gestire. Potevano diventare chi volevano, fare qualsiasi cosa... beh, sempre che non aspirassero a occupare posizioni riservate agli Alpha e non si innamorassero di qualcuno che non fosse un Beta.

Probabilmente c'erano un'infinità di motivi per cui i Beta si sentivano oppressi dalle leggi e dal Sacro libro del Lupo, solo che lui non si era mai preso la briga di pensarci davvero. Forse, dopotutto, era il compagno perfetto per Jason. Era imbarazzante quanto spesso si lasciasse prendere dall'egoismo proprio dei giovani.

Tra loro scese di nuovo il silenzio finché, dopo aver osservato Rosen dipingere per un'altra mezz'ora, Vale esclamò: «Sbrigati a darmi qualcosa da mangiare o morirò di fame.»

Rosen rise e mollò i pennelli che aveva usato in un barattolo di vetro colmo di trementina. «D'accordo, andiamo a casa. Cosa preferisci? Qualcosa di cucinato o uno spuntino veloce?»

«Per quanto sia tentato di assaggiare una delle tue creazioni, scelgo lo spuntino, grazie.»

«Sei sicuro? Non mi dispiacerebbe un po' di compagnia a cena.» Rosen si lavò le mani nel lavabo nascosto in un angolo.

Vale si stiracchiò con un sospiro. «Devo tornare a casa presto. Ho detto a Jason che avrebbe potuto chiamarmi dopo la scuola.»

Gli occhi di Rosen brillarono mentre scoppiava a ridere, si sciacquò le mani e gli lanciò uno sguardo da sopra la spalla. «Gli chiederai se ha fatto tutti i compiti?»

«Sei più stronzo di Urho.»

«Hai in programma di farci di nuovo sesso telefonico? Sai che adesso se lo aspetterà.»

L'uccello di Vale fremette interessato e lui guardò l'amico con espressione truce. «Stai certo che racconterò a Yosef quanto mi hai tormentato oggi.»

«Fantastico, magari mi sculaccerà!» Rosen sorrise entusiasta, si asciugò le mani e gettò la salvietta in un cesto vicino alla porta. «Perché non scopri cosa ne pensa Jason? Dici che gli piacerebbe se lo piegassi sulle tue ginocchia? O magari preferirebbe essere lui a sculacciare *te*?»

Vale scosse la testa e gli rispose con un gestaccio, prima di seguirlo fuori dallo studio, trascinandosi dietro l'odore di pittura a olio.

«Se non fossi così affamato, me ne andrei a casa,» borbottò dietro la schiena dell'amico.

«Potresti provare quella cosa chiamata fare la spesa. Non è difficile come sembra.»

Il blu del cielo risplendeva su di loro e Vale scrollò le spalle. «Preferisco quando ti prendi cura di me. Mi fa sentire amato.»

Rosen rallentò il passo e gli circondò la vita con un braccio. «Certo che ti vogliamo bene, anche se tu ci propini il formaggio ammuffito.»

Vale sorrise e il nodo che sentiva nello stomaco si sciolse. Aveva degli amici. Non era importante cosa sarebbe accaduto con Jason. Lui aveva qualcuno che lo amava.

«COM'È ANDATA A lezione?»

La voce di Vale era deliziosa. Jason si dimenò sulla grande

poltrona in pelle del padre, desiderando una linea telefonica nella propria camera per avere maggiore intimità. Ripulire il casino dell'altra sera non era stato facile, specie con l'olfatto da Alpha di suo padre. Aveva aperto tutte le finestre e spruzzato ovunque il deodorante al profumo di limone, ma era ancora preoccupato che Father avesse intuito cosa avevano fatto. O per lo meno, cosa aveva fatto *lui*.

«Non chiedermelo in quel modo.» Aprì un cassetto della scrivania per prendere un pezzo di carta e una matita. Forse scarabocchiare gli avrebbe permesso di restare concentrato, questa volta.

«Non vuoi condividere con me la tua giornata?»

«Certo che sì, ma non se me lo chiedi come se fossi uno dei miei genitori.» Jason si rabbuiò.

«Come dovrei chiedertelo, allora?»

«Non lo so. Prima raccontami la tua giornata. Scommetto che è stata molto più interessante della mia.»

«Ne dubito fortemente. Di certo tu avrai imparato qualcosa o almeno avrai interagito con qualcuno. Quanto a me, a parte fare un salto a casa dei miei amici per pranzo, sono rimasto solo con Zephyr e una pila di vecchie riviste che sto cercando di riordinare.»

«Zephyr è un domestico Beta?» era un nome insolito, ma a volte i Beta amavano essere un po' appariscenti, per compensare il fatto di non essere Alpha. O almeno, così sosteneva Father.

Vale sbuffò. «No, temo di non avere il tipo di reddito che mi permetta di assumere servitori.»

«Ora te li puoi permettere.»

«Non impantaniamoci in questo discorso, è compito dei nostri avvocati aiutarci a capire come gestire la situazione.»

«Hai ragione. Chi è Zephyr?» chiese di nuovo.

«Il mio gatto.»

«Oh, hai un animale domestico?» A causa delle allergie di Pater e della sua salute cagionevole, lui non aveva mai potuto averne. Aveva sempre invidiato a Xan il suo cane dal pelo morbidissimo e tutti i suoi compagni di classe per i loro vari gatti, gerbilli e uccellini. «È maschio o femmina?»

«Femmina.»

«Wow, che meraviglia! Posso vederla qualche volta?»

Le femmine erano bestiole affascinanti e gli sembrava impossibile che un tempo ce ne fossero state anche di umane. Aveva ammirato i loro ritratti tra le opere d'arte del Vecchio Mondo.

«Se Zephyr vuole che tu la veda, allora la vedrai. È una specie di maga e quando è nervosa diventa un vero portento nel nascondersi,» rispose Vale in tono divertito.

«Di che colore è?»

«Argento.»

«Sembra adorabile.»

«Può essere sia un tenero cucciolo che un piccolo demonio. A volte morde e ha un vero talento nel gettare a terra gli oggetti.»

Jason rise. «Mutevole, come il vento.»

«Proprio così.»

«Comunque, oggi l'atmosfera all'università era piuttosto strana,» iniziò a dire Jason in tono incerto. Ora che non si sentiva più trattato come un ragazzino, si arrischiò a rispondere alla domanda di Vale. «Tutti erano a conoscenza dell'imprinting.»

«Immagino che i tuoi compagni avranno avuto parecchio da dire in proposito.»

Jason si accigliò al ricordo delle provocazioni di Wilbet Monhundy. *Il tuo Omega è una puttana. Se lo sono sbattuto tutti.* Se non fosse stato per la massiccia dose di alpha-tranquillante che lo manteneva innaturalmente calmo, lo avrebbe preso a pugni.

«Non devi proteggere i miei sentimenti, Jason. Sono sicuro che ti hanno preso in giro per la mia età.»

Lui sospirò. «Ma tu sei bellissimo e perfetto, brillante e pieno di talento. Sono solo degli idioti. Idioti invidiosi.»

Ma sapeva che non era del tutto vero. Certo, erano degli stronzi, ma nessuno di loro lo invidiava per aver ricevuto l'imprinting da un Omega più vecchio. La maggior parte di loro desiderava un'esperienza più normale e trovare un compagno della stessa età, anche se *erano* stuzzicati dall'idea che Jason potesse aver già consumato il legame con Vale.

Se non altro, avrebbe dovuto sopportarli solo un altro paio di giorni, visto che l'università avrebbe chiuso per permettere agli studenti di tornare a casa per festeggiare la seconda celebrazione delle Notti d'Autunno. Era la Festa del Lupo in Attesa, la più sacra delle tre.

«Potrebbe essere la persuasione dell'Omega ad abbagliarti, ma sono felice che tu non sia del tutto insoddisfatto di me.» Jason avvertì una strana sensazione, come se Vale si fosse trattenuto dal dire *non ancora*. «E i tuoi professori? Come ti stanno trattando? Qualcuno potrebbe avere difficoltà ad accettare che uno dei suoi colleghi adesso sia il tuo *Érosgápe*.»

«Non hanno creato problemi.» Il professor Shriner però gli aveva suggerito di guardare i filmati educativi in anticipo rispetto al resto della classe, per prepararsi alla consumazione, e lui si era ritrovato a sudare freddo. «Si stanno dimostrando tutti disponibili a darmi abbastanza tempo per portare a termine i compiti di recupero.»

«Sono felice che si stiano comportando tutti in modo corretto.»

«Beh, di certo i professori lo stanno facendo. Quanto agli altri… non posso biasimarli se si comportano in modo diverso dal solito.» Gli si strinse lo stomaco al pensiero dei bisbigli sussurrati quando passava accanto a loro e di come lo avessero evitato a pranzo, quasi che solo toccandoli potesse fargli ricevere l'imprinting dal primo professore che passava di lì. «Probabilmente non pensavano davvero le cose che hanno detto.» Sospettava però che Wilbet Monhundy le pensasse eccome.

«Vuoi parlarne o dirmi quello che hai provato? Non credo che col tempo le cose cambieranno. Se concludiamo il contratto, la gente continuerà per sempre a parlare così di noi.»

Jason fece una smorfia. «Non importa cosa dicono gli altri. Non me ne sono mai preoccupato.»

«Sei il figlio di Yule Sabel e Miner Hoff. Quando erediterai la compagnia di tuo padre, dovrai assumere un ruolo all'interno della società.»

«Voglio diventare uno scienziato. Lascerò che sia qualcun altro a dirigere la compagnia.»

«Si aspetteranno comunque che tu rappresenti la famiglia, che partecipi ai giusti ricevimenti e che coltivi le relazioni con le persone che contano.»

«Hai visto l'altra sera quanto faccio schifo a socializzare.»

«Sei stato incantevole.»

«Sono rimasto in silenzio e ti ho deluso.»

«Sei troppo duro con te stesso. Hai diciannove anni. Dai tempo a quelle zampe da cucciolo di crescere! Te la caverai benissimo.»

«Zampe da cucciolo?»

Vale rise. «È solo una cosa che ho pensato la prima volta che ti ho visto. Stai ancora crescendo e ti muovi come un cucciolo, tutto mani e piedi. Fai tenerezza.»

«Dovrò riuscire a suscitare in te ben più che tenerezza.»

«Oh, credimi, ci riuscirai benissimo. Già lo fai.»

Il cuore di Jason accelerò e il suo uccello cominciò a indurirsi. Decise di cambiare argomento per mostrare a Vale che non era un Alpha fuori controllo, intento solo a trasformare la loro telefonata in un incontro erotico. «Che genere di giornali stai riordinando?»

«Un mucchio di riviste di poesia e scrittura creativa vecchie di circa cinque anni. Ho sempre avuto intenzione di sfogliarle, ma non ne ho mai avuto il tempo.»

«E le poesie? Stai lavorando a qualcosa, in questo momento?»

«Ho qualcosa in mente, ma niente che mi abbia fatto mancare il fiato al punto da doverlo scrivere per forza. Ho buttato giù qualche parola qui e là, ma nulla di buono. Perché?»

«Ho amato le poesie che ho letto. Vorrei leggerne altre.»

«Per adesso puoi accontentarti di rileggere quelle che hai.»

«Le ho imparate a memoria. Ho una memoria fotografica.»

Vale restò in silenzio per un lungo momento. «È una cosa insolita. Sono sicuro che ti sia molto utile nello studio.»

«Sì. A essere sincero mi sembra quasi di barare, ma non è che possa spegnerla.» Jason restò in ascolto del respiro di Vale, poi recitò: "«Respiro di luce che cade sulla pelle intrisa di sudore, il Sacro Lupo canta le sue preghiere.»"

«Non pensavo a quei versi da moltissimo tempo.»

«Mi sono piaciuti molto e ho apprezzato anche questi: «Occhi di salamandra brillano al ritmo del battito di un cuore che non riesco a trovare.»

«Questi sono davvero orrendi! Dovrei vergognarmi di considerarmi un poeta.»

«Sono meravigliosi. Nessun altro poteva creare simili versi. Solo tu.»

«Forse sarebbe stato meglio se non l'avessi fatto.»

«Smettila.» L'irritazione diede alla sua voce un tono di comando. «Sii felice di aver compiaciuto il tuo Alpha.»

«Oh,» sussurrò Vale, un po' a corto di fiato. «Hai intenzione di dirmi come devo sentirmi?»

«Sì, se sei in errore.»

«E se sei *tu* a essere in errore o potente Alpha?»

«Sentiti libero di farmelo notare,» asserì con decisione. «Posso sopportare che qualcuno mi dica che sono in torto, ma non mi sbaglio sulle tue poesie. Hai mai visto gli occhi di una salamandra?»

Vale sembrò ancora senza fiato quando rispose: «C'erano diverse salamandre nel giardino di mio padre. Qualche volta le catturava per mostrarmi i vari colori e le sottospecie. Ora che l'ho lasciato andare in rovina, immagino che si siano sistemate per bene.»

Jason chiuse gli occhi, perso nella tenerezza che assumeva il tono di Vale quando parlava del Pater. «Non hai il pollice verde?»

«Urho dice che sono pigro e forse ha ragione, ma se devo scegliere tra lettura e giardinaggio, scelgo la prima. Anche se leggere in giardino è sempre un buon compromesso.»

Jason si picchiettò il mento con la punta della penna con cui stava scarabocchiando. «Non sarebbe difficile dare una ripulita al tuo giardino. Potrei assumere qualche Beta per aiutarmi e creare una splendida atmosfera invernale.» Si fece prendere dall'entusiasmo. Non aveva mai avuto voce in capitolo sui giardini del padre, anche se gli sarebbe piaciuto ogni tanto poter dire la sua. «E potremmo piantare bulbi dai colori più accesi per la primavera.»

Vale rimase in silenzio per un po', ma alla fine rispose: «Forse per quello è troppo tardi.»

«Allora dovrei iniziare subito.»

«Non è una buona idea. Non abbiamo firmato il contratto.»

Il suo tono, però, era incerto e Jason riuscì a cogliere un'ombra di desiderio nella sua voce. Vale voleva che il suo giardino tornasse a essere rigoglioso e, soprattutto, apprezzava l'idea che il suo Alpha facesse qualcosa per lui. Jason si compiacque di se stesso. Father diceva sempre che gli Omega reagivano bene quando si dava loro attenzione. "Prenditi cura teneramente di un Omega e diverrà creta nelle tue mani." Jason ricordava anche che Pater alzava gli occhi al cielo a quelle parole e ribatteva: "Tutti gli uomini amano che ci si prenda cura di loro, Yule. Alpha, Beta o Omega."

A prescindere da chi avesse ragione, Vale sembrava tentato dall'idea.

«Inizierò domani,» affermò Jason con decisione. «Non ci sarà alcun problema.»

Vale fece un leggero verso, ma non replicò.

«Non c'è motivo per non accettare. Non importa cosa succederà con il contratto, la mia famiglia ti dovrà garantire una rendita e farsi carico della tua proprietà per il resto della tua vita.» Il silenzio di Vale si tramutò in gelo, come se Jason avesse detto la cosa sbagliata. «Ma non è questa la ragione per cui voglio farlo, i miei motivi non hanno niente a che vedere con quello. *Voglio* che il giardino sul retro torni a essere bellissimo. Il giorno che ti ho parlato dalla finestra, ho intuito le sue possibilità e sono certo che sarà fantastico. Voglio che torni a essere di nuovo speciale. Per te.

Vale però era un osso duro. «Non ho intenzione di accettare qualsiasi cosa senza il consenso dei tuoi genitori. Dopotutto stai parlando dei loro soldi.»

«Non proprio.» Sorrise roteando la penna tra le dita. «Ho una mia rendita e questi lavori non scalfiranno neppure il mio fondo fiduciario.»

Vale sospirò. «Ci sai fare, a convincere la gente.»

«Tutto ciò che devo fare è parlare con i Beta che curano il giardino di Pater. Saranno felici di aiutarmi.»

Vale restò di nuovo in silenzio, poi disse: «Devo avvisarti che non amo i tulipani rossi.»

«Però ti piacciono quelli rosa e quelli arancioni?»

«Sono di gran lunga preferibili. Tuttavia, gli iris viola sono i miei preferiti. A parte le rose rosse, ovviamente.»

«Ovviamente. Sono anche le mie preferite.» Jason si sentì travolgere da una straordinaria felicità. «Cosa mi dici delle giunchiglie?»

«Quelle con la corona bianca sono molto graziose.»

Jason iniziò a stilare un elenco sul foglio che aveva preso per scarabocchiare. Discussero del giardino per un po', finché Pater bussò alla porta dello studio e sbirciò all'interno. «La cena è pronta, tesoro. È ora di chiudere la telefonata.»

Sconvolto nel rendersi conto che era trascorsa più di un'ora da quando aveva chiamato Vale, si trovò a implorare: «Di già?»

«Ti concedo un minuto per i saluti, ma tuo padre sta aspettando.» Il suo tono non ammetteva repliche, richiuse la porta e lo lasciò solo.

«Ora devo andare a cena.»

Sacro Lupo, sembrava un ragazzino che veniva chiamato a tavola dai genitori.

«Oh!» La voce intrisa di miele di Vale conteneva una punta di delusione. «Non mi aspettavo che dovessi chiudere la telefonata così presto. Anche se in effetti abbiamo chiacchierato parecchio del giardino.»

«C'era qualcos'altro di cui volevi parlare?» chiese Jason, il respiro che diventava affannoso.

«Suppongo di aver pensato…» Vale si interruppe. «Non importa, è meglio che non si sia ripetuto quello che è successo l'altra sera. Sei stato bravo ad affrontare la conversazione a mente lucida e a mantenere la calma.»

«Oh, non sono per niente calmo,» lo rassicurò subito lui, la pelle che formicolava per l'eccitazione. «Solo che non sapevo se tu avresti voluto…»

Vale lo interruppe. «Tu devi andare a cena e io devo trovare un po' di cibo in scatola per me e per Zephyr.»

«In scatola? Che cosa terribile.» Avrebbe voluto chiedere a Vale di attraversare la città per mangiare insieme a loro. C'era cibo a sufficienza ed era ridicolo che non potesse farlo. Non senza chiedere il permesso ai genitori, che avrebbero dovuto invitarlo formalmente. Quindi le cose si sarebbero fatte di nuovo imbarazzanti.

«Ci sono abituato,» rispose Vale. «Non ha senso preparare piatti elaborati per una sola persona.»

Il desiderio e la frustrazione gli torsero le viscere. «Posso richiamarti più tardi? Vorrei parlare con te ancora un po'.»

«Non dovremmo...»

«Non per quello!» Jason si affrettò a chiarire, ma poi la sua voce si addolcì. «Beh, per quello e per altre ragioni. Vorrei parlare di tutto, con te.» Si sarebbe accontentato di ascoltare Vale respirare. «Di qualsiasi cosa.»

«Non stasera. Devi fare i compiti, lo so che hai parecchio da recuperare.»

«Già,» ammise Jason con riluttanza.

«Sai che ti dico, forse mercoledì potresti passare da casa mia.»

«Come?» rantolò Jason, incapace di credere alle proprie orecchie.

«Rosen, Urho e Yosef saranno miei ospiti a cena. Abbiamo deciso di celebrare in anticipo la Festa del Lupo in Attesa. Visto che venerdì saremo occupati con le negoziazioni, e i miei amici hanno altri programmi per il giorno di festa, mercoledì voglio stare in loro compagnia. Ti andrebbe di unirti a noi? Non temere, cucinerà Rosen. Naturalmente chiederò il permesso ai tuoi genitori, ma con quei tre presenti è impossibile che accada qualcosa di sconveniente. Te lo posso garantire.»

«Sì, certo che verrò!»

«Chiamerò i tuoi genitori domani mattina.»

«No, glielo chiederò io stasera. Mi assicurerò che dicano di sì.»

«No, Jason,» replicò Vale con una traccia di biasimo che stroncò l'eccitazione nel suo ventre. «Devo organizzare l'incontro tramite i tuoi genitori. I protocolli non sono chiari in merito alla differenza d'età tra di noi, ma se fossimo coetanei i miei genitori concorderebbero l'invito con i tuoi. Non credo che scavalcarli deporrebbe a mio favore. Non voglio finire sulla lista nera di Yule e nemmeno su quella di Miner, a essere sincero.»

Non voleva ammetterlo, ma probabilmente il suo Omega aveva ragione. Di certo Father non l'avrebbe presa bene, se Vale avesse trascurato il protocollo nell'organizzazione degli incontri. Sperava solo che i suoi genitori non insistessero per aggregarsi.

«Va bene se vengo dopo la scuola, mercoledì?» sperava che la risposta fosse affermativa. Voleva far tesoro di ogni minuto e ogni secondo che poteva trascorrere in compagnia di Vale.

«Beh, non direttamente. Ti conviene andare prima a casa per cambiarti con qualcosa di adeguato per la cena e poi venire da me. E usa la porta principale, questa volta.» La voce di Vale si alzò di tono nel prenderlo in giro. «Anche se sono certo che tu sia abbastanza agile da scavalcare la finestra dello studio, non ce n'è davvero bisogno.»

Jason fece un gran sorriso. «C'è qualcosa di romantico in quell'immagine, non trovi?»

«Che adorabile ragazzino! Cosa devo farne di te?»

«Credo sia meglio che inizi a chiederti cosa ho intenzione di fare io con te,» ringhiò lui. «Perché è molto più eccitante.»

Vale ansimò, e Jason colse l'occasione per chiudere la chiamata, poi si allungò sulla poltrona di pelle del padre, ridacchiando soddisfatto. Sì, voleva Vale sull'attenti. E sulle ginocchia. E nel suo letto. E piegato su scrivanie, tavoli e banconi. E sulla terra del giardino che avrebbe piantato per lui.

Lo voleva ovunque.

Si alzò, afferrò la lista e cercò di sistemarsi il cazzo semi duro nei pantaloni, poi lasciò lo studio del padre in condizioni migliori dell'ultima volta che aveva ricevuto una telefonata da Vale.

CAPITOLO 12

«JASON! ASPETTA!» XAN corse verso di lui con il volto arrossato per lo sforzo. Il cappotto gli svolazzò dietro le spalle e la sua sciarpa si scostò rivelando un farfallino a pois.

Jason rallentò il passo con riluttanza. Non voleva arrivare tardi alla cena da Vale, ma non poteva permettersi di scaricare Xan. Erano in un momento cruciale della loro amicizia e, se lo voleva ancora nella sua vita, non poteva rifilargli una scusa.

«Ciao.» Si scostò una ciocca di capelli dal viso. L'aria dei termosifoni nelle aule li aveva seccati riducendoli a una cortina liscia e troppo lunga. Doveva assolutamente tagliarli. «Non ti ho visto al corso sulle relazioni tra Alpha e Omega, oggi.»

Xan arrossì ancora di più e si affannò a sistemarsi la sciarpa per evitare lo sguardo di Jason.

La notte precedente era arrivato il gelo. Era inatteso e fuori stagione e Jason aveva paura che il terreno sarebbe ghiacciato e lui avrebbe perso l'opportunità di piantare i bulbi per Vale. Rabbrividì e si avvolse più stretto il cappotto sopra il pesante maglione bordeaux e i pantaloni beige.

«Non me la sentivo,» rispose Xan in modo sbrigativo. «Hai preso appunti?»

«Certo.» Jason frugò nella borsa piena di libri e blocchi, finché non tirò fuori alcuni fogli con gli appunti scribacchiati a lezione e li consegnò all'amico.

«Di cosa hanno parlato?» chiese Xan senza guardarlo negli occhi.

Lui arricciò il naso. «Gravidanza.»

«Davvero?»

«Nello specifico, la velocità di sviluppo del feto nei moderni Omega, messa a confronto con quella delle donne del Vecchio Mondo.»

«Perché dobbiamo studiare una cosa simile?» gemette Xan.

«Perché, insieme ai fianchi più stretti e alla mancanza di flessibilità nei legamenti di un Omega, contribuisce a determinare l'alto rischio del parto. È il motivo per cui, durante la gravidanza, gli Omega devono assumere ormoni sintetici per aiutare i loro corpi a sopportare la rapida crescita del bambino e facilitare il parto.» Jason recitò rapido la spiegazione in tono neutro, sebbene in classe il suo cuore avesse accelerato all'impazzata nell'immaginare Vale con il loro figlio nel ventre, mentre il suo corpo lottava per accoglierlo. Si era ritrovato coperto di sudore per il terrore e per uno strano senso di eccitazione che aveva amato e odiato allo stesso tempo.

«I bambini del Vecchio Mondo crescevano più lentamente?» Xan diede un colpetto alla sciarpa per rimetterla a posto, sempre senza guardare Jason negli occhi.

«Sì. Sembra che la gestazione nelle donne umane fosse più lunga di quattro mesi rispetto a quella dei nostri Omega.» Jason spostò il peso sull'altro piede, divorato dall'impazienza di tornare a casa per poter poi andare da Vale, ma il suo tono rimase leggero e amichevole. «Trovi tutto negli appunti, ma dovrai andare in biblioteca a vedere il filmato sul terzo stadio del calore e sulla fecondazione. È piuttosto intenso.»

Nella sua mente comparvero le immagini dello stesso Omega dai capelli scuri che compariva in tutti i filmati educativi visti fino a quel momento. Nell'ultimo, l'uomo gridava di gioia e di piacere, tremando visibilmente, mentre il nodo del suo Alpha cresceva e lo riempiva con fiotti di seme.

Il filmato spiegava in tono distaccato come la testa dell'uccello andasse ad alloggiare nell'utero dell'Omega che discendendo si riempiva col seme dell'Alpha. Se tutto andava nel verso giusto, l'ovulo rilasciato la settimana precedente, sarebbe stato fecondato grazie anche agli ormoni del calore predisposti alla fecondazione.

Il cervello febbricitante di Jason era riuscito a malapena a registrare quello che stava ascoltando. Quando l'Omega era venuto sul nodo dell'Alpha, scosso da un orgasmo anale prima di sparare dal suo membro dolorosamente duro un carico bianco e appiccicoso del suo succo, Jason era quasi venuto nei pantaloni. Diversi Alpha attorno a lui *erano* venuti veramente, i loro gemiti e l'odore acre che assalivano i suoi sensi insieme alle immagini del filmato. Solo a pensarci avvampò e si agitò di nuovo.

«Devi assicurarti di guardarlo,» ripeté. «Di certo nella prossima verifica ci saranno domande in proposito.»

Xan annuì e diede una scorsa ai fogli che aveva in mano, prima di incontrare lo sguardo di Jason con riluttanza. «Allora, come stai?»

Una brezza fredda li investì, spazzando via la rinnovata eccitazione di Jason, che riuscì a rispondere con un sorriso genuino: «Sto bene. E tu?»

Xan fece spallucce e la sua bocca tremò leggermente, prima che lui chinasse la testa. «Non molto bene.»

«In che senso?»

«Mi manchi e… le cose non sono più le stesse.»

Jason gli circondò le spalle con un braccio. «Andiamo. Ho circa mezz'ora prima di dover andare via, altrimenti rischio di far tardi per un altro impegno. Torniamo al dormitorio e parliamo un po'.» Xan cercò di scrollarselo di dosso, ma lui si limitò a stringerlo più forte. «Puoi ancora parlarmi, sai. Solo perché non siamo compagni di stanza, non significa che non sei più il mio migliore amico.»

Il tentativo di Xan di respingerlo cedette miseramente sotto l'insistenza di Jason e il ragazzo si lasciò guidare verso i dormitori.

Una volta che furono insieme nella loro vecchia stanza, Jason lo lasciò andare e si buttò sul materasso senza lenzuola che un tempo era stato il suo. «Cavoli, è strano qui senza la mia roba.» Avevano assunto traslocatori Beta per venire a raccogliere tutti i suoi averi. Gli scatoloni erano nel suo armadio a casa, ancora chiusi.

Xan non disse nulla, prendendo tempo nel togliere la sciarpa e appendere il cappotto nel guardaroba.

«Allora, che succede?» chiese Jason alla fine. «Perché hai saltato la lezione?»

Xan sedette sul letto di fronte a quello di Jason. Si coprì il volto con le mani e rimase a lungo in silenzio, prima di sbottare: «Mi eccito troppo con quei filmati.»

«Capita a tutti.» Dopo la lezione, lui aveva dovuto fare una lunga sosta in bagno, insieme a metà degli Alpha del suo anno, per risolvere il problema.

«È diverso,» sussurrò Xan.

Jason inclinò la testa, osservò il rossore che si stava diffondendo sul viso dell'amico e il cuore gli si strinse nel sentire il dolore nella sua voce. «Perché ti piace interpretare l'Omega?»

Xan soffocò un singhiozzo, annuendo disperato.

Jason si mise seduto e si chinò in avanti, cercando di capire. «Quando guardi i filmati, ti vedi mai nel ruolo dell'Alpha? Immagini mai di stare sopra?»

Xan scosse la testa, le spalle gli tremarono e dal suo petto iniziarono a sgorgare i singhiozzi. «Sono sbagliato, Jason. Sono un *invertito*. Sono sempre stato così, anche prima che iniziassimo a giocare insieme. Sono una disgrazia per la mia famiglia. Odio me stesso.»

Jason si rattristò nel sentire quelle parole e scosse la testa. «No, non è così.» Si avvicinò a Xan e lo prese tra le braccia sfiorandogli la fronte con un bacio.

Xan rabbrividì contro di lui, il suo odore era intriso di paura.

Con la gola stretta, Jason sussurrò l'unica cosa che gli venne in mente. «Sarà diverso, quando troverai il tuo *Érosgápe*.»

«E se non lo trovassi? Se io non ce l'avessi?» sibilò Xan, mentre una gelida rabbia si insinuava nella sua infelicità.

«Proverai sentimenti diversi nei confronti di qualunque Omega con cui ti legherai.»

«E se così non fosse? Allora cosa accadrebbe?»

Jason lo strinse a sé con forza. «Non lo so, ma troveremo una soluzione.» Provò un dolore al petto. «Non sei un *invertito*. Tu sei Xan e sei il mio migliore amico.»

Xan si voltò leggermente e strofinò il volto bagnato di lacrime sulla sua gola. Sfiorò con un bacio il punto appena sopra il colletto di Jason e gemette piano.

Jason non voleva lasciarlo andare, ma non era intenzionato a cedere. A lungo andare, non avrebbe fatto altro che ferirlo di più.

«No.» Jason si allontanò a sufficienza per sollevare il mento umido di Xan. «Non posso più farlo.»

«Perché?»

«Lo sai il perché, ma il fatto che tu lo voglia non implica che tu sia una cattiva persona. Significa solo…»

In effetti non sapeva cosa significasse. Continuando a praticare quel genere di attività, Xan si sarebbe trovato in pericolo. Se avesse chiesto all'Alpha sbagliato di aiutarlo a soddisfare i suoi bisogni, il senso di vergogna sarebbe stato l'ultimo dei suoi problemi. Avrebbe potuto essere malmenato o denunciato alle autorità come *invertito*, come abominio. Jason non sapeva quali potessero essere le conseguenze, ma non potevano essere buone.

«Vorrei essere nato Omega,» mormorò l'amico, liberandosi dall'abbraccio di Jason e asciugandosi gli occhi.

«Ma perché? Una volta siglato il contratto, gli Omega devono cedere ogni potere al proprio Alpha. Non hanno alcuna autonomia finanziaria o sociale, per non parlare del calore e del parto.» Jason rabbrividì al pensiero di quello che suo padre aveva sofferto nel corso degli anni. «Non vorrei essere un Omega per nulla al mondo.»

«Perché tu non desideri quello che desidero io!» urlò Xan, alzandosi in piedi e mettendosi a camminare avanti e indietro per la stanza, con gli occhi blu sgranati in un'espressione selvaggia. «Tu non capisci quanto io stia soffrendo! Tutto questo nascondersi. Questo mentire. Eri l'unico con cui potevo essere me stesso e ora non ci sei più.»

«A dire il vero, sono proprio qui,» rispose Jason con tutta la pazienza possibile. Non sapeva come mantenere il controllo su Xan e sulle sue confuse paure. «Sono qui e ti ascolto.»

«Ma preferiresti essere con lui.»

Jason sedette più dritto e infuse una nota di risolutezza nella propria voce. «È il mio *Érosgápe*. Tu sei il mio migliore amico. Sono due cose diverse, ma non me ne andrò lasciandoti in questo stato.» Allungò la mano, ma Xan la schivò, così diede una pacca sul letto accanto a sé. «Calmati. Siediti vicino a me. Andrà tutto bene.»

Xan lo ignorò, aprì una finestra per lasciar entrare un po' di aria pulita e fredda e sporse la testa all'esterno. Respirò profondamente e, una volta calmo, incrociò le braccia sul petto e tornò a voltarsi verso il suo amico.

«Andrà tutto bene,» ripeté Jason.

Xan scosse la testa. «Facile a dirsi, quando tutto va come desideri.»

Lui rimase in silenzio per qualche attimo, finché Xan si allontanò dalla finestra per sedersi sul suo vecchio letto. La tensione e un'angoscia disperata sembravano essere le uniche cose che impedivano a Xan di andare in pezzi, ma un flusso continuo di lacrime sgorgava dai suoi occhi.

«Non sta andando tutto come desidero,» ribatté Jason. «Anch'io ho le mie difficoltà.»

«Lo so,» mormorò Xan, asciugandosi una lacrima. «Problemi legati al tuo Omega. In giro non si parla d'altro che di te e del tuo bizzarro contratto.»

Jason soffocò una risata. «Non addolcire la pillola, stronzo.»

«Va bene, tutti quanti parlano del tuo vecchio Omega sfondato dal troppo uso e del fatto che dovrai prendere un surrogato, e...»

«Taci.» Strinse i pugni. «Perché fai così?»

«Sono sincero.» Gli occhi blu di Xan lampeggiarono spietati e rabbiosi. «Questo è ciò che dicono. Se sigli il contratto d'unione con lui, sarà sempre così. Hai visto come si sono comportati nell'ultimo periodo, ti hanno trattato come un lebbroso, come se starti vicino attirasse la sfortuna su di loro.»

Era vero. Gli altri Alpha si tenevano distanti, ma sperava che prima o poi la situazione si sarebbe risolta. Forse, però, Xan aveva ragione, se avesse concluso il contratto con Vale, o meglio, *quando* lo avesse fatto, sarebbe stato escluso per sempre dall'alta società.

Sarebbe stato doloroso, e allora? Avrebbe avuto più tempo per il giardinaggio, per i suoi studi al microscopio e le riviste scientifiche. Più tempo per il suo progetto di ricerca sulle differenze genetiche tra Alpha, Beta e Omega. Più tempo da trascorrere con Vale e qualsiasi famiglia avessero formato insieme.

Fanculo l'alta società. Non ne era mai stato un grande fan, né lo erano i suoi genitori, benché dovessero mantenere determinate frequentazioni per non passare da emarginati, quindi era stato naturale per lui sviluppare un carattere schivo.

«Noi due siamo uguali,» continuò Xan. «Per motivi diversi, forse, ma non importa. L'istinto ci porta a desiderare cose che vanno oltre gli standard della nostra cultura, ed è per questo che siamo nella merda.»

Jason non aveva idea di quale risposta Xan si aspettasse. Prospettargli un destino da emarginato non era certo il modo giusto per sedurlo, se poi era quello che stava tentando di fare.

Quanto al resto, cosa avrebbe dovuto fare? Non poteva cambiare la sua attrazione per Vale più di quanto potesse cambiare il desiderio di Xan di essere scopato come un Omega.

Quando Xan si alzò per chiudere la finestra e regolare il termosifone, lui colse l'occasione per controllare l'orologio. Se voleva tornare a casa in tempo per vestirsi in maniera elegante e arrivare da Vale prima degli altri invitati, doveva andarsene al più presto. Desiderava essere il primo, nella speranza di cogliere qualche prezioso attimo da solo con Vale. Anche se per ragioni di decoro fossero rimasti sul portico d'ingresso, sarebbe stato comunque meraviglioso avere tutta l'attenzione dell'Omega su di sé

«A proposito, come sta andando veramente?» chiese Xan, ora più calmo. «Come vanno le cose con il professor Aman?»

Il fatto che Xan si fosse riferito a Vale con il suo titolo, era di certo un passo nella direzione giusta, visto che in passato lo aveva apostrofato in tono beffardo "il tuo Omega" o aveva cercato di non pronunciare il suo nome.

Jason si scostò i capelli dalla fronte madida. La tensione degli ultimi minuti lo aveva fatto sudare, e ora aveva bisogno di una doccia. «Questa sera andrò a cena a casa sua. Da solo.»

«I tuoi genitori ti hanno dato il permesso?»

«Sì.»

«Da solo? Davvero?» Le sopracciglia di Xan raggiunsero quasi l'attaccatura dei capelli.

«Beh, non proprio, intendevo senza i miei genitori. Ci saranno gli amici di Vale.»

Il ghigno maligno ricomparve. «Ci sarà anche l'Alpha che se lo scopava?»

Jason si irrigidì. Avrebbe preferito che Xan non fosse così determinato a ferirlo, considerato quanto stesse *già* soffrendo. Era il suo migliore amico e sapeva dove colpire, ma Jason aveva preso l'alpha-tranquillante e non si sarebbe lasciato provocare. «Sì, ci saranno lui e due Beta loro amici.»

«Sono comunque sorpreso che i tuoi genitori abbiano acconsentito.»

«Anch'io.»

Non era stato semplice convincerli. Father in particolare era stato riluttante, ma alla fine Pater aveva sottolineato, ferendo non poco l'orgoglio di Jason, che Urho sembrava più che in grado di metterlo al tappeto, se si fosse rivelato necessario. Inoltre, si sarebbero assicurati di somministrargli una bella dose di alpha-tranquillante prima che uscisse. «Se la caverà,» aveva concluso Pater. «Se la caveranno entrambi.»

Jason alzò le spalle. «Sanno che non farei mai del male a Vale.»

«Sì, certo! Tu non ti sei visto in biblioteca. Probabilmente gli hai lasciato dei lividi, spero ti sia scusato con lui.»

«Ovvio che l'ho fatto.»

Si era scusato, vero? Non riusciva a ricordarlo. Sperava di sì.

Lanciò un altro sguardo all'orologio. «Stai meglio? Devo andare, ma non voglio lasciarti se sei ancora turbato.»

«Tanto le cose non cambieranno nel prossimo futuro,» replicò Xan con innocente, cinica franchezza. Fece un gesto verso la porta. «Vai. Sarò un cazzo di *invertito* anche domani, la prossima settimana, il prossimo anno e quando proverò a ingravidare un Omega.» La cupa tristezza del suo sorriso provocò una stretta allo stomaco di Jason. «Non c'è fretta di tirarmi su dal merdaio che è la mia vita.»

Jason esitò, ma per quanto tremendi sembrassero i pronostici di Xan, con ogni probabilità aveva ragione. Si alzò lentamente, lisciò le pieghe dei suoi pantaloni e afferrò la sciarpa e il cappello che aveva gettato in malo modo. Mentre li indossava, si spremette il cervello alla ricerca di qualcosa di rassicurante da dire.

«Ci vediamo la settimana prossima,» lo salutò Xan, alzandosi. I suoi occhi erano gonfi e le guance ancora arrossate. «Cercherò di venire al corso sulle relazioni tra Alpha e Omega. Il vecchio Shriner mi boccerà se continuerò a saltare tutte le lezioni con in programma un filmato.»

«Già.»

Xan allungò una mano, poi la lasciò cadere. «Ehi, mi dispiace.»

Jason si bloccò con la mano sulla maniglia della porta. «Per cosa?»

«Per aver fatto lo stronzo con te. Sei un buon amico. E io...» Xan distolse lo sguardo, le parole chiaramente bloccate in gola. «Non posso cambiare i miei sentimenti, ma tu *avresti* tutte le ragioni per evitarmi. Nessuno te ne farebbe una colpa. Nemmeno io. Ma tu non lo fai, non provi neanche a farmi sentire in colpa.»

Jason lasciò andare la maniglia e lo abbracciò di nuovo. «Ti voglio bene, vorrei solo che fosse il tipo di sentimento di cui hai veramente bisogno.»

«Perché? Così saremmo entrambi nella merda.»

«Ma ci saremmo insieme. Mi dispiace non poter essere più di un amico per te, in tutto questo casino.»

Xan crollò, le spalle scosse da leggeri singhiozzi, e lui lo tenne stretto finché non si fu calmato di nuovo.

«Me lo rimangio. Sei un amico terribile. Dovresti andartene e lasciarmi un po' di dignità.» Xan gli diede una spinta sul petto. «Non dire un'altra parola. Vattene e basta.»

Jason gli posò un bacio sul lato della testa e uscì senza voltarsi indietro. Se il suo amico aveva bisogno che fingesse di non sapere che era innamorato di lui, poteva farlo. L'avrebbe fatto per sempre. Quanto a proteggere il suo segreto? Poteva fare anche quello.

Lo amava troppo per non fare tutto ciò che era in suo potere per proteggerlo.

JASON SUONÒ IL campanello della casa di Vale tre minuti dopo l'orario in cui gli era stato chiesto di arrivare. Si raddrizzò la cravatta, poi usò il riflesso nella finestra accanto alla porta per assicurarsi di avere i capelli in ordine. La dose aggiuntiva di alpha-tranquillante, che gli avevano somministrato i suoi genitori prima di lasciargli varcare la porta, gli dava una sensazione di pacato distacco, come se vi fosse una sorta di spazio tra la sua eccitazione e la sua percezione della stessa. Poteva quasi entrare in quello spazio, ballarci un valzer, canticchiare una canzone e poi tornare in sé prima che l'emozione lo sfiorasse. Era strano.

E tuttavia *era* eccitato. Sperava di essere arrivato prima degli altri, anche se ne dubitava. Non solo aveva passato troppo tempo con Xan, ma era stato anche trattenuto da Wilbet Monhundy e la sua cricca mentre si dirigeva verso l'auto che aspettava di riportarlo a casa.

Ovviamente l'avevano provocato, sfottendo il suo Omega e definendolo patetico e "usato". Ma Vale lo stava aspettando e le loro parole gli erano scivolate addosso. Il suo *Érosgápe* era molto più importante delle stupide sfide tra Alpha su chi ce l'avesse più grosso. Non aveva voluto rischiare di fare tardi per essere finito in una rissa con qualche idiota che ancora non capiva cosa significasse l'imprinting.

La porta si spalancò e, con suo grande disappunto, apparve Yosef, l'amico di Vale che gli diede il benvenuto con un grande sorriso.

«Jason, felici Notti d'Autunno!» Yosef allungò la mano e Jason la prese, trovandosi le dita avvolte in una presa salda. «Vale voleva accoglierti di persona, ma Zephyr l'ha fatto inciampare mentre scendeva le scale.»

«Sta bene?» Il cuore di Jason fece una capriola nonostante l'effetto estraniante dell'alpha-tranquillante.

Yosef gli lasciò la mano e lo rassicurò con un gesto. «Sì, sta bene, più o meno. Rosen l'ha costretto a tenere sollevata la caviglia distorta, mentre Urho l'ha obbligato a metterci del ghiaccio. È stata una scena piuttosto chiassosa e drammatica.» Si accarezzò la barba e sorrise. «La norma, per il nostro gruppo. Avanti, vieni dentro!»

Jason entrò nell'ingresso, accolto da un turbinio di granelli di polvere. Pile di libri erano accatastate contro il battiscopa sulla destra, statuette di porcellana impolverate, raffiguranti coppie di Alpha e di Omega, erano in bella mostra su un tavolo alla sua sinistra. Dall'interno della casa giunsero diverse voci, la risata sarcastica era di Vale, mentre le altre due erano senza dubbio quelle Urho e Rosen che esprimevano il loro dissenso.

Yosef stava posando il cappotto e la sciarpa di Jason, quando un lampo argenteo sfrecciò attraverso il corridoio.

«Quella è Zephyr,» spiegò tranquillo, appendendo le sue cose a un attaccapanni accanto alla porta, già carico di giacche e sciarpe. «È un gatto demoniaco, le piacciono solo Vale e Rosen. Io vengo a malapena tollerato e morde Urho ogni volta che ne ha l'occasione.» Nei suoi occhi apparve un luccichio divertito. «Sono curioso di sapere come si comporterà con *te*. Da questa parte, sono in cucina.»

Il trambusto proveniente dal retro della casa sembrava essersi calmato. Jason cercò di cogliere il maggior numero di dettagli della casa di Vale; ogni cosa, dalla carta da parati con le rose nel corridoio, ai mobili delle stanze in cui riuscì a sbirciare, appariva datato e fuori moda. Oltrepassarono una stanza buia in cui c'erano una chitarra e un pianoforte e lui si chiese se, quella sera, avrebbe avuto l'opportunità di suonare qualcosa per Vale. Si gonfiò d'orgoglio al pensiero, compiaciuto con se stesso per essersi esercitato con più costanza.

C'era polvere ovunque. Giornali, riviste e libri erano accatastati in ogni ambiente e, superando una porta aperta, notò anche un enorme mucchio di quelli che sembravano calzini e mutande, accanto a un altro ammasso di abiti, sporchi o puliti non avrebbe saputo dirlo. Nel passare, Yosef chiuse rapido la porta, commentando: «Non credo che Vale voglia che tu veda la sua lavanderia.»

Sul retro della casa, oltrepassarono una stanza aperta che Jason riconobbe come lo studio di Vale, quello che aveva scorto dalla finestra, poi svoltarono in un corto corridoio accogliente, tappezzato di fotografie polverose raffiguranti diverse località turistiche e due uomini che lui non aveva mai visto, ma che somigliavano abbastanza a Vale da fargli supporre che fossero i suoi genitori.

«Sto bene, Urho. Fatti da parte, prima che arrivi. Non ha bisogno di vedere che mi stai addosso in questo modo.»

Nonostante l'effetto del sedativo, Jason rizzò il pelo, ma riuscì comunque a entrare in cucina senza darlo a vedere.

Rosen era ai fornelli, intento a insaporire il contenuto di una pentola. Vale era seduto con una delle lunghe gambe appoggiata al piano del tavolo da pranzo rettangolare che occupava la maggior parte dello spazio nella stanza. Sotto al piede nudo, la caviglia era coperta da una piccola borsa del ghiaccio. Sul pavimento, accanto all'altro piede, giacevano abbandonati i calzini neri e le scarpe.

Urho incombeva alle sue spalle, ma si allontanò quando Jason gli lanciò un'occhiataccia.

Vale era bellissimo come sempre, ma aveva un aspetto diverso. Era ovvio che non si radesse da qualche giorno, forse sin da quando Jason l'aveva visto l'ultima volta a casa dei suoi genitori, e le sue dita prudevano dal desiderio di toccare quella barba incolta.

Jason fece scivolare lo sguardo lungo tutto il corpo dell'Omega, notando i pantaloni color melanzana dal taglio alla moda e la camicia di un viola più chiaro, che portava con le maniche arrotolate, mettendo in mostra l'allettante scorcio di un tatuaggio sul braccio destro. Sotto le sue clavicole, il colletto aperto lasciava intravedere una spruzzata di peli scuri.

Un rapido sguardo per la cucina rivelò che anche gli altri erano vestiti allo stesso modo. Jason si mosse a disagio nella giacca del completo; avrebbe preferito sapere che l'abbigliamento sarebbe stato così informale.

«Tutto a posto?» chiese a Vale, rinunciando ai saluti per accertarsi che il suo Omega fosse illeso. Si fece avanti e, passando nello stretto spazio tra il bancone e il tavolo, sfiorò la spalla di Urho.

La pelle chiara sul collo del piede di Vale e la pianta rosea apparivano morbide, tranne per i calli sull'alluce e sull'ultimo dito, dove le scarpe dovevano aver premuto negli ultimi trentacinque anni.

«Sto bene,» rispose l'Omega alzando gli occhi al cielo. «Zephyr mi ha fatto inciampare e i miei amici hanno avuto una reazione esagerata.»

Jason si chinò verso di lui abbastanza da sentire il profumo della sua pelle e del suo shampoo, e il suo cuore si gonfiò d'orgoglio cogliendo la nota intensa della sua eccitazione. Era solo una traccia sottile, ma era dovuta comunque alla sua presenza. Non c'era, prima che lui si avvicinasse.

Voleva affondare la mano tra i suoi capelli e gli sembrava assurdo che non fosse libero di farlo, quando nel giro di qualche giorno si sarebbero incontrati con gli avvocati per negoziare un contratto che prevedeva di scopare, diventare compagni e rimanere legati fino alla morte.

Si schiarì la gola. «Posso?» chiese, indicando il ghiaccio sulla caviglia di Vale.

Lui sorrise. «Certo, controlla tu stesso. O Alpha, mio Alpha.» Era una battuta, ma fece salire il calore lungo il collo di Jason e comparire un sorriso sulle sue labbra.

Sollevò il ghiaccio dalla caviglia, notando il rossore della pelle sottostante. Toccò il leggero gonfiore sotto il malleolo dalla forma irregolare e vi fece scorrere il dito, tastando con delicatezza. «Ti sei procurato una leggera distorsione.»

«Già,» rispose Vale, ma la sua voce era affannata e l'odore della sua eccitazione più intenso. Gonfio d'orgoglio per aver provocato una simile reazione con un semplice tocco, Jason aggiunse altre dita alla sua cauta esplorazione e le fece scorrere sulla pelle dell'Omega, lasciando che i peli scuri della gamba gli solleticassero i polpastrelli. «Sì, è una distorsione,» ripeté.

«Ma non è grave,» ribadì Vale. «Sarà a posto entro domani mattina, anche se probabilmente sarà ancora un po' dolorante.»

Jason gli riposizionò la borsa del ghiaccio sulla caviglia e gli sfiorò la guancia con dita fredde. I loro occhi rimasero incatenati e Vale socchiuse le labbra lasciandosi sfuggire un piccolo verso che sfrecciò lungo la sua spina dorsale e gli fece curvare le labbra in un piccolo sorriso compiaciuto.

Jason tirò indietro la mano e si voltò verso gli altri uomini nella stanza. «Scusate il ritardo.»

«Non preoccuparti,» rispose Yosef, aggirando il tavolo con le braccia tese in avanti. «Perché non mi dai la giacca? La metto insieme al cappotto. Sarai più comodo, il nostro piccolo gruppo non bada molto alle formalità.»

Urho porse a Jason una tazza di tè bollente, insaporito con le spezie tradizionali delle Notti d'Autunno. Lui lo sorseggiò piano, in modo che gli desse sollievo alla gola e gli tenesse la bocca impegnata, evitandogli di dover parlare. Rimase in piedi accanto a Vale, ma non troppo vicino, guardandosi attorno per farsi un'idea del posto.

La stanza era vagamente decorata per le Notti d'Autunno. Un centrotavola composto da una grossa candela di cera d'api, alcune zucche di diverse forme e dimensioni e una manciata di ciuffi di menta provenienti dal giardino. Nulla a che vedere con gli addobbi utilizzati da suo padre, o con gli enormi centrotavola che i Sabel ordinavano da "I fiori di Sanz" quando avevano ospiti. Certo appariva un po' spartano in confronto, ma ognuno aveva i propri gusti e a lui piaceva la semplicità di Vale.

Jason sperava di poter dare un'altra sbirciatina al giardino prima di andarsene, così da avere un'idea migliore su come programmare il proprio intervento, ma con il tramonto che in quel periodo dell'anno giungeva con sempre maggiore anticipo, dubitava di averne l'occasione. A meno che non si affrettassero a finire di cenare.

«Come è andata la tua giornata?» chiese Vale.

La domanda lo mise a disagio, ma sarebbe stato peggio se gli avesse chiesto direttamente della scuola, davanti ai suoi amici per giunta. «Bene. Ti stai facendo crescere la barba?»

Vale si sfregò il mento con le dita, rilasciando nell'aria un profumo che andò dritto al cazzo di Jason, facendolo formicolare e rischiando di fargli venire un'erezione. «Radermi faceva parte della mia routine quando andavo al lavoro, ma ora che godo di questo improvviso anno sabbatico, sembra che abbia abbandonato quell'usanza,» spiegò con leggero, ma comunque evidente, sarcasmo. «Ci ho fatto caso per la prima volta questa sera, mentre mi stavo vestendo, e ho deciso che non è affatto male.»

«Mi piace,» dichiarò lui, leccandosi le labbra. «Ti dona.»

Urho ridacchiò. «*Mi* ricorda il viaggio in campeggio che abbiamo fatto lo scorso anno. Ne sei tornato esausto, inzaccherato e barbuto.»

Vale lanciò a Urho un'occhiataccia, poi lo avvertì: «Forse è meglio se lasci stare il vino, Urho.»

«Perché? Ne ho bevuto poco più di un bicchiere.»

«Perché lo dico io.»

Yosef sghignazzò e Urho inarcò un sopracciglio, ma mise giù il bicchiere.

Vale si voltò verso Yosef e Rosen e chiese: «Quali prodotti per la cura della barba mi consigliate? La portate entrambi da anni, e sembrate sempre in perfetto ordine.»

Yosef si lanciò in una discussione su oli e rasoi, che Jason non pensava potesse tornargli utile nell'immediato futuro, visto che gli sarebbe bastato ancora radersi ogni tre giorni. Posato il tè sul tavolo, decise di rendersi utile, piuttosto che starsene lì impalato in adorazione di Vale. Si diresse verso Rosen, mentre gli altri tre iniziavano un battibecco per decidere se fossero meglio gli oli da barba aromatici o quelli dalla fragranza *chypre*. Altro argomento di cui non sapeva abbastanza per esprimere un'opinione.

«Posso aiutare in qualche modo?» si offrì. «Sarei felice di lavare e tagliare le verdure.»

Rosen inarcò un sopracciglio, valutò la proposta, poi spinse verso di lui quattro cipolle. «D'accordo, fai pure. Vediamo quanto sei carino con le lacrime agli occhi.»

Jason prese il coltello che Rosen gli stava porgendo e iniziò a tagliare le cipolle a cubetti.

«I tuoi genitori erano restii a lasciarti venire, stasera?» chiese il Beta con un sorriso.

Jason scrollò le spalle. «Avevano le loro perplessità, ma Vale li ha rassicurati. E si fidano di me.» Di solito. A volte. Non abbastanza da lasciarlo vivere al campus dell'università, ma a sufficienza per lasciarlo venire quella sera. «Sanno che desidero ciò che è meglio per Vale, ma si rendono anche conto che non sarei in grado di prendere le giuste decisioni durante le trattative, se non avessi la possibilità di conoscerlo meglio e trascorrere del tempo con lui.»

«Saggio da parte loro.»

«I miei genitori sono brave persone.»

«La loro reputazione li precede,» disse Rosen con un sorriso, «ma, a essere sinceri, cosa significa "brave persone"? Non che io dubiti che i tuoi genitori lo siano, ma non ti chiedi mai cosa renda qualcuno o qualcosa "buono"?»

«Sei un professore di filosofia, giusto?» ribatté Jason, sorridendo. «Mi dispiace, ma sono libero dalla scuola per tutto il lungo ponte delle feste.»

Rosen scoppiò a ridere. «Continueremo questa conversazione lunedì, allora.»

Jason riprese a tagliare le cipolle e presto i suoi occhi iniziarono a lacrimare. Lui lasciò che le lacrime scorressero e non si fermò fino a quando non ebbe ridotto tutte e quattro le cipolle in un mucchio di perfetti dadini.

«Bel lavoro,» commentò Rosen quando ebbe finito, «e tu sei molto più carino di Vale, quando prova a tagliare le cipolle. Diventa tutto rosso e gli cola il naso, poi finisce per sfregarsi gli occhi e la catastrofe diventa di proporzioni epiche. A quel punto lo aiuto a lavarsi, lasciando bruciare qualcosa sui fornelli, e Yosef si gode lo spettacolo sgranocchiando tutto ciò che gli capita a tiro.»

«Sembra una scena ridicola,» disse lui.

Rosen rise. «E rumorosa. Dovresti sentire la voce del tuo Omega quando è scontento.» Indirizzò Jason al lavandino per lavarsi di nuovo le mani, prima di proseguire con la preparazione della cena. «Ora vai a sederti con Vale e sii te stesso, così potrai prendere le giuste decisioni durante le trattative.»

Jason si lavò le mani due volte, ma l'odore di cipolle non se ne andò. Pensò al commento di Rosen sulla voce di Vale e si chiese, con un misto di gioia e timore, quando avrebbe avuto l'opportunità di sentirla. In un certo senso, la rabbia gli sembrava una cosa piuttosto intima. Qualcosa di nuovo da scoprire su Vale.

Recuperò il suo tè, ormai freddo, lo sorseggiò piano e raggiunse gli altri tre attorno al tavolo. Si sedette di fronte a Vale, in modo da poterlo vedere meglio e mantenere la giusta distanza per rimanere concentrato, e ascoltò con avidità. Era intenzionato ad assorbire informazioni su Vale: i suoi gusti, i suoi interessi e le cose che lo divertivano, ma più restava in silenzio più si sentiva a disagio.

Urho sapeva esattamente cosa dire per irritare Vale e scuoterlo dal suo silenzio. A ogni fastidiosa parola che usciva dalle labbra dell'Alpha, il suo viso impallidiva e i suoi occhi diventavano di un verde più acceso. Jason si struggeva, perché gli sembrava una reazione meravigliosa e non era lui a provocarla. Yosef era a proprio agio con tutti, sembrava nato sapendo sempre cosa dire e Rosen interveniva quando gli andava, rilassato e a casa propria nella cucina di Vale. Jason, invece, non sapeva come diventare parte del loro gruppo.

Il tè gli scivolò in gola in sorsate fredde e speziate, mentre la distanza tra lui e il resto del gruppo cresceva e diventava più grande dello spazio occupato dall'alpha-tranquillante. Per quanto sapesse di essere infantile, era risentito con gli amici di Vale per le battute che capivano solo loro e per il rapporto di facile confidenza che avevano. Li odiava per il loro livello di istruzione, i viaggi e le esperienze di vita. Odiava sentirsi un bambino in loro presenza. Odiava persino bere il tè aromatizzato, quando loro bevevano vino. Sacro Lupo, li odiava e basta.

Tranne Vale. Lui non lo odiava, non avrebbe potuto odiarlo nemmeno se l'avesse voluto.

Stupidi istinti da *Érosgápe*.

«Jason, balli il tango?» chiese Vale all'improvviso, voltandosi verso di lui con un sorriso che brillava tra la barba scura. «Volevo imparare a ballarlo e, se tu sei capace, potresti insegnarmelo.»

A dire il vero Jason non lo ballava, ma era assolutamente intenzionato a imparare al più presto possibile. «Mi piacerebbe danzare con te. Potremmo prendere lezioni insieme, se ti va,» rispose. «Sarebbe divertente.»

«Allora ti piace ballare?» Vale prese un sorso dal suo bicchiere di vino, gli occhi verdi che luccicavano. «Lo *adoro*, ma è da molto tempo che non ho più qualcuno con cui ballare.»

«Non è colpa mia se hai due piedi sinistri,» intervenne Urho. «Non ballare con lui, Jason. Lo rimpiangerai.»

Jason rispose con un sorriso tirato. «Vale è troppo aggraziato per essere qualcosa di diverso da un sogno sulla pista da ballo.»

Tutti risero come se Jason avesse voluto fare una battuta, così rise anche lui. Ma era stato sincero. Come poteva essere un pessimo ballerino, un uomo che si muoveva con tale fluidità e che gli faceva venire le farfalle nello stomaco solo camminando? Se era così, Vale aveva solo avuto pessimi compagni fino a quel momento.

E se invece i suoi amici avevano ragione, beh... allora Jason avrebbe portato i lividi sui piedi con orgoglio.

CAPITOLO 13

«COME VI SIETE incontrati?» chiese Jason dopo quelle che sembrarono ore, nonostante Rosen avesse assicurato che la cena sarebbe stata pronta in cinque minuti.

«Chi? Tutti noi?» domandò Rosen da sopra la spalla.

«Sì, tutti voi.»

«Beh, io e Yosef siamo stati i primi a conoscerci,» rispose Vale con un sorriso tenero, togliendosi il ghiaccio dal piede. Abbassò la gamba sul pavimento e gettò la borsa del ghiaccio sul bancone senza nemmeno alzarsi, mancando Rosen di poco.

Con la coda dell'occhio, Jason colse il movimento furtivo di un animale dal pelo argenteo e si voltò per seguire Zephyr che sgusciava nella stanza con un bagliore scuro negli occhi verdi. Rimase per un attimo accanto al muro, poi schizzò verso Rosen con un miagolio struggente.

«Che puttanella,» mormorò Vale alzando gli occhi al cielo.

Rosen diede alla gatta un pezzo dell'anatra che aveva pulito prima. «Sì, Yosef e io ci siamo incontrati all'università,» riprese l'Omega. «Stava dando una mano a un docente di diritto, in effetti un altro Omega, che aveva avuto un calore inatteso e aveva dovuto prendere un congedo improvviso. Yosef fu l'unica persona che si rese disponibile a sostituirlo. Ci siamo incontrati in mensa, davanti all'ultimo fagottino alle mele. Lo voleva lui e lo volevo anch'io, così l'abbiamo condiviso.»

«Un colpo di fulmine degno di uno di quei libri romantici e sdolcinati che legge sempre Rosen,» borbottò Urho.

«Il romanticismo è il linguaggio della felicità,» ribatté Rosen, aprendo il forno per controllare l'enorme volatile all'interno. Zephyr gli si era arrampicata fin sulla spalla, con le unghie affondate nella sua carne, a sbirciare nel forno insieme a lui, che non si lasciò sfuggire un lamento. «Dovresti provare, qualche volta.»

L'Alpha sbuffò.

«Urho però ha ragione,» ribatté Vale. «Perché non ti sei innamorato follemente di me seduta stante? Ora sono offeso.»

«Stavo già con Rosen,» rispose Yosef. «Altrimenti ti avrei senza dubbio fatto crollare su quelle ginocchia da Omega e sarei stato del tutto inutile quando fossi entrato in calore. Un'accoppiata voluta dal cielo.»

Vale rise e fece l'occhiolino a Jason. «E così Yosef mi ha invitato a cena al dozzinale, ma delizioso, Cinco Manzanas.»

«Ragazzi che ballano mezzi nudi ed *enchiladas* sono sempre una piacevole combinazione,» concordò Yosef, un sorriso splendente che baluginava tra le sue labbra.

«Rosen ci raggiunse lì, e fu affascinante come al solito. Siamo amici da allora.»

«Urho è arrivato in seguito,» intervenne Rosen, usando un paio di spessi guanti per togliere l'anatra dal forno. «Credo che anche lui abbia conosciuto Vale all'università.»

«L'università sembra essere il fulcro di tutte le mie relazioni più importanti.» Vale lanciò a Jason un'occhiata maliziosa.

Per un terribile secondo piombò un silenzio imbarazzante, poi Rosen si affrettò a servire piatti pieni di cibo dal profumo delizioso.

«La cena ha un aspetto fantastico, Rosen,» si complimentò Jason. «Sei uno chef?»

«Rosen è un filosofo, un artista *e* uno chef,» rispose Vale sorridendogli, mentre Urho tagliava l'anatra e Yosef faceva passare una ciotola di fragrante farcitura.

«Già, Rosen è un uomo ricco di talenti,» assentì Yosef con

calore. «Spero non ti dia fastidio ordinare cibo da asporto, Jason, il tuo Omega è un cuoco tremendo.»

«Oh, non cominciare,» si lamentò Vale.

«Cucina peggio di come pulisce la casa.» Urho affondò nella carne con il trinciapollo.

Father tagliava la carne con maggiore abilità, e così faceva Jason, ma non avrebbe detto nulla di negativo riguardo a Urho. Probabilmente erano già tutti convinti che fosse pieno di risentimento nei confronti del medico per aver assistito Vale durante i suoi calori. E lo era. Ma non aveva intenzione di lasciare che ciò governasse il resto della sua vita con Vale. Era chiaro che Urho non sarebbe andato da nessuna parte, tanto valeva mettersi il cuore in pace.

«Mi piace cucinare,» disse Jason prendendo la ciotola da Rosen. Versò nel piatto il ripieno e il profumo di salvia e rosmarino gli fece venire l'acquolina in bocca. «E credo di essere in grado di evitare che moriamo di fame, anche se non sarò mai all'altezza di Rosen.»

Vale inarcò le sopracciglia interessato. «Davvero?»

«Come ho spiegato a Vale l'altro giorno, Father non tiene domestici fissi. Troppe persone a invadere la sua privacy, secondo Pater. I miei tengono alla loro intimità. Father li ingaggia solo per i ricevimenti e le serate speciali. Per il resto, ci prendiamo cura di noi stessi.»

«Allora Miner è un bravo cuoco?» chiese Yosef.

«No, è Father che prepara la maggior parte dei nostri pasti. Pater è spesso malato e...» Per la prima volta si chiese se la salute cagionevole di suo padre avrebbe gettato un'ombra negativa su di lui. «Non cucina.»

«Quindi Yule ha imparato al posto suo?» domandò Vale.

Jason si accigliò. Odiava l'implicazione che fosse compito dell'Omega prendersi cura dell'Alpha con i lavori domestici. Certo, in genere erano gli Alpha la principale fonte di sostentamento della famiglia e molti Omega benestanti si occupavano di gestire la casa, ma quelli con minori disponibilità economiche spesso lavoravano fuori casa, sempre nel modo più sicuro possibile.

D'altra parte, anche gli Omega benestanti facevano di più che gestire una casa. Erano persone. Avevano i propri interessi.

Prendiamo Vale, ad esempio. Vivere da solo lo aveva portato a non rappresentare la figura del tipico Omega che un giovane Alpha si sarebbe aspettato, il tipico Omega descritto durante le lezioni all'università. Jason aveva imparato dai suoi genitori che gli Omega mostravano tutte le variabili del carattere umano, proprio come gli Alpha.

Pater sosteneva da sempre che fosse vergognoso privare gli Omega di tutto al di fuori dei lavori domestici. Father non l'aveva mai fatto, e neanche lui l'avrebbe fatto con il proprio Omega. Se Vale avesse voluto tornare a insegnare, una volta stipulato il contratto, consumata l'unione e consolidato il legame, lui si sarebbe assicurato che potesse farlo. Avrebbe fatto in modo che avesse tutto ciò che desiderava.

«Non esattamente. Father ama cucinare e Pater ama mangiare quello che lui prepara. Per loro è logico fare ciò che preferiscono.»

Vale gli rivolse un ampio sorriso e fu come se il suo cuore fosse stretto da un pugno. Voleva rivedere quel sorriso il prima possibile.

«È stato Yule a insegnarti, allora?» Rosen fece girare il cesto con il pane, mentre Urho finiva di accatastare fette d'anatra mezze distrutte su un enorme piatto da portata.

«Sì. Ogni volta che Pater è malato...» Jason si interruppe di nuovo, ma Vale catturò il suo sguardo e gli sorrise con calore, incoraggiandolo a proseguire. «Quando Pater non si sente bene, il che purtroppo avviene sempre più spesso, Father mi chiede di aiutarlo, così ho imparato molto. Quando è via per lavoro, cucino per entrambi.» Scrollò le spalle con noncuranza. «Preparo molti sformati, perché sono comodi per gli avanzi.»

«Mio Pater cucinava uno sformato di granchio divino,» sospirò Vale. «Era il mio preferito.» Il suo piatto era pieno fino all'orlo, tra la salsa di mirtilli di Rosen, il ripieno, un'enorme porzione di anatra piazzata lì da Urho, i fagiolini e diversi panini.

Jason accettò il piatto di anatra, ne prese una grossa porzione e lo passò a Yosef.

«Se mi passi la ricetta, lo preparerò per te, Vale,» propose con una stretta allo stomaco. Sperava che l'Omega accettasse la sua offerta, come dono di corteggiamento e come promessa di quello che poteva aspettarsi se avessero stipulato il contratto d'unione.

«Lo faresti?»

Il sorriso di Vale era talmente bello da risultare quasi doloroso. Se non fosse stato attento, sarebbe esploso dalla gioia.

«Certo.»

«Te l'avrei preparato io, se l'avessi saputo,» intervenne Rosen con una nota contrariata nella voce e le sopracciglia scure aggrottate.

Vale sventolò la mano per liquidare il suo suggerimento, senza distogliere lo sguardo da quello di Jason, rendendo il suo nodo allo stomaco ancora più grande e ardente. «Tu sei un cuoco straordinario, Rosen. Troppo bravo per gli sformati.»

«Stai suggerendo che le abilità e i gusti del tuo Alpha siano mediocri?» chiese Urho in tono ironico.

«Così pare,» rispose Vale rivolto a Jason, con un gran sorriso e uno scintillio negli occhi.

Lui gli sorrise di rimando, il suo collo e il suo volto avvamparono e il nodo allo stomaco esplose in una gioia incontenibile. Distolse lo sguardo da quello di Vale, prima di fare qualcosa di stupido, tipo spingere indietro la sedia, sporgersi in avanti e baciare quella bocca sorridente.

Per distrarsi prese un boccone di anatra e di ripieno. I sapori si fusero alla perfezione. «È squisito,» si complimentò con Rosen. «Mi insegneresti a cucinarlo?»

«Certo, ne sarei felice,» rispose lo chef con entusiasmo.

Yosef sorseggiò il suo vino e propose: «Perché non vieni a casa nostra, una sera della prossima settimana, così Rosen può mostrarti qualche trucchetto? Potrebbe venire anche Vale. E Urho,» aggiunse estendendo infine l'invito anche all'altro Alpha, come se non volesse offenderlo lasciandolo fuori.

Urho scosse il capo. «Perché Jason dovrebbe voler trascorrere del tempo con noi invece che con i ragazzi della sua età? Naturalmente con Vale è un altro discorso, ma come abbiamo detto l'altra sera, noi siamo di poco interesse per lui. Non è che diventeremo suoi amici.»

Yosef gli rivolse uno sguardo accigliato e Vale si sporse in avanti con gli occhi accesi dalla rabbia, ma Jason si intromise: «Non c'è problema. Sono sicuro di poter imparare seguendo le ricette, se a Rosen non dispiace condividerle.»

Jason finse di non notare la conversazione fatta di sguardi tra Rosen e Yosef, tornando a concentrarsi sul proprio piatto. Il cibo non sembrava più così buono, ora che si era reso conto che quegli uomini non avevano intenzione di diventare suoi amici. Cosa si era aspettato? Gli amici di Vale non desideravano passare il loro tempo con un adolescente. Non avevano alcun obbligo nei suoi confronti.

«Credo che dovremmo lasciar decidere a Jason chi siano le persone con cui è interessato a trascorrere il suo tempo,» ribatté Vale in tono gelido. «Se vuole conoscere meglio Rosen e Yosef, non mi sembra che a loro dispiaccia la sua compagnia. Dopo tutto sono loro che lo hanno invitato. Un invito molto cortese, tra l'altro.»

«Puoi venire a esercitarti con il mio cuoco, se vuoi.» Urho si pulì la bocca e ignorò il rimprovero di Vale. «Sarebbe un modo migliore di usare il tuo tempo.»

Jason si stizzì. Come aveva fatto Vale a diventare intimo con un Alpha che ignorava la sua opinione con tale disinvoltura?

Ignaro dell'irritazione di Jason, Urho sollevò il bicchiere e inghiottì un grosso sorso di vino, poi aggiunse: «Lavora per la mia famiglia da anni. Era il nostro chef quando i miei genitori erano ancora vivi.»

Jason non disse nulla. Il suo invito a casa di Rosen e Yosef era stato ritirato? Non ne era sicuro e vista la situazione non sapeva se accettarlo o meno. Desiderava disperatamente più tempo con Vale e, a dispetto di ciò che aveva detto Urho, voleva diventare amico di quegli uomini. Beh, dei Beta, per lo meno. Urho era un'altra faccenda.

«È vero, il tuo chef è piuttosto in gamba,» concordò Rosen, annuendo pensieroso. «Com'è che si chiama?»

«Mako,» rispose l'Alpha con un sorriso compiaciuto. Mandò giù un altro sorso di vino.

Aveva ripreso a bere subito dopo il rimbrotto di Vale e, secondo i conti di Jason, quello era il suo sesto bicchiere. Nonostante la lingua sciolta, non sembrava particolarmente ubriaco. Al contrario, sembrava più calmo e ottimista che mai.

«Le sue linguine alle vongole sono deliziose. Jason se vuoi passare dopo le lezioni, sono sicuro che sarà felice di insegnarti, credo che le voglia cucinare il prossimo venerdì. Vale le adora.»

Vale sospirò, sentì la rabbia montare dentro di lui e lanciò un'occhiataccia a Urho che stava sorseggiando altro vino, poi addentò un boccone di anatra.

L'Alpha non diede segno di averlo notato. «Oh, e il mio domestico, Warren, sarebbe felice di mostrarti come passare l'aspirapolvere, spolverare e fare il bucato.» Urho ridacchiò alla sua stessa battuta e un grande sorriso rischiarò il suo bellissimo volto. «Perché, lo giuro, Vale non ha la minima idea di come farlo.»

«Disse Urho, che aveva uno stuolo di domestici a viziarlo,» lo stuzzicò Yosef.

«Me la cavo bene,» scattò Vale.

«Come no, ce ne siamo accorti!» Rosen indicò con un gesto

eloquente la porta, che dalla cucina portava al resto della casa.

Vale inarcò un sopracciglio e disse con voce tesa: «Ho pulito!»

«Non si direbbe.»

«Lasciatelo in pace,» intervenne Jason, con una nota di autorità evidente nel suo tono. «Non si sta divertendo.»

Vale arrossì al di sopra della sua barba. «Di solito non mi importa, ma...» I suoi occhi non lasciarono il viso di Jason. «Mi fa male la caviglia e la mia pazienza scarseggia.»

«E Urho ha insultato il tuo Alpha, mentre noi ti abbiamo preso per il culo per le tue qualità domestiche,» aggiunse Rosen. «Cerchiamo di comportarci bene, prima che Jason si faccia un'impressione sbagliata di noi.»

Troppo tardi, pensò Jason. Almeno per quello che riguardava Urho. Rosen e Yosef erano gentili e sembravano abbastanza ben disposti, ma Urho, per qualche ragione, non lo era. Questo feriva Vale e faceva incazzare Jason, ma era un problema che avrebbe dovuto risolvere in seguito. Quando una persona nuova entrava in un gruppo era normale che gli equilibri si alterassero. Probabilmente Urho ce l'aveva con Jason almeno quanto Jason ce l'aveva con lui.

«A proposito di lavori domestici, non hai licenziato qualcuno di recente, Urho?» chiese Rosen. «Chi era, il giardiniere?»

«Davvero?» gli occhi di Vale lampeggiarono come se stesse ancora decidendo se perdonare l'Alpha oppure no. «Pensavo ti piacesse.»

Urho alzò gli occhi al cielo. «Non l'ho licenziato, se n'è andato. Ed è un peccato, perché Zim aveva un tocco incredibile con le rose di Riki. Le manteneva rigogliose come il giorno in cui Riki è morto.»

«Cosa gli hai fatto per farlo scappare?» chiese Vale con cautela. C'era un'incertezza nel suo tono che Jason provò a comprendere. Aveva forse a che fare con l'uomo deceduto, quel Riki. «L'hai preso in giro fino a farti odiare?»

«Che tu ci creda o no, non è stata colpa mia.» Urho sospirò. «Il fratello minore è un Omega ed è dipendente dal sesso. È impossibile placare la sua brama per più di qualche ora e, quando è in calore, è del tutto insaziabile. Il suo Alpha l'ha citato per ottenere lo scioglimento dell'unione. Ovviamente non erano compagni predestinati, avevano solo siglato il contratto. Un errore tremendo. I contratti lo sono spesso.»

«Urho,» disse Yosef in avvertimento, ma sembrò che quello non l'avesse sentito.

«Il fratello di Zim continuava a sgattaiolare via, nonostante la sorveglianza, per andare nei bassifondi in cerca di Alpha. Che peccato, ha rovinato il buon nome della famiglia.»

Il silenzio calò sul tavolo e tutti fissarono Urho. Vale si pulì la bocca con il tovagliolo e prese un respiro profondo.

«Sacro Lupo,» sussurrò Rosen.

Urho annuì. «Già, è terribile. E così il mio miglior giardiniere, il mio vecchio amico Zim, ha preso congedo per andare ad aiutare la famiglia durante l'imminente calore del fratello. Senza dubbio non troveranno un surrogato e sarà una faccenda dolorosa. Avranno bisogno di tutto l'aiuto possibile, per tenere il ragazzo sottochiave.» Fece schioccare la lingua. «Ma è ciò che succede quando un Omega finisce in disgrazia. Nessun Alpha lo vuole aiutare.» Scosse la testa, come se fosse dispiaciuto per la situazione, come se lui non potesse farci nulla.

«Tutto questo è assurdo!» esplose Jason, i pugni stretti accanto al piatto. «Era dovere del suo Alpha soddisfarlo e, se non ne era in grado, avrebbe dovuto assumere un surrogato. Come puoi incolpare un Omega perché cerca ciò di cui ha bisogno durante il calore? O in qualunque altro momento?»

Rosen e Yosef inarcarono le sopracciglia, lanciando sguardi ai due Alpha, ma gli occhi di Vale non lasciarono Urho, pungenti come aghi.

Jason continuò: «Ha fatto quello che l'istinto l'ha spinto a fare. Niente di più, niente di meno. Tocca all'Alpha assicurarsi che il proprio Omega sia soddisfatto, a ogni costo. Calore interminabile o meno.» Sbatté il pugno sul tavolo, mentre ripeteva quella verità fondamentale che i suoi genitori gli avevano inculcato dal primo momento in cui aveva iniziato a mostrare le caratteristiche di un Alpha. «L'Alpha a cui era unito si è procurato l'aiuto necessario? O era troppo ferito nell'orgoglio per fare la scelta giusta per il proprio Omega?»

Lo sguardo di Vale si spostò lentamente verso Jason.

Urho si accigliò. «Non ne sono sicuro. Forse non poteva permettersi un surrogato. I surrogati Alpha decenti possono essere costosi. Comunque, il contratto è stato sciolto, o lo sarà presto, e nessuno può farci niente.»

«E riguardo al suo calore imminente? Quello per cui Zim se n'è andato?» chiese Jason. «Non c'è qualcuno che possa aiutarlo? Proprio nessuno?»

«Pare di no.»

«È una bugia. Ci *sono* Alpha ovunque e molti sono vedovi oppure non sono impegnati in un contratto.» Fissò Urho. «Ce n'è uno proprio a questo tavolo.»

Urho lo fissò a sua volta. «Stai forse suggerendo…?»

«Sì, lo sto *suggerendo*.»

Con la coda dell'occhio Jason vide Vale chinarsi in avanti, il mento non rasato appoggiato su una mano elegante e un sorriso compiaciuto sulle labbra.

«La nostra società ha determinate aspettative,» farfugliò Urho. «Ci sono protocolli che forniscono precise istruzioni per situazioni come…»

«Certo, il protocollo per quando un Alpha è troppo tirchio o egocentrico per aiutare un Omega in calore è lasciar soffrire l'Omega. Mi sento di affermare che gli Alpha liberi da contratti delle zone più squallide della città sono uomini migliori di quelli che seguono un protocollo così crudele. Loro almeno prestano attenzione alle necessità di un Omega.»

«Per il loro tornaconto!» esclamò Urho. «Non puoi davvero sostenere che quei luridi Alpha, che si azzuffano per accoppiarsi con Omega disperati, siano eroi. Lo fanno per il proprio piacere. Per scopare, venire e dare il loro nodo.»

«E gli Omega perché lo fanno?» lo sfidò Jason. «Quali scelte hanno? Soffrire e aspettare che passi? O pagare un surrogato un occhio della testa?» Piegò il capo, il veleno che gli scorreva nelle vene. Mentre ribadiva il concetto, in quella specie di limbo dove l'alpha-tranquillante lo teneva distaccato dalle proprie emozioni, c'era lo spazio per una piccola danza della vittoria. «Zim poteva permettersi di assumere un surrogato per il fratello con il salario che gli davi? L'hai detto tu stesso, i migliori costano cari. E qual è la condizione economica del resto della famiglia? A me sembra che amino moltissimo questo fratello. Sono certo che avrebbero assunto qualunque surrogato decente si fosse offerto.»

«Ora stai dicendo che dovrei trovare un surrogato al ragazzo? Che la sua sofferenza e la sua reputazione distrutta sono colpa mia? Assurdo. Vale, lo stai ascoltando?»

Vale però si limitò a sorridere ancora di più, con gli occhi che ardevano luminosi.

«Se hai intenzione di avere dei domestici, dovresti perlomeno sapere cosa succede nelle loro vite e aiutarli in caso di bisogno.» Jason annuì con decisione.

«Parli da ragazzo che non ha domestici,» borbottò Urho.

«Credo intendessi dire come un ragazzo con una coscienza,» lo corresse Yosef.

«E i soldi per supportarla,» aggiunse Rosen.

Zephyr balzò all'improvviso in grembo a Jason, facendo le fusa e girando su se stessa, le unghie che pizzicavano i suoi bei calzoni. Poi si accoccolò e iniziò a pulirsi le zampe. Jason la fissò attonito.

«Ehi.» Le accarezzò la schiena e lei smise di leccarsi, gli lanciò uno sguardo infastidito finché lui non tolse la mano, poi riprese a pulirsi.

«Vi state sbagliando tutti. Jason parla come un ragazzo che ha conquistato l'ammirazione di qualcuno tra i presenti,» disse Vale. «E forse non solo di qualcuno.» Le sue labbra si arricciarono in un sorriso malizioso. «*Io*, comunque, sono impressionato.»

Urho sbuffò. «Lo credo bene, viste le tue idee liberali.»

«Alcuni di noi vogliono costruire un mondo migliore, amico mio,» ribatté Vale, ma il termine affettuoso nascondeva una frecciatina. «Purtroppo, tu sei troppo all'antica e rigido per capire.»

«All'antica,» ripeté Urho, trafiggendo un boccone d'anatra con la forchetta. Jason non era certo del perché quello, tra i due, fosse l'insulto peggiore. Personalmente, avrebbe preferito essere all'antica piuttosto che rigido.

Zephyr fece le fusa e si sistemò meglio sul suo grembo, rinunciando alle sue pulizie. Jason fece scorrere una mano sulla sua schiena e lei lo lasciò fare. Il suo cuore saltò dalla gioia.

Lo sguardo di Urho cadde su Zephyr e si incupì. Dopo un lungo momento, annuì. «Va bene. Te lo farò vedere io, l'antiquato.» Si drizzò sulla sedia. «Mi occuperò del calore del ragazzo.»

Jason sbatté le palpebre attonito e il sorriso di Vale quasi lo accecò. Rosen gli fece l'occhiolino, annuendo.

Yosef applaudì, come se pensasse di trovarsi a cena in un locale di cabaret, ed esclamò: «Complimenti. Splendido duello. Raramente ho visto cedere Urho così alla svelta.»

Vale arrossì e sorrise a Jason. «Anch'io.»

«A volte perfino uno stronzo antiquato capisce quando è stato battuto.» Urho scrollò le spalle. «E per quanto mi costi ammetterlo, forse il ragazzo ha ragione. Sarebbe piuttosto semplice per me occuparmi del calore del fratello di Zim, persino piacevole.

Ammesso che accettino la mia offerta e non si scopra che il ragazzo sia estremamente ripugnante. In questo modo il mio giardiniere tornerà al lavoro e le rose di Riki saranno di nuovo dove ho bisogno che stiano.»

Jason accarezzò Zephyr sulla testa e lungo la schiena. Lei fece le fusa, un peso caldo e peloso sulle sue ginocchia.

Nel corso della discussione con Urho aveva toccato a malapena la sua cena, così riprese a mangiare, stupito che il cibo fosse ancora caldo.

Zephyr cercò di rubargli l'anatra dalla forchetta, strappandogli una risata. «Hai fame?»

«Ha mangiato in abbondanza,» rispose Vale, scacciando il gatto. «Via, sciò! Giù le zampe, Zephyr. Lui è mio.»

Il cuore di Jason si contrasse e poi si gonfiò, il sangue gli corse nelle vene con un ruggito vertiginoso, ma Zephyr non si mosse di un millimetro. Jason le offrì un boccone di anatra e lei lo mangiò come se stesse morendo di fame, prima di accomodarsi di nuovo sul suo grembo. Le sue zampe gli artigliavano le cosce stavano rovinando la lana dei suoi pantaloni, ma a lui non importava.

«A Zephyr Jason piace,» affermò Yosef con una risata sorpresa. «Beh, direi che possiamo archiviare il suo voto decisivo e passare a un argomento meno controverso. Come il tempo, o i progetti per le vacanze invernali.» Vale incrociò lo sguardo di Jason e mantenne il contatto, mentre Yosef proseguiva: «Rosen e io stiamo considerando l'idea del mare. Qualcuno ci è mai andato durante le vacanze invernali? Consigli su cosa mettere in valigia?»

«JASON, RESTA ANCORA un po', se non ti dispiace.»

Urho si bloccò nell'atto di infilarsi il cappotto e lanciò a Vale uno sguardo tagliente. «Ti sembra saggio?»

Rosen e Yosef se ne erano andati in taxi un quarto d'ora prima, carichi dei piatti da portata, delle posate e del pentolame che Rosen aveva usato. O Vale non ne possedeva di propri, oppure ciò che aveva non soddisfaceva i requisiti di Rosen. In ogni caso, una volta caricate le borse con l'attrezzatura da cucina, nel taxi non era rimasto spazio per Urho.

Jason si appoggiò all'indietro contro il muro, ruotando le scapole per non incurvare le spalle, ma cercando di mantenere comunque una posa sciolta e rilassata. Naturalmente era una mossa calcolata, lui voleva che Vale si sentisse al sicuro ed era certo che se avesse mostrato il suo fastidio, sarebbe stato spedito fuori al freddo insieme a Urho. L'effetto del sedativo stava svanendo ed erano giorni che non sentiva la tensione dell'imprinting così forte.

Vale guardò verso di lui e sorrise con quel calore segreto che Jason aveva visto nei suoi occhi sin da quando, a cena, si era imposto con l'altro Alpha. «Il tuo taxi ti sta aspettando, Urho.»

L'uomo inarcò un sopracciglio scuro e contrasse la mascella decisa. «Sono stato incaricato di riportarlo sano e salvo dai suoi genitori.»

«I suoi genitori non ti hanno mai chiesto una cosa simile.»

«No, l'hai fatto tu.»

«E ora ho cambiato idea. Dimmi pure che sono un Omega volubile.»

Urho sgranò gli occhi e Jason quasi si sentì dispiaciuto per lui, ma poi ricordò che quel tipo aveva infilato l'uccello nel delizioso culo di Vale, e tornò a odiarlo. Si rifiutò di darlo a vedere, però. Vale aveva bisogno che lui dimostrasse di essere un adulto, qualcuno che andasse d'accordo con i suoi amici, e Jason era deciso a diventare quel tipo di persona. Indubbiamente la gelosia era insita nella natura di un Alpha, ma la sua mente razionale era troppo forte per permettere ai propri istinti primordiali di prendere il sopravvento.

«Non dimenticare il cappello,» gli ricordò Vale con un sorrisetto, nel calcare sulla testa di Urho un berretto nero dall'aria pretenziosa. Il suo amico non era ancora stato perdonato per i commenti espressi durante la cena. Vale l'avrebbe fatto penare per quello e Jason approvava la sua scelta.

«Faresti meglio a ripensarci, Vale. Questo non è uno scherzo e...»

«Non è un tuo problema, a meno che non sia io a renderlo tale.» Vale inclinò il capo, il collo pallido che riluceva nel fioco chiarore delle lampade dell'ingresso. Jason avrebbe voluto leccarlo. «A presto, Urho. Grazie per essere venuto a cena.»

«Grazie per avermi invitato,» mormorò Urho con il volto tormentato e il tono teso.

Jason si sforzò di mantenere la sua espressione neutra. Combatté l'impulso di sogghignare, soddisfatto e beffardo. Urho poteva pensarla in maniera diversa, ma non toccava a lui decidere. Jason sarebbe rimasto e avrebbe parlato con Vale da solo. Ne aveva il diritto, in quanto suo Alpha. Aveva il diritto di stare con lui e di toccarlo...

No.

Non aveva intenzione di lasciare che i suoi pensieri prendessero quella direzione. Era forte e intelligente e i suoi istinti non erano niente a confronto del sorriso che Vale gli rivolse mentre la porta si chiudeva alle spalle di Urho che, riluttante, se ne andava.

«Nevica,» mormorò Vale.

«Davvero?»

«Fiocchi grandi e grossi.» Le ciglia di Vale si abbassarono sui suoi zigomi per poi sollevarsi lentamente, un piccolo accenno di seduzione nello sguardo.

Jason represse il bisogno di allontanarsi dal muro, afferrare Vale e baciare la sua splendida bocca voluttuosa.

«Sta attaccando?» chiese roco.

Vale scostò la lunga tenda sottile che impediva la vista dalla stretta finestra accanto alla porta. «Al momento solo sul prato, ma immagino che le strade siano troppo calde, forse se continuerà a nevicare tutta la notte potrebbe attaccare.» Si voltò verso Jason, le labbra leggermente dischiuse. «Ti piace andare sullo slittino?»

«Certo. Di solito, quando c'è abbastanza neve, il mio amico Xan e io andiamo sulla collina dietro l'ufficio postale. C'è la discesa migliore.»

«Conosco il posto,» rispose Vale, avvicinandosi a poco a poco, con cautela, quasi come se ciascun movimento gli provocasse un ripensamento. «Se ci sarà abbastanza neve, mi ci porterai?»

«Vorresti andarci?»

A Vale brillarono gli occhi. «Ammetto di essere un po' vecchio per lo slittino, ma...»

«La tua caviglia è a posto? Prima era gonfia e non vorrei che peggiorasse.»

«È a posto.» Caricò il peso sul piede. «Vedi? Va molto meglio.»

«Sei sicuro?»

«Lo sono.»

«In questo caso, certo che puoi venire con me!» concluse Jason, in un tono che suonò troppo entusiasta persino alle sue orecchie. Il suo viso diventò ancora più rosso.

Ma questa volta mostrare le sue emozioni non fu un errore, perché il sorriso di Vale si allargò, le piccole rughe vicino ai suoi occhi si fecero più profonde e il cuore di Jason batté all'impazzata. Sacro Lupo, era impossibile che sopravvivesse alla gioia, all'*assoluta beatitudine* di compiacere Vale.

«Fantastico! Mi piacerebbe tanto, vediamo com'è il tempo domani mattina.»

«Speriamo ci sia un mucchio di neve.»

Vale fece un gran sorriso, piegando il capo come a volersi nascondere. «Anch'io. Sono secoli che non vado sullo slittino.»

«Ti aiuterò io. È come andare in bicicletta, non ti dimentichi come si fa. E per me sarà davvero un piacere portarti fuori.»

Il respiro di Vale accelerò mentre compiva gli ultimi passi verso Jason e si fermava a portata del suo tocco. «Sei stato... stasera a tavola...» Lo guardò negli occhi. Nella luce fioca delle lampade, le sue iridi sembravano di un verde più scuro. «Mi hai reso fiero di te.»

Sacro Lupo! Se avesse continuato così, Vale lo avrebbe ucciso. Jason provò una gioia incommensurabile, incontenibile, il suo cuore cominciò a battere così forte e veloce da fargli venire le vertigini e dovette aggrapparsi al muro dietro di sé per impedirsi di allungare una mano. Sapeva che Vale avrebbe voluto decidere da solo quando essere toccato o posseduto.

Non posseduto. Dimentica la parola possedere, Jason!

«Voglio che tu sia sempre fiero di me,» sussurrò, le labbra tremanti e le ginocchia deboli.

«Sei così sincero.» Vale allungò una mano verso di lui, fermando le dita proprio accanto alla sua guancia, e a Jason occorse tutto il suo autocontrollo per non chinarsi di quel centimetro necessario a sentire il suo tocco.

«Sei così bello,» sospirò Jason.

«Anche tu.»

Jason fu travolto dal *desiderio*. Un desiderio disperato. Ma si costrinse comunque a far uscire le parole dalla sua bocca: «Dovrei andare.»

Lo strazio nel suo petto faceva male quasi quanto la gioia, ma non poteva rischiare. Era stato così bravo. Quei momenti con Vale erano una prova, lo sapeva, e si rifiutava di fallire. Avrebbe dimostrato a Vale di essere in grado di controllarsi, di essere al comando e di poter prendersi cura di entrambi.

Così Vale l'avrebbe invitato di nuovo, magari senza la presenza degli amici a coprirgli le spalle.

«Sì,» convenne Vale, avvicinandosi ancora di più. «Probabilmente dovresti.» Il calore del suo corpo raggiunse Jason come una carezza e il suo uccello sussultò. Sapeva che, se avesse abbassato lo sguardo, avrebbe visto il rigonfiamento sul davanti dei suoi pantaloni. La distanza tra loro era minima e c'erano solo pochi millimetri tra il suo corpo e il fianco di Vale.

«Ti chiamerò domani mattina, se la neve attacca,» disse Jason, chiudendo gli occhi e scivolando di lato, cercando di sfuggire alla tentazione.

La mano di Vale sulla sua gli diede una scossa di piacere che non avrebbe potuto prevedere.

Rimase senza fiato, sospirò di piacere e quasi venne nei pantaloni. Si arrestò, immobile, cercando di riprendersi dalla forza dell'istinto che lo stava travolgendo.

Rivendicalo come tuo. Adesso.

«Dovrei andare,» gracchiò.

«Sì,» ripeté Vale, ma non lasciò andare le sue dita.

E fu allora che lo sentì, il dolce aroma pungente dell'eccitazione di Vale. Lo avvolse completamente. Gemette, il suo autocontrollo quasi al limite. Si premette le dita di Vale sulle labbra, le baciò con avidità, tentato dalla loro fredda, solida eleganza. Alla fine si costrinse a staccarsi, allontanando Vale con una pressione decisa sulle spalle quando quello parve cercare istintivamente di seguirlo.

«Buonanotte. Grazie di avermi invitato,» mormorò con voce colma di eccitazione. Spalancò la porta d'ingresso. «Ti chiamerò in mattinata se la neve attacca.»

Si precipitò giù dalle scale del portico, fuori sul marciapiede e lungo la strada che portava alla zona della città dove abitava. Sentiva la voce di Vale dietro di sé e il suo istinto di Alpha lo implorava di fermarsi, di ascoltare, ma sapeva che, se l'avesse fatto, sarebbe tornato indietro, avrebbe divorato la bocca di Vale, afferrato il suo sedere morbido e si sarebbe strusciato sul suo corpo fino a venire nei pantaloni.

Poi avrebbe usato il suo seme per bagnare il dolce ingresso di Vale e...

Non doveva pensarci.

CAPITOLO 14

VALE SORSEGGIÒ IL suo tè, osservando attraverso la finestra del suo studio il giardino ricoperto di foglie bagnate. La neve della notte precedente non aveva attaccato affatto. La luce rosata di metà mattina non recava alcuna traccia dei meravigliosi, grossi fiocchi che avevano danzato gioiosi nell'aria. Il cielo era limpido e sembrava che alla fine ci sarebbe stata una giornata di sole. Era strano sentirsi infastidito da qualcosa che normalmente avrebbe apprezzato, come il bel tempo.

Il telefono muto era un'ulteriore fonte di irritazione.

Gli lanciò un'occhiataccia, come se l'apparecchio fosse responsabile del fatto che Jason non stesse chiamando. Zephyr era appollaiata sulla scrivania con le zampe spalancate, e si stava leccando il sedere in modo davvero maleducato.

Vale alzò gli occhi al cielo. «Bestia senza vergogna,» borbottò, «mi piace che mi si lecchi il buco del culo come a qualunque Omega, ma anche se *riuscissi* a farlo da solo, non lo sbatterei in faccia al mondo intero.»

Lei lo ignorò, continuando a leccarsi con maggiore concentrazione.

Vale sospirò e si voltò di nuovo verso la finestra, la tazza calda tra le mani fredde.

La sera precedente c'era mancato poco, con Jason. Non sapeva cosa gli fosse preso, ma se il ragazzo non fosse scappato in quel modo, Vale era certo che sarebbe finito a quattro zampe, pronto per essere montato dal suo Alpha

Quando aveva chiesto a Jason di rimanere, in parte l'aveva fatto per gratificarlo e mostrargli il suo apprezzamento nel vederlo all'altezza della situazione nello scontro con Urho, ma aveva anche avuto intenzione di indagare con discrezione sulla faccenda di Miner e dei farmaci abortivi.

Non era certo di cosa sperasse di scoprire, ma con i feromoni a mille e l'alpha-tranquillante di Jason che stava esaurendo il suo effetto, le cose gli erano sfuggite di mano al punto che non era stato in grado di pensare con lucidità. Per fortuna Jason si era dileguato nella notte, dimenticando il cappotto e la ricetta per lo sformato di granchio che Vale aveva copiato per lui con cura.

Non sapeva se e quando avrebbe avuto un'altra occasione. Il giorno seguente avrebbe dovuto affrontare le trattative senza sapere se Jason fosse a conoscenza della presunta condotta criminale dei suoi genitori o, nel caso lo sapesse, cosa ne pensasse. Dato il suo passato, per lui l'opinione di Jason sull'argomento era piuttosto importante.

Preparò il fuoco nel camino, riflettendo sulle sue opzioni mentre accendeva il fiammifero. Quando le fiamme iniziarono a crepitare, si rialzò e scosse via alcuni frammenti di corteccia dai pantaloni e dalla morbida camicia rosa a maniche lunghe indossata quella mattina. Immaginò che avrebbe finito per passare in rassegna un'altra pila di vecchie riviste, o forse avrebbe terminato il romanzo iniziato il giorno precedente. Entrambe le possibilità gli apparivano poco invitanti, specie considerato che sarebbe potuto tornare a essere bambino insieme a Jason, andando a divertirsi con lo slittino. Il suono del campanello fu un sollievo.

Appoggiò la tazza di tè sulla scrivania, lanciò a Zephyr uno sguardo severo e l'ammonì: «Non buttarla giù. Ci siamo capiti?»

Lei miagolò e gli voltò la schiena.

Convinto si trattasse della consegna di un pacco o della posta, Vale aprì la porta e restò senza fiato. «Ehi!»

«Ciao,» lo salutò Jason con un sorriso sfacciato.

Vale inarcò un sopracciglio, lo stomaco che gli schizzava in gola come un uccello in volo. «Pensavo che avessi intenzione di telefonarmi questa mattina,» lo rimproverò. «Non di presentarti alla mia porta.»

«Ti avrei chiamato se *avesse nevicato*,» rispose il ragazzo un po' troppo compiaciuto. Indossava un paio di calzoni dall'aspetto ruvido, una camicia pesante a maniche lunghe, e aveva in mano una pala.

Sul prato dietro di lui, tre uomini con un abbigliamento simile stavano portando altri attrezzi da giardinaggio. Sulla strada alle loro spalle c'era un furgone con una scritta sulla fiancata: *"Giardini Rigogliosi – Beta a noleggio"*.

Jason si tolse una ciocca di capelli biondi dagli occhi. «Non ha nevicato.»

«No, infatti.»

«Dovremo rimandare la discesa con lo slittino, ma il freddo della scorsa notte mi ha fatto riflettere e se voglio sistemare il tuo giardino, devo iniziare prima che il terreno geli. Mox, Jim e Roe, i Beta a cui si rivolgono i miei genitori, hanno accettato di venire con me e cominciare oggi, sempre che tu sia d'accordo. Abbiamo parecchio lavoro da fare. Se non ricordo male, il posto è una specie di selva.»

Vale lo osservò, sbattendo le palpebre alla luce chiara che scintillava attraverso gli alberi. I suoi occhi blu splendevano come il mare nel pieno dell'estate e le sue guance erano arrossate dal freddo. «Lo sanno i tuoi genitori che sei qui?»

«Certo, mi hanno dato una dose aggiuntiva di alpha-tranquillante, non preoccuparti,» sogghignò il ragazzo.

Vale avvampò mentre un'ondata di calore lo travolgeva e l'eccitazione gli lubrificava il buco.

Le narici di Jason fremettero e i suoi occhi scintillarono

pericolosamente. «Oh.»

Vale gemette, si passò una mano sulla barba e disse: «Aspetta un minuto.» Gli chiuse la porta in faccia e inspirò a fondo, poi espirò cercando di calmare le proprie pulsazioni. Stupidi feromoni. Dannazione! Era un uomo adulto!

Si voltò verso l'attaccapanni accanto alla porta, afferrò il cappotto di Jason e lo annusò a lungo, godendosi le tracce di grafite, terra e qualcosa di speziato che non riuscì a identificare. Aprì di nuovo la porta. «Hai dimenticato questo, ieri sera.»

Jason prese il cappotto dalle sue mani, lo annusò a sua volta e sorrise. «Ora profuma come la tua casa. E come te.»

«A dire il vero, pensavo che avesse il tuo odore.»

Jason lo guardò con un'intensità tale da far colare altro liquido dalla sua apertura. «E ti piace?»

Vale gemette di nuovo e lanciò uno sguardo sopra la spalla di Jason, verso i giardinieri Beta che chiacchieravano tranquillamente nel cortile. «Sì.» A quell'ammissione, il suo corpo lo tradì di nuovo. Il suo uccello si indurì e il suo buco si bagnò ancora di più. Avrebbe dovuto cambiare la biancheria.

Jason contrasse la mascella e appoggiò la pala al muro. Passandogli di nuovo il cappotto attraverso la soglia, disse: «Allora, tienilo. Oggi non ne avrò bisogno. Avrò caldo a sufficienza, una volta iniziato a lavorare.»

Vale lo prese senza discutere e rabbrividì quando il profumo del ragazzo tornò ad avvolgerlo.

Jason lanciò un'occhiata alle proprie spalle, verso gli uomini che aveva portato con sé. «Potrei mandarli via. Riesco a sentire dal tuo odore come ti stai aprendo per me e, se me lo permettessi, potrei fare qualcosa in proposito.» Con un gesto indicò il punto dove il suo uccello duro deformava la parte anteriore dei calzoni da lavoro.

«I protocolli,» gracchiò Vale, con il cazzo che pulsava e i capezzoli che sfregavano contro il tessuto della camicia, risvegliati da ben altro che il freddo dell'aria esterna.

«A chi importa? Secondo gli standard culturali siamo già un errore. Tu vuoi sentirmi. Io voglio sentirti.» Fece un passo avanti, le pupille dilatate e la bocca dischiusa come se avesse intenzione di chinarsi per un bacio.

«Fermati,» mugolò Vale. Strinse gli occhi per riprendere una parvenza di controllo. «Mi hai detto che ti hanno somministrato una dose aggiuntiva di alpha-tranquillante.»

«L'hanno fatto. Ma forse dovrebbero dare a *te* qualcosa per calmarti, perché se sei così bagnato è a causa mia. Non dovresti soffrire, quando io so ciò che voglio.» Tuttavia esitò, proprio sulla soglia. «La scelta è tua.»

«Moccioso insolente.»

Gli occhi di Jason scintillarono. «Dovrei sculacciarti per questo.»

Le ginocchia di Vale vacillarono e lui chiuse la porta, lasciando solo uno spiraglio. «Va bene, puoi dare una ripulita al mio giardino,» dichiarò attraverso la fessura, cercando di recuperare un po' di dignità, quando non desiderava altro che trascinare Jason in casa, gettarsi sul pavimento, calarsi i pantaloni e venire sculacciato e poi scopato, fino a perdere la testa.

«Se ne sei sicuro,» rispose il ragazzo con un luccichio nello sguardo.

«Lo sono,» ribadì Vale con il cuore che correva a mille.

Sacro Lupo, Jason era così giovane e inesperto, probabilmente le sue erano solo chiacchiere. Se Vale l'avesse lasciato entrare in casa, non avrebbe saputo cosa fare. Non avrebbe saputo da che parte cominciare con una bella sculacciata, né con la successiva scopata. Giusto? *Giusto?*

Doveva crederci o sarebbe impazzito.

Jason annuì e soffiò per allontanarsi una ciocca di capelli biondi dagli occhi, ma quella non fece che ricadergli di nuovo sullo zigomo. «Saremo sul retro. Probabilmente ci vorrà quasi tutto il giorno.»

«Allora vi farò trovare il pranzo pronto per mezzogiorno.»

Jason inclinò la testa con fare dubbioso. «Ne sei davvero *capace*?»

«Non credere a tutto quello che ti raccontano i miei amici. Sono perfettamente in grado di preparare dei panini per quattro uomini.» Il suo cazzo pulsava a ritmo con il suo cuore, mentre lottava contro l'istinto di spalancare la porta e trascinare dentro Jason.

«In tal caso, non vedo l'ora che sia mezzogiorno,» rispose Jason sistemandosi l'uccello in modo che desse meno nell'occhio e voltandosi verso gli uomini alle sue spalle. «Da questa parte, c'è parecchio lavoro da fare. Ah, Mox, mi daresti la tua opinione su cosa piantare? Naturalmente, prima di fare qualsiasi acquisto, ne parleremo con Vale.»

«Sarò in casa tutto il giorno,» annunciò l'Omega con un filo di voce, prima di chiudere la porta, bloccare la serratura e affondare il volto nel cappotto di Jason. Cadde in ginocchio, lottò per aprirsi i pantaloni e si afferrò l'uccello dolorante. Con gli occhi serrati, e nella mente l'intenso sguardo blu di Jason, si ficcò la mano in bocca per soffocare i gemiti. Spinse con i fianchi, mentre il suo corpo si contorceva e lui dipingeva lunghe linee bianche sul consunto pavimento di legno scuro.

Una volta finito, si alzò con passo malfermo, appese di nuovo il cappotto di Jason all'attaccapanni e agguantò un fazzoletto dalla tasca di una delle sue giacche per ripulire il disastro che aveva combinato. Si diresse al piano di sopra per fare una doccia, con il cuore che ancora batteva all'impazzata e il buco fremente e bagnato. A dispetto dell'annebbiamento post orgasmico non era completamente sereno. La sua lussuria si era a malapena placata.

L'imprinting negli Alpha poteva essere istantaneo e violento, ma la conseguente reazione degli Omega non era certo da sottovalutare. Il suo corpo bramava Jason e non gli avrebbe permesso di dimenticarlo. Per ritornare in sé, dovette procurarsi un altro orgasmo nella doccia, utilizzando il dildo extra-large che cavalcava durante i suoi calori, quando Urho aveva bisogno di riposo.

IL RESTO DELLA mattinata fu abbastanza tranquillo.

Vale bighellonò nel suo studio, sciolto e rilassato, passando in rassegna alcune pile di riviste. Poi si sistemò sul divano a leggere, avvolto in una coperta. Zephyr dormiva sulle sue gambe e lui dava le spalle al fuoco, così da potersi godere, dalle finestre aperte, la vista di Jason e dei Beta che lavoravano spediti.

Sorseggiò del tè, lesse qualche pagina, sonnecchiò un poco e sognò le dita di Jason dentro di sé, svegliandosi di nuovo eccitato. Gemette voltandosi su un fianco, scacciò Zephyr e prese lenti respiri profondi finché la sua erezione non scemò.

Una volta ripreso il controllo, sentì quattro voci levarsi in un canto, le parole trasportate sino a lui dalla brezza. Incuriosito, si alzò e si stiracchiò, attraversando la stanza per guardare meglio. Come aveva immaginato, Jason stava cantando insieme ai tre Beta, la sua voce un dolce, morbido baritono che intonava una canzone d'amore del Vecchio Mondo dedicata a una femmina umana di nome Roxanne.

Vale sorrise con affetto e si appoggiò al davanzale per guardare il punto dove gli operai avevano già ripulito, ricavandone quasi un intero carico di detriti. Lo spazio stava già prendendo forma, tornando ad assomigliare al vecchio giardino di suo padre. Sul retro era anche stata riportata alla luce la vecchia statua del Lupo Morente.

La canzone parlava della bellissima Roxanne, che vendeva il proprio corpo nonostante il suo amante cercasse di farle capire che insieme potevano avere una vita diversa. Ascoltandola, Vale si chiese come fosse stata la vita delle donne del Vecchio Mondo. Si era posto spesso quella domanda, da quando era un ragazzino e, per la prima volta, aveva capito cosa significasse essere un Omega.

Le donne avevano patito le stesse sofferenze degli Omega? Sapeva che non erano soggette ai calori, ma dovevano affrontare mestruazioni mensili che indicavano la fine della fertilità per un certo periodo, invece che l'inizio. Per il resto non conosceva altro sulle loro vite.

Morivano di parto? Anche loro erano tenute a sottomettersi al loro Alpha e a condizionare le loro vite in funzione dei suoi capricci? La divinità che le aveva create, il Sacro Lupo o qualunque altra fosse esistita prima, aveva preteso quello da loro?

Probabilmente no, ma non c'era modo di averne la certezza. I reperti del Vecchio Mondo erano incompleti nel migliore dei casi e poco chiari nel peggiore.

Quando la canzone terminò, l'uomo che Jason aveva chiamato Mox ne cominciò una nuova. Vale la riconobbe per averla sentita interpretare a teatro diversi mesi prima. Aveva assistito allo spettacolo insieme a Urho, poi erano tornati a casa a fare l'amore.

Aveva sempre apprezzato l'intensa e premurosa serietà che Urho mostrava a letto. Avrebbe dovuto sentirne la mancanza, e forse alla fine sarebbe accaduto, ma per il momento voleva qualcosa di completamente diverso. Voleva Jason. Un ragazzo di cui non conosceva nemmeno l'esistenza, quando aveva sentito quella canzone l'ultima volta. Era difficile credere che fosse trascorsa solo una settimana da quando la sua vita era stata sconvolta da cima a fondo.

Jason si voltò, colse il suo sguardo e si avvicinò alla finestra. «Ti piacciono le calle? Mox dice che può prenderle a un buon prezzo da un fornitore al quartiere Calitan.» Jason si passò una mano sporca sulla fronte sudata, scrutando Vale dalla finestra con un sorriso. «Non che il prezzo abbia importanza, non te ne devi preoccupare.»

«A dire il vero mi piacciono molto. Pater le aveva, anni fa. Sono morte qualche anno dopo la sua scomparsa.» Vale scrollò le spalle in un gesto malinconico. «Ho trascurato tutto in maniera imperdonabile.»

«Deve essere stato doloroso venire qua fuori e pensare a lui. È normale che tu non ce l'abbia fatta,» lo consolò Jason con gentilezza.

«Fa più male vedere come ho mandato tutto in rovina in questi ultimi anni. Ho paura di essere piuttosto pigro, oh Alpha, mio Alpha. Se non insegno o non scrivo, sono praticamente inutile. Non so cosa te ne farai di me.»

Il sorriso di Jason si fece malizioso. «Beh, ho in mente molte da cose da fare con te.»

Vale fece schioccare la lingua, mentre il sangue affluiva verso il suo cazzo facendolo indurire. «Non adesso.»

Dopo aver lanciato una rapida occhiata alle sue spalle, Jason si appoggiò al davanzale e disse in tono scherzoso: «Prima mi sei sembrato piuttosto eccitato all'idea di una sculacciata. Credi che ti renderebbe meno pigro?» I suoi occhi scintillarono. «Una sculacciata al giorno leva la polvere di torno.»

Vale sentì il suo buco lubrificarsi per l'eccitazione e fu felice che la brezza soffiasse verso l'interno della stanza anziché verso l'esterno. Ma ciò gli permise di cogliere l'odore del sudore di Jason, così si ritrovò ancora più bagnato e con l'uccello ancora più duro. Stupido uccello, possibile non ne avesse mai abbastanza? «Ho la sensazione che una sculacciata sarebbe inutile come incoraggiamento per i lavori di casa.»

«Perché?»

«Come ti ho detto, sono un tipo che si lascia influenzare molto dal sesso. La sculacciata porterebbe a una scopata, il che porterebbe a un orgasmo, che a sua volta mi renderebbe molto stanco e più che felice di non fare altro che starmene sdraiato a leggere e a sonnecchiare, mentre aspetto la mia prossima sculacciata.» Sentì i capezzoli formicolare e dovette rimanere immobile per impedirsi di dimenare il culo. Si morse l'interno della guancia per mantenere il controllo.

Jason inarcò un sopracciglio. «Buono a sapersi. Credo che mi piacerà vivere con te.»

A quelle parole, Vale quasi si strozzò con la sua stessa saliva.

«Smettila di fare il cascamorto con il tuo Omega e torna a lavorare,» chiamò Mox dal punto in cui stava tagliando con l'accetta una fitta macchia di rampicanti incolti. L'uomo lanciò a Jason un'occhiataccia attraverso una massa di capelli scuri e sporchi. «Se vuoi che il giardino sia ripulito entro oggi pomeriggio, mi serve tutto l'aiuto possibile.»

«Sto solo negoziando il pranzo,» lo informò Jason.

«Noi mangeremo qui fuori. Giusto, ragazzi?»

Gli altri due Beta annuirono senza nemmeno alzare lo sguardo mentre tagliavano, facevano a pezzi e gettavano in enormi carriole i rami spezzati, i cespugli morti e le erbacce infestanti.

«Io mangerò dentro,» rispose Jason voltandosi a guardare Mox. «Poi vi raggiungerò.» Le sue lunghe dita strinsero il davanzale.

Vale chiuse gli occhi, colpito da un altro ricordo del suo sogno. Il Jason del sogno sapeva ciò che faceva, colpiva la sua prostata con ogni torsione delle dita e stimolava le sue ghiandole omega come un esperto, ma il vero Jason non poteva essere così esperto, giusto? Chissà se era mai stato almeno con un Beta. Sacro Lupo, stava impazzendo.

Mox sbuffò, ma si limitò a rispondere: «Immagino che se non finiremo oggi, ci pagherai un altro giorno di lavoro. Sai che ti dico? Fai come vuoi. I soldi sono tuoi.»

Jason si girò di nuovo verso Vale e lo stuzzicò: «Devo scavalcare oppure…»

«Vieni alla porta della cucina tra quindici minuti,» ribatté Vale, indicando con il pollice il lato della casa. «Ci saranno tramezzini per tutti.»

Per fortuna, Rosen gli aveva lasciato un po' di avanzi e alcune provviste come pane, uova e latte. Se non avesse avuto gli amici a prendersi cura di lui, non sapeva che fine avrebbe fatto. Di sicuro, sarebbe morto di fame.

Il pane integrale era morbido e facile da tagliare per preparare i tramezzini, che spalmò con un po' di maionese e una spruzzata di senape. Le fette di anatra avanzata avevano un bell'aspetto disposte sul pane e il verde degli spinaci dava un tocco salutista all'insieme. Frugò nella credenza fino a trovare il pacchetto di ananas disidratato che conservava in caso di un'improvvisa voglia di dolce e ne mise due fette su ogni piatto.

Aveva appena finito, quando sentì Jason bussare alla porta sul retro.

«Entra,» lo invitò, prendendo in mano tre piatti e passandoli agli operai. I tre Beta li portarono in cortile con un borbottio di ringraziamento.

«Non hanno bisogno di qualcosa da bere?» chiese Vale, seguendoli con lo sguardo, mentre Jason strattonava gli scarponi da lavoro sporchi, per sfilarli prima di entrare in cucina.

«Hanno i loro thermos.» Jason sbuffò nel togliersi il secondo stivale. Si rialzò con un gran sorriso e chiuse la porta dietro di sé.

La casa aveva un'atmosfera tranquilla. La consapevolezza di essere *soli* si fece intensa. Vale prese un gran respiro, i suoi polmoni formicolarono e la sensazione di avere le farfalle nello stomaco si intensificò, mentre Jason lo fissava con gli occhi quasi nascosti dal ciuffo di capelli biondi.

«Dovrei lavarmi le mani,» disse, ma la frase suonò in qualche modo come una proposta sensuale. Audace e colma di desiderio.

Vale fece un passo indietro e indicò il lavandino. «Ho fatto dei tramezzini anche per noi.» Erano disposti nei piatti sul tavolo, insieme a due bicchieri di acqua fresca, in attesa che si sedessero.

Jason si lavò le mani con cura, senza dire nulla, poi si chinò sul lavandino della cucina spruzzandosi l'acqua sul volto sudato. Lo stomaco di Vale fece una capriola per la corrente sotterranea che vibrava tra loro. Rimase immobile, in attesa.

Jason si asciugò il viso con un canovaccio che Vale aveva lasciato sul bancone, poi si voltò verso di lui. «Vieni qui.»

«Perché?» sentì una stretta allo stomaco, mentre il suo uccello si induriva.

«Fallo e basta.»

Vale deglutì e avanzò di un passo, con il cuore in gola e la pelle percorsa dai brividi.

Quando fu abbastanza vicino, Jason gli prese il mento con delicatezza. La stanza diventò allo stesso tempo troppo piccola e troppo grande, così come il suo corpo. Voleva scappare, alzarsi in punta di piedi e appropriarsi delle labbra piene di Jason o forse sciogliersi sul pavimento della cucina in una pozza fremente di eccitazione. Quasi non gli importava quale delle tre alternative si sarebbe realizzata, purché succedesse *qualcosa*.

«Sto per baciarti,» annunciò Jason, calmo e sicuro. «Ti crea problemi?»

Dov'era finito il suo cucciolo di Alpha insicuro?

«No.»

«No, non ti crea problemi, oppure…»

«Non mi crea problemi.»

Aveva trentacinque anni e aveva baciato molti uomini, ma niente l'aveva preparato alla dolcezza delle labbra di Jason sulle sue. Morbido e umido, deciso ma rispettoso, Vale percepì il bacio fin nella punta dei piedi, nel cazzo, nello stomaco e nel suo cuore che si sciolse, colmo di sofferenza e passione. Il suo buco si lubrificò e Jason ringhiò in risposta al profumo della sua eccitazione. Con le ginocchia che tremavano, avvolse le braccia al collo del suo Alpha e si aggrappò per assaporarlo. Ancora e ancora.

Quando si staccò, Jason appoggiò la fronte alla sua, ansimando piano, il cazzo duro che premeva deciso contro il suo stomaco. «Basta così, per adesso.» La sua bocca era gonfia e umida e il mento arrossato per via dello sfregamento con la barba di Vale.

Vale fremeva di desiderio. La sua mente continuava a ripetersi un'unica, sorprendente domanda: dove aveva imparato il suo giovane e incantevole Alpha a baciare così?

Il petto di Jason era scosso dai battiti del suo cuore, facendo eco al pulsare interiore di Vale.

«Hai un sapore così buono,» sussurrò Jason, lo sguardo rapito dalla bocca di Vale. «Troppo buono.»

Vale gemette, si aggrappò alla sua camicia e lo spinse contro il bancone, assalendo di nuovo la sua bocca. Jason lo lasciò fare e presero a muoversi l'uno contro l'altro, duri e impazienti. Jason tremò e gemette, afferrò Vale per la nuca, lo tirò più vicino e lo baciò fino a fargli cedere le ginocchia.

Tenendolo con un braccio attorno alla vita, Jason si scostò dalla sua bocca. «Hai un profumo così buono. Bagnato e aperto per me. Così semplice. Così pronto.»

«Sono sempre pronto, per te,» rispose Vale come se fosse stato programmato per rispondere in quel modo.

Come un'ammissione involontaria. Obbligata. *Vera.*

«Sì,» sibilò Jason.

Vale sentì il buco fremere. «Ho bisogno di te.»

Le dita di Jason gli strinsero con forza la nuca e lui serrò forte gli occhi. «Aspetta, fermati.»

Il cuore di Vale prese a martellare. Il suo cucciolo di Alpha voleva tirarsi indietro proprio a quel punto? Lo aveva provocato, per poi rifiutarsi di riempire il suo buco, aperto e disperato, con il suo enorme uccello affamato?

Un attimo... enorme uccello affamato? Per il Sacro Lupo, ma

cosa andava a *pensare*? Ormai era del tutto andato.

«Dobbiamo prendere una decisione. Una intelligente,» ringhiò Jason.

Vale sollevò i fianchi contro quelli di Jason, il cazzo dolorante e il buco bagnato. Era l'unica cosa che poteva fare per non implorare l'Alpha di scoparlo, subito. «Non riesco a pensare quando posso ancora sentire il sapore della tua saliva,» sussurrò Vale, leccandosi le labbra per raccoglierne ogni minima traccia.

«Cazzo,» esclamò Jason, guardandolo a occhi sgranati.

«Ma non dovremmo...» Non riusciva neanche a protestare in modo credibile. *Ecco* il motivo per cui si supponeva che non dovessero rimanere da soli.

«Girati,» comandò Jason, facendolo voltare verso il bancone mentre pronunciava le parole.

Fu brusco e veloce. Jason si incollò alla schiena di Vale e gli baciò il collo, le orecchie, strofinando l'inguine avvolto nei pantaloni da lavoro contro i suoi pantaloni leggeri e premendo contro il suo sedere.

Vale si inarcò all'indietro contro di lui, avido e pronto a qualunque cosa Jason volesse fare. «Sì,» gemette. «Ti prego.»

Jason ringhiò e spinse l'uccello duro contro il suo culo. Gli baciò il collo, riversando su di lui una dolcissima cascata di brividi. Poi imprecò piano e si strappò via da lui.

«No,» piagnucolò Vale, lanciando uno sguardo desolato sopra la sua spalla. «Torna qui.»

Jason scosse la testa. Aveva gli occhi vitrei, ansimava e il suo corpo era scosso dai tremiti, ma si tenne a distanza. «Mangiamo.»

Vale rimase appoggiato al bancone, il cazzo che pulsava con forza lungo la gamba dei pantaloni. «Cosa?»

«Mettiamoci a mangiare,» ripeté Jason in tono roco. Il suo sguardo era rivolto verso il prato sul lato della casa, fuori dalla finestra e il più lontano possibile da quello di Vale. «Finiremo in un momento più opportuno.»

Vale si girò lentamente e lo fissò incredulo. «Sei fuori di testa? O sei solo uno stronzo?»

Jason rise. «Sto cercando di dimostrarti qualcosa, e cioè che posso controllarmi. Me lo stai rendendo difficile ma suppongo che, se questa è una prova, la supererò, anche se per il rotto della cuffia.»

Vale sbatté le palpebre, completamente stordito dalla lussuria. Rimase in silenzio, mentre Jason si sistemava l'uccello e si spostava con cautela per andare a sedersi al tavolo della cucina. Gli ci volle un bel po' prima di superare la sorpresa e raggiungerlo, quando ci riuscì, Jason aveva ancora gli occhi annebbiati dal desiderio, ma sorrideva fiducioso.

«Quindi adesso mangiamo e basta?» sibilò Vale.

«Sì.» Jason prese il suo tramezzino e gli diede un morso.

«Sei serio?»

Jason annuì, masticò e deglutì. «Ehi, è buono! Rosen non ha reso giustizia alle tue abilità nel preparare panini.»

Ignorando la provocazione, lui continuò: «Prima volevi entrare in casa e saltarmi addosso e ora che sono disponibile, ti fermi e basta?»

«Prima volevo portarti nella tua stanza e fare le cose per bene,» rispose Jason con tranquillità, sebbene il rossore si fosse diffuso sul suo collo.

Vale digrignò i denti.

«È un bene che abbia assunto una dose aggiuntiva di alpha-tranquillante prima di venire qui, no?» Jason inarcò un sopracciglio. «Altrimenti avrei di certo fallito la prova.»

«Non era una prova.» Vale si alzò, il corpo teso come una corda di violino per la frustrazione. «Non ti farei mai una cosa simile.»

Jason annuì, circospetto. «Lo so. O meglio, so che non lo avresti mai fatto di proposito o con premeditazione, ma in seguito ci avresti pensato e ti saresti chiesto se potevi stare con un Alpha che ti aveva preso per la prima volta in cucina, senza la dovuta attenzione e preparazione. E senza seguire i protocolli.»

«Non me ne frega un cazzo dei protocolli!» ribatté Vale, afferrando con forza il bordo del tavolo. «Non sono il tipo di uomo che ti potrebbe chiedere di seguirli.»

Jason appoggiò il tramezzino sul piatto per prestargli la sua completa attenzione. «Non è vero, ti importa dei protocolli. Hai insistito dall'inizio perché li rispettassimo.»

«Perché ero spaventato,» ammise. Il legno scavò a fondo nei suoi palmi. «Non ti conoscevo.»

«E ora mi conosci?» Jason lo guardò curioso.

Non aveva tutti i torti.

Jason cercò di sorridere. «Penso che lei sia preda del delirio da feromoni, professor Aman.»

Vale lo guardò storto.

«Mangia il tuo pranzo,» lo sollecitò Jason, spingendo verso di lui il piatto che non aveva ancora toccato. «Devi conservare le forze per tutto quel leggere e sonnecchiare che ti resta ancora da fare oggi.»

Vale sbuffò, ma non prese il tramezzino. «Torno subito.»

«Dove stai andando?»

Vale si alzò e indicò la lavanderia. Il suo intimo era di nuovo zuppo e non aveva intenzione di pranzare con quella fastidiosa e scivolosa sensazione di umidità a costante promemoria di come il suo Alpha l'avesse stuzzicato per poi lasciarlo a bocca asciutta. «Devo cambiarmi.»

«Adoro quando ti bagni per me,» commentò Jason con gli occhi socchiusi. «Mi piace sapere che ti ecciti a causa mia.»

«Ti piacerebbe.» Vale digrignò i denti e andò a cambiarsi.

Si prese qualche minuto per darsi una sistemata e riprendersi, ma quando tornò al tavolo e afferrò il suo tramezzino, le sue mani tremavano ancora.

Fino a quando Jason avrebbe avuto quell'effetto su di lui? Il suo corpo si sarebbe dato una calmata se si fosse arreso ai suoi desideri, se avessero siglato il contratto e consumato l'unione? Quanto ci sarebbe voluto prima che riuscissero a rilassarsi e ad avere reazioni più normali?

«Allora, cosa mi racconti?» chiese Jason come se non si fosse comportato come il più grande provocatore della storia dell'umanità solo cinque minuti prima.

Con i nervi ancora a fior di pelle, Vale masticò il boccone del tramezzino e scrollò le spalle. «Non molto. Penso di averti detto che ho visto Rosen, l'altro giorno. Sta lavorando a un nuovo dipinto.»

«Ah, sì. È un artista-cuoco-filosofo, giusto? Se la cava? Nella parte dell'artista, intendo.»

«Secondo me, sì, ma in fatto di arte, ognuno ha i propri gusti, ovviamente.»

Jason si infilò in bocca alcune foglie di spinaci cadute dal tramezzino. «Preferisco l'arte astratta a quella figurativa. Lui di quale genere si occupa?»

«Un po' di entrambi.» Vale non aveva fame di cibo. Mise da parte il suo tramezzino. «Cosa ti attira nell'arte astratta?»

Jason piegò la testa e rifletté qualche istante. «Hai intenzione di mangiarlo, quello?»

Vale scosse la testa.

«Ti dispiace se...»

Il suo Alpha stava ancora crescendo e aveva lavorato all'aria aperta, ovvio che avesse fame. «Serviti pure.»

Jason prese un grosso morso del proprio tramezzino, poi si mise nel piatto anche il suo. Il suo mento era ancora arrossato per la barba di qualche giorno di Vale. «Suppongo di essere più affascinato dall'arte astratta rispetto a quella figurativa perché passo un sacco di tempo a guardare in un microscopio, sia all'università per i miei studi, che a casa per divertimento. Qualche volta fingo che ciò che sto osservando sia un'opera d'arte. Provo a immaginare come sarebbe ricreare l'immagine in altri modi. Qualche volta ci provo. Non mi definirei un artista, ma a volte disegno. Di solito ciò che osservo al microscopio è un gran caos, ma un caos interessante. Ed è proprio questo che scorgo nell'arte astratta, lo stesso che intravedo sotto il vetrino del mio microscopio. La creazione del mondo, hai presente?»

A un certo punto, durante quel breve discorso, Jason gli era sembrato così adorabile che Vale decise di perdonarlo per aver insistito nell'osservare i protocolli, dopo non averli seguiti *proprio per niente*. Forse fu la sua sincerità o il modo in cui i suoi occhi brillavano quando parlava del suo microscopio. Così rispose: «È da molto che non guardo in un microscopio. In effetti, non lo faccio da quando mi sono laureato alla Mont Juror, tanti anni fa.»

Gli occhi di Jason si illuminarono come il sole riflesso sul mare. «Beh, allora dovrò mostrarti i miei vetrini preferiti al più presto. Ti piaceranno, lo so.»

Sì, era il modo in cui risplendeva. Era quello il motivo per cui l'aveva perdonato. Quello e la consapevolezza, anche sotto l'effetto della lussuria, che Jason avesse ragione. Se l'avesse preso sul bancone, più tardi Vale l'avrebbe giudicato molto male. Era abbastanza stronzo da fare una cosa del genere e, chissà come, il ragazzo l'aveva già capito.

«Forse, se ti mostrassi i miei vetrini preferiti, scriveresti una poesia su ciò che hai visto?» Jason deglutì a fatica. «O forse no, va bene lo stesso, ma vorrei mostrarteli, se ti fa piacere.»

«Ne sarei felice. E forse scriverò una poesia: *ode a jason e all'arte della scienza*. Tutte lettere minuscole, ovvio.»

«Ovvio.» Sul viso di Jason spuntò un gran sorriso. «Scriveresti una poesia per me? Davvero?»

«Sono sicuro che finirò per scrivere una poesia su di te, un giorno o l'altro,» rispose inclinando la testa, sorpreso di quanto Jason lo desiderasse. «Mi sembra impossibile condividere un'esperienza simile e non scrivere nulla al riguardo.»

«Bene.» Jason annuì con decisione. «Non importa ciò che dice Father, tu ignoralo. Non sarà nel contratto, te lo prometto.»

Vale sentì il sangue gelarsi nelle vene e venne colto da un dubbio. «Non importa cosa dice tuo padre in merito a *cosa*, di preciso?»

«Beh, alla poesia. Non vuole che tu componga versi, soprattutto su di me. Io sì, però. Voglio che tu scriva un sacco di poesie su di me. Le poesie migliori che tu abbia mai scritto.»

Le narici di Jason fremettero e il ragazzo scoccò a Vale uno sguardo bollente e possessivo. «Perciò, sentiti libero di usarmi come fonte di ispirazione. Prima le scriverai e meglio sarà. Non mi importa del loro contenuto, non devi lusingarmi. Possono anche essere tremende, ma l'importante è che siano il più reali possibile.»

Vale soffocò una risata. «Jason, per l'inferno del Lupo, cosa dovrei farne di te?»

«Non lo so, scoprilo. Magari in una poesia.» Jason sorrise di nuovo, masticando felice un anello di ananas disidratato. «Quando posso portare il mio microscopio per mostrarti alcuni vetrini?»

«Potresti farmeli vedere la prossima volta che verrò a casa tua. Non sarebbe più semplice?»

Jason arricciò il naso e distolse lo sguardo.

«Cosa c'è?»

«Suppongo di poterlo portare di sotto, nella veranda o nello studio di Father. Sarebbe più semplice che trasportarlo per tutta la città. Però...» Scrollò le spalle. «Non lo so.»

Vale osservò la cascata di capelli di Jason e il rossore sul suo collo. «Cos'è che ti preoccupa?»

Di nuovo, Jason rispose con un'alzata di spalle. «Non è importante.»

Vale incrociò le braccia sul petto e lo fissò con uno sguardo che lo fece crollare in un attimo.

«D'accordo. È una sciocchezza. Potrei portare il microscopio al piano di sotto, ma ci sarebbero i miei genitori e non saremmo soli. Se lo portassi qui, potremmo guardarlo insieme, senza altre persone intorno. Preferisco quando siamo soli. Tu no?»

Tranne quando lo provocava e poi lo lasciava a bocca asciutta, sì, anche lui lo preferiva. «Potrei salire nella tua stanza. Se ai tuoi genitori non dispiace, ovviamente. Potremmo lasciare la porta aperta, così si sentirebbero più tranquilli e...»

Jason sbuffò. «Lasci la porta aperta, quando sei nella stanza di Urho?»

Lui si morse l'interno del labbro per un attimo, nel notare le spalle curve del ragazzo e il lampo di imbarazzo nei suoi occhi. «Cosa c'entra Urho con il tuo microscopio?» chiese con gentilezza.

«Niente.» Jason morse con ferocia ciò che restava del tramezzino di Vale, poi, con un pesante sospiro, gettò l'ultimo boccone sul piatto e lo allontanò. «La mia camera è quella di un bambino. Non voglio che tu la veda. Penseresti che non possa essere il tuo Alpha.»

«Per quel che importa, non sono mai stato nella stanza di Urho,» rispose Vale. «Non nella sua casa qui in città, almeno. Da ciò che ho capito, la tiene esattamente com'era quando il suo Omega era vivo.»

«Il suo Omega?»

«Riki. Non l'ho mai conosciuto. Urho era disperatamente innamorato di lui, erano *Érosgápe*.»

Le spalle di Jason si rilassarono un poco. «Però lui è stato nella tua stanza.»

«Sei geloso di Urho?»

«Sì, ma non darò di matto. E non fare finta di esserne sorpreso, perché lo sapevi già.»

Vale sorrise. «Sì.»

«È che non voglio che tu mi veda come un ragazzino. Entrare nella mia stanza non farebbe che peggiorare le cose.»

«Forse sono io che la voglio vedere.» Vale allungò la mano e afferrò le dita di Jason, percependone la forza mentre le intrecciava alle sue. «Ascolta, nulla ci renderà coetanei o avvicinerà le nostre età. Se non hai fatto grossi cambiamenti alla tua camera, significa che ancora ti comunica qualcosa e io vorrei vederla, proprio così com'è. Sei il mio Alpha e, se concluderò il contratto di unione con te, non ha senso fingere che tu non abbia diciannove anni e che tu non sia esattamente quello che sei e che sei stato.» Gli strinse le dita. «Perché nemmeno io posso fingere di non essere quello che sono e che sono stato.»

Vale sentì un nodo allo stomaco. Non sapeva quanto potesse confessare a Jason di quello che gli era accaduto durante il secondo calore di ritorno, ma non era nemmeno sicuro, in coscienza, di poter firmare il contratto nascondendogli un simile segreto. Prima di rivelare la sua storia, doveva sapere cosa pensasse Jason della condizione del Pater e di altre situazioni simili, ma come poteva chiedere senza scoprirsi troppo?

«Ci penserò.» Jason strinse la mano di Vale in risposta.

Lui chiuse gli occhi e raccolse tutto il suo coraggio. Le sue mani erano umide di sudore, così liberò le dita e si appoggiò allo schienale della sedia. «Visto che abbiamo deciso di essere sinceri tra di noi, c'è una cosa che ho sentito l'altro giorno che mi preoccupa.»

«Cosa?» chiese Jason aggrottando la fronte.

«È solo che... beh, diciamo che per vie traverse è giunto al mio orecchio che forse mi stai nascondendo qualcosa.»

Jason deglutì e chiuse gli occhi. «Davvero?»

«Sì, e ho bisogno che tu sia onesto con me, Jason. Affinché le trattative per il contratto possano giungere a una buona conclusione dobbiamo metterci a nudo l'uno con l'altro. Un collega mi ha detto che girano voci...»

Le labbra del ragazzo tremarono leggermente e lui piegò la testa, così che i capelli biondi gli caddero davanti agli occhi. «Si tratta di

Xan? Un professore tuo amico sospetta qualcosa? Di noi?» Jason deglutì nervosamente.

Colto alla sprovvista, Vale lo guardò attonito. «Xan? Il tuo amico della biblioteca?»

«Già.» Jason divenne scuro in volto. «Te l'ha detto lui? O qualcuno ha tirato a indovinare…» Si passò la mano tra i capelli, lasciandoli arruffati. «Qualunque cosa tu abbia sentito, non devi preoccuparti. Non accadrà mai più, te lo prometto.»

Il cervello di Vale si inceppò nel tentativo di seguire il corso delle parole di Jason. Non aveva idea di cosa stesse parlando, ma decise di venirne a capo e scoprirlo. «D'accordo, ma dovrai darmi delle spiegazioni.»

«Era solo un gioco!» La sincerità del giovane Alpha traspariva dal suo volto. «Per me, almeno. Penso che per Xan significasse molto di più. Credo che abbia sviluppato dei sentimenti nei miei confronti.» Si schiarì la gola. «Anzi, ne sono certo, il che è sbagliato sotto tutti i punti di vista, ma il Sacro Libro del Lupo non lascia spazio a quelli come lui. Sembra una cosa piuttosto crudele, non credi?»

Vale lo fissò, mentre nella sua mente andava formandosi un sospetto.

«Non ha scelto lui di sentirsi così. Non è ciò che vuole davvero essere! Non so come tu l'abbia scoperto, ma ti prego, non giudicarmi per questo.» Si strofinò una mano sulla bocca, lo sguardo che sfuggiva quello di Vale. «Era solo un gioco. Nessuno avrebbe mai dovuto saperlo. Te l'ha detto Xan? So che è geloso, ma pensavo che avesse accettato la cosa.» Mosse la mano tra loro in un gesto eloquente. «Noi.»

«Xan non mi ha detto nulla. Non l'ho mai incontrato, né gli ho parlato.»

«Ah, grazie al Lupo,» sussurrò Jason. «Sarebbe un pazzo a raccontarlo in giro, so che è sconvolto, ma non ha istinti suicidi. Non vorrebbe mai che si scoprisse che è un *invertito*.» Jason chiuse la bocca di scatto, gli occhi ancora più sgranati. «No! Non è quello che volevo dire. Non è un *invertito*. È solo… diverso.»

Vale bevve un sorso d'acqua per bagnarsi la bocca che all'improvviso si era seccata, mentre la piena comprensione si faceva strada nella sua mente. «Vediamo se ho capito bene. Mi stai dicendo che facevi sesso con il tuo migliore amico, che penetravi un altro Alpha?»

Jason si accigliò, i lineamenti distorti dalla confusione. «Ma lo sapevi già. hai appena detto…» Il rossore del suo viso si fece più intenso. «Ah. Non l'hai detto.»

«No. Devi esserti sentito in colpa e hai pensato che io mi stessi riferendo a quello,» concluse Vale.

«Già.» Jason batteva nervosamente con il piede sul pavimento, tremando in maniera vistosa, tanto che Vale temette che da un momento all'altro potesse cadere dalla sedia. Persino le sue labbra tremavano.

Esistevano diversi tabù sul sesso tra Alpha, ma Vale era consapevole che i ragazzi nell'età dello sviluppo, con gli ormoni a mille che influenzavano le loro azioni, avevano bisogno di sfogarsi. Era prevedibile che si concedessero delle scappatelle, lo facevano anche gli Omega alla Mont Juror.

«Non mi ero reso conto che la tua famiglia fosse così osservante del Libro Sacro, da farti sentire in colpa per esserti divertito un po' con il tuo amico. Ovviamente la cosa deve essere tenuta segreta, per il vostro bene, ma non ti giudicherò per questo.»

Jason piegò il capo. «Non è per quello che mi sento in colpa.»

«Allora qual è il motivo?»

«L'abbiamo fatto un'ultima volta. Dopo.» Incontrò lo sguardo di Vale con le labbra tese e le lacrime che adornavano le sue ciglia dorate. «Mi dispiace.»

Vale sbiancò e un dolore acuto, strano e inatteso, sembrò divorarlo. Perché gli importava? Si conoscevano a malapena ed era chiaro che Jason non avesse intenzione di andare avanti con l'altro ragazzo, allora perché si sentiva come se fosse appena stato pugnalato? Non aveva il diritto di provare quei sentimenti.

Fattene una ragione, dovrebbe prendere un surrogato, sussurrava una voce nella sua testa, mentre un'altra sibilava: *No, voglio che scelga me! Ti prego, scegli sempre me.*

Jason si alzò di scatto dal tavolo e lo aggirò per andare a inginocchiarsi ai piedi di Vale. «Mi dispiace. Ti prego, perdonami. Non lo farò mai più. Non ci sono scuse, ma è stata l'ultima volta e l'ho fatto per lui, perché ne aveva bisogno. Vorrei poter tornare indietro.»

Vale passò le dita tremanti tra i capelli di Jason, facendogli piegare la testa all'indietro. «Sss, zitto. Non devi aggiungere altro.»

«Potrai mai perdonarmi?»

Vale sorrise con dolcezza. Ah, dopotutto eccolo lì, il suo cucciolo di Alpha insicuro. «Se c'è una cosa che ho capito con il passare degli anni, è che non sono bravo a serbare rancore. Non ne sono particolarmente entusiasta, ma non siamo ancora uniti dal contratto, non ho alcun motivo legale per lamentarmi.»

«Da un punto di vista morale, però…» A Jason mancò la voce. «Non avrei dovuto farlo. Per tante ragioni.»

«Mi preoccupa di più il tuo amico.» Vale non riuscì a resistere alla tentazione di lasciar scorrere le dita sulle guance di Jason, trovando la pelle liscia e appena rasata.

Aveva già sentito parlare di Alpha adulti che apprezzavano il gusto proibito del sesso con altri Alpha. Venivano definiti *invertiti* e disprezzati dalla società, sbattuti in prigione se colti sul fatto e considerati moralmente degenerati. Non aveva mai condiviso quelle idee, ma non aveva mai conosciuto di persona un Alpha che ne desiderasse un altro.

Durante i suoi anni di insegnamento, c'era stato qualche raro caso di un Alpha *invertito* tra gli studenti, ma di solito, quando veniva scoperto, il ragazzo veniva fatto ritirare da scuola dai suoi genitori e portato a casa per un tentativo di cosiddetta *rieducazione*. Si supponeva che la vita in famiglia curasse il problema, così l'Alpha era costretto a contrarre un'unione con un Omega, in modo da poterlo ingravidare al più presto.

«È un tipo prudente? Credi che si metterà nei guai andando a cercare un altro Alpha, in futuro?» chiese Vale.

«Non lo so. Non penso,» sussurrò Jason con lo sguardo rivolto alle scarpe di Vale. «Lui sostiene che vorrebbe essere un Omega.» Un brivido lo scosse. «Non lo raccontare a nessuno, ti prego.»

«Certo che no,» promise Vale. «Non metterei mai in pericolo un tuo amico.»

Jason alzò lo sguardo, le ciglia bagnate. «Sono terrorizzato per lui.»

«Hai tutte le ragioni per esserlo.» Vale gli accarezzò di nuovo il viso con le dita, asciugando le lacrime prima che cadessero, e strofinò il pollice sul suo labbro inferiore. La tentazione di baciarlo di nuovo era forte e la combatté con tenacia.

Jason merita un Omega con cui potersi riprodurre. Smettila di farti questo. Smettila di farlo a lui. Smettila di desiderare che ti desideri. E smettila di mentire a te stesso, dicendoti che non ti odierà quando avrete sancito l'unione e tu non potrai assicurargli un erede.

Smettila, Vale. Smettila.

Ma il suo corpo non sentiva ragione. Vale avvolse le dita nei capelli di Jason, ringhiò e cedette.

Baciare Jason era una sensazione troppo dolce e giusta. Sentì il suo buco inumidirsi e gemette, implorando con il corpo mentre tirava Jason su di sé, finché il loro peso non fece ribaltare la sedia e caddero con violenza sul pavimento di legno.

Ciononostante, non smisero di baciarsi e il cazzo di Vale pulsò di rinnovato bisogno. Jason gli afferrò il sedere e si strusciarono uno addosso all'altro, baciandosi, gemendo e palpandosi frenetici.

Ricoperto di sudore, Vale sentì il ben noto formicolio che annunciava l'arrivo del suo orgasmo.

«Sì,» mugolò premendo più forte contro Jason. «Fammi venire, tesoro.»

Jason gli prese il mento e lo baciò a fondo, e lui si inarcò con l'uccello che si contraeva nei pantaloni. Gridò e venne con forza, mentre il suo ingresso continuava a lubrificarsi e a contrarsi in maniera spasmodica alla ricerca del grosso cazzo di Jason.

Scosso dagli spasmi, fu proiettato in quell'estasi travolgente che gli Omega raggiungevano dopo aver condiviso il primo orgasmo con un Alpha. Vale aveva bisogno di essere scopato e di venire ancora, ma questa volta voleva l'orgasmo frastornante e sconvolgente provocato dal martellamento dell'enorme uccello di un Alpha. Era una delle benedizioni dell'essere un Omega, avere orgasmi multipli e di diverso tipo.

Jason gemette e si rannicchiò contro di lui. «Cazzo!» Seppellì il viso nel suo collo e rimase immobile, mentre Vale ancora rabbrividiva vicino a lui.

Il suo respiro affannato gli faceva il solletico e Vale si dimenò. «Vieni per me,» implorò. «Dammi il tuo cazzo. Ti prego.»

Jason scosse il capo.

Vale mugolò e si premette contro il massiccio uccello dell'Alpha. «Portami di sopra, se ti fa stare meglio, ma per favore, Jason. Ho bisogno di averti dentro di me.»

La sua mente, quella che non stava nei pantaloni, ancora ammutolita dallo shock dell'orgasmo, vibrava di una vaga disapprovazione, della sensazione che non avrebbe dovuto supplicare Jason di prenderlo. Non ancora. Forse mai.

Jason si districò con delicatezza dalle braccia e dalle gambe di Vale e sedette sul pavimento accanto a lui, i calzoni tesi dall'enorme erezione. «No. Non dovremmo. Non adesso.»

Vale si mise quasi a urlare per la frustrazione, ma decise di allungare una mano e provare a trascinare di nuovo Jason in un bacio. Il ragazzo lo respinse gentilmente. «No, volevo solo farti venire. Vedere come sei in quel momento e subito dopo. Nel caso...» la sua voce si spense.

«Cosa?»

«Nel caso tu decidessi di non siglare il contratto con me,» sussurrò. «Perché so che non sei ancora sicuro di farlo.»

«E io non dovrei vedere come sei tu quando vieni?» Vale si leccò le labbra. «Magari è proprio ciò che mi convincerà a firmare il contratto.»

«Vuoi vedere?» La voce di Jason era roca.

«Più di ogni altra cosa.» In quel momento era sincero, ma con il trascorrere dei secondi, la testa di Vale, non quella sotto la cintura, iniziava a risvegliarsi. Il dubbio che quell'idea non fosse affatto saggia, sembrò rovinare la meravigliosa sensazione dell'orgasmo appena sperimentato.

Jason tenne fermo Vale con una mano dominante e possessiva sulla sua gola, si alzò sulle ginocchia e tirò fuori il cazzo.

Gli occhi di Vale si rovesciarono all'indietro quando vide la vena che attraversava il lungo e spesso uccello con la cappella scoperta. Si costrinse a concentrarsi su Jason che si masturbava proprio accanto al suo viso, tirò fuori la lingua, ma il ragazzo si allontanò.

«Guarda e basta,» sussurrò.

Lo sguardo fisso su Vale, Jason arrossì e le sue labbra si accesero di una tinta ancora più violenta per il piacere che si stava procurando. Vale desiderava unirsi a lui, slacciarsi i pantaloni rovinati e infilare la mano giù, oltre l'uccello ancora duro, per toccarsi il buco bagnato guardando Jason che si masturbava.

«Vieni per me,» sussurrò. «Fammi vedere come sei quando lo fai.»

Gli occhi di Jason assunsero un'espressione vulnerabile, quasi spaventata, mentre spingeva nella propria mano ancora e ancora.

«Vale,» mormorò, poi il suo viso si contrasse in una smorfia, i suoi fianchi sussultarono e bianchi getti di seme esplosero nell'aria, macchiando il pavimento, la sedia caduta a terra e la camicia e i calzoni di Vale. Una goccia finì sulla sua guancia, un'altra sulla sua fronte e Jason gemette, prese la mira e pompò un enorme schizzo dritto nella sua bocca aperta.

Le papille di Vale furono pervase da quel gusto facendolo contorcere sul pavimento, la mano di Jason sulla gola lo bloccava a terra e lui venne una seconda volta. Il sapore del suo Alpha lo travolse come un'ondata in piena, portandolo a un orgasmo di un'intensità mai provata prima. Tra brividi, sudore e tremori, inghiottì il seme di Jason e aprì la bocca per averne ancora.

Jason, però, aveva finito.

Ansimando e gemendo, collassò addosso a Vale e lo baciò con disperazione, prima di leccare il seme appiccicoso dalla sua fronte e dalla sua guancia e condividerlo con lui attraverso un altro bacio.

Vale se ne rimase sdraiato mollemente sul pavimento, permettendo a Jason di assaporarlo e di accarezzarlo attraverso i vestiti. Poi Jason si mise di nuovo seduto e si sistemò i pantaloni. «Questo non sarebbe dovuto accadere,» affermò con voce roca.

«No,» concordò Vale.

Una parte di lui dubitava ancora di poter raggiungere un accordo e firmare un contratto, c'erano troppi ostacoli sul loro cammino, ma Vale sapeva che non avrebbe mai rimpianto di aver assaggiato il seme del suo Alpha ed essere stato testimone del suo piacere.

All'inferno i protocolli. Che il suo cuore si spezzasse e la speranza divenisse disperazione. Non aveva importanza cosa gli avrebbe riservato il futuro, non avrebbe rimpianto quel momento.

Jason si alzò piano, tremante, e lo aiutò a rimettersi in piedi. «Dovremmo darci una ripulita. Ognuno per conto proprio o finiremo per ricominciare da capo.»

Con la testa che ancora girava, Vale annuì e indicò il bagno al piano terra, alla fine del corridoio subito oltre il suo studio. «Da quella parte. Io andrò di sopra, nella mia stanza.»

«Poi tornerò fuori a lavorare.» Jason deglutì a fatica. «Allora mi perdoni? Per quello che ho fatto con Xan?»

Vale assottigliò lo sguardo. «Tesoro, ecco una piccola lezione di vita per te: non menzionare vecchi amanti, quando quello attuale sta ancora tremando per gli orgasmi che avete condiviso.»

Jason piegò il capo e arrossì.

Nella sua stanza al piano superiore, mentre si lavava e cambiava per la terza volta da quando si era svegliato quella mattina, Vale si rese conto che ancora non aveva chiesto a Jason di Miner e dei farmaci abortivi. Come poteva prendere una decisione consapevole sull'opportunità o meno di affidare la propria sorte alla famiglia Sabel-Hoff, se non riusciva a tenere le mani lontane dal ragazzo? Quello era il motivo per cui esistevano i protocolli, perché si potessero prendere decisioni razionali prima che fosse troppo tardi.

In ginocchio nella doccia, con l'alpha-dildo ficcato nel culo ancora bisognoso, si chiese se avrebbe mai recuperato il proprio equilibrio.

Chiuse gli occhi e si accarezzò l'uccello, assaporando il gusto di Jason che indugiava nella sua bocca e ripensando al suo viso sconvolto dal piacere. Venne di nuovo, con un grido teso che riecheggiò sulle piastrelle.

Scivolò sul pavimento della vasca, con il dildo ancora dentro di sé, e lasciò che l'acqua gli battesse sulle gambe e sul cazzo duro.

«Sacro Lupo! Cinque orgasmi in un solo giorno,» sussurrò. «Neanche fossi in calore.»

Si morse il labbro inferiore al pensiero terribile che si formò nella sua mente.

La sera prima si era rimpinzato del cibo di Rosen, ma quel giorno non aveva mai avuto fame e, nonostante i numerosi orgasmi, aveva evitato il pranzo. Poi aveva implorato Jason di scoparlo, di dimenticare i protocolli e di riempirgli il culo col suo bellissimo uccello. Aveva desiderato che lo facesse, ancora e ancora, ma a rendere il tutto più sospetto era che fosse *ancora eccitato*.

Ma non poteva essere...

A parte i terribili calori di ritorno, non aveva mai avuto calori inattesi in vita sua. Scosse la testa con decisione. Si rifiutava, si rifiutava categoricamente anche solo di prendere in considerazione l'idea. Poteva dipendere tutto dall'aver trovato il suo *Érosgápe*.

Niente di più. Niente di meno.

Perché non era possibile che fosse costretto a cercare di negoziare un contratto con un calore incombente. L'universo non sarebbe stato tanto crudele. Oppure sì?

Non era solito pregare, ma chiuse gli occhi e sussurrò: «Non mi deludere. Se mi costringerai a sopportare una simile ingiustizia, non ti perdonerò mai.»

CAPITOLO 15

J ASON NON RIUSCIVA a restare fermo, seduto sulla sedia al lungo
tavolo della sala da pranzo, separato da Vale da poco più di un
metro di legno lucido, dal gruppo di avvocati e dalla presenza dei
suoi genitori. Aveva l'uccello mezzo duro, e si trovava in quelle
condizioni dal momento in cui Vale era entrato nella stanza, avvolto
dal profumo della sua essenza più intima e dell'olio da barba che
aveva iniziato a usare. Se quel giorno fosse andato tutto nel modo
giusto, avrebbe potuto consumare il legame con Vale quella stessa
notte. In quel caso, ringraziava il cielo di essere riuscito a non
andare oltre e aver insistito nell'aspettare.

Il giorno prima era tornato a lavorare in giardino insieme ai Beta
e avevano fatto grossi passi avanti, nonostante le loro continue prese
in giro su ciò che credevano fosse accaduto tra lui e Vale mentre
erano soli in casa. Non si erano sbagliati di molto. Se non fosse stato
per l'alpha-tranquillante, avrebbe scopato Vale allo sfinimento,
togliendogli il fiato a forza di baci, per poi rigirarlo e ricominciare
da capo.

Si agitò sulla sedia, osservando Vale e Yosef leggere i documenti
introduttivi che illustravano le questioni da affrontare quel giorno.
Vale sollevò lo sguardo su di lui, il suo viso avvampò sotto la barba e
gli occhi gli si incupirono dall'eccitazione, come se sapesse
esattamente a cosa stava pensando, poi scosse la testa e tornò a
concentrarsi sulle carte.

Jason si leccò le labbra. Voleva vedere il cazzo di Vale. Gli aveva
detto che era circonciso e lui voleva sapere che aspetto avesse. Se

solo si fossero dati una mossa, avrebbe avuto la possibilità di farlo nel giro di qualche ora. Perché non ci aveva pensato il giorno prima? Ne aveva avuto tutte le possibilità, che stupido che era stato!

Raddrizzò la schiena nel tentativo di concentrarsi, quando Bisme Freet, l'avvocato di Father, un Beta alto e magro con la testa pelata e gli occhiali, chiese se fossero tutti pronti e iniziò a leggere a voce alta un documento legale straordinariamente noioso. Jason sapeva già cosa diceva. La sera prima aveva insistito per controllare la proposta di contratto e non aveva trovato nulla che non andasse. Ogni parola era impressa nella sua mente.

Father chiedeva a Vale di permettere a Jason di consumare l'imprinting e di prendere il controllo delle sue proprietà, un gesto di cortesia, poiché dal punto di vista legale i suoi beni appartenevano a Jason dal momento dell'imprinting, oltre a impegnarsi a portare a termine con successo almeno una gravidanza. C'erano altri dettagli, come la questione della possibile vendita di alcuni beni, ma il resto del contratto riguardava ciò che la famiglia Sabel-Hoff avrebbe fatto per Vale.

A Jason si gonfiò il cuore al pensiero di tutto quello che aveva da offrire al suo Omega. Di sicuro, visto che ogni richiesta era ragionevole e l'attrazione tra loro forte e reciproca, Vale non l'avrebbe respinto.

Peccato che subito dopo le trattative iniziarono ad andare a rotoli. Nonostante sembrasse non poter fare a meno di restituire gli sguardi bollenti di Jason, Vale appariva fragile e distante, niente a che vedere con l'uomo caloroso e appassionato che era stato al telefono o che si era strusciato contro di lui sul pavimento della cucina il giorno precedente. Le sue spalle erano tese e la sua mascella si contraeva come se stesse digrignando i denti. Anche Yosef se ne accorse e prese ad accarezzargli la schiena e a sussurrargli all'orecchio, cosa che non fece che far irrigidire Vale ancora di più. Jason voleva dirgli di chiudere la bocca, che stava solo peggiorando la situazione, peccato che non avesse idea di cosa diavolo stesse accadendo.

E visto che gli Dei parevano proprio avercela con loro, anche Father iniziò a mostrare cenni di irritabilità e irrequietezza. A peggiorare le cose c'era anche Pater che non sembrava neanche se stesso. Tutti i presenti erano sulle spine e Jason non ne capiva il motivo. Dopo quello che avevano fatto lui e Vale il giorno prima, e le confidenze che si erano scambiati, si era concesso di sperare che le trattative si sarebbero rivelate una passeggiata.

Forse Vale aveva cambiato idea sulle sue scappatelle con Xan? Cercò di nuovo i suoi occhi, ma quando l'altro gli restituì lo sguardo, non vi colse rabbia o risentimento. Tuttavia, non mantenne il contatto visivo.

Jason desiderò poter interrompere l'incontro e prendersi un po' di tempo da solo con il suo Omega per scoprire quale fosse il problema, ma quello non avrebbe spiegato il nervosismo di Father e di Pater. Gli si strinse lo stomaco e la sua preoccupazione crebbe ancora di più.

Non appena Bisme ebbe finito di leggere tutto quel legalese, Father chiese: «Siete soddisfatti o dobbiamo sprecare altro tempo su questi punti?»

Negli occhi di Vale si accese una luce minacciosa. «Ho la sensazione che trovi sgradevole trattare con me.»

«Non è che sia sgradevole.» Father sospirò e scosse la testa. «I tuoi genitori dovrebbero essere qui, a parlare in tua vece.»

Sulle labbra di Vale comparve un sorriso malevolo. «I miei genitori sono morti da anni. Non sono un giovane Omega senza alcuna esperienza al di fuori della Mont Juror. Sono un adulto istruito, con una carriera e una certa disponibilità finanziaria. Merito di essere trattato con il rispetto che mostreresti a un uomo che consideri tuo pari.» Inclinò il capo. «Se non vuoi farlo, mi chiedo cosa ne pensi Miner.»

«Mi scuso se ti sono sembrato impaziente,» rispose Father, lanciando un'occhiata in direzione del suo Omega. «Ti prego di capire che non è una critica nei tuoi confronti né la mia opinione su di te.»

Vale si accigliò, ma rimase in silenzio. Jason sentì la fronte imperlarsi di sudore. Cosa stava succedendo? Niente sembrava avere senso. Perché Vale era così aggressivo con Father?

«La maggior parte dei termini del contratto sono accettabili. Tuttavia, il mio cliente richiede di cambiare la clausola relativa al portare a termine almeno una gravidanza,» intervenne Yosef rompendo il silenzio.

Bisme afferrò una penna per prendere appunti. «Vada avanti.»

«Il signor Aman *non* firmerà per nessuna gravidanza. Nessuna. Il numero deve essere ridotto a zero e ogni altra clausola relativa al parto di un neonato vivo deve essere rimossa.»

Father emise un basso ringhio e Bisme mise giù la penna senza aver scritto nulla. Pater si tastò il taschino della camicia alla ricerca del suo portasigarette d'argento e dei fiammiferi.

Jason si inumidì le labbra, aprì la bocca e fu interrotto prima di riuscire a pronunciare una sola parola.

«Lui è il nostro unico figlio e il contratto dovrà prevedere un neonato vivo.» Father picchiò l'indice sul tavolo, un lampo negli occhi blu.

Jason fece di nuovo per intervenire, ma fu subito bloccato dalla mano di Pater, sollevata nella sua direzione. Nemmeno Yosef riuscì a rispondere. Prima che chiunque potesse aggiungere altro, Vale sibilò: «Sì, è il vostro unico figlio. Vogliamo parlare del perché lo è?»

Pater distolse lo sguardo, socchiuse gli occhi ed emise un lungo getto di fumo dalle labbra, infine si affrettò a prendere un'altra boccata dalla sigaretta.

Father afferrò la sua mano libera e la strinse per dargli conforto, poi lanciò a Vale uno sguardo così malevolo da far rizzare i peli sul collo di Jason. Non voleva litigare con suo padre, ma se solo avesse osato offendere il suo Omega, gli avrebbe dimostrato quanto era cresciuto.

«C'erano problemi di salute,» mormorò, «e Miner ha messo al mondo un figlio, come richiedeva il suo contratto.»

«Sappiamo tutti perché Jason è l'ultimo della famiglia Sabel,» ribatté Vale, con la compassione che traspariva dal suo tono di voce, nonostante lo stretto autocontrollo che stava esercitando su se stesso. «Abbiamo visto i referti medici e conosciamo la storia, ma anche voi avete visionato le mie cartelle e sapete che per me è una questione di vita o di morte. Eppure, siete ugualmente disposti a rischiare la mia vita e quella del bambino. O magari entrambe?» chiese in tono sarcastico. «Vorrei poter dire di essere sorpreso, ma considerato ciò che so su di voi, non lo sono affatto.»

Jason sgranò gli occhi, chiedendosi da dove venisse l'astio di Vale nei confronti di Father. Di certo non poteva essere rimasto scioccato dalla clausola sulla nascita di un figlio, e Jason capiva perché l'avesse rifiutata, ma perché mostrare un tale *rancore*? Farsi beffe di Yule Sabel non avrebbe portato a nulla di buono.

«Credi di potermi parlare così?» rispose Father con voce bassa e minacciosa.

Jason strinse i pugni, il corpo teso, e allontanò un poco la sedia dal tavolo.

«Non hai diritto di parlarmi in questo modo,» continuò suo padre. «Ti renderai conto che questo contratto non è indispensabile. Possiamo pagarti una rendita finché campi, senza nemmeno accorgercene. Ti stiamo facendo un favore comportandoci come se questa unione potesse funzionare, ma un altro commento irrispettoso da parte tua e...»

«Basta, Yule.» Pater intervenne in tono pacato, mentre il fumo gli circondava il capo e saliva verso il soffitto. «Non dire un'altra parola.»

Father si voltò verso di lui con gli occhi spalancati per la sorpresa, e Pater sostenne il suo sguardo con fermezza.

Il rossore avvolse il collo di Father, che si schiarì la gola e guardò altrove.

A quel punto Pater si voltò verso Vale e parlò con calma, in tono deciso e rassicurante: «Comprendiamo la tua riluttanza ad accettare la clausola della gravidanza. Credimi, ne so qualcosa. Sono quasi morto nel dare alla luce Jason e ho perso ormai troppi figli per contarli. Se non fosse per Jason che ha bisogno di me, e perché so quanto Yule andrebbe alla deriva, forse avrei ceduto e sarei andato all'altro mondo anni fa.»

«Miner,» Father pronunciò il suo nome con una sfumatura di terrore nella voce, ma lui si limitò a posare la mano sulla sua e proseguì: «Perciò ti capisco. La gravidanza non è qualcosa su cui scherzare. È una cosa seria che può portarci alla morte, specie quando invecchiamo e abbiamo malformazioni o cicatrici, come nel tuo caso. Partorire il tuo primo figlio alla tua età sarebbe molto difficile e, viste le cicatrici, potrebbe risultare fatale. Non rischieremo la tua vita per la possibilità di avere un nipote, non quando ci sono altre possibilità.»

Father impallidì e digrignò i denti.

La parola "surrogato" incombeva nell'aria con tale chiarezza che Jason riusciva quasi a vederla. Ringhiò alla sola idea di poter prendere un Omega che non fosse Vale. Non avrebbe mai fecondato un altro uomo solo per portare avanti il nome della famiglia. Sarebbe morto, piuttosto che riprodursi con qualcuno per cui non sentiva quel trasporto.

Pater proseguì: «Naturalmente, se in futuro la tua situazione medica dovesse migliorare e deciderai che nostro figlio possa essere il compagno ideale con cui provarci tu stesso, saremmo onorati di avere un nipote dal tuo grembo.»

Father si sgonfiò nel vedere che Pater aveva preso la sua

decisione e si coprì il viso con una mano. Pater aspirò dalla sigaretta e soffiò fuori il fumo, prima di offrire a Vale un sorriso. «Toglieremo la clausola dal contratto.»

«Comunque non lo voglio, un figlio,» affermò Jason, sollevando il mento.

Non era del tutto vero, ma se Vale non voleva, o non poteva, darne alla luce uno, allora a Jason stava bene. I Beta vivevano senza avere figli e vivevano esistenze felici, meravigliose al punto da essere invidiabili. Anche se, l'idea che il corpo di Vale non si sarebbe mai ingrossato per via del loro bambino, gli faceva stringere la gola per tutte le lacrime che si era rifiutato di versare sin da quando si era confermato come Alpha. Ma non aveva importanza, tenere Vale al sicuro era più importante.

Si impose di sorridere. «Perciò va bene. Io e Vale siamo d'accordo.»

«Zitto, Jason,» disse Father gentilmente. «Ce ne occuperemo noi.»

«A dire il vero, mi piacerebbe conoscere la sua opinione,» ribatté Vale.

Il desiderio dell'approvazione di Vale si fece strada nel suo animo, quasi con rabbia. «È solo che... è più importante che tu sia al sicuro e in salute. Non ho bisogno di un figlio.»

«No? E chi erediterà quando tu non ci sarai più?» chiese Vale in tono provocatorio. «Saresti felice di vedere tutto ciò per cui ha lavorato la tua famiglia, tutto quello che ha costruito, andare in beneficenza alla nostra morte?»

Jason scrollò le spalle. «Non lo so, immagino di sì.»

«Immagini di sì?»

«Sei stato così triste dal momento in cui ci siamo seduti,» lo supplicò. «Se questo è il motivo per cui sei sconvolto, allora mettiamolo da parte. Non mi piace vederti così.»

Vale gli rivolse uno sguardo duro. «Hai diciannove anni. Di

certo non hai mai considerato la possibilità di non avere figli. Prima di prendere una decisione, dovresti riflettere su cosa significhi davvero. E su quali sarebbero le conseguenze per la tua famiglia.»

«Lo dici come se pensassi che dovrei prendere un surrogato!»

«Non è un'idea così terribile.»

Jason digrignò i denti. «Non voglio.»

«Tutti noi sappiamo ciò che vuoi,» mormorò Vale, premendosi gli occhi con dita tremanti.

Quello che *voleva* era firmare quel giorno stesso i documenti. Voleva Vale in ginocchio, come era giusto che fosse, a strusciare il viso contro la sua gamba, in segno di gratitudine per la vita comoda e felice che gli avrebbe regalato. Voleva che Vale fosse pieno di gioia.

«Non ti lascerò firmare un contratto che mette a rischio la tua vita.»

Vale sbuffò e Father scattò: «È il tuo Alpha, portagli rispetto.»

Vale gli scoccò un'occhiataccia, ma poi sussurrò: «Jason, con tutto il rispetto, ti meriti una famiglia.»

«*Tu* meriti un Alpha.»

Il volto pallido di Vale divenne ancora più bianco e lui chinò il capo. Yosef gli toccò la schiena, ma lui si irrigidì ancora di più, così l'avvocato si tirò indietro. «Non saprei.» Vale incontrò il suo sguardo con occhi tristi. «Ho vissuto senza per molto tempo.»

«L'imprinting è qualcosa di speciale,» lo interruppe Bisme. «Non è il genere di cosa che ci si possa scrollare di dosso. Il legame che potreste condividere, che *condividerete* se passerete più tempo insieme, che firmiate o meno il contratto, andrà ben oltre la vostra immaginazione.» Offrì loro un sorriso gentile. «Non è qualcosa da accantonare perché non siete sicuri di volerlo. È il dono più grande del Sacro Lupo. Non potete rifiutarlo.»

«Io lo voglio,» affermò Jason. «Voglio il legame, voglio il contratto e voglio te.» Avrebbe voluto dire altro a Vale, ma non poteva con i suoi genitori presenti. Non poteva dirgli che voleva vederlo venire di nuovo. Non poteva dirgli che era più importante avere la sottomissione di Vale dell'avere figli. Che la cosa di cui più aveva bisogno era la certezza che Vale *desiderasse* mettersi ai suoi piedi, che Vale lo bramasse quanto Jason bramava lui. Che vivesse per avere la possibilità di venire sul suo nodo, così come Jason viveva per la possibilità di darglielo.

«Sai davvero quello che vuoi, Jason?» chiese Vale. «Dici che è così, ma ne comprendi il prezzo?»

Jason deglutì a fatica, raccolse il coraggio e concentrò la sua attenzione su Vale e solo su di lui. «Io voglio te. Ti voglio così come sei e questa è l'unica cosa di cui mi importa. Non voglio le tue terre o la tua casa, non voglio obbligarti a darmi un figlio. Voglio te, in ginocchio, che mi supplichi di prenderti. Il resto di questo contratto può andare all'inferno.»

I suoi genitori aprirono la bocca contemporaneamente per parlare, ma Vale sollevò la mano, un sorriso divertito sul viso mentre lo osservava.

I suoi occhi si addolcirono mentre il suo viso si rischiarava in un tenero sorriso. Jason restò senza fiato. *Così bello.*

«Questo genere di incosciente entusiasmo giovanile è il motivo per cui i tuoi genitori sono qui. Per assicurarsi che tu non sia indotto dal...» La piccola pausa permise a Jason di completare il pensiero con la parola "cazzo", prima che Vale proseguisse: «Dal tuo *cuore puro* ad accettare un contratto che non sia soddisfacente.»

«Deciderò io cosa è soddisfacente,» ringhiò Jason. «Non tu. Non loro.»

Vale si agitò sulla sedia e le narici di Jason fremettero.

Quello che sentiva... Era forse... Vale si stava bagnando per lui? Lì? Nel mezzo della riunione? Era l'odore migliore al mondo, dolce e intenso, e proclamava che era riuscito a farsi desiderare dal suo Omega solo con le sue parole.

Ispirato dalla reazione di Vale, aggiunse un accento ruvido alla sua voce, come quello che usava quando giocava all'Alpha con Xan. «Sbagli a credere che non sappia ciò che voglio. Voglio te. Ti voglio a quattro zampe, pronto per me. Questo è tutto ciò che desidero.»

Si sentiva in imbarazzo a dire queste cose davanti ai suoi genitori, Yosef e Bisme, ma quando gli occhi di Vale si accesero di desiderio e il profumo della sua eccitazione si propagò ancora più intenso attraverso il tavolo, verso di lui, a Jason non importò più di chi stava ascoltando. Era profondamente certo di ciò che aveva detto.

«È un bene che i tuoi genitori siano qui per te,» ribadì Vale agitato, alzandosi dal tavolo. «Considerati l'imprinting, il potere di persuasione degli Omega e il delirio da feromoni, nessuno potrebbe davvero aspettarsi di sentirti dire qualcosa di diverso.»

Jason sapeva che avrebbe dovuto sentirsi infastidito dal fatto di non essere preso sul serio, ma l'idea di essere riuscito a far tremare la voce di Vale lo riempiva d'orgoglio.

«Scusatemi. Devo…» Vale fece un gesto in direzione della porta. «Torno subito.»

Vale era così bagnato da doversi dare una ripulita. Sacro Lupo, *sì.* Dovevano solo levare di mezzo quelle stupide procedure legali. Poi l'avrebbe reclamato come compagno e l'avrebbe scopato, e poi l'avrebbe scopato ancora, finché non fossero collassati entrambi, doloranti e appiccicosi.

Sì.

Ammirò la vista di Vale che attraversava la stanza, elegante e all'apparenza composto, anche se le sue dita tremavano e il profumo della sua eccitazione aleggiava nell'aria. Il suo sedere sodo si muoveva sotto i calzoni, muscoloso e invitante, e Jason si leccò le labbra. L'avrebbe assaggiato, alla fine. Avrebbe baciato ogni centimetro di quelle natiche meravigliose e poi avrebbe leccato il buco di Vale, fino a che avesse implorato di essere preso.

Stringendo i denti, Jason si chiese se fosse possibile anche per lui lasciare il tavolo per occuparsi della propria eccitazione. Vale non era l'unico a essere rimasto insoddisfatto. Sacro Lupo, perché non potevano farlo insieme? Prese un sorso dell'acqua fredda che aveva davanti a sé e cercò di recuperare il controllo.

Se avesse abbandonato il tavolo in quel momento, Vale probabilmente ne sarebbe rimasto deluso. Doveva fare attenzione a non apparire troppo immaturo, troppo impulsivo. Sapeva che stava rischiando di dare proprio quell'impressione. Forse l'aveva già fatto.

Incontrò gli occhi di Pater e vide che erano pieni di comprensione e di una punta di divertimento. Father, però, stava guardando Vale di traverso, come se l'imbarazzante problema dei suoi umori fosse una mossa per prendere tempo ed evitare di dover firmare il contratto o accettare la clausola sulla gravidanza.

«Se gli darete una possibilità, vi accorgerete che non è irragionevole,» affermò Yosef una volta che la porta si chiuse alle spalle di Vale. «Vuole contrarre l'unione con vostro figlio, ma è un uomo corretto. Sa quali sono i suoi limiti fisici e vi sta offrendo la possibilità di fare la scelta più sensata.» Yosef si accigliò. «Per essere onesti, ho cercato di convincerlo a non darvi questa opzione, ma Jason gli piace troppo e non vuole essere un fardello.»

Jason si incupì. «Stai dicendo che *vuole* davvero che io prenda un surrogato?»

Yosef lanciò uno sguardo a Bisme e scrollò le spalle. «Ci sono molti modi di volere qualcosa, Jason. Ci sono desideri e *desideri*, e qualche volta si contraddicono l'uno con l'altro. Lo capisci?»

In realtà, sì. Voleva un bambino, ma voleva Vale.

Le leggi della chiesa e dello Stato sulla riproduzione erano molto severe. Dal punto di vista biologico, un Alpha poteva riprodursi con qualunque Omega in calore. Il Sacro Libro del Lupo, tuttavia metteva in chiaro che agli occhi del Dio era necessario unirsi a un compagno, per contratto o per imprinting. Secondo la religione, quello aveva lo scopo di impedire gli abusi sugli Omega, che erano considerati il dono più grande che il Sacro Lupo aveva fatto al mondo.

Storicamente, però, le indicazioni del Sacro Libro del Lupo non erano state sempre seguite.

In passato, gli Alpha, avidi di potere e desiderosi di reintegrare la popolazione mondiale, avevano costretto gli Omega non reclamati come *Érosgápe* in una sorta di schiavitù riproduttiva. Alcuni tra i più benestanti avevano acquistato diversi Omega con cui figliare, nonostante avessero già il proprio *Érosgápe*.

Quegli Alpha costringevano gli Omega acquistati a riprodursi, nonostante il rischio della gravidanza, diffondendo i propri geni e facendosi vanto del numero di bambini prodotti. Di solito privilegiavano i figli dei loro *Érosgápe* per quanto riguardava l'eredità, lasciando quelli degli Omega schiavi in una situazione sociale e culturale di svantaggio, nonostante i sacrifici dei loro Pater.

Gli Omega si ribellarono a quel trattamento ingiusto, il Partito per la Supremazia del Lupo insorse e quello portò ad anni e anni di regime religioso. Tale regime ebbe l'effetto negativo di reprimere i progressi scientifici e tecnologici, ma mise fine all'uso degli schiavi da riproduzione. Le relazioni tra *Érosgápe* furono elevate al di sopra delle altre e lo Stato si trovò costretto a far rispecchiare tali valori nelle sue leggi.

Gli Omega rimanevano sotto il controllo degli Alpha, sia in caso di contratto che di unione tra *Érosgápe*, ma gli Alpha avevano l'obbligo di scegliere un solo compagno. Ogni figlio nato fuori da un contratto era un bastardo, a cui era precluso ogni accesso alla linea di successione. Ogni Alpha che moriva senza figli era tenuto a lasciare i propri averi, dopo la morte del suo Omega, a istituzioni di beneficenza gestite dallo Stato, al fine di prevenire ogni tentativo di sovvertire le leggi.

Jason era consapevole che quelle regole, almeno in apparenza, fossero sagge, ma nonostante impedissero il ripugnante abuso degli Omega, rimanevano troppo rigide per affrontare le varie sfumature della vita reale.

Nel suo caso, significava che doveva scegliere tra avere un figlio o vivere la pienezza del legame tra *Érosgápe* con Vale.

«Ci concedete qualche minuto da soli con nostro figlio?» chiese Father indicando la porta della cucina. «Abbiamo lasciato un rinfresco sul tavolo. Vi prego, servitevi pure mentre aspettate.»

Yosef e Bisme fecero un cenno di assenso.

«Jason,» iniziò Father non appena la porta si chiuse. «Devi portare avanti la discendenza. Questo non è negoziabile. Il tuo Omega deve impegnarsi a portare a termine almeno una gravidanza con successo, oppure dovrai considerare altre opzioni.»

«Ascolta ciò che stai dicendo, Yule,» lo incalzò Pater accendendo un fiammifero per la sua seconda sigaretta. «Lo senti quello che stai proponendo? Stai consigliando a Jason di mettere in pericolo la vita del suo Omega oppure di rinunciare a lui.»

«Quando c'è di mezzo un bene superiore, i sacrifici sono necessari, Miner.» Gli rivolse uno sguardo eloquente, come se le sue parole nascondessero altro. «Tu lo sai meglio di tutti.»

Pater agitò nervosamente la sigaretta in aria. «E chi decide qual è il bene superiore? Tu?» ringhiò. «Ti ricordi com'era, quando ci siamo incontrati? Come ti sentivi, come mi sentivo io, cosa volesse dire per noi...»

«Sì, certo. Era l'estasi.»

«Era un *sentimento sacro*,» sbottò Pater.

«Sì, ma noi eravamo un buon abbinamento. Appropriato. Provenivamo da famiglie dello stesso livello, avevamo la stessa età. Tu mostravi tutte le caratteristiche per essere un buon riproduttore...»

«E se non le avessi avute? Se fossi stato come quest'uomo?» Pater aspirò una boccata di fumo e la esalò. «Se avessi rifiutato fin dall'inizio di impegnarmi a darti un figlio?»

«Non l'avresti fatto. Il desiderio di stare con me era troppo forte!»

«A quel tempo non potevo immaginare che non avrei potuto affrontare una gravidanza! Non credo ti piacerebbe scoprire cosa avrei fatto, se lo avessi saputo e avessi potuto scegliere. Se non avessi firmato il contratto di unione con te, avrei potuto vivere in maniera dignitosa con la mia rendita, avrei potuto continuare con la mia musica e suonare nell'orchestra sinfonica, senza dover sopportare tutti quei lutti!»

Un silenzio gelido cadde sulla stanza e Jason rabbrividì. Father assunse un colorito verdognolo, come se stesse per dare di stomaco. «Stai dicendo che rimpiangi di aver trovato il tuo *Érosgápe*?»

«Certo che no. Ti sto dicendo di pensare a tutto quello che abbiamo dovuto sopportare noi.»

«Non è la stessa cosa!»

«Sì, che lo è!» Pater si alzò dal tavolo e iniziò a camminare avanti e indietro, allontanandosi da Father e poi tornando ad avvicinarsi. La sigaretta tremava tra le sue dita affusolate. «Non hai idea di come sia per un Omega diventare adulto, passare tutta la vita nella consapevolezza che verrai reclamato da qualcuno, che prenderà il controllo del tuo corpo, della tua anima e dei tuoi beni.» Fece un tiro dalla sigaretta, bloccando con un gesto il tentativo di Father di interromperlo. Il fumo lo seguì. «Neppure tutte le favole che ci vengono rifilate da genitori, insegnanti e libri riescono a scacciare la paura. Ti rendi conto dell'incertezza in cui quell'uomo ha vissuto per tutta la vita? Dei calori che ha dovuto affrontare?»

«Beh, ha ammesso di non averli sopportati…»

Pater ringhiò e Father fece subito marcia indietro. «Mi dispiace. Non intendevo in quel senso.»

«Sì, invece. Lo intendevi proprio in quel senso,» gli rispose Pater gelido, fermandosi di colpo e sfidandolo con lo sguardo. «Mi vergogno di te.»

Father sbiancò. «Miner, ti prego. Io non… Mi dispiace.»

«Se ti auguri che quell'uomo abbia dovuto affrontare anche un solo calore senza aiuto, che il Sacro Lupo ti salvi, Yule.»

«Miner, ti giuro su tutto ciò che è sacro che non è quello che volevo dire.» Father tese le mani, pentito. «Perdonami.»

Pater lo fissò finché Yule abbassò lo sguardo e chinò il capo. Poi si voltò verso Jason, puntandogli contro la sigaretta. «Ricordatelo, questo è il potere che avrà su di te. Tu potrai anche avere il controllo finanziario, quello legale e potrai riuscire a dominarlo durante il sesso, ma non ci sarà un solo momento di felicità nella tua vita, se il tuo Omega non sarà contento. Ti fidi abbastanza di lui per questo?»

Jason sentì una goccia di sudore colargli lungo la tempia. Voleva fidarsi di Vale. Il pensiero di strisciare ai suoi piedi, implorando il suo perdono, non lo spaventava come avrebbe dovuto. L'avrebbe fatto con gioia, se avesse significato che era suo.

Pater toccò la spalla di Father. «Alza il viso.» Quando Father incontrò il suo sguardo, gli disse con dolcezza: «Prenderò in considerazione di accettare le tue scuse, quando mi avrai convinto di portare a quell'uomo il rispetto che merita come essere umano.»

Father gemette e si coprì il volto con le mani. «Miner, così mi uccidi.»

Pater lanciò un'occhiata a Jason, ma tornò subito a concentrarsi sul suo compagno. Spense la sigaretta, gli afferrò il mento e sussurrò: «Niente di ciò che dici qui oggi cambierà il modo in cui andrà a finire *ogni cosa*. Mi hai capito?»

Father incurvò le spalle. Distolse il mento dalla presa di Pater e si passò una mano tra i capelli.

In quel momento, la porta si aprì ed entrò Vale, il viso arrossato sotto la barba e gli occhi colmi di preoccupazione. «Vi ho interrotti? Devo uscire di nuovo?»

«No,» rispose subito Jason. «Siamo pronti. Vero, Father?»

Father afferrò la mano libera di Pater e depose un bacio delicato sulle sue dita. «Sì. Siediti, Vale, vado a chiamare Yosef e Bisme. Per il momento accantoneremo il discorso delle gravidanze.» Si alzò e si fermò un attimo prima di aprire la porta. «Al mio ritorno, inizieremo con il prossimo punto in programma: i progetti per le tue proprietà.»

CAPITOLO 16

VALE SENTIVA LA testa pulsare.

Aveva rifiutato la compagnia offerta da Yosef la sera precedente, preferendo affogare l'orrore delle trattative in mezza caraffa di gin. Ora si sentiva come se avesse i nervi scoperti e quel poco che aveva mangiato a colazione volesse strisciargli fuori dalla bocca.

Sorseggiò con cautela un po' di tè e si appoggiò allo schienale della sedia. Il tardo sole autunnale filtrava dalle finestre, mentre lui osservava un uccello beccare le more che ancora resistevano sull'albero in fondo al giardino.

Zephyr, accoccolata sul suo grembo, impastava il tessuto morbido della sua vestaglia e dei pantaloni del pigiama, lasciando sulla stoffa piccoli segni come quelli di un ago. Non gliene fregava niente, se avesse voluto, con la rendita che i Sabel gli avrebbero elargito, ne avrebbe potute comprare a dozzine di quelle vestaglie. Quello, però, non placava l'ansia sul suo futuro e i dubbi sull'effetto che avrebbe avuto sulla sua vita firmare o meno il contratto

Povero Jason, non aveva saputo come comportarsi con tutta quella tensione nella stanza. Era un ragazzo di buon cuore ed era chiaro che volesse ciò che era meglio per Vale, anche a discapito dei suoi stessi desideri. Doveva aver preso quella generosità da Miner, perché di certo Yule non la condivideva.

Quando quell'ipocrita di Yule Sabel aveva insistito sulla clausola della gravidanza, Vale avrebbe voluto torcergli quel bellissimo collo. Era un mostro e non poteva permettersi di giudicare! Proprio lui che continuava a ingravidare il suo omega e a costringerlo a sopportare ogni volta un aborto.

Si massaggiò le tempie e guardò il giardino ripulito fuori dalla finestra. Come si permetteva di chiedergli di rischiare la vita allo scopo di trasmettere i suoi geni malvagi?

Zephyr smise di impastare, drizzò le orecchie, emise un miagolio strozzato e schizzò via dal suo grembo e fuori dalla porta, lungo il corridoio che portava alla cucina. Vale non ricordava se quella mattina le avesse preparato il cibo, ma sperò di averlo fatto. Il suo cervello era un ovattato concentrato di rabbia, ma se arrivata in cucina, la gatta non avesse trovato niente nella ciotola, avrebbe iniziato a miagolare come un'ossessa.

Appoggiò la testa allo schienale della sedia, osservando la scrivania ricoperta di fogli di poesie incomplete che, ubriaco fradicio, aveva iniziato la sera prima. Non ce n'era una decente. Parlavano tutte di Jason, ma quello era il peggior argomento possibile, perché non voleva che qualcuno scoprisse che il pensiero di non stare insieme al ragazzo lo faceva sentire come se gli stessero strappando le viscere. La sera prima non aveva inghiottito niente di solido per cena e il suo stomaco si ribellava persino al tè.

Si stropicciò gli occhi assonnati e si raddrizzò sulla sedia, afferrò i fogli e li infilò in un cassetto ricolmo, senza nemmeno guardare cosa avesse scritto. Poteva esserci qualcosa di buono da salvare, ma ci avrebbe pensato in un altro momento, quando non fosse stato più così vulnerabile a riguardo.

Tornò con la mente alla trattativa del giorno precedente. Non era certo di cosa fosse accaduto quando aveva lasciato la stanza per sistemare i fastidiosi umori che continuavano a tormentarlo ogni volta che Jason si faceva valere in qualunque modo, forma o aspetto, ma al suo ritorno l'atmosfera era cambiata. Non per forza in meglio, ma neanche in peggio. Avevano discusso in modo razionale delle sue proprietà, Vale aveva rifiutato di rinunciare alla sua casa e Jason l'aveva spalleggiato, poi aveva dato loro il permesso di ristrutturare il capanno che gli avevano lasciato i suoi genitori. Potevano decidere se venderlo o tenerlo una volta sistemato.

Ma sotto sotto, nonostante i progressi fatti, aveva sentito la corrente della verità trascinarlo sempre più lontano dalla firma del contratto.

Quando l'incontro era finito, avevano cercato di invitarlo, la sera seguente, alla Festa del Lupo in Attesa, ma lui aveva interrotto Miner, dichiarando: «Non ritengo appropriato condividere una festa così importante, quando le trattative sono ancora in alto mare. È una festa che celebra la nascita ed è dedicata alle persone di famiglia, cosa che io potrei non diventare mai.»

Jason era sembrato distrutto, ma non aveva protestato.

Il telefono sulla scrivania di Vale aveva suonato innumerevoli volte la sera precedente, mentre scriveva furiosamente e faceva i gargarismi con sorsate di gin. Non aveva risposto. Sapeva chi era, ma cosa avrebbe potuto dire al ragazzo? «Ti ho incoraggiato. Ti ho lasciato pensare...»

Sacro Lupo, non riusciva neanche a finire la frase nella sua mente. Nemmeno alla luce del giorno, con un mal di testa martellante a riprova del fatto che fosse ormai sobrio. Desiderava Jason da impazzire, voleva disperatamente siglare l'unione con lui, eppure...

Un colpo alla finestra lo spaventò e gli fece sollevare la testa di scatto. Il suo cuore fece una capriola. Deglutì a fatica e si alzò piano per andare a togliere il blocco e sollevare il saliscendi.

«Ciao.» Jason si scostò i capelli dagli occhi. Erano gonfi e il ragazzo sembrava non aver chiuso occhio tutta la notte. La brezza fredda entrò nella stanza, facendo rabbrividire Vale attraverso i pantaloni del pigiama e la vestaglia.

«Dovresti imparare a usare il telefono.» Vale incrociò le braccia sul petto.

«E tu dovresti imparare a rispondere quando ti chiamano,» ribatté Jason.

L'uccello di Vale iniziò a indurirsi e lui gemette, lottando per bloccare l'erezione, mentre allo stesso tempo il suo buco si bagnava. «Cazzo,» mormorò. «Questa storia deve finire.»

Le narici di Jason fremettero, ma il ragazzo non disse nulla.

«Quando qualcuno non risponde al telefono, in genere significa che vuole stare da solo,» proseguì. «Non che devi andare a casa sua a tormentarlo.»

«Sono venuto a dirti che Mox e gli altri Beta arriveranno entro un'ora. Oggi lavoreremo di nuovo sul retro, come era in programma. Mi dispiace di averti disturbato.» Si allontanò dalla finestra e si diresse in giardino, prese una vanga e iniziò ad aprirsi un varco attraverso un groviglio inestricabile di erbacce.

Vale rabbrividì per il freddo e sollevò la mano per chiudere la finestra, ma si bloccò. Riusciva a percepire l'odore della tristezza di Jason, ne sentiva il sapore in bocca e lo ferì nel profondo, come una spina rigirata nelle viscere. «Vieni qui,» lo chiamò sporgendosi dalla finestra, «Jason, per favore, vieni qui.»

Jason gettò a terra la pala e si trascinò verso di lui con un'espressione cupa sul volto. Vale non aveva mai visto il suo cucciolo di Alpha così abbattuto ed era tutta colpa sua. «Mi dispiace di essere stato così sgarbato, non te lo meritavi, ma ho un leggero dopo sbornia.»

Ed era confuso. E spaventato.

«Perché hai ignorato le mie chiamate, ieri sera?»

«Non meritavi nemmeno quello.»

«Cosa c'è che non va?» chiese Jason, avvicinandosi con le mani protese in un gesto di supplica. «Che cosa ho fatto? È per quello che è successo in cucina? Vuoi che mi scusi per quello?»

Vale sentì un groppo in gola. «No, non è stato assolutamente qualcosa che hai fatto.»

È quello che ho fatto io, anni fa. È quello che tu meriti e che io non posso darti. È che mi piaci, Jason, e ti meriti il meglio. E io non lo sono.

Vale si morse la guancia per trattenersi dal dire quelle parole.

«Parlami. Cos'è andato storto nel tempo trascorso tra quando siamo stati insieme in cucina e ieri, quando ti sei presentato per le negoziazioni? È stato il comportamento di Father? Se ne occuperà Pater.»

Il cuore di Vale perse un battito. «Ha molto a che fare con tuo padre, ma anche con me.»

Jason gli rivolse uno sguardo circospetto; i suoi occhi erano circondati da segni scuri. Aveva pianto durante la notte? Che il Lupo lo aiutasse se aveva fatto piangere quel ragazzo senza neanche avergli ancora detto la verità. Doveva confessargli la vera ragione per cui Jason avrebbe dovuto cercare un surrogato. Si meritava un Omega migliore. Almeno di quello, Vale era sicuro.

«I tuoi genitori...» Si massaggiò la testa dolorante. Perché aveva quasi prosciugato la caraffa? Riusciva a pensare a malapena.

«Cosa?»

«Ho saputo da una fonte, una fonte *riservata*, che tuo padre usa con regolarità...» Si interruppe. «Beh, per l'amor del Lupo, non puoi startene lì fuori a guardarmi in quel modo. Vieni in cucina, parleremo. E basta, non faremo altro.»

Il suo buco fremette e Vale strinse i denti. *Nient'altro*, ripeté dentro di sé.

Jason annuì e senza dire nulla si girò verso la cucina. Quando Vale raggiunse la porta, si stava già togliendo le scarpe.

«Non sono ancora infangate,» osservò Vale. «Puoi tenerle.»

Jason scrollò le spalle. «Sono abbastanza sporche.»

Vale lanciò un'occhiata da sopra la spalla alla pila di piatti nel lavandino e al disastro che Zephyr aveva combinato con i croccantini sul pavimento. «Cambierebbe ben poco.»

Jason lo superò, diretto in cucina, e Vale notò che aveva i calzini al rovescio. Esitò accanto al tavolo, in attesa di essere invitato a sedersi, così Vale gli fece segno di accomodarsi, poi afferrò l'ultima tazza pulita dall'armadietto e vi versò il fondo della teiera.

Gli porse il tè e si sedette al suo fianco. Probabilmente erano più vicini di quanto fosse saggio, ma aveva bisogno del conforto di quella vicinanza quanto Jason.

Il ragazzo appoggiò la tazza sul tavolo senza nemmeno assaggiare il tè. «Grazie,» mormorò con voce sommessa. «E così, hai sentito qualcosa sui miei genitori che non ti è piaciuto?»

Vale deglutì. «Non so cosa pensare, a dire il vero.»

Jason rimase in attesa; le sue labbra perfette tremavano, ma per il resto manteneva un'espressione neutra.

Vale raccolse il coraggio e sputò il rospo: «Per caso tuo padre ingravida il suo Omega pur sapendo che non può portare a termine la gravidanza? E poi lo obbliga ad assumere farmaci abortivi illegali per sbarazzarsi del bambino?»

Ecco. L'aveva detto. Ora toccava a Jason rispondere.

Jason si curvò sulla tazza, chiudendo gli occhi. «Sì, ma non è come pensi.»

«Ah sì? E come stanno allora le cose? E tu come fai a sapere quello che penso?»

Jason si coprì il volto. «Pensi che mio padre sia un Alpha crudele, a cui importa più del proprio piacere che della salute del suo Omega.»

Vale non disse nulla. Non ce n'era bisogno.

Jason incontrò il suo sguardo e sussurrò: «Lui darebbe la vita per Pater. Non è assolutamente come credi.»

«Allora perché non usa i preservativi per proteggerlo?»

«Pater ha una grave allergia a quelli forniti dal governo e le alternative sono…» Allargò le braccia e scosse la testa.

La posizione del governo sui preservativi era incerta. Si erano convinti a fornirli solo per evitare eccessive proteste, ma specie nell'ultimo quinquennio avevano drasticamente limitato l'uso di quelli definiti "meno sicuri".

I preservativi forniti dal governo contenevano una proteina nota per creare molti problemi agli Omega, sebbene lui, per fortuna, non ne avesse mai avuti. Inoltre, Urho gli aveva confidato che attenuavano molto le sensazioni, in particolare durante il nodo. Ovviamente, il governo era molto più impegnato a garantire la riproduzione tra le coppie unite da contratto, che a permettere la pianificazione delle nascite. Non volevano che i preservativi fossero sicuri o piacevoli e preferivano che venissero usati solo in casi rari.

«Capisco.»

«Davvero pensavi che a mio padre non importasse abbastanza della salute di Pater da proteggerlo? Che l'avrebbe fecondato senza il suo consenso?» I suoi occhi si riempirono di lacrime. «Che avrebbe cercato di farmi fare lo stesso a te? E che io l'avrei fatto?»

Vale deglutì. «Sì, mi è passato per la mente.»

«Preferirei morire, piuttosto che farti soffrire.»

«La tua morte mi farebbe soffrire,» mormorò Vale. «In maniera irreparabile.»

Il che era vero, ma era anche la prova di quanto il loro legame fosse progredito e del pericolo che stavano correndo. Doveva decidersi a essere sincero. Doveva dire a Jason tutta la verità sul suo passato. A quel punto Jason avrebbe scelto di prendere un surrogato, a prescindere da quanto Vale lo desiderasse o dalla deliziosa battaglia a cui stavano giocando.

Il campanello suonò e Jason sussultò. «Deve essere Mox.»

«È in anticipo.»

«Avrà pensato di essere arrivato prima di me.» Jason si diresse verso la porta della cucina. «Avvisali che sono sul retro.» Con la mano sulla maniglia, aggiunse tranquillo, ma con tale decisione da far tremare le ginocchia a Vale. «Non finisce qui. Parleremo e sistemeremo le cose.»

Jason uscì e chiuse la porta con fermezza dietro di sé.

Vale avrebbe voluto trascinarlo indietro, gettarsi ai suoi piedi e raccontargli la verità sul suo passato. Avrebbe voluto sentirsi purificato dalla sua accettazione incondizionata e dal suo amore, per poi succhiargli il cazzo con disperata gratitudine e offrirglisi per farsi scopare. Quando Jason si fosse spinto dentro di lui, la vergogna per il suo passato sarebbe finalmente svanita. Sarebbe stato al sicuro e amato, integro e completo insieme al suo Alpha, così come avrebbe sempre dovuto essere. Gli tremarono le gambe mentre un'ondata di liquido fluiva dalle sue ghiandole omega.

Almeno non si era ancora fatto la doccia.

Dopo aver aperto la porta d'ingresso per indirizzare Mox e gli altri sul retro della casa, salì nella sua stanza. Passò accanto a Zephyr, che dormiva al centro del suo letto, entrò nel bagno e si spogliò. Il suo corpo era febbricitante per il dopo sbornia, così lasciò scorrere l'acqua della doccia a una temperatura inferiore rispetto al solito, perché portasse via un po' del calore.

Si asciugò, si lavò i denti e si spazzolò i capelli, infine indossò un paio di comodi pantaloni e una vecchia maglietta. Si arrampicò sul letto accanto a Zephyr, cercando di non disturbarla e fissò la finestra che dava sul retro della casa, da cui si scorgevano i rami degli alberi e un vasto cielo blu. Non riusciva a vedere Jason e i giardinieri Beta che lavoravano là fuori, ma sentiva la sua presenza.

Anche se erano in conflitto, sapere che Jason fosse fuori dalla sua finestra, a lavorare per lui, lo faceva sentire al sicuro.

Accudito.

Il suo Alpha desiderava migliorare le cose per lui, metterle a posto. Non importava che lui avesse tutti i dubbi del mondo a intasargli il cervello e il cuore. In quel momento, Jason si stava prendendo cura di lui. Non aveva mai avuto un simile conforto nella sua vita da adulto. Era sempre stato solo, ma almeno per il momento, non lo era più. Si avvolse in quella sensazione come in una coperta.

Quando iniziarono a cantare, e sentì la dolce voce baritonale di Jason alzarsi con le altre, fu facile lasciarsi scivolare nel sonno.

«IL TUO OMEGA non dovrebbe essere lì a guardarti, mentre ti dai da fare per guadagnarti il suo favore?» chiese Mox con un ghigno malizioso rivolto a Jason, prima di fare un cenno in direzione dello studio, chiaramente vuoto.

«Suppongo abbia altro da fare,» borbottò lui, lanciando uno sguardo alla casa.

«Ci sono già problemi in paradiso?»

Jason rivolse a Mox un'occhiataccia che lo zittì immediatamente. Erano riusciti a fare piazza pulita di tutto ciò di cui si dovevano sbarazzare e ora dovevano solo portare le carriole fino al furgone e svuotarle, prima di poter piantare i bulbi e gli arbusti acquistati dal giardiniere.

Stavano spingendo le carriole lungo il giardino laterale, per raggiungere la parte anteriore della casa, quando Jason raggelò. Urho era fermo sul vialetto, a metà strada verso la porta d'ingresso, con le sopracciglia aggrottate per lo stupore e la confusione. Indossava un elegante farfallino che lo fece subito pensare a Xan.

L'aria tra loro sembrò crepitare, poi Urho gli rivolse un sorriso cordiale, come se si sentisse il padrone di casa e avesse il diritto di salutarlo nel giardino del suo Omega.

«Questa sì che è una sorpresa!» esclamò, con un cenno agli abiti da lavoro sporchi di Jason e al sudore che gli colava sul viso. «Non pensavo che fossi il tipo di Alpha che si *dà da fare* in prima persona per il suo Omega. Immaginavo che avresti semplicemente provato a comprare la sua felicità. Sono impressionato.»

Jason mollò la carriola, senza fare caso agli sguardi curiosi di

Mox e della sua squadra, gettò via i guanti da lavoro e avanzò verso Urho senza sorridere. «Vale ti sta aspettando?» si arrestò davanti a lui e incrociò le braccia sul petto.

«No, ho pensato di passare a trovarlo. Volevo vedere come se la stava cavando dopo le negoziazioni di ieri.» Urho assottigliò lo sguardo, scrutando Jason con attenzione. «Dovrei essere preoccupato per lui?»

Jason diede un'occhiata alle sue spalle, verso gli uomini che stavano svuotando il contenuto delle carriole nel furgone, poi guardò la casa e le tende di pizzo che svolazzavano da una finestra aperta al piano superiore. Era la stanza di Vale? Non lo sapeva. C'erano moltissime cose che non sapeva del suo Omega. Urho in un certo senso *era* un suo rivale, ma forse, in un senso molto più ampio non lo era. Anche lui teneva a Vale, desiderava che fosse felice e al sicuro e lo conosceva meglio di chiunque altro. Dopotutto, era stato il suo amante.

Inghiottendo il proprio orgoglio, Jason incontrò lo sguardo dell'altro Alpha. «Non so se dovresti essere preoccupato, ma io lo sono. Sono preoccupato per tutto, a dire il vero.»

Urho si acciglò e gli afferrò una spalla, scrutandolo come se potesse leggergli dritto nella mente. Lanciò uno sguardo indagatore ai giardinieri Beta, poi sorrise a Jason con gentilezza. «Hai fame? L'ora di pranzo si avvicina. Avevo intenzione di chiedere a Vale di unirsi a me, ma sembra che tu abbia bisogno di qualche consiglio.»

Jason sbirciò verso la casa. Aveva sperato di poter rimanere da solo con Vale per chiarire le cose, ma a quel punto non aveva idea di cosa dirgli.

Urho seguì la direzione del suo sguardo. «Avevo intenzione di chiedere a Vale di andare a mangiare in una di quelle disgustose bancarelle in Alamanga Avenue che gli piacciono tanto. Sono sicuro che non abbia niente di commestibile in casa, e se anche ce l'avesse, sarebbe a malapena sufficiente per lui. Perché non mi accompagni?

Possiamo parlare e prendere qualcosa da mangiare, poi potrai guadagnare qualche punto con Vale portandogli un panino con i pomodori secchi grigliati e il formaggio di capra. È uno dei suoi preferiti.»

Jason avvertì una fitta di gelosia al pensiero che Urho conoscesse i gusti di Vale e lui invece no, ma sorrise e annuì in segno di gratitudine. «Sì, mi sembra un'ottima idea. Sei sicuro che ti vada? Non preferiresti passare il tuo tempo con Vale?»

«Se lo conosco, non lascerà che lo aiuti senza prima combattere. Che mi piaccia o no, sei il suo Alpha e adesso è tua responsabilità gestire i suoi malumori.» Urho gli sorrise. «Credimi, avrai bisogno di tutta la pratica che puoi acquisire.»

Jason chiese a Mox e alla sua squadra cosa volessero per pranzo, ridacchiando tra sé nel sentire l'ingente quantità di cibo richiesto. Probabilmente la volta precedente avevano sofferto la fame con i tramezzini e le fette di ananas preparati da Vale, e lui era stato *troppo* distratto dal suo Omega per pensare al loro benessere.

La camminata fino ad Alamanga Avenue fu piacevole. L'aria era frizzante, ma non troppo fredda, e il pallido sole gli riscaldava le spalle e la testa. All'andata Urho mantenne la conversazione su un tono leggero, chiedendo a Jason cosa avessero progettato lui e Mox per il giardino di Vale.

«Hai scelto un modo piuttosto gradevole per corteggiarlo, ma quanto tempo ci vorrà per vedere i frutti della tua fatica?» chiese Urho, mentre attraversavano il Middleton Bridge e si inoltravano nella parte della città riservata alle attività condotte dai Beta. Nonostante l'inverno fosse ormai alle porte, le insegne variopinte mantenevano la loro luminosità e sembravano creare un bizzarro giardino pieno di colori, pubblicizzando la vendita di ogni tipo di merce, dai libri agli abiti da cerimonia.

«Non penso che in primavera o in estate il giardino sarà bello come sono certo diventerà in seguito, ma per l'anno seguente dovrebbe essere pronto. Credo che Vale lo apprezzerà.» Jason amava lavorare all'aperto, anche se Father si lamentava perché si sporcava i pantaloni, e aveva numerose idee su alcuni esperimenti di ibridazione che desiderava condurre su diverse varietà di fiori di specie simili.

«Quindi hai intenzione di vivere nella sua casa?» chiese Urho con evidente sorpresa. «Sembra un passo indietro per una persona del tuo ceto.»

«Se a Vale piace la sua casa, non vedo per quale motivo dovremmo venderla. Ho solo diciannove anni, c'è ancora tempo per preoccuparmi del mio posto in società. Possiamo felicemente stabilirci nella sua casa e poi, quando sarò più grande, traslocare. Sempre se ci andrà di farlo.»

Il suo cuore si strinse e il terrore lo avvolse come una pesante coperta. Sembrava di cattivo augurio raccontare a Urho i suoi sogni per la loro vita insieme, quando ancora non ne aveva parlato con Vale. Specie considerata l'ostilità mostrata dal suo Omega negli ultimi giorni.

«Vale è per lo più un pantofolaio. Non che non abbia una vena selvaggia, perché ce l'ha, eccome.» Urho strinse le labbra e si schiarì la gola. «Dimmi, che programmi ha la tua famiglia per la festa di questa sera?»

«Vale era stato invitato e aveva accettato di venire, ma dopo le negoziazioni di ieri ha preferito declinare. Ha spiegato che era una festa da trascorrere con i famigliari più stretti e che non sapeva se noi lo saremmo mai stati.» Il dolore nel petto gli spezzò il fiato. «Tu che programmi hai?»

Urho gli lanciò uno sguardo scaltro e perspicace, poi fece un cenno di saluto a un commerciante Beta, che stava spazzando il marciapiede antistante il suo negozio, e lasciò correre. «Da quando ho perso Riki, non faccio niente di speciale la sera della festa, ma quest'anno sono stato invitato a casa di Zim, come ringraziamento per l'assistenza con il calore di suo fratello. Inizierà la prossima settimana e sono tutti sollevati di avere un Alpha in allerta, pronto ad aiutare. Ho chiesto anche a un altro Alpha mio amico di tenersi pronto. Se il giovane soffre di sessuomania, non sarò in grado di gestire il suo calore da solo. Potremmo non farcela nemmeno in due, così il mio amico sta cercando un terzo Alpha senza legami.» Urho scosse la testa. «Questo tipo di morbosa dipendenza è davvero vergognosa. Certo non è colpa dell'Omega, purtroppo le manipolazioni genetiche condotte sui nostri progenitori hanno portato a imprevedibili conseguenze e la sessuomania è una di quelle.»

«Calore interminabile,» lo corresse Jason, stupito che Urho parlasse così apertamente di alterazioni genetiche. I fedeli più bigotti insistevano nell'affermare che l'unico artefice dei cambiamenti sulla popolazione fosse il Sacro Lupo. «Sessuomania è un termine superato.»

«Adesso mi sembri Vale. Il fatto è che l'espressione *calore interminabile* riguarda solo il calore. La sessuomania si applica al complesso delle pulsioni sessuali dell'Omega e può andare oltre il calore stesso. È una distinzione che i liberali non vogliono riconoscere ma, se ci pensi bene, è un termine compassionevole. Altrimenti gli Omega sarebbero solo...» Si interruppe, pensieroso. «Qual è la parola del Vecchio Mondo? Puttane. Credo che fosse considerato un insulto anche allora. Significava promiscuo e troppo interessato al sesso. Secondo gli standard della nostra cultura si tratta di una caratteristica negativa e sembra che fosse anche in passato. Almeno il concetto di sessuomania ci consente di essere compassionevoli e ci lascia un certo margine, riconoscendo che l'Omega soffre di una malattia incurabile e semplicemente non può farci niente.»

Jason non replicò. Non capiva per quale motivo ci fossero tutte quelle regole riguardo al sesso. Perché gli Omega senza contratto non potevano godersi tutto il sesso che erano in grado di sostenere dal punto di vista fisico, con tutti gli Alpha che volevano? Soprattutto se non erano parte di una coppia di *Érosgápe*? Del resto, perché Xan non poteva andare con gli altri Alpha? A chi avrebbe fatto del male?

Sapeva che Pater avrebbe detto che era una questione di controllo e di procreazione. Bastava guardare le regole meno stringenti a cui erano soggetti i Beta, per capire il ruolo giocato dalla questione figli nelle leggi riguardanti Omega e Alpha.

Eppure, per quanto non volesse vedere Vale con altri Alpha se poteva soddisfarlo lui stesso, non capiva perché le coppie legate da un semplice contratto non potessero darsi regole proprie. Loro non condividevano lo stesso attaccamento degli *Érosgápe*, non dovevano combattere così tanto contro i propri istinti. Potevano essere più simili ai Beta, che erano noti per non essere esattamente monogami. Perché no? A chi serviva che il sesso fosse tenuto sotto un così stretto controllo?

Prima che Urho potesse continuare il discorso, o introdurre un argomento nuovo, arrivarono in Alamanga Avenue e si separarono per andare a comprarsi il pranzo alla bancarella prescelta. Avevano deciso di prendere dopo mangiato il cibo per la squadra dei Beta e il panino di Vale, così sarebbe stato ancora caldo al loro ritorno. La strada era caotica e ricca di colori, con Alpha, Beta e Omega che si affaccendavano tra le bancarelle, vendevano le loro merci disposte su teli o nei chioschi lungo la via e correvano dentro e fuori dai negozi durante la loro pausa pranzo.

Tenendo uno spiedino all'ananas in una mano e un sacchetto di patate fritte nell'altra, Jason seguì Urho fino a una panchina poco distante da Alamanga Avenue, lungo una strada secondaria meno trafficata. Da dietro l'angolo giungeva l'eco delle grida dei venditori, ma per il resto erano soli.

«Vale è piuttosto recalcitrante, vero?» chiese Urho, addentando un boccone di insalata di barbabietole.

Jason scrollò le spalle, si lanciò in bocca una patatina e masticò con calma, prendendosi il suo tempo per rispondere. «Fino a ieri, sembrava aperto all'idea di concludere il contratto. Poi qualcosa al tavolo delle trattative è andata storta, Father era di pessimo umore, irascibile, e Vale ha cercato di convincermi a prendere un surrogato.» Jason agitò con forza lo spiedino. «Io non voglio un surrogato. Voglio Vale.»

«È molto probabile che non possa avere figli,» ribatté Urho senza girarci troppo intorno. «Se tu li vuoi, allora dovresti prendere un surrogato.»

Jason gemette. «Ho diciannove anni. Come posso sapere cosa vorrò in futuro? I figli sembrano una gran bella cosa, ma in questo momento io voglio solo Vale.»

Urho annuì. «Ovviamente lui questo lo sa. Sa che non puoi prevedere quali saranno un giorno i tuoi desideri e che adesso sceglieresti lui. Anche lui ti vuole. È così che funziona.»

La carne era deliziosa, aromatizzata alla perfezione con l'ananas e tenera al punto giusto. Jason si prese un po' di tempo per masticare e inghiottì, prima di affermare: «Non mi sembra giusto che non possiamo sceglierci l'un l'altro, così come vuole il Sacro Lupo, e pensare più avanti alla questione della famiglia.»

«Nell'antichità c'erano così tanti bambini che alcuni venivano uccisi o abbandonati perché venissero cresciuti da qualsiasi anima caritatevole si fosse fatta avanti,» rifletté Urho. «Adesso i figli sono così preziosi che interrompere una gravidanza è contro la legge, figuriamoci l'abbandono. Fa venire i brividi immaginare un mondo dove ce n'erano così tanti indesiderati.»

Jason pensò a suo padre, che di certo *desiderava* più figli, ma non poteva averne. Pensò a Vale che, da quel che aveva capito, si sarebbe trovato davanti a un futuro molto simile.

«I preservativi per gli Alpha sono davvero così pessimi?» chiese a bassa voce. «Ingravidare un surrogato scelto per contratto sarebbe sufficiente a compensare l'aver voltato le spalle al mio legame con Vale?»

«Siete *Érosgápe*, questo non cambierà mai. Senza di lui soffrirai, punto. Forse per un figlio ne varrebbe la pena, ma io non ne ho, perciò non posso parlare per esperienza. A dire il vero, avendo provato il legame con Riki, non riesco a immaginare di rinunciarvi per nessuna ragione al mondo. Nemmeno per la mia stessa vita.»

Jason deglutì a fatica e infilò ciò che rimaneva dello spiedino nel sacchetto delle patate fritte. L'avrebbe mangiato più tardi.

Urho continuò, parlando con noncuranza tra i bocconi di insalata di barbabietole. «Riguardo ai preservativi per gli Alpha, quelli distribuiti dal governo attutiscono in una certa misura le sensazioni, ma il sesso resta gratificante. La maggior parte del godimento è legata alle emozioni: vedere il tuo Omega che impazzisce dal piacere, travolto da molteplici orgasmi, e sapere che sei tu che gli stai facendo questo.»

Jason strinse i pugni, ma represse il bisogno di picchiarlo. Odiava sapere che Urho in quel momento stava pensando a Vale, ricordando il piacere che gli aveva procurato. Strinse gli occhi per scacciare la gelosia, ricordando a se stesso che l'aiuto dell'Alpha era preferibile alla sofferenza di Vale.

Ovviamente, Urho lo aveva aiutato anche tra un calore e l'altro.

Parecchio, a quanto sembrava.

Ma chi era lui, per stabilire come un Omega adulto dovesse vivere la propria sessualità? Non aveva appena pensato a quanto fossero ingiuste le leggi sul sesso? Avrebbe dovuto sforzarsi di più se non voleva risultare un ipocrita.

«Se scegli Vale invece di farti una famiglia, non so se lo rimpiangerai.» Urho si accigliò. «Certo, tu probabilmente vivrai più a lungo di lui e se, a quel punto, sentirai di aver perso l'occasione di tramandare la tua discendenza, potrai contrarre l'unione con un

Omega più giovane, vedovo o senza contratto, e riprodurti con lui. Nessuno te ne farebbe una colpa.»

A Jason venne la nausea al solo pensiero. «Tu perché non l'hai fatto?» chiese, curioso. «Non vuoi avere dei figli?»

Le spalle di Urho si incurvarono e i suoi occhi luccicarono per il dolore. «Riki desiderava moltissimo dei figli. Era il suo sogno darmi un bellissimo bambino. Abbiamo faticato a dare inizio alla gravidanza, lui non era fertile come altri Omega, ma quando riuscì a concepire andò in estasi. Non potrei condividere una simile esperienza con qualcuno che non amo, non dopo essere giunto così vicino alla perfezione.» Mise da parte l'insalata, il volto cinereo.

Jason restò in silenzio per qualche attimo, prima di sussurrare: «Mi dispiace.»

Urho si riscosse. «Non hai niente di cui dispiacerti. È passato.» Si voltò verso Jason, l'espressione attenta. «Allora, cosa sceglierai? Vale o un surrogato? Sono sicuro che i tuoi genitori preferiscano la seconda soluzione. Portare avanti la linea della famiglia diventa molto importante per gli uomini di quell'età. Penso che dimentichino quanto il legame sia travolgente.»

«Credo che Pater desideri che scelga Vale, mentre Father preferirebbe che prendessi un surrogato, ma il motivo è che non vuole che la sofferenza patita da Pater per mettermi al mondo sia vana.»

«Sceglierai Vale,» commentò Urho con l'aria di chi la sapeva lunga. «E sarà un'ottima scelta. È un uomo in gamba, ti renderà felice. Anche se non pulirà la casa, meglio che ci metti subito una croce sopra.»

Jason ridacchiò piano. «Io voglio scegliere lui, ma anche lui deve scegliere me. Sta avendo dei dubbi riguardo al firmare il contratto.»

Urho sbuffò. «È proprio da lui. Non è abituato agli impegni, è stato da solo per troppo tempo. Anche la nostra relazione non era una cosa seria, aveva altre avventure.» Urho alzò gli occhi al cielo.

«Non che sia dipendente dal sesso,» chiarì, «ma non ha mai amato sentirsi imprigionato. Per anni, ha usato la scusa che non poteva permettersi di affezionarsi troppo, perché non poteva sapere quando sarebbe comparso il suo Alpha, ma alla fine ha rinunciato all'idea, sostenendo semplicemente di apprezzare la libertà. Credo che, nel profondo, Vale pensi di non meritare un impegno per la vita. Si vede come merce avariata.» Rivolse a Jason uno sguardo carico di significato. «Ma di certo, ormai, te ne sarai reso conto anche tu.»

Lui annuì. «Come posso rassicurarlo?»

«Quello che devi sapere di Vale è che desidera qualcuno che lo controlli con fermezza.»

«Cosa vuoi dire?»

«Gli piace avere il controllo della propria vita, ma *adora* che gli venga detto cosa fare. Soprattutto a letto.»

Jason pensò che avrebbe potuto finire per ucciderlo, se avesse detto solo un'altra parola.

«Perciò è così che devi gestire la cosa,» continuò Urho, stringendo gli occhi pensieroso. «Digli che firmerà il contratto, perché è ciò che desiderate entrambi. *Ordinagli* di sottomettersi. *Fa'* di lui il tuo Omega.» Scrollò le spalle. «È questo l'atteggiamento che tenevo durante i suoi calori e ogni volta si scioglieva come burro. E lui non è stato l'unico, è così che ho trattato ogni Omega con cui ho avuto a che fare. È quello che fanno gli Alpha, Jason, quello di cui gli Omega hanno bisogno.»

Lui cercò di figurarsi Father che ordinava a Pater di sottomettersi a una *qualunque cosa*, ma riuscì solo a immaginarlo mentre accarezzava con tenerezza la guancia di Pater e gli sussurrava quanto lo amava.

Urho riprese la sua insalata di barbabietole e mangiò un altro boccone. «Sin dalla morte dei suoi genitori, Vale ha fatto affidamento sugli amici perché si prendessero cura di lui. Brama un senso di sicurezza. Se la prende con me perché non condivido i suoi principi liberali, ma in fin dei conti gli piace poter contare su di me. Ama che io mi prenda cura di lui, quando ha bisogno di me, e cerca quel tipo di amore anche da Yosef e Rosen. Come suo Alpha, adesso tu puoi soddisfare quel bisogno. Dimostragli di essere forte, costante e affidabile e che hai a cuore i suoi interessi. Ti darà ciò che vuoi.» Urho sorrise. «Anche se dovrai accettare un contratto che non preveda figli.»

Prima di tornare indietro, fecero un altro giro tra le bancarelle. Urho raccolse le ordinazioni della squadra di Mox e Jason fece la lunga fila per lo speciale panino al formaggio grigliato per Vale.

Mentre attraversavano di nuovo il ponte in direzione di Oak Avenue, Jason chiese: «Ti dà fastidio che sia arrivato io e te l'abbia portato via?»

Urho distolse lo sguardo con un sibilo infastidito. «Lo amo da molto tempo, ma lui non mi ha mai ricambiato nello stesso modo.»

Jason pensò a Xan e il senso di colpa gli strinse il cuore.

«Non ce l'ho con te, Jason, non se lo renderai felice. Questo, certo, resta da vedere, ma se gli farai del male...» Urho scosse la testa e un bagliore minaccioso attraversò i suoi occhi scuri. «Beh, lasciamo perdere e non aggiungiamo altro.»

Un cucciolo sfrecciò accanto a loro, trascinandosi dietro il guinzaglio, con un giovane Beta che lo inseguiva. Jason passò a Urho i sacchetti che stava portando e corse ad aiutare. Una volta che il cucciolo fu di nuovo al sicuro tra le braccia del suo umano, tornò senza fiato al fianco dell'Alpha più maturo, che inarcò un sopracciglio.

«Sei davvero troppo tenero. Vale potrebbe farti a pezzi, se volesse.» Fece schioccare la lingua. «Non lasciarglielo fare, sii severo e ricordati che il Libro Sacro ti conferisce il dominio su di lui.»

«Non sono molto religioso.»

«Che importa? L'ultima cosa che vuoi è che Vale pensi che non sei in grado oppure che non vuoi possederlo. Possederlo del tutto.

In ogni sua parte, anche quelle sgradevoli. Ricorda, è stato da solo per molto tempo, per lo più per sua scelta. Non lasciare che ti respinga. Non se lo desideri davvero.»

La casa in Oak Avenue sembrava invitante come la prima volta che Jason vi aveva posato gli occhi. Lui e Urho si separarono al cancello.

«Controllerò come sta più tardi, al telefono,» rispose Urho quando Jason gli chiese se volesse ancora entrare per vedere Vale.

Jason si destreggiò tra i sacchetti di cibo, cercando di offrire la mano a Urho per salutarlo, ma quello si limitò a ridere e ad afferrare un sacchetto che stava cadendo.

«Grazie,» disse Jason, riprendendolo al volo. «Per i consigli. Non ho idea di quello che sto facendo.»

Urho sogghignò. «Te la caverai. Hai un cuore buono. Un cuore forte, da Alpha.» Afferrò la spalla di Jason e guardò verso il lato della casa, dove Mox stava svoltando l'angolo con una cassetta tra le mani. «Buona fortuna.»

CAPITOLO 17

Vale si svegliò dal suo sonnellino con una minacciosa sensazione di formicolio sotto la pelle. La riconobbe all'istante e comprese che, per quanto si sforzasse di ignorarla, niente avrebbe potuto impedire ciò che stava per accadere. Con ogni probabilità, mancavano non più di quattro giorni all'inizio del suo calore.

Il succo fresco gli diede sollievo, così bevve il resto della bottiglia che Rosen gli aveva lasciato in frigorifero qualche giorno prima. Sedette al tavolo della cucina e osservò la coda di Zephyr guizzare, guizzare e guizzare ancora, mentre lei guardava fuori dalla finestra, fissando con aria truce alcuni pettirossi fare il bagno in una pozzanghera.

Cosa avrebbe fatto?

Non poteva firmare il contratto con Jason così su due piedi, solo per averlo a disposizione durante il calore, ma non poteva neanche chiedere aiuto a Urho, quando sentiva il legame con il ragazzo crescere sempre di più. Sacro Lupo, era così che si prospettava il suo futuro? Come avrebbe affrontato il resto della sua esistenza e sopportato il tormento dei calori se non avesse firmato il contratto con Jason? Ed era giusto costringerlo a un futuro senza figli e rischiare di legarsi a una famiglia di dubbia moralità?

E il normale sesso di tutti i giorni? Il suo desiderio per Jason gli avrebbe impedito di godersi anche quello?

Si stropicciò gli occhi. Il fatto che stesse pensando al sesso, invece che chiedersi se firmare o meno il contratto con Jason, *la diceva lunga* su quanto fosse prossimo al calore. Lui era sempre interessato al sesso, ma quando si avvicinava un calore diventava l'unica cosa a cui riusciva a pensare. Per affrontare le negoziazioni con lucidità, doveva assolutamente stare lontano da Jason e non lasciarsi andare ad altre attività sessuali inappropriate con lui.

Qualcuno bussò alla porta posteriore e lui imprecò sottovoce. Forse erano i giardinieri, o magari Jason, che speravano in qualcosa da mangiare per pranzo, ma lui aveva esaurito le provviste. Di nuovo. Zephyr miagolò, schizzò fuori dalla stanza e sbandò lungo il corridoio, andando a sbattere contro il muro. Quindi si rialzò e proseguì per la sua strada, con una dignità che ricordava quella dei reali del Vecchio mondo.

«Arrivo,» gridò, quando i colpi alla porta ripresero, poi diede un'occhiata ai pantaloni del pigiama consunti e alla maglietta lacera che indossava. Praticamente non si vestiva dal giorno delle negoziazioni. Non avere un lavoro aveva alcuni vantaggi, ad esempio recuperare il sonno arretrato, ma restare sempre in pigiama non era tra quelli.

«Ti ho portato il pranzo,» disse Jason non appena ebbe aperto la porta. «E l'ho portato anche alla squadra, così oggi non devi preoccuparti di preparargli da mangiare.» Gli porse un sacchetto di carta e quando colse il profumo familiare, Vale sentì l'acquolina in bocca.

«Panino con pomodori secchi grigliati e formaggio di capra? Come lo sapevi?»

Jason scrollò le spalle. «Sono il tuo Alpha, conoscerti è il mio compito.»

Vale diede la colpa del tremore che colpì le sue ginocchia al calore imminente. «Grazie.» Prese il sacchetto e quasi invitò Jason a entrare, prima di ricordare che doveva mantenere le distanze.

«Ora torno al lavoro,» si accomiatò Jason con un sorriso.

«Hai mangiato?»

«Sì, alle bancarelle.» Jason si leccò le labbra e proseguì: «Non ci hai guardato lavorare, stamattina.»

«Ho fatto un sonnellino.» Evitò di aggiungere che l'aveva fatto in parte per la sensazione di sicurezza che gli dava la sua presenza all'esterno. «Avevo bisogno di dormire.»

Perché stava per andare in calore e il suo corpo stava immagazzinando energia, mettendo al contempo il suo apparato digerente a riposo e rafforzando il suo colon in preparazione allo sforzo di ricevere il nodo.

«Guardaci, oggi pomeriggio,» lo sollecitò Jason in tono autoritario. «Resta nel tuo studio. Ti voglio lì.»

Vale si bagnò, il suo buco fremette e dovette stringere i denti per impedirsi di invitare il suo Alpha a entrare.

Jason sorrise e la luce del sole del primo pomeriggio brillò sui suoi denti. «Di' che lo farai.»

«Lo farò.» La voce di Vale era roca.

Non avrebbe dovuto, ma l'avrebbe fatto. Che c'era di male?

Vale chiuse la porta dietro le spalle di Jason e sedette al tavolo della cucina. Quel delizioso panino era abbastanza buono da superare la sua inappetenza e riuscì a mangiarne metà, prima di non poter più ingerire un solo boccone.

Quattro giorni.

Se era fortunato.

Lasciò il sacchetto e il panino mezzo mangiato sul tavolo e si diresse in biblioteca. Di nuovo stanco, si buttò sul divano con un libro, una coperta calda e un gatto, la testa inclinata in modo da poter vedere attraverso la finestra aperta.

La brezza gelida che soffiava nella stanza invogliava ad accendere il camino, ma attenuava anche il formicolante calore che lo tormentava. Vale tirò fuori dalla coperta un piede nudo per sentirla meglio.

Jason fece un cenno con la mano nella sua direzione, ma non si avvicinò e tornò invece a piantare, zappare, scavare e spianare, insomma a sporcarsi dappertutto. Aveva il viso arrossato e i suoi capelli splendevano al sole. Nel vedere il modo disinvolto con cui si muoveva, Vale sentì le palle che si contraevano e il cazzo che si induriva. Un giorno il suo Alpha sarebbe diventato grosso e forte.

Assonnato, si crogiolò in una languida lussuria, fingendo di leggere mentre si arrovellava disperatamente il cervello alla ricerca di una soluzione al problema del suo imminente calore. Infine, incapace di giungere ad alcuna valida conclusione, mise il libro da parte e si addormentò di nuovo. Il suo sogno, dolcemente sensuale, aveva come protagonista Jason, abbronzato e nudo in riva al mare, proprio dove si infrangeva la marea. Si teneva l'uccello in mano e si accarezzava piano, mentre Vale, inginocchiato ai suoi piedi, con le onde che gli colpivano le cosce e la bocca aperta, si sforzava di raccogliere un altro getto dal meraviglioso sapore sulla lingua.

Si svegliò di soprassalto nel sentire la parola "arrivederci" provenire dal giardino. Zephyr miagolò e saltò giù dalle sue ginocchia, strisciando sotto il divano. La luce del pomeriggio cambiò, avvolgendo la stanza in un bagliore dorato. Vale si stiracchiò, l'uccello ancora mezzo duro e il buco bagnato come le onde del suo sogno.

«Grazie dell'aiuto,» esclamò la voce di Jason e Vale lo vide, solo nel giardino, che si riparava gli occhi dal sole con la mano. «Mandami il conto e ci penserò io. E non dimenticare i soldi dei bulbi che hai preso al quartiere Calitan.»

«È stato un piacere lavorare con te,» rispose la voce di Mox da quello che sembrava il cortile laterale. «È un peccato che, con ogni probabilità, tuo Pater arriccerebbe il naso se questa primavera ci aiutassi con il suo giardino.»

Jason sorrise. «È difficile che me lo permetta, ma se quando inizierete vivrò ancora là, potrei sgattaiolare fuori e provarci.»

«In bocca al lupo per tutto, soprattutto con il tuo Omega,» gli augurò Mox in un tono che sembrava sottintendere la certezza che

Jason ne avrebbe avuto bisogno. Vale non poteva dargli torto. La fortuna serviva a entrambi e Vale aveva anche bisogno di un po' di chiarezza. Al più presto.

Seguì il silenzio, mentre Jason, in piedi nel giardino, si guardava attorno orgoglioso. Vale non sapeva cosa avessero piantato, ma doveva ammettere che, anche dalla sua posizione sul divano, lo spazio appariva più ordinato e aveva un'aria promettente che mancava da anni.

Lo sguardo di Jason si posò sulla finestra e puntò direttamente su Vale. Il ragazzo attraversò i sentieri appena ripuliti e si fermò fuori dallo studio, proprio come aveva fatto quella prima mattina.

«Hai un profumo fantastico, di eccitazione e sudore.» La voce di Jason era roca. «Cosa stavi sognando lì dentro, Bell'addormentato?»

«La spiaggia. È troppo tempo che non ci vado, mi manca l'oceano.»

Il sorriso sul viso di Jason si fece entusiasta. «Allora ci andremo per il nostro primo calore insieme. I miei genitori possiedono un cottage sulla costa. Ci andremo appena ti accorgerai che sta per iniziare, e nei giorni precedenti ci godremo l'acqua, prima di chiuderci in camera da letto per tutto il tempo necessario.»

Vale deglutì. «Mi sembra una bella idea.»

Jason si appoggiò al davanzale e lanciò un'occhiata alle proprie spalle, per assicurarsi che i giardinieri se ne fossero davvero andati. «Vieni qui.»

Vale si alzò dal divano come se fosse alla mercé di un ipnotista, consapevole che avrebbe dovuto opporre resistenza, ma incapace di disubbidire. I piedi lo spinsero alla finestra. Il profumo del sudore di Jason trasportato dalla brezza gelida gli fece venire voglia di leccarlo.

«In ginocchio.» Le iridi blu dell'Alpha splendevano di determinazione.

«Jason...»

«Fallo.»

Vale deglutì di nuovo e, a fatica, si sottomise. Il pavimento di piastrelle lucide era duro sotto le sue ginocchia, ma era una presenza solida nell'oceano del desiderio che lo reclamava. Guardò giù, verso le piastrelle, prendendo respiri profondi e cercando di recuperare la propria sanità mentale, ma l'odore pulito del sudore di Jason gli invase le narici e lui tremò per il desiderio. La sua pelle formicolava e bruciava, un'avvisaglia del calore imminente.

«Fammi vedere il tuo cazzo,» ordinò Jason con voce roca, come se fosse in trance.

Vale afferrò con dita tremanti i morbidi pantaloni del pigiama e li spinse giù attorno alle cosce, denudandosi l'uccello nell'aria fredda proveniente dalla finestra, che non calmò per nulla il suo ardore. Al contrario, il tocco della brezza fece contrarre il suo uccello e una goccia di liquido trasudò dalla fessura.

«Oh, Sacro Lupo,» ansimò Jason.

«È circonciso.» Vale si guardò il sesso e la preoccupazione che apparisse strano si insinuò nella nebbia della lussuria. Temeva che a Jason non piacesse, che fosse un altro punto a suo sfavore. Insieme a molti altri.

«Lo adoro. È bellissimo.» Un profondo rossore colorò le guance di Jason. «Il liquido che lo bagna ha un odore così buono. Lascia che lo assaggi.»

Vale rabbrividì, i capezzoli doloranti.

«Raccoglilo con il dito e porgimelo.»

Vale sollevò lo sguardo e gli sfuggì un guaito nel vedere le pupille dilatate di Jason che bruciavano di lussuria. Fece scorrere l'indice sulla punta del suo uccello per raccogliere la goccia di liquido e sollevò la mano tremante verso la finestra.

Jason gemette, gli afferrò le dita e le annusò. Poi, guardandolo negli occhi, prese l'indice in bocca, in un risucchio delizioso e bollente che provocò a Vale una scossa in tutto il corpo, facendolo gemere piano. Le sue palle si contrassero con forza e rischiò di venire all'istante.

Jason chiuse gli occhi, avido, e leccò il dito di Vale, bagnandolo tutto.

«Ti prego,» sussurrò Vale.

Jason sollevò le palpebre e lasciò andare la sua mano. «Scopati con il dito.»

«Io… noi…» Il cervello di Vale si inceppò. C'era una ragione per cui non avrebbero dovuto farlo, un motivo per cui avrebbe dovuto mandare Jason a casa, ma in quel momento non riusciva a ricordare quale fosse. Lo voleva così tanto. Il legame che stava crescendo tra loro lo avvolse in una ragnatela di piacere, innegabile e affamato.

«Toccati il buco. Fallo.»

Scosso da un brivido, Vale si premette il dito bagnato tra le natiche e lo fece scivolare verso il punto in cui bramava il cazzo di Jason. Gemette nel tracciare il contorno del suo buco bagnato e fremente, facendo sgorgare altro liquido che colò lungo le cosce e gli bagnò la mano.

Oltre la finestra, Jason si aprì i pantaloni e tirò fuori il suo bellissimo uccello per stuzzicare il prepuzio, avanti e indietro sulla grossa cappella, e poi accarezzarsi piano. Lo sguardo fisso su Vale, si masturbò con il cazzo che sporgeva dal vetro aperto.

Vale si chinò d'istinto in avanti, la bocca aperta, consumato dalla lussuria. Jason osservò la sua brama disperata a occhi socchiusi, massaggiandosi piano, l'uccello appena fuori portata dalla bocca di Vale che lo cercava. «Vieni!» ringhiò. «Fammi vedere.»

Il calore inondò il collo, il viso e le orecchie di Vale, poi fluì lungo il suo corpo fino a fargli dolere l'uccello e sudare le cosce. Il suo buco si bagnò ancora di più e Jason gemette, la spalla appoggiata allo stipite della finestra, la mano che pompava più forte e più veloce.

«Vieni per me!» gli ordinò a denti stretti. «*Voglio* vedere di nuovo quell'espressione.»

Vale abbassò i pantaloni del pigiama fino alle ginocchia con il cazzo che sbatteva sullo stomaco. Si strappò via la maglietta da sopra la testa e la gettò dietro di sé, in mezzo allo studio. Scosso dai brividi nell'aria fredda, si spinse dentro due dita, mentre si masturbava con frenesia.

«Cazzo,» Jason ansimò, lo sguardo che vagava sul corpo di Vale. «Sei stupendo. Perfetto. Quei tatuaggi! Quando li... oh, Sacro Lupo, sei così eccitante. Cazzo.» Si piegò in avanti e afferrò il davanzale, continuando a toccarsi.

I bicipiti di Vale erano ricoperti di tatuaggi fatti nel corso di diverse ribellioni post-calore poco prima dei trent'anni, insieme al verso di una delle sue poesie che gli attraversava le costole. Si era quasi dimenticato che Jason potesse avere un'opinione a riguardo. Il piacere procurato dai suoi complimenti si riversò insieme alla lussuria nelle sue vene e sfrecciò attraverso il suo corpo, facendolo tremare.

Mentre si accarezzava, Jason continuava a borbottare frasi incoerenti. «Così eccitante. Capezzoli perfetti. Quella cazzo di striscia di peli che sembra un sentiero per arrivare dritti al tesoro. Tutto questo sarà mio. Ti ricoprirò col mio sperma.»

Vale spinse il petto in avanti, affamato del seme di Jason, trepidante di desiderio. Lasciò andare il suo uccello per giocare con i capezzoli, tracciando il contorno di quei bottoncini dolenti con le dita bagnate della sua stessa eccitazione. «Fallo.»

«Guardami!» ordinò Jason. «Fammi vedere com'è il mio Omega quando ha voglia di me.»

Vale lo guardò, il cuore che faceva le capriole come un uccello impazzito.

Jason era bellissimo, il volto arrossato, la camicia sporca, la bocca umida impegnata a farlo uscire di senno. I pantaloni abbassati sui fianchi stretti. Le dita forti che circondavano l'enorme uccello, sicure ed esigenti.

Le palle di Vale si contrassero con forza. «Sì,» mugolò. «Ti prego, oh, ti prego.» Si inarcò, implorando il seme con il suo corpo. «Jason, ti prego.»

Jason ringhiò. «Ti vedo, in mostra per me. Me lo fai diventare così duro.»

Al suo cucciolo di Alpha piaceva parlare sporco e quello lo stordiva di lussuria.

Riprese a toccarsi il cazzo, vacillando sulle ginocchia, il suo culo che si contraeva a ogni spinta e il buco che fremeva affamato.

Il liquido colò dalla punta dell'asta di Jason e cadde a terra. Quell'uccello con tutti i suoi umori avrebbe dovuto essere dentro di lui, a fondo, riempiendolo fino a farlo venire.

«Sacro Lupo, ti voglio.» Vale si accanì con ferocia sul proprio cazzo, spingendo nel suo pugno, ancora e ancora. Con l'altra mano afferrò le dita di Jason serrate al davanzale e le strinse forte. «Ho bisogno di te. Dentro di me. Adesso. Ti prego, Jason, scopami subito. Scopami *forte*.»

Jason ruggì e voltò la mano per prendere le dita di Vale. Si fissarono negli occhi e si tennero per mano, mentre pompavano i loro uccelli con forza.

Gemiti, ringhi, mugolii e grida riempirono lo spazio tra loro. Altro liquido colò lungo le cosce di Vale e gocciolò sul pavimento.

Un lampo attraversò lo sguardo di Jason. «Smetti di masturbarti. Infila di nuovo dentro le dita, bagnale della tua eccitazione. Non toccarti il cazzo.»

Vale tenne gli occhi incollati a quelli di Jason, allungò una mano dietro di sé e spinse dentro tre dita. Il calore umido le risucchiò all'interno e Vale sbatté le palpebre nel colpire la prostata e le ghiandole omega, così sensibili.

«Più forte,» ordinò Jason. «Fammi sentire quanto sei bagnato.»

Vale si scopò senza pietà, gli occhi fiammeggianti dell'Alpha nei suoi, le loro mani unite che si stringevano con forza. L'umido risuonare della sua eccitazione era crudo e selvaggio e il suo profumo li avvolgeva intossicante, insieme a quello del liquido preseminale. Le narici di Jason si allargarono.

«Basta. Tira fuori la mano.» L'uccello di Jason si contrasse e produsse un'altra goccia di liquido. «Fammi vedere.»

Vale sollevò la mano attraverso la finestra, le dita coperte di umore denso e luccicante. Jason le tirò in avanti e se le strofinò sul viso, poi le prese in bocca con un gemito e le succhiò con passione. Le palle di Vale risalirono tese e il desiderio dell'uccello di Jason si fece struggente. Il suo buco si contrasse, i capezzoli bruciavano.

Jason stringeva entrambe le mani di Vale, con la mascella contratta e lo sguardo sul suo Omega che si inarcò verso di lui, bisognoso di qualcosa di più, del tocco del suo Alpha, del suo bacio, del suo comando.

Le parole di Jason lo colpirono come proiettili. «Vieni. Ora.»

Vale gridò. L'orgasmo sgorgò attraverso il suo corpo, violento, accecante e spontaneo, richiamato dall'ordine del suo Alpha. Il suo buco venne colto dagli spasmi, il suo uccello eruttò e i suoi arti tremarono disperati.

Jason gli lasciò andare le mani, si concentrò sul suo cazzo e gridò al sopraggiungere del proprio orgasmo.

Lo sperma esplose in getti abbondanti e spessi e ricoprì i peli sul petto di Vale, la sua barba e le sue cosce, schizzando ovunque sul pavimento dello studio. Lui raccolse quello che poté con le dita e se lo ficcò in bocca, scosso dai brividi nel percepire il sapore che gli era stato negato il giorno precedente. Sussultò e tremò, il corpo che bramava di avere di più, la pelle che formicolava, il rombo del calore imminente che montava con forza in lui.

Jason si tirò su i pantaloni e scavalcò la finestra. Il cuore di Vale cercò di uscirgli dal petto e i suoi muscoli divennero gelatina quando Jason si inginocchiò, lo prese tra le braccia e lo baciò finché restarono entrambi senza fiato.

JASON NON SAPEVA quando avesse fatto scivolare le dita dentro il corpo di Vale, probabilmente a un certo punto durante il bacio senza fine in cui erano impegnati, ma faticava a convincersi a toglierle da lì. L'Omega era così stretto, bollente e vellutato; la sua presa era diversa da quella del buco di Xan o di un qualunque Beta. Jason sapeva che la sensazione intorno al suo uccello sarebbe stata incredibile, voleva disperatamente girarlo e scoparlo con forza, e i piccoli gemiti impazienti di Vale sembravano incoraggiarlo a fare proprio così.

Ma non quel giorno.

Doveva mantenere il controllo e dimostrare chi fosse al comando. Doveva provare di poter gestire la situazione senza perdere la testa. Urho gli aveva detto di *fare* di Vale il suo Omega e, per il momento, l'esperimento stava funzionando. Non poteva rovinare tutto proprio a quel punto.

Liberò piano le dita e il gemito disperato di Vale fu la ricompensa di cui aveva bisogno per aver fatto la scelta giusta. «Sss, piccolo, va tutto bene. Adesso dobbiamo darci una calmata, prima che le cose vadano troppo oltre.»

Gli occhi di Vale erano velati e colmi di lussuria, una promessa di ciò che sarebbe potuto accadere, e fissavano Jason con un'espressione confusa. «Cosa?»

«Diamoci una ripulita.»

L'intero corpo di Vale tremò. Il suo stomaco imbrattato di sperma rabbrividì sotto il tocco di Jason, quando lui fece scorrere le dita in quel pasticcio, fiero di aver marchiato il proprio Omega in quel modo meraviglioso. Anche la sua barba era piena di seme, come i peli del petto. Era ricoperto dello sperma di Jason e intriso del suo odore. Perfetto.

«Io...» Vale si interruppe gemendo disperato, con il bisogno ancora impresso sul viso.

«Non possiamo. Ricordi? I protocolli.» Jason si sentì un po' perfido nel provare soddisfazione di fronte alla miserabile frustrazione che turbinava nei dolci occhi del suo Omega. «Domani dobbiamo vederci con gli avvocati, solo dopo potremo concludere quello che abbiamo iniziato.»

«Tu... tu...» La lingua di Vale sembrava incollata. «Fottiti!»

Jason fece scivolare di nuovo la mano dietro di lui, per giocare con quel buco delizioso, aperto e pronto. «No, sarò io a fottere te, ma ogni cosa a suo tempo.»

Le cosce di Vale tremarono e lui spalancò le gambe, in offerta. Jason si prese il suo tempo per giocare con la dolce umidità che si stringeva intorno alle sue dita.

Gli occhi chiusi, inspirò il profumo di Vale. Non poté fare a meno di catalogare tutti gli aspetti in cui Vale differiva da Xan: era più vecchio, più alto e più irsuto, tanto per iniziare, ma era diverso anche all'interno del suo corpo che era più forte ed esercitava una presa maggiore, sebbene la consistenza al tatto fosse simile, quasi la stessa. Il fatto che si bagnasse era intossicante ed era un'altra cosa che non aveva mai sperimentato con Xan. E la sensazione attorno alle dita, sentire Vale che si apriva e si ammorbidiva, era eccitante da morire. Inalò l'aroma intenso di Vale e della sua pelle coperta di seme.

«Sei perfetto,» mormorò. «Sono così felice di averti trovato.»

Vale gli scostò i capelli dagli occhi e lo fissò, alla ricerca di qualcosa.

Improvvisamente sibilò e sussultò sulle dita esploratrici di Jason. «Scusa, tesoro,» sussurrò, «quello è un punto sensibile.»

Jason si acciglò, tentato di toccarlo di nuovo. Gli era parso di sentire come una parete di maggiore consistenza, meno morbida e lubrificata, una cresta che diventava più spessa in profondità. «Qual è il problema?»

«Tessuto cicatriziale,» rispose Vale, seppellendo il viso nel suo collo. La barba gli solleticò la pelle delicata quando scosse la testa ed emise un gran sospiro. «Hai ragione. Dovremmo darci una ripulita.»

Jason aumentò la sua stretta, senza sfilare le sue dita curiose. «Come te lo sei procurato? Qualcuno ti ha fatto del male?»

Vale rabbrividì tra le sue braccia, il suo corpo si strinse per opporsi alle dita di Jason. «Sì.»

«Chi?» Una furia improvvisa mandò in frantumi la sua dolcezza. «Qual è il suo nome?»

Vale gli tirò il braccio con gentilezza, staccando le dita di Jason da sé con un gemito di rimpianto. «È stato molto tempo fa. Non ha più importanza.»

Jason contrasse la mascella. Chiunque avesse fatto del male a Vale avrebbe pagato. «L'investigatore privato potrebbe trovarlo.»

«Non è stata colpa di nessuno. È stato un incidente.» La voce dell'Omega tremò e lui si appoggiò a Jason in cerca di sostegno. «Per favore. Non ce la faccio a parlarne, in questo momento.»

Jason baciò il suo collo pallido, succhiando fino a lasciare un marchio rosso brillante nel punto delicato dove si univa alla spalla. «Non mi importa. Sei comunque perfetto e io farò attenzione.»

Vale emise un suono che sembrava un singhiozzo, poi si staccò dalle sue braccia. Si alzò piano e rimase fermo sulle gambe tremanti, usando le spalle di Jason per tenersi in piedi. «La doccia è al piano di sopra. Mi aiuti ad arrivare fin là?»

Jason si alzò, desiderando di pesare una decina di chili in più ed essere più muscoloso, come Urho che avrebbe preso Vale in braccio e l'avrebbe portato alla doccia. Lui, invece, gli tenne un braccio intorno alla vita e lo guidò, baciandogli la spalla o il braccio quasi a ogni passo.

Zephyr corse su per le scale e rimase in agguato nel corridoio, prima di sfrecciare in camera davanti a loro con un miagolio oltraggiato.

«Qualcuno è geloso,» commentò Vale con un sorriso stanco. «Ti vuole tutto per sé.» Quando entrarono nella stanza, puntò un dito contro di lei e gracchiò: «Te l'avevo detto che è mio, demonio d'un gatto.»

«Non è un demonio.»

Come a dimostrare che si sbagliava, Zephyr saltò sul comò di Vale, fece cadere una fotografia incorniciata, spinse una tazza vuota sul tappeto e poi miagolò di nuovo, come se fosse colpa loro.

«È malvagia,» borbottò Vale procedendo a passi incerti. «ma mi tiene il sedere caldo di notte, perciò la tengo.»

Jason rise. «Cos'è che fa?»

«Mi piace dormire a pancia in giù e lei pensa che il mio culo sia un cuscino. Puoi arrivarci da solo, adesso sono troppo sfinito per spiegartelo.»

A quanto pareva, la stanza di Vale non era quella con le tende di pizzo, ma quella all'altra estremità del corridoio, sul retro della casa e con la vista sul giardino. E c'erano solo delle tende oscuranti mezze sollevate che lasciavano filtrare la luce pallida della sera incombente.

Jason avrebbe fatto tardi a cena, e non a una cena qualsiasi, ma alla Festa del Lupo in Attesa. Pater si sarebbe agitato e di conseguenza Father si sarebbe arrabbiato. Lanciò un'occhiata a Vale, che lo aveva lasciato andare e si teneva allo stipite della porta del bagno.

Jason si guardò intorno rapidamente, cogliendo tutto ciò che lo circondava. Al centro della stanza c'era un grande letto con una spessa testiera ornamentale in legno, dove erano intagliate delle rose. Le lenzuola erano in disordine e semplici: bianche e con un copriletto beige. Niente fantasie, nulla di vistoso. Abbinato al letto, c'era un cassettone coperto di polvere con le rose intagliate sui pannelli. Sul pavimento, nella parte libera dai mobili, era posizionato un tappeto rotondo di colore marrone e crema e ovunque si notavano dei ciuffi di peli argentei che provenivano sicuramente da Zephyr. Infine, in un angolo c'era una poltrona imbottita, così coperta di abiti abbandonati che Jason non avrebbe saputo dire di che colore fosse.

«I miei amici non stavano esagerando sulle mie abilità nei lavori domestici o piuttosto sulla loro assenza,» ammise Vale, accasciato contro lo stipite della porta, osservando Jason con attenzione.

«C'è il tuo odore, qui.» Jason dovette combattere il bisogno di lanciarsi sul letto e rotolarsi nell'*essenza di Vale*. Cercò di classificare quel profumo che sapeva di menta, di uomo, di rosa, di pelle pulita e di eccitazione, ma c'era una nota così deliziosa e indescrivibile che alla fine rinunciò.

Il suo uccello si risvegliò e dovette spostarsi per sistemarlo meglio nei pantaloni.

«Eh, la gioventù!» commentò Vale, ridendo e scuotendo piano la testa.

«Lo apprezzerai, quando sarai in calore.» Jason sollevò il mento, nel tentativo di fare quello che gli aveva consigliato Urho. Avrebbe voluto che l'effetto dell'alpha-tranquillante non stesse svanendo, ne aveva bisogno per mantenersi lucido e ragionare. «Ne sarai felice quando implorerai di avere di nuovo il mio cazzo e io non avrò bisogno di sbatterti dentro un inutile alpha-dildo mentre riprendo fiato.»

Il rossore si diffuse sul petto di Vale, le sue guance tornarono ad accendersi sopra la linea della barba. Il suo uccello sussultò, come se stesse facendo uno sforzo per sollevarsi. «Devi andartene,» sussurrò. «Oppure devi scoparmi su quel letto. Fai la tua scelta. Adesso.»

Jason ringhiò piano per il modo in cui Vale aveva preso il controllo della situazione in un attimo. Come avrebbe fatto a recuperarlo? «Sei coperto del mio seme. Ti ho marchiato. Sei mio.

Non metterti a fare il furbo con me.»

Vale si passò una mano sulla barba e fece una piccola smorfia sentendo lo sperma che vi era rimasto attaccato. «E la tua faccia sembra avere appena avuto un incontro ravvicinato con una spazzola.»

Jason si toccò il mento e si rese conto solo allora del dolore vivo e pungente. «Quella barba è un pericolo,» borbottò, poi fece un gran sorriso. «Mi piace. La terrai. Sarà bello sentirla sfregare nei posti più interessanti. Come il mio buco.»

Vale lo fissò e deglutì a fatica. Il sorriso di Jason si allargò. Ecco che era tornato al comando. Proprio dove gli piaceva stare.

«C'è un altro bagno in corridoio,» spiegò Vale con un cenno verso la porta da cui erano entrati. «C'è una doccia. Il mio ha solo la vasca.»

«Possiamo fare la doccia insieme.»

«No, se resti più a lungo avrai problemi con i tuoi genitori. Già così farai tardi alla festa in famiglia.»

«Vieni con me. Non c'è ragione perché tu non lo faccia.»

Vale sospirò e si allontanò dallo stipite con una spinta. «A parte il fatto che sono strafatto dalla lussuria che scateni in me e inadatto a stare in compagnia?»

Il cuore di Jason si mise a ballare il valzer per la felicità. «È solo questo che ti frena?»

Vale lo ignorò. «Muoviti. Vai a fare la doccia.» Gemette e si passò una mano sul viso. «I tuoi vestiti sono ricoperti di sperma. Non credo ci sia il tempo per lavarli.»

«Chiamerò i miei genitori e dirò loro che passerò la Festa del Lupo in Attesa qui, con te.»

«No, Jason. Questo non mi farebbe guadagnare la simpatia dei tuoi genitori, soprattutto di Yule. Senza dimenticare che ormai devi aver quasi smaltito l'alpha-tranquillante.»

«E allora? Mi hai appena pregato di scoparti su quel letto. Forse non mi serve più.»

Vale si incupì e distolse lo sguardo. Bastò quel piccolo segno di disapprovazione per ferire Jason come una pugnalata.

«Vattene,» insisté deciso.

«Ma stai tremando. Non voglio lasciarti da solo.»

Vale fece un sorrisetto ironico. «Starò bene. Non dimenticare che sono sopravvissuto a un sacco di calori. Aspetta solo di vedermi in quei momenti. Tremerò come una foglia.» Chiuse con forza gli occhi e rabbrividì.

Il petto di Jason esplose di gioia. Riuscì a malapena a trovare il fiato per sussurrare: «Allora firmerai il contratto con me?»

Vale inclinò il capo, trasformando la sua gioia in una paura altrettanto grande. «Tesoro, non possiamo discuterne adesso. Domani ci incontreremo con gli avvocati e vedremo.» Si allontanò di nuovo dallo stipite e si accasciò sul letto. «Fai scorrere l'acqua nella vasca, se vuoi essermi d'aiuto.» Vale si rotolò sulle lenzuola, ricoprendole con il seme di Jason.

Il profumo che si diffuse nell'aria era fantastico. La prova che loro due erano una miscela perfetta. Dal cuore di Jason si levò un canto di speranza, il suo uccello sussultò con rinnovato interesse e lui andò in bagno ad aprire il rubinetto della vasca, poi tornò in camera da letto.

Il giorno seguente l'attesa sarebbe finita e avrebbe potuto reclamare Vale come suo. Da quel momento avrebbero vissuto per sempre felici e contenti in quella vecchia casa polverosa, almeno finché Vale avesse voluto restare lì. Jason avrebbe imparato tutto su di lui, avrebbe scoperto quello che amava o che odiava, avrebbe fatto luce sulle cose che lo infastidivano, che gli facevano alzare gli occhi al cielo come faceva Father quando Pater blaterava dei gruppi per la liberazione degli Omega e avrebbe imparato ad amare tutto quanto. Fino all'ultima irritante abitudine e meravigliosa caratteristica. Sarebbe stato bellissimo.

Vale stiracchiò i lunghi arti come un gatto e Jason ammirò il suo ventre piatto ricoperto da una lieve peluria scura. I tatuaggi variopinti sulle sue braccia attiravano Jason come misteri che avrebbe potuto risolvere subito, se solo avesse chiesto nel modo giusto. I disegni sembravano raffigurare dei fiori rosa, oppure delle nuvole, il volto del Sacro Lupo, una stella e forse un sole su un braccio, con echi degli stessi soggetti sull'altro.

«I tuoi tatuaggi…»

«Vai,» lo interruppe Vale, con un movimento delle dita a indicare la porta aperta.

«Ma…»

«I tatuaggi sono una storia da raccontare in un altro momento. Ora dovresti andare.»

«Non senza un bacio di saluto.»

Vale fece per protestare, chiaramente spaventato di come potesse finire la cosa, ma lui gli prese la testa con decisione e gli diede un bacio impetuoso. Vale si sciolse e tirò Jason più vicino.

Ansimando, Jason si liberò. «Arrivederci. Ci vediamo domani.»

Vale lo lasciò andare, ma non disse nulla e cadde all'indietro, ancora avvolto nell'odore del seme di Jason.

Zephyr per poco non lo fece inciampare, mentre usciva dal caos della casa di Oak Avenue per dirigersi dai suoi genitori. Era evidente che la gatta non voleva che lui se ne andasse.

Gli Alpha che incontrò lungo la strada sentirono il suo odore e lo guardarono con un luccichio divertito nello sguardo, ma a Jason non importava. Che pensassero ciò che volevano. Aveva fatto venire Vale Aman di nuovo, aveva infilato le dita dentro di lui e gli aveva quasi strappato la promessa che il giorno seguente avrebbero siglato il contratto d'unione.

Non aveva importanza che stesse arrivando in ritardo alla Festa del Lupo in Attesa, che Pater probabilmente avrebbe fumato o che Father avrebbe gridato. Era stata una giornata davvero fantastica.

Niente avrebbe potuto rovinarla. Niente.

CAPITOLO 18

L A CENA FU strana.

Non a causa della miscela di odori che Jason aveva addosso quando era arrivato, non perché avesse fatto tardi e neanche a causa del fatto che aveva violato i protocolli con Vale. No, per il momento era riuscito a schivare tutte quelle pallottole.

Quando era arrivato, i suoi genitori erano rintanati nello studio di Father e nell'aria non c'era alcun profumo di cibo. Confuso, ma sollevato dal fatto di non essere bombardato da domande e sguardi consapevoli, era schizzato al piano di sopra a prendere un po' di alpha-tranquillante Si era fatto la doccia, ma prima si era crogiolato per alcuni minuti nella beatitudine della combinazione tra il suo profumo e quello di Vale di cui i suoi vestiti e la sua stessa pelle erano intrisi.

Dopo la doccia, quando aveva ripreso a ragionare con lucidità, aveva infilato gli abiti che aveva indossato, tranne la camicia, nella lavatrice futuristica che Father aveva acquistato diversi anni prima. La camicia ricoperta di sperma, invece, l'aveva nascosta sotto il cuscino, nella speranza che i suoi genitori rimanessero alla larga dalla sua stanza, finché non avesse avuto la possibilità di godersela un po' di più.

Poi era arrivato in sala da pranzo e aveva scoperto che, non solo non c'era alcuna festa, ma non c'erano nemmeno gli addobbi caratteristici. Il candelabro del Lupo in Attesa che Pater metteva sempre al centro della tavola non si vedeva. I centrotavola erano vecchi di giorni e non erano curati come quelli della festa della settimana precedente, quando Vale era stato loro ospite.

Qualcosa non andava. L'atmosfera era surreale, ma quando i suoi genitori giunsero in sala da pranzo, con solo uno strano assortimento di avanzi riscaldati da servire sui loro vassoi più belli, il clima si fece così teso e soffocante che Jason non osò chiedere cosa stesse accadendo, per il timore di scoprire che *fosse* colpa sua.

Di sicuro, la bizzarria di quella situazione non poteva dipendere da quello che aveva combinato a casa di Vale. Era impossibile coprire i segni sul mento, ma qualche bacio non poteva causare quel tipo di tensione. Oppure sì? Se i suoi genitori avessero scoperto ciò che era accaduto, avrebbero potuto arrabbiarsi e creare problemi, era comprensibile, ma allora dov'era la predica? Le grida o l'insinuazione che Vale non fosse un compagno adatto? C'era solo quel doloroso silenzio.

Jason non aprì bocca, sperando che qualsiasi cosa i suoi genitori avessero scoperto, lasciassero correre almeno per quella sera. D'altronde le trattative sarebbero continuate il giorno seguente, e se tutto fosse andato nel verso giusto, qualsiasi cosa fosse accaduta tra lui e Vale sarebbe stata irrilevante.

Gli si strinse lo stomaco. *Le trattative.*

Avevano forse scoperto qualcosa su Vale? Qualcosa che non gradivano? E se non avessero voluto festeggiare perché dopotutto il futuro non aveva in serbo niente di buono? Stavano cercando un modo per dirgli che Vale non avrebbe mai potuto essere suo?

Si fece forza e si preparò a sondare le acque con una domanda sulle negoziazioni del giorno seguente, ma prima che ci riuscisse, Father mise da parte la forchetta e incontrò lo sguardo di Jason con una strana ombra negli occhi. «Dovremmo finire di cenare e andare subito a letto. Dovrai essere ben riposato e lucido domani mattina, figliolo.»

«Sono solo le otto,» protestò lui.

Sì, era tardi per iniziare a cenare, ma era troppo presto per andare a dormire.

«Passami il burro,» disse Pater, la fronte aggrottata in un profondo cipiglio. Non aveva indossato un abito elegante per l'occasione, ma aveva optato per un maglione grigio, uno dei colori che amava di meno, dall'aspetto morbido e sformato. Almeno Father si era messo una giacca, Jason si sentiva un idiota in completo e cravatta, la sua solita tenuta per le serate di festa. «Jason? Il burro?» scattò Pater.

«Ah, sì, ecco.» Gli porse il piatto di vetro rosso del burro con un'espressione corrucciata. Sotto l'odore stantio di sigaretta che proveniva da Pater, c'era un altro odore, un aroma insolito e sconosciuto. Era forse la malattia? Non gli sembrava il profumo abituale del padre.

Per la prima volta quella sera, Pater rivolse a Jason la propria attenzione e chiese in tono gentile: «Come è stata la tua giornata nel giardino di Vale?»

Father smise di scrutare con aria truce gli avanzi di pollo e riso che si stava servendo e alzò lo sguardo. «Giusto, è andato tutto bene?»

Subito la mente di Jason gli rimandò l'immagine di Vale in ginocchio, a petto nudo, i tatuaggi in vista, i capezzoli tesi nell'aria fredda proveniente dalla finestra aperta, ricoperto del suo sperma.

«Sì, è andato tutto benissimo.»

Pater gli sorrise, ma era un sorriso fragile. «Davvero?»

«Mox e la sua squadra hanno finito di ripulire e di piantare i bulbi per la primavera. Anche Vale mi è sembrato contento del risultato.» Non che gli avesse detto nulla, in realtà, ma sarebbe stato felice quando i fiori fossero sbocciati.

Pater annuì e tornò a giocherellare con il cibo.

Jason prese un boccone di pasta e gamberi avanzata e masticò pensieroso, cercando di scoprire la fonte dello strano odore che proveniva da suo padre.

«Mi fa piacere, figliolo,» commentò Father.

«Vale ama le rose,» proseguì Jason, facendosi prendere dal discorso. «Per cui Mox ha pensato che sarebbe stato carino piantarne qualcuna in più sotto la finestra del suo studio, così che in estate il profumo possa arrivare all'interno. Tornerà la prossima settimana, dopo essersi procurato alcuni cespugli adatti a essere trapiantati in inverno, e li metterà a dimora.»

«Sembra fantastico,» rispose Pater, cercando di nuovo di sorridere, ma senza riuscirci. «Sono felice che tu abbia trascorso una bella giornata.»

Jason osservò con attenzione i genitori, che si erano guardati a malapena per tutta la durata della cena. Stava iniziando a spaventarsi. «Ti senti bene, Pater?»

Father lo guardò male, gli occhi azzurri gelidi di rabbia. «Smettila!» ringhiò.

Jason sentì una stretta allo stomaco e il battito che accelerava. Non ricordava che suo padre gli avesse mai parlato in quel modo.

Pater mise giù la forchetta e sibilò: «Non è che non possa percepirne l'odore, Yule.»

Father scosse la testa con forza, le labbra serrate.

A Jason mancò il respiro. In un tetro silenzio, ripresero a giocherellare con il cibo nei loro piatti. Alla fine, Jason sussurrò: «Ne sento l'odore.»

«No!» gridò Father, sbattendo un pugno sul tavolo.

«Yule, è inutile girarci intorno.»

«Non c'è bisogno che lui lo sappia,» latrò Father. Si alzò di colpo e fece un cenno a Pater. «Miner. Nel mio studio. Adesso.»

Pater, però, restò seduto a fissare Father con aria di sfida, le dita strette attorno al manico della forchetta fino a diventare bianche.

Jason sentì lo stomaco rivoltarsi, il cuore battere all'impazzata. Cosa aveva fatto Pater?

Father afferrò lo schienale della sedia, deglutendo con violenza.

«Che odore senti, Jason?» chiese infine Pater, una calma mortale nella voce.

«L'odore di qualcun altro mescolato al tuo.» Lanciò un'occhiata a Father, poi sussurrò: «Hai... ma perché mai avresti...?» Gli si strinse la gola e gli uscì una voce da bambino. «Tu ami Father.»

Un barlume di confusione comparve negli occhi di Pater, prima che il suo sguardo si schiarisse. Un sorriso strano, fragile, si aprì sul suo volto. «No, Sacro Lupo, no. Non lo farei mai, Jason.» Si rivolse a Father con espressione accigliata. «Vedi? Ecco perché dobbiamo dirglielo. Pensa che abbia fatto sesso con un altro uomo.»

Father scostò di nuovo la sedia e si sedette. I gomiti sulle ginocchia e la testa tra le mani, emanava una tensione quasi insopportabile. Il silenzio regnò di nuovo al tavolo per lunghi momenti.

Jason ricacciò giù una nuova ondata del poco che aveva mangiato per cena. «Cos'è, allora?»

«Aspetto un figlio,» annunciò Pater torvo.

«Ah.» Jason fissò i genitori con il cuore che batteva all'impazzata. «Ma per te una gravidanza è pericolosa. Credevo che prendessi dei farmaci per impedire che accadesse.»

«Gli hai detto anche quello?» Father sollevò il viso per guardare Pater scioccato. «Sacro Lupo, Miner, non dovrebbe portare un simile fardello.»

Pater sbatté la forchetta sul piatto. «Siglerà presto un contratto d'unione, Yule. Forse già domani. Deve comprendere quale fardello *ogni* Omega deve portare. Che ti piaccia o no, è grande abbastanza per sapere la verità sulla nostra famiglia.»

«Non tutti gli Omega hanno i tuoi problemi congeniti.»

«La semantica non risolverà la situazione. Non discutiamo su questioni secondarie.»

«No, discutiamo della tua sopravvivenza!» Gli occhi blu di Father si puntarono su Pater con una disperazione che Jason non aveva mai visto prima in lui. «Con Jason sei quasi morto! Anzi, *sei* morto! Hanno dovuto farti ripartire il cuore.»

Pater serrò le labbra ancora di più e fissò Father a sua volta. «Lo so, Yule. Ero lì.»

«Cosa?» chiese Jason, guardandoli con occhi sgranati. Non ne aveva idea.

«E una volta che ha ripreso a malapena a battere, se l'ospedale non avesse avuto per puro caso diverse sacche di sangue del tuo gruppo a portata di mano...» Gli occhi di Father si riempirono di lacrime e gli mancò la voce. «Se non avessimo avuto una fortuna sfacciata, quel giorno ti avrei perso.»

Anche gli occhi di Pater divennero lucidi e le sue labbra tremarono. «Non mi hai perso. Sono proprio qui.»

«Sì, sei qui. Più vecchio di quasi vent'anni e più debole che mai, dopo aver usato quei farmaci abortivi per tanto tempo. Credi davvero di riuscire a portare a termine questa gravidanza?»

«Non lo so, ma ci proverò.» Chiuse gli occhi. «Lui di certo vuole nascere. I farmaci non l'hanno eliminato. È rimasto aggrappato a me nonostante i crampi e l'emorragia, è un combattente.»

«Chi lo sa quali effetti quei farmaci possono avere sullo sviluppo di un feto!» gridò Father, tornando a coprirsi il volto con le mani mentre le sue parole risuonavano nella stanza.

Pater spalancò gli occhi, tremante, ma senza un sussulto.

Jason sedeva paralizzato, il cuore lacerato da una paura gelida come il ghiaccio.

«Quale altra scelta abbiamo, Yule?» Pater era pallido, ma i suoi occhi brillavano di determinazione. «Le altre opzioni sono illegali quanto i farmaci abortivi e molto più rischiose. Senza un medico esperto, un aborto è pericoloso per la salute quasi quanto cercare di portare avanti la gravidanza. Senza contare che, non sappiamo nemmeno da che parte iniziare a cercare qualcuno che esegua una simile procedura. Di chi mai potremmo anche solo pensare di fidarci?»

«I soldi possono comprare il silenzio, e io pagherò qualsiasi cifra per tenerti al sicuro.»

«Non lo farò,» ribadì Pater, scuotendo la testa. «Questo bambino vuole nascere. E io voglio averlo.»

La bocca di Father tremò, il suo respiro divenne affannoso. Un gemito strozzato gli sfuggì dalle labbra prima che si alzasse e lasciasse la stanza, sbattendo la porta. Con la bocca secca e il sangue che gli ruggiva nelle vene, anche Jason avrebbe voluto correre via, ma non avrebbe saputo come farlo né dove andare, e il terrore lo teneva inchiodato alla sedia.

Pater diede una pacca al taschino e ne tirò fuori una sigaretta e un pacchetto di fiammiferi. Allontanò il piatto e sfregò il fiammifero per accendere la sigaretta. Volute di fumo si alzarono dal suo viso verso il soffitto.

Jason avvertì un formicolio nelle dita di mani e piedi e l'intorpidimento si diffuse al resto del suo corpo. La stanza prese a girare. Un cupo silenzio si diffuse dai limiti della sala da pranzo, come se tutto ciò che c'era all'esterno fosse scomparso. Come se loro due e quel tavolo fossero tutto ciò che esisteva.

E Father, da qualche parte nelle tenebre là fuori, soffriva in agonia.

Jason scacciò con la mano il fumo e chiese: «È salutare per il bambino?»

Pater rispose con una risata amara: «Per gli inferi del Lupo, amore, non ne ho idea.» Prese una lunga boccata. «Suppongo di no. Domani smetterò.»

Jason punzecchiò con la forchetta il gambero rimasto nel suo piatto, incapace anche solo di pensare a mangiare. Deglutì a fatica. «Non voglio che tu muoia.»

Pater gli prese la mano con un gemito. «Nulla è inciso nella pietra. Non sto bene, ma non sono pronto a infrangere un'altra mezza dozzina di leggi, con il rischio di far finire entrambi in prigione, per interrompere una gravidanza che, con mio grande stupore, voglio portare a termine.»

«Tu stesso pensi che potresti non sopravvivere, e Father ha detto che è stato necessario far ripartire il tuo cuore e sottoporti a delle trasfusioni di sangue quando sono nato io. E ora sei più vecchio e *non* stai bene. Perché lo fai? Hai me. Non ti serve un altro figlio. La discendenza è sicura.»

«Davvero?» chiese Pater con gentilezza. «Nemmeno le cartelle cliniche del tuo Vale sembrano suggerire che possa portare a termine una gravidanza. E non gli farò passare quello che ho dovuto sopportare io. Un altro figlio, se fosse un Alpha o un Omega, darebbe una nuova possibilità al futuro di questa famiglia.»

«Potrei prendere un surrogato.» Sentì una fitta allo stomaco e credette di morire. Scegliere tra Pater e Vale? Il solo pensiero gli provocò uno strazio profondo, ma non avrebbe lasciato morire suo padre. «Lo farò, se necessario.»

«No.» Gli occhi nocciola di Pater luccicarono tristi. «Non ti farei mai una cosa simile. Privarti del legame che ha reso la mia vita meravigliosa, nonostante la sofferenza?» Scosse il capo. «No, mai. E non lo farei nemmeno al tuo Vale. Tradirei me stesso e la mia natura di Omega, se mettessi la prosecuzione della discendenza davanti al legame che condividerete.» Fece cadere la cenere sul cibo che non aveva toccato. «Inoltre, ho sempre voluto un altro figlio. Sai, non è che ne volessi solo uno. Mi ha reso felice essere tuo padre in tutti questi anni e tu presto ci lascerai. Un bambino in casa porterà nuova gioia a tutti noi.»

«Se morirai nel darlo alla luce, non ci sarà alcuna gioia,» rispose Jason, lasciando cadere la forchetta nel piatto con un rumore metallico. «Io non voglio un fratello. Voglio mio padre per tutto il tempo che sarà possibile, e non lo amerò se tu morirai di parto.»

«Jason...» Pater prese una lunga boccata dalla sigaretta, la schiacciò sul piatto, si alzò e girò attorno al tavolo per andare a inginocchiarsi sul pavimento, accanto alla sedia di Jason, poi gli prese le mani. «Lo so che sei spaventato e la reazione di tuo padre non aiuta, ma non fasciamoci la testa prima del tempo. Per quanto ne sappiamo, questa gravidanza potrebbe essere diversa dalle altre.»

«Perché pensi sia così?»

Pater scrollò le spalle. «Posso solo sperarlo. La vita è un mistero, sono accadute cose ben più strane.»

Jason lo fissò a bocca aperta, mentre nel suo stomaco nasceva una rabbia rovente che gli comprimeva il torace. Allontanò le mani di scatto.

«Che c'è?» chiese Pater, nervoso. «A cosa stai pensando?»

«Stai mollando. L'hai detto tu stesso l'altro giorno, sapevi che avevo bisogno di te e ora credi che non ne abbia più, così hai deciso di mollare.»

Pater lo fissò, contrasse la mascella, poi distolse lo sguardo.

«Anche se mi dici che mi sbaglio, non ti crederò.»

Pater si alzò e, tornato al suo posto, rimase in contemplazione della cenere e del cibo intoccato sul suo piatto, come se fosse una sfera di cristallo pronta a svelare il futuro. «Va bene. Sei grande abbastanza per la verità.»

Jason si drizzò sulla sedia.

«Sono stanco del dolore continuo, di soffrire e perdere figli, calore dopo calore. Sono stanco di far passare tutto questo a tuo padre. Anche lui ha sofferto. Se potessi dargli un altro figlio, forse mi perdonerebbe per... per il resto.»

«Lui ti ama,» lo supplicò Jason, nella speranza di farlo ragionare. Anche se non aveva idea di come si potesse organizzare un aborto clandestino, non aveva dubbi che Father avrebbe trovato un modo, se solo Pater avesse acconsentito. «Non ti ha mai portato rancore per nulla di quanto è accaduto.»

«Intendevo che mi perdonerebbe per essere morto,» rispose

Pater con voce sommessa.

Il cuore di Jason fu trafitto da una pugnalata. Riusciva a respirare a malapena, ma si sforzò di chiedere: «L'hai fatto di proposito? Li hai almeno presi i farmaci, questa volta?»

«Cosa? Certo che li ho presi,» scattò Pater. «Il farmacista che me li prepara mi ha sempre messo in guardia sul fatto che potessero fallire. Finora, sono stato fortunato. Ma questa volta...» Si interruppe e la sua espressione si ammorbidì. «Sarai in buone mani con il tuo Omega. Riesco a leggerlo nei suoi occhi che si prenderà cura di te. Quanto a tuo padre...» Il suo mento tremò.

«Non può crescere un bambino da solo!»

«Tu e il tuo Vale potrete aiutarlo.»

«Smettila di chiamarlo il *mio* Vale. È solo *Vale*. È il mio Omega e non crescerà mio fratello, anche se tu, da egoista, insisti a volerlo far nascere.» Jason scostò il piatto con forza tale da farlo slittare fino al bordo opposto del tavolo e farlo quasi cadere.

«Jason...» Pater assunse lo stesso tono che usava quando lo rimproverava da bambino.

«No. Basta.» Jason si alzò e gli puntò un dito contro. «E se il bambino non ce la facesse e tu morissi per niente? Per nessun buon motivo? Cosa succederebbe? Pater, ti prego. Non deve per forza andare così. Father ha detto che può trovare qualcuno per... per... risolvere la cosa.»

Pater scosse la testa e accese un'altra sigaretta con dita tremanti. «È troppo rischioso, Jason. Tu sei giovane, non puoi capire le conseguenze, ma io e tuo padre sì. Abbiamo visto cosa può succedere. La mia vita non vale il rischio che Yule finisca in prigione. Preferirei morire tentando, piuttosto che morire in una cella, costretto ad affrontare i calori da solo, consapevole che tuo padre è in un'altra cella, disperato e folle d'angoscia senza di me.» Puntò la sigaretta in direzione di Jason. «E lascia che te lo dica, la prigione sarebbe il migliore degli scenari, se venissimo scoperti. Ho perso un amico, quando ero ancora molto giovane. Non era unito a un Alpha, quando ebbe un calore inatteso. Ha fatto quel che doveva e ha finito per dover subire un aborto. È stato scoperto due giorni dopo e giustiziato nel giro di una settimana.»

Jason sentì la gola farsi secca.

Pater non aveva finito. «Per non parlare dei rischi dell'aborto stesso. I medici non sono addestrati a eseguire interruzioni di gravidanza e solo pochi tra quelli bravi sono disposti a farlo. Molti Omega sono morti nel tentativo. La nostra anatomia è fragile, gli strumenti pensati per salvarci possono ucciderci.» Pater fece un tiro dalla sigaretta e scosse la cenere sul piatto. «Di nuovo, preferirei rischiare la vita per dare una possibilità a questo bambino, invece che morire cercando di ucciderlo.»

«Pater, ti prego…» sussurrò Jason. «Non voglio perderti. Ti supplico, non farlo.»

«Non ho scelta, Jason. Devo scegliere il male minore. Come ho detto, questo piccolo vuole nascere. Resiste ormai da sette settimane, più di un quarto delle venti necessarie ad arrivare a termine.»

«Da quanto tempo lo sai?»

«Da circa una settimana. Tuo padre ha sentito il suo odore ieri, per la prima volta. Significa che sta crescendo. È forte. Se solo riesco a non perderlo…»

Dal piano superiore provenne il suono di un vetro che andava in frantumi. Pater saltò in piedi, facendo cadere la sedia, e corse verso la porta della sala da pranzo. Jason lo seguì, il cuore che doleva come se un cavallo gli avesse dato un calcio nel petto. Corse su per le scale, superò Pater con facilità e arrivò per primo nella camera dei suoi genitori. Spalancò la porta e trovò la stanza immersa nel buio.

L'enorme letto era in perfetto ordine e le sagome degli altri mobili si stagliavano minacciose come ombre gigantesche. Father era in piedi accanto a una finestra rotta, lo sguardo perso nella notte. L'aria fredda che si riversava all'interno si infilò con un sibilo nel corridoio alle spalle di Jason.

«Sto bene,» affermò Father con voce piatta e priva di vita. «Vattene.»

«Yule!» gridò Pater mentre saliva le scale più in fretta che poteva, anche se tremava e aveva il volto cinereo.

Jason si tolse di mezzo, così che suo padre potesse entrare nella stanza e prendere coscienza della situazione.

«Sto bene, Miner,» ripeté Father, appoggiando una mano sanguinante sul telaio della finestra infranta, gli occhi sempre puntati fuori. Le stelle splendevano nel cielo scuro, più nitide senza il vetro che rifletteva la luce proveniente dall'interno, bianche punture di spillo in un sipario blu scuro.

Spingendo il figlio da parte, l'Omega si avvicinò. «Cosa hai fatto?»

«Avevo bisogno di un po' di aria fresca e la finestra era bloccata, quindi l'ho rotta, ma adesso va tutto bene.»

Jason sentì una fitta allo stomaco e le lacrime scorrergli sul viso. «Non va bene proprio per niente!»

La forte schiena di Father rimase dritta, il volto senza espressione, mentre lui continuava a guardare fuori.

Pater gli si avvicinò, voltandosi per dire a Jason: «Vai di sotto, qui ci penso io.»

«Ma...»

«Vai,» gli fece eco Father, la voce triste e spenta.

Pater cercò di rivolgergli un sorriso rassicurante, ma era una farsa, come tutto ciò che era accaduto dall'inizio della cena.

Jason si sbatté la porta alle spalle e rimase a gironzolare nel corridoio, a portata di voce, ma dopo aver camminato avanti e indietro per qualche minuto, non riuscendo a sentire nulla attraverso la porta, premette l'orecchio contro il legno e rimase in ascolto, cogliendo solo alcuni mormorii.

Dopo un po', tornò in camera sua, ma il suo naso fu assalito dal profumo combinato di Vale e del loro sperma impresso sulla camicia nascosta sotto il cuscino. Jason inspirò piano e si sentì invadere da una surreale sensazione di benessere, come se si trovasse nel mezzo di un funerale e non riuscisse a fare a meno di gioire.

Fece subito marcia indietro e scese al piano inferiore, diretto verso la veranda di Pater. Si strappò di dosso giacca e cravatta e le lanciò sul divano. Si arrotolò le maniche, con l'idea di esercitarsi un po' alla chitarra, ma neppure con lo strumento tra le mani riuscì a darsi pace. Camminò avanti e indietro per la stanza, ancora e ancora. Alla fine, prese un pezzo di carta dalla scrivania e scrisse una breve nota, la lasciò sul tavolo dell'ingresso e uscì nella notte.

Jason non era solito passeggiare per strada dopo il tramonto. I lampioni accesi e le case buie creavano un mondo diverso. Nella maggior parte delle abitazioni, le luci elettriche brillavano come gocce d'oro fuso. Le fiamme delle candele tremolavano in alcune delle case meno abbienti, e Jason si chiese come fosse la vita per chi era così povero.

Una folla inaspettata gremiva la strada. C'erano Alpha e Omega, insieme o da soli, e gruppetti di Beta tirati a lucido per recarsi nei locali o alle feste. Sembrava che chi non aveva stretti legami familiari trascorresse fuori la notte della Festa del Lupo in Attesa. Strano, non aveva mai pensato a cosa facessero quelle persone per festeggiare.

Rimase concentrato su ciò che lo circondava, come i vestiti meravigliosi e gli artisti di strada che cantavano e declamavano poesie. Se si costringeva a mantenere l'attenzione sul momento, non avrebbe dovuto pensare ai suoi genitori. Non poteva farlo. Se l'avesse fatto, il suo cuore sarebbe partito al galoppo rischiando di scoppiare. Si sentiva stordito, come se i suoi polmoni avessero smesso di funzionare e il mondo attorno a lui fosse impazzito e si fosse capovolto. Si limitò a continuare a camminare, osservare e cercare di non provare niente di niente.

Si inoltrò attraverso la città, lungo strade familiari divenute estranee nell'oscurità, senza fare caso agli sguardi interrogativi che gli venivano rivolti e senza mai voltarsi indietro. I suoi piedi sapevano dove andare. In breve, si ritrovò davanti al cortile recintato di Vale, a scrutarlo da sotto il grande albero di quercia.

Aprì il cancello, risalì il vialetto e si fermò sul portico d'ingresso. Sentì una musica provenire dall'interno, e si chiese se non fosse il caso di fare il giro intorno alla casa per sbirciare dalle finestre e assicurarsi che Vale fosse solo. Se non lo fosse stato, se Urho fosse tornato per controllare come stava? Al pensiero di loro due insieme fu colto da una profonda nausea, ma la soffocò. Sbirciando attraverso la stretta finestra accanto alla porta d'ingresso, vide Vale dirigersi verso lo studio.

Jason restò senza fiato. Era davvero stupendo, avvolto in una vestaglia di raso argentato, pantaloni del pigiama coordinati e pantofole di pelo color oro. Zephyr lo tallonava, pavoneggiandosi con la coda alzata e la testa alta. A parte il gatto, sembrava solo.

Jason bussò.

Con un sussulto, Vale si voltò verso la porta e si avvicinò, stringendosi addosso la vestaglia. La porta si socchiuse con cautela e Vale sbirciò fuori, un occhio verde a controllare chi era venuto a disturbarlo a quell'ora tarda. Infine, la porta si spalancò. «Jason? In nome del Lupo, che? Hai dimenticato qualcosa?»

Jason sollevò la testa senza dire nulla. Vale sgranò gli occhi e la sua espressione si allarmò. «Oh, tesoro. Cosa c'è che non va? Entra.» Lo tirò all'interno e chiuse la porta sulla notte gelida. Dallo studio di Vale giunse il suono di un violino, sovrapposto a quello di un pianoforte, poi una profonda voce baritonale parlò con il ritmo rilassante di un annunciatore radiofonico.

Vale inclinò il viso e scrutò Jason con espressione interrogativa. «Qual è il problema? Sei bianco come un lenzuolo.»

Jason notò il marchio rosso sul collo di Vale, quello che aveva lasciato lui stesso qualche ora prima, quando il mondo era ancora bellissimo e pieno di possibilità. «Non sapevo dove altro andare.»

Vale lo attirò a sé e fu solo quando gli sussurrò «Sei congelato,» che Jason si rese conto di essere uscito di casa senza cappotto.

«Parlami. Cos'è successo?» La voce giunse vicina al suo orecchio, poi Vale indietreggiò abbastanza da guardarlo di nuovo in faccia. «Sono i tuoi genitori? Sono arrabbiati con te? Con noi? Per quello che abbiamo fatto oggi?»

Jason scosse il capo, ma aveva la gola troppo serrata perché ne uscissero delle parole. Strinse Vale più vicino, affondò il viso nel suo collo e rimase aggrappato a lui.

Vale gli mormorò parole rassicuranti, abbracciandolo forte. «Oh, tesoro,» gli sussurrò in tono di conforto.

Jason cercò valorosamente di non piangere, ma le lacrime scesero bollenti sulle sue guance e miserabili, piccoli singhiozzi gli sfuggirono senza controllo.

Vale lo cullò tra le braccia, mentre Zephyr si strofinava contro le loro gambe. Lo tranquillizzò con promesse che Jason sapeva non avrebbe potuto mantenere. Del resto, Pater aspettava un figlio ed era deciso a farlo nascere. Perciò, no. *Non* sarebbe andato tutto bene.

Jason pianse più forte, la gola straziata, sentendo la sua infanzia che gli veniva strappata.

CAPITOLO 19

VALE SPINSE JASON sulla poltrona di pelle dello studio e si inginocchiò ai suoi piedi, cercando di dare un senso alle parole sconnesse del ragazzo. Gli mise tra le mani una tazza di tè bollente e mormorò: «È un uomo ostinato, vero?»

Tra i tentativi di calmare le lacrime nel corridoio, e poi di nuovo in cucina mentre Vale preparava l'acqua per il tè, Jason gli aveva spiegato per sommi capi la situazione dei suoi genitori. Aveva taciuto, come era ovvio, i dettagli davvero incriminanti sull'uso abituale di farmaci abortivi da parte del padre, ma Vale riuscì lo stesso a mettere insieme i pezzi. Ormai ne sapeva abbastanza, dopo averne parlato sia con Rosen che con Jason quella mattina stessa.

«Sì, lo è,» rispose Jason, che si stava asciugando gli occhi con i pollici e cercava coraggiosamente di cancellare le prove delle sue lacrime tirando su con il naso. «Saranno sconvolti, quando si renderanno conto che me ne sono andato.»

«Hai lasciato un biglietto?»

«Sì, ma si preoccuperanno comunque.»

Vale gettò un'occhiata al telefono sulla scrivania. «Chiamiamoli.»

«No. Se stanno parlando, litigando o qualunque altra cosa stiano facendo, non voglio interromperli. Ho diciannove anni. Per la legge, ho tutto il diritto di stare qui.»

«Tecnicamente, abbiamo già infranto parecchi protocolli...»

«D'accordo, ma sai cosa voglio dire.»

Vale annuì e gli accarezzò il ginocchio. «Bevi il tè. Ti farà stare meglio.»

Si trattava di una miscela di erbe ideale per infondere calma e pace. Rosen e Yosef gliel'avevano regalata l'anno precedente per il suo compleanno, facendogli scherzosamente notare la sua tendenza a essere ansioso. Sperava che alleviasse l'angoscia di Jason. Inoltre, uno degli ingredienti della tisana era il principio attivo presente nell'alpha-tranquillante, per cui farla bere a Jason dava a Vale la sensazione che avessero meno probabilità di finire a scopare prima dell'alba. Restava tutto da vedere, però, soprattutto con i fremiti del calore imminente che stavano dando il via alle danze sotto la sua pelle.

Da quando aveva aperto gli occhi la mattina, niente di quel giorno era andato come aveva immaginato. Si chiese se mai, in futuro, una giornata sarebbe trascorsa di nuovo come previsto.

«Morirà, se non troverà il modo di...» Lanciò un'occhiata a Vale, poi distolse lo sguardo. «Se non avrà un aborto spontaneo o non troverà un altro modo di mettere fine alla gravidanza.»

«So che hai detto che è allergico ai profilattici approvati dal governo, fin troppi Omega lo sono, ma avrebbero potuto provare lo stesso, no?»

Jason scrollò le spalle. «Pater ha detto di no. Gli provocano una reazione interna che lo fa sanguinare e lacerare durante i continui rapporti indotti dal calore.»

«Capisco.» Vale odiava le leggi sui profilattici introdotte dal governo diversi anni prima, che avevano portato a una diminuzione della qualità e della varietà dei materiali. Ovviamente, quello lasciava a Miner ben poche opzioni.

«So che dovrei essere forte.» Jason si passò il dorso della mano sulla bocca per cancellare l'insicurezza dal proprio viso. «So che in questo momento ti sto deludendo.»

«Tu *sei* forte. È una situazione difficile ed è normale sentirsi spaventati, quando accadono cose spaventose.»

«Non voglio perderlo. Gli voglio bene.»

«Lo so. Mi dispiace, Jason.» Vale appoggiò la guancia al cuscino della poltrona e lo fissò. «Bevi il tè.»

I ricordi di quando aveva scoperto dell'incidente che aveva spezzato le vite dei suoi genitori iniziarono ad affiorare nella sua mente. Si morse il labbro, Jason aveva bisogno che mantenesse la calma, ma non era giusto ciò che gli stava accadendo. Perdere un genitore non lo era mai. Avrebbe voluto poter in qualche modo risparmiare a Jason quel dolore.

«Cosa dice il medico, quali sono le sue possibilità?» chiese con dolcezza.

«Non credo che abbia già parlato con un medico. So solo che è quasi morto nel darmi alla luce e non è riuscito a portare a termine nessun'altra gravidanza. Una volta, quando avevo tre anni... credo che ci abbiano riprovato. Pater è rimasto a letto per settimane e poi, una notte, fui svegliato dalle urla. Ero terrorizzato.» Si schiarì la gola e proseguì: «Il nonno venne a stare con me. Pater rimase in ospedale e Father, naturalmente, restò con lui.»

Vale annuì.

«Si amano così tanto,» continuò. «Non li avevo mai visti litigare davvero. Non in quel modo. Father era furioso e spaventato. E Pater era... svuotato. Come se non sentisse nulla.»

«Deve avere paura anche lui.»

«Dice che è stanco.» Gli occhi di nuovo colmi di lacrime, Jason mise da parte il tè. «Non ne voglio più parlare.»

«Non devi farlo.» Vale strofinò di nuovo il viso sul cuscino, dentro di sé un turbine di lussuria, inopportuna e tentatrice. La barba che stava facendo crescere sfregò contro la pelle della poltrona. Jason allungò una mano ad accarezzargli la guancia con un tocco lieve delle dita. Vale gli baciò il ginocchio.

«Non pensavo che ti avrei avuto ai miei piedi così presto,» disse Jason, la voce roca e ancora soffocata dalle lacrime. «Ma va bene così. Non mi dispiace.»

Vale sospirò. «Sono a mio agio, qui.»

Con tocco gentile, Jason accarezzò la barba di Vale, e gli sollevò il mento per incontrare il suo sguardo. «Con quanti Alpha sei stato?»

Vale sentì una stretta al cuore e voltò il viso per nasconderlo contro la coscia di Jason. Il silenzio palpitò nell'aria, poi Jason fece scivolare la mano tra i capelli di Vale, tenero e rassicurante. «Non ha importanza. Dimentica che te l'abbia chiesto.»

Aveva importanza, invece. Era parte del motivo per cui non poteva avere figli. A prescindere dalla connessione che stava crescendo tra loro, che anche in quel momento li stava legando uno all'altro, lui aveva un passato che determinava un solo futuro possibile. Ammetterlo gli spezzava il cuore, ma Jason meritava di più.

«Non avevo ancora trent'anni quando è accaduto qualcosa,» iniziò Vale, sollevando il capo per incontrare lo sguardo triste di Jason. «Non avevo ancora incontrato Urho e...»

Jason pose le dita sulle sue labbra. «Va bene così. Non dirmelo. Non in questo modo.»

Vale aggrottò le sopracciglia, confuso.

«Un giorno potrai dirmelo perché vorrai che io lo sappia,» spiegò Jason. «Non perché te l'ho chiesto.»

Per quanto strano, Vale *desiderava* che Jason sapesse. Solo il giorno prima, era stato convinto che il suo Alpha non dovesse sapere cos'era accaduto durante quel maledetto calore di ritorno, ma in quel momento? Dopo aver visto il dolore straziante e la tenerezza di Jason nei confronti di suo padre, dopo aver accettato i suoi baci ed essere stato ricoperto dal suo seme appena poche ore prima? Non era giusto che Jason si affezionasse a lui ogni secondo di più, senza conoscere la verità.

Per lo stesso motivo, non poteva rivelargliela in quel momento.

Come poteva ferire Jason, quando era così spaventato per Miner? E perché rovinare il ricordo del loro pomeriggio con una confessione che lo avrebbe mostrato a Jason in una luce del tutto diversa? Poteva aspettare. Mise da parte il fastidioso pensiero che le trattative sarebbero riprese la mattina seguente e che doveva assolutamente decidere cosa fare. Con un po' di fortuna, e con tutto quello che stavano passando Miner e Yule, l'incontro poteva essere rimandato di un altro giorno, se non di più. Avevano ancora un po' tempo, lui e Jason ne avevano ancora un po'.

«Vieni qui,» sussurrò Jason, allargando le ginocchia e dandosi un colpetto sulla coscia.

«Sai cosa accadrà, se lo faccio.»

«Voglio solo baciarti.»

Le labbra di Vale si piegarono in un sorrisetto. «Non sei bravo a mentire.»

Si arrampicò sul suo grembo in ogni caso. Stavano stretti, in due sulla poltrona, ma Jason lo teneva stretto facendolo sentire piccolo, avvolto dalla sua figura più alta. Il ragazzo non era muscoloso come Urho, che lo faceva sentire quasi fragile quando lo teneva tra le braccia, ma aveva un corpo solido e i suoi capelli profumavano in maniera fantastica. Come di menta e rosmarino. Inoltre, era magro, ma non ossuto, e aveva muscoli asciutti che facevano da cuscino e sostenevano il peso di Vale.

Con una mossa che portò il suo uccello a premere contro il sedere di Vale, Jason sorrise, gli occhi meno scintillanti di quella mattina, ma ancora gentili. «Così va meglio.»

Vale gli allacciò le braccia attorno al collo. Si baciarono e il sangue corse al suo cazzo a tale velocità da fargli venire le vertigini. La bocca di Jason si avventurò lungo la sua gola, la succhiò con dolcezza e poi con forza, e tornò indietro a catturare le sue labbra ancora una volta.

La mano di Jason strisciò sul davanti dei pantaloni di raso del suo pigiama, ad afferrargli l'uccello attraverso il tessuto. «Fammelo vedere di nuovo.»

Vale rabbrividì. «Non è il momento.»

«Mi serve una distrazione. È il momento perfetto.» Infilò la mano sotto la sua vestaglia e gliela fece scivolare su e giù lungo la schiena. «La tua pelle è così liscia e morbida.» Spostò la mano sul davanti, la passò tra i peli del torace e sulle parole tatuate sulle sue costole. «Adoro il tuo corpo. Presto mi racconterai di questi tatuaggi e avrò un'altra cosa di te da amare.»

Vale chiuse gli occhi, nel tentativo di mantenere il controllo su se stesso, ma la sua pelle formicolava in modo esasperante e il suo buco si bagnò, pronto e avido. «Cazzo,» sibilò.

«Sì,» mormorò Jason al suo orecchio. «Cazzo.»

Lo baciò di nuovo e il mondo divenne un vortice di respiri, labbra, lingue e saliva. Vale si aggrappò a lui, gemendo, succhiando, leccando. Jason gli strappò la vestaglia dalle spalle e i suoi capezzoli si fecero duri e tesi all'aria fredda dello studio.

Dal suo uccello colò liquido preseminale e il buco gli si rilassò, mentre altro liquido sgorgava dalle sue ghiandole omega. Jason gli baciò il collo e il lobo dell'orecchio, lo stuzzicò con i denti finché Vale non tremò e spinse i fianchi contro di lui nella sedia. Jason lo afferrò sotto i glutei, lo sollevò con una forza sorprendente e si alzò in piedi con Vale aggrappato al collo e le sue gambe avvolte attorno alla vita.

Il divano era il posto più vicino su cui sdraiarsi e Jason strisciò sopra di lui, senza che la sua bocca lasciasse mai la pelle o le labbra di Vale.

«Sì,» sussurrò Vale, inarcandosi per premere l'inguine contro il suo. «Scopami.»

Jason si allontanò quel tanto che bastava per togliersi la camicia e aprirsi i pantaloni. Il suo uccello era del tutto eretto. Le vene che Vale aveva già notato erano ancora più evidenti e all'emergere di quel capolavoro, in tutti i suoi gloriosi e duri centimetri, lui non riuscì a tenere lontane le mani.

Quando si chinò in avanti per succhiare la sua grossa cappella, Jason ansimò e gettò la testa all'indietro. L'asta, troppo spessa per poterla ingoiare a fondo, gli allargò la bocca fino a fargli male. «Oh, sì,» esclamò Jason, con voce tremante. «Così. Usa la lingua.»

Vale chiuse gli occhi e succhiò e leccò, finché Jason lo afferrò per i capelli e lo tirò via. «Mi farai venire.»

Vale rabbrividì e si strappò di dosso i pantaloni del pigiama. «Vieni dentro di me.»

Jason gemette e si tuffò su di lui, spingendogli indietro le gambe. Seppellì il viso tra le sue natiche madide di sudore e gli leccò e succhiò il buco, bagnato e fremente.

«Sì,» mormorò Jason. «Voglio sentirti venire sulla mia faccia.»

Vale mugolò e tirò indietro le ginocchia per dare a Jason più spazio di manovra. Il calore si raccolse nel suo ventre, per diffondersi in tutto il suo corpo. Sulla sua pelle rovente si diffusero acute stilettate di bisogno, spogliandolo di ogni dubbio e lasciandolo a implorare per averne di più.

Con le gambe tremanti e il cuore al galoppo, fu travolto dalla prima ondata di un dolce orgasmo anale e inarcò la schiena, ululando il suo piacere. La lingua di Jason si impegnò ancora di più attorno e dentro il suo buco vibrante e un'altra ondata si abbatté su di lui, un orgasmo intenso, palpitante e quasi doloroso, che lo lasciò sulla vetta a cavalcare un piacere sempre più intenso e a bramare l'uccello del ragazzo.

Jason si spostò, strofinando gli umori di Vale dalle natiche ai peli pubici, su per la sottile striscia che saliva verso l'ombelico, fino alla peluria del torace. Catturata ancora una volta la sua bocca, lo baciò fino a togliergli il respiro, interrompendosi solo per infilare le dita nel suo culo fremente.

«Adesso ti faccio venire di nuovo,» sussurrò. «Poi ti scopo.»

loro corpi, continuava a scendere liquido e la stanza iniziò a girare all'impazzata.

«Così giusto,» cantilenò, sudato e ancora affamato. «Così bello.»

Jason lo tirò verso di sé per un bacio, l'uccello che si muoveva dentro il corpo di Vale, massaggiando la sua prostata e le ghiandole omega a ogni spinta. Da qualche parte nella sua mente, sapeva che era solo il delirio da feromoni a parlare, ma avrebbe giurato e spergiurato a pieni polmoni che nessun uccello si fosse mai adattato tanto bene dentro di lui.

«Perfetto. È perfetto. Tu sei perfetto, Jason. Tu.»

Il suo sproloquio sembrò ispirare Jason, poiché si spinse in Vale più forte e più veloce e lo scopò con forza, ricoprendogli di baci le clavicole, i capezzoli e le spalle. Dalle sue labbra sgorgarono imprecazioni e incitamenti. «Ti farò venire così forte. Ti inonderò con il mio seme. Ti riempirò con i miei bambini. Ti farò mio. Ti terrò con me. Sarai mio per sempre. Cazzo. Ti voglio così tanto, Vale!»

La sua testa si piegò all'indietro, i suoi fianchi scattarono in alto e il suo uccello si gonfiò nel corpo di Vale, in quello che sarebbe stato il preludio di un nodo durante il calore, e venne. Il suo uccello premette contro la prostata e le ghiandole omega di Vale, scatenando in lui un altro orgasmo anale. Fu dilaniato da ondate di beatitudine quasi dolorosa e le cavalcò, contorcendosi fino a restare debole come un gattino per i postumi del piacere.

Si ritrovarono ad ansimare insieme sulla poltrona, il cazzo di Jason ancora a fondo dentro di lui. Il seme colò dal suo corpo e Vale rabbrividì al ricordo di ciò che aveva detto Jason sul riempirlo fino a farlo traboccare.

Il ragazzo rabbrividì e fremette, mormorando parole senza senso. Vale gli baciò le tempie, nel tentativo di calmare il suo cucciolo di Alpha mentre ricadeva dalle vette sconvolgenti che lo facevano tremare. Ma se aveva pensato che fosse tutto finito, aveva scordato la resistenza della gioventù.

Con un grugnito, Jason lo sollevò e lo portò di nuovo sul divano, poi riprese a scoparlo con entusiasmo non appena la sua schiena toccò il rivestimento dei cuscini. L'ora seguente trascorse in una marea crescente di orgasmi anali così potenti da friggergli il cervello e culminò in un climax straziante, strappato al suo uccello dalla mano insistente di Jason, che lo fece vibrare e gridare di piacere.

Alla fine, Jason rimase tremante e sudato tra le braccia di Vale. Lo spazio tra di loro era reso scivoloso dal liquido prodotto da Vale, dallo sperma e dal sudore.

«Come hai imparato a scopare così?» farfugliò Vale, ubriaco di un piacere mai conosciuto prima.

«Istinto e pratica,» sussurrò Jason e si sollevò per rivolgergli un sorrisetto orgoglioso. «Ti è piaciuto?»

Vale sbuffò e alzò gli occhi al cielo.

Jason rise. «Sono bravo, eh?

Vale gemette e lottò per spingere Jason a farsi più in là, così da poter respirare più facilmente. «Non serve che te lo dica.»

Jason infilò un dito nel buco ancora fremente di Vale. «No, non serve. Perché lo sento.»

Vale gemette. «Mi hai sfinito. Sono distrutto.»

Ma non lo era davvero. La sua pelle era percorsa da un prurito bruciante, un prurito familiare che significava che il calore era prossimo. Gli restavano alcuni giorni, se era fortunato e poi...

Baciò la spalla di Jason e si accoccolò per appoggiarci la testa. Lasciò correre un dito tra la peluria dorata che cresceva rada sul petto del ragazzo e chiuse gli occhi per godersi il saliscendi del suo torace, il profumo del suo sudore e quello del loro sperma.

Mentre il respiro di Jason si faceva regolare, la mente di Vale iniziò a schiarirsi e in lui si insinuò un freddo terrore che lo raggelò, a dispetto del ragazzo al suo fianco e del formicolio del calore imminente. Cosa aveva fatto? Cosa avevano *fatto*?

Vale deglutì nervosamente e sentì il battito del suo cuore accelerare. Avevano consumato l'imprinting. Avevano violato l'ultimo protocollo e Jason ne avrebbe tratto la conclusione che l'indomani avrebbero firmato il contratto. Gli si strinse lo stomaco.

Non avrebbe potuto in alcun modo contrarre l'unione con Jason senza dirgli la verità sul suo passato. Non dopo essere stati insieme in modo così intimo. Non dopo che avevano condiviso i loro corpi in modo così completo e che aveva potuto vedere la dolcezza nel cuore di Jason, assaporarla e cavalcarla fino al culmine, ancora e ancora. Non dopo ciò che avevano fatto. Nascondere la verità su se stesso al proprio *Érosgápe* era profondamente sbagliato.

A essere sinceri, fino a quel momento non aveva creduto che un contratto con Jason fosse possibile. Aveva presunto che alla fine il ragazzo, su insistenza dei genitori, avrebbe preso un surrogato. E quando si era permesso di indulgere nella speranza, si era sempre immaginato un futuro in cui Jason non sarebbe mai venuto a conoscenza della parte peggiore del suo passato, in cui la colpa della loro sterilità non sarebbe stata addossata interamente a lui.

Ma ora? Come poteva firmare il contratto e stringere con Jason un legame duraturo, senza essere onesto con lui? Come poteva prendere il futuro di quel giovane uomo e gettarlo nella spazzatura insieme al suo sogno di farsi una famiglia?

Si obbligò a immaginare la reazione più realistica di Jason a una sua confessione completa. Le sue bellissime labbra si sarebbero distorte in una smorfia di repulsione e l'azzurro dei suoi occhi sarebbe divenuto freddo e vuoto. Con il cuore sanguinante e la gola chiusa, Vale si aggrappò al corpo addormentato di Jason e ricacciò indietro le lacrime. *Voleva* il suo Alpha, voleva stringere l'unione con lui, ma non poteva prendersi in giro. Una volta che avesse saputo la verità, non c'era possibilità che un Alpha così romantico e dolce sarebbe rimasto accanto a lui.

E se anche lo avesse fatto, quanto tempo ci sarebbe voluto prima che iniziasse a desiderare un figlio con tutto se stesso? Una volta che i suoi coetanei avessero incontrato i loro Omega e avessero iniziato a riprodursi, la realtà di ciò a cui aveva rinunciato per Vale, e di quanto poco il suo Omega meritasse quell'onore, gli sarebbe parsa chiara. Avrebbe iniziato a odiare Vale e a rimpiangere di essersi legato a lui.

Era ora di essere onesto con se stesso. Doveva salvare ciò che restava della sua dignità e porre fine alle trattative alle sue condizioni. Avrebbe detto ai genitori di Jason che rifiutava di firmare il contratto d'unione perché, nel profondo, sapeva che lui meritava di avere dei figli. Quella per loro sarebbe stata una ragione sufficiente e aveva il vantaggio di essere la verità.

Vale, però, non era uno sciocco. Sapeva che con Jason avrebbe dovuto essere sincero fino in fondo. Ormai lo conosceva e sapeva che non l'avrebbe lasciato andare per nessun'altra ragione, se non la spietata verità. Almeno era sicuro che, se Jason avesse scelto di rivelare il suo segreto ai genitori, loro non lo avrebbero denunciato. Avevano loro stessi troppi segreti da tenere nascosti.

Con il cuore pesante, Vale soffocò un gemito. Come aveva potuto pensare di tenere nascosto a Jason cos'era accaduto? Avrebbe dovuto confessare il suo vergognoso segreto fin dall'inizio. Per quanto ferisse il suo amor proprio che Jason scoprisse ciò che aveva fatto, avrebbe risparmiato a entrambi il dolore di troncare quel legame sempre più forte. Non avrebbero mai fatto l'errore di vivere quella bellissima, incredibile notte insieme. E lui non avrebbe mai conosciuto la gioia di stare tra le braccia del suo Alpha, di conseguenza, non avrebbe dovuto piangerne la perdita.

Il giorno seguente avrebbe dovuto spezzare il cuore di Jason e il proprio.

Aveva già perso i suoi genitori, l'innocenza e persino la carriera. Doveva perdere anche il suo Alpha? Aveva compreso quanto Jason fosse fantastico e quanto i loro corpi fossero perfetti uno per l'altro. Aveva avuto un'anteprima di come poteva essere tra di loro. Possibile che dovesse perdere tutto?

Sotto la sua pelle, il bruciore formicolante del calore imminente tornò a farsi sentire e lui rabbrividì accanto a Jason, che lo tirò più vicino ma continuò a dormire.

Restava da risolvere il problema del calore. Jason avrebbe ritirato la proposta di contratto non appena saputa la verità e Vale non aveva intenzione di permettergli di sprecare il suo primo nodo con un Omega che non meritava di legarsi a lui.

CAPITOLO 20

«HAI INTENZIONE DI non firmare il contratto?» Yosef ripeté le parole di Vale con lo sguardo fisso nei suoi occhi. «Sei impazzito?»

Erano soli sul sedile posteriore di un'auto a noleggio, diretti a casa di Jason e all'incontro per le trattative finali. L'autista aveva alzato il divisorio così che avessero un po' di riservatezza. Non c'era tempo da perdere, Vale aveva bisogno che Yosef accettasse di fare ciò che gli aveva chiesto prima di arrivare alla residenza dei Sabel.

Il dolore sembrava averlo svuotato. Aveva rischiato e sbagliato, ma era difficile credere che la tenue speranza a cui si era appigliato potesse averlo lasciato così prosciugato e vulnerabile.

«Ho recuperato la ragione,» mormorò Vale.

Yosef gemette. «Cosa è successo? Cos'è cambiato? Sembravi convinto di lasciar concludere a loro che la scelta di un surrogato fosse la migliore, e pensavo che se avessero fatto marcia indietro sulla clausola della gravidanza avresti firmato il contratto. Mi sbagliavo?»

«Non ti sbagliavi, ma la situazione è cambiata.»

«Quale situazione?» Yosef si accigliò.

Vale esitò. Era difficile spiegare l'improvvisa sensazione di chiarezza provata la sera prima, mentre teneva Jason tra le braccia. In quel momento si era reso conto, con spietata certezza, che per quanto lo desiderasse con tutto se stesso, non sarebbe mai stato l'Omega che Jason Sabel meritava. Non era la prima volta che quel pensiero gli sfiorava la mente. Sapeva che era vero, ma come uno sciocco aveva sperato di sbagliarsi e si era permesso di immaginare che ci potesse essere un modo…

La notte precedente, però, aveva capito che la sua ostinazione avrebbe solo rovinato la vita del ragazzo. Jason era così incredibilmente buono e lui era solo un uomo danneggiato.

«Cosa è cambiato, Vale? Aiutami a capire perché vuoi rovinare tutto.»

«La notte scorsa abbiamo…» La sua voce si spense.

L'estasi che l'aveva travolto mentre portavano a compimento il loro legame era difficile da spiegare a parole. Non sapeva se sarebbe mai stato in grado di scrivere una poesia che catturasse quei sentimenti teneri e perfetti. Probabilmente non ci avrebbe mai nemmeno provato. Nel momento in cui avesse distrutto definitivamente l'amore di Jason, rifiutando il loro legame, il ricordo di una tale e assoluta felicità sarebbe stato nauseante. «Abbiamo consumato l'imprinting.»

Yosef inarcò un sopracciglio candido e sgranò gli occhi, attonito.

«Non sono riuscito a fermarmi, ho perso il controllo.»

«Delirio da feromoni?»

«Già, inoltre…» Vale abbassò la voce. «Il mio calore è imminente. Non mi resta molto tempo, ormai.»

«Sacro Lupo, Vale, allora firma il contratto con Jason e falla finita.»

«No. Devo mettere fine a questa farsa, prima di rovinargli la vita.»

«Quale farsa? Sei il suo *Érosgápe*. Non c'è niente di farsesco, in tutto questo.» Yosef gli prese la mano e lo incalzò: «Dammi ascolto. Io ti conosco. Ci tieni a Jason. Qualunque cosa tu dica e qualunque bugia tu stia raccontando a te stesso, so che nel profondo brami il suo amore incondizionato.»

«Perché mi torturi in questo modo, Yosef? Non capisci che non importa quello che desidero? Non posso averlo.»

«Certo che puoi. È una brava persona! Potresti essere felice, con lui.»

«Non potrei *mai* essere felice, con lui!» gridò Vale. La gola gli bruciava per la forza del nodo che la serrava. «Mi odierà, quando scoprirà la verità sul mio secondo calore di ritorno. Mi odierà, quando capirà di non poter avere figli con il suo *Érosgápe* solo perché è stato uno stupido egoista.»

«Come puoi dire una cosa simile? È stato l'istinto. Stavi soffrendo terribilmente, il dolore era insopportabile. Io ero lì.» Yosef si commosse. «Mi sarei strappato il cuore dal petto per aiutarti, se fosse servito a qualcosa.»

Vale serrò gli occhi. «Le giustificazioni non cambiano i risultati.»

«Va bene, allora diglielo. Raccontagli la cruda verità e vedi come reagisce.» Lo sguardo di Yosef lo stava supplicando. «Non prendere questa decisione al posto suo. Portagli abbastanza rispetto come uomo, e come tuo *Alpha*, da permettergli di dimostrarti che l'odio che provi per te stesso è immotivato.»

Vale sentì la gola stringersi, il cuore che martellava senza pietà nel suo petto. Il dolore riecheggiava dentro di lui, amplificato da ogni parola. «Gli *dirò* la verità. È questo il piano, non capisci? È il solo modo che ho per assicurarmi che accetti la mia volontà di non firmare il contratto e vada avanti con la sua vita.»

«Quindi il tuo piano è di spezzargli il cuore? Vuoi ferirlo?»

«Voglio che sia felice.»

«Non sarà mai felice senza di te.»

Gli occhi di Vale si riempirono di lacrime brucianti. «I figli lo renderanno felice. Si dimenticherà di me, quando guarderà i loro visi sorridenti e li sentirà chiamarlo Father.»

«Sei così sicuro di non essere degno di essere amato, vero? Ne sei certo al cento per cento. È quasi un insulto, dopo tutto l'amore che io, Rosen e Urho ti abbiamo rovesciato addosso.»

«Smettila. Questo non ha niente a che vedere con voi. Lo so che mi volete bene, tutti quanti. Questo riguarda Jason, e quello che è meglio per lui.»

«Balle. Riguarda le tue paure. Stai scappando con la coda tra le gambe. Farai del male a quel ragazzo come reazione al terrore che sia lui a ferirti per primo. Perché? È una brava persona, Vale. E tu te lo meriti. Mi hai sentito? Ti meriti il suo amore.»

Il petto di Vale era schiacciato dal peso della sua brama. Desiderava con tutto se stesso che Yosef avesse ragione. Voleva essere l'Omega che Jason meritava, più di qualunque altra cosa avesse mai voluto nella sua vita.

Riusciva ancora a vedere la meraviglia negli occhi di Jason quando era entrato in lui, la notte prima. Il timore reverenziale che lo aveva scosso mentre facevano l'amore. Si era nutrito dell'adorazione di Jason come un animale affamato, sapendo bene che non l'avrebbe mai ricevuta, se il ragazzo avesse saputo la verità. Non si meritava un Alpha come lui.

«Non riverserò su di lui gli errori del mio passato.»

Yosef emise un lento sospiro. «Ti prego di ripensarci.»

«Ho intenzione di mettere fine a questa storia, oggi.» L'auto si stava avvicinando alla dimora dei Sabel, le abitazioni attorno a loro erano diventate più imponenti ed eleganti. «Non ho più tempo per indulgere in desideri che non potranno mai essere soddisfatti. Devo prepararmi per il calore.»

«Accetteresti un altro Alpha, dopo aver avuto Jason?»

Vale strinse forte le dita di Yosef e non rispose alla sua domanda. «Siamo quasi arrivati. Ho bisogno della tua promessa che quando ti solleverò dalla conduzione delle trattative, te ne andrai.»

«Cosa pensi di fare?»

«Mi assicurerò che Jason non rimpianga mai questo giorno. Prenderà un surrogato e sarà felice di essersi sbarazzato di me. Per accertarmene, gli dirò ciò che è necessario; tutte cose vere, purtroppo.»

Mentre l'auto rallentava davanti alla casa dei Sabel, Yosef lo osservò con attenzione. «Va bene, ma sarò sincero con te. Credo che tu stia commettendo un errore e, per quel che vale, scommetto che Jason ti sorprenderà.»

VALE ERA SEDUTO al tavolo della sala da pranzo dei Sabel-Hoff con Yosef al suo fianco. Era rimasto sorpreso dal fatto che le trattative non fossero state annullate dopo i drammatici avvenimenti della sera precedente, ma era evidente che Yule e Miner tenessero molto a Jason e al suo futuro, quindi, nonostante tutto, erano entrambi seduti al tavolo. Sembrava che fossero rimasti in piedi tutta la notte per una veglia funebre, tuttavia erano vestiti in maniera elegante e pronti per gli affari.

Meglio così, visto che era arrivato il momento che Vale mettesse fine ai suoi sogni e a quelli di Jason.

Quando erano arrivati, l'avvocato dei Sabel, Bisme Freet, era già lì, ma dopo aver aperto l'incontro, si era scusato: «Yule e Miner vorrebbero parlarvi in privato,» fu tutto ciò che disse. «Tornerò più tardi, se siete d'accordo.»

Era parsa una mossa singolare, ma divenne ancora più insolita una volta che fu chiaro che Jason non era in ritardo. Non sarebbe proprio arrivato. Almeno per il momento.

«Jason ci raggiungerà più tardi,» annunciò Yule con voce roca e spenta, priva di ogni traccia del gioviale calore mostrato la prima volta che si erano incontrati.

«Lui è d'accordo?» chiese Vale, sorpreso. Quando si erano lasciati, la notte precedente, Jason si era a malapena rassegnato ad andarsene. Aveva insistito che, dato che avevano consumato l'imprinting, tanto valeva che restasse a dormire e andassero insieme all'incontro per i negoziati.

Vale aveva sentito il bisogno disperato di restare solo con la propria sofferenza, per poter elaborare ciò che sarebbe accaduto, e aveva insistito che i genitori di Jason si sarebbero infuriati se avessero fatto una cosa del genere, così il ragazzo se n'era andato riluttante per la sua strada. Si chiese cosa fosse accaduto quando Jason era tornato a casa, e se fosse ancora *necessario* che lui rifiutasse l'unione. Forse ci aveva già pensato Yule.

«Jason? D'accordo a lasciarci parlare con te da soli? Non credo proprio.» Yule sorrise e, per la prima volta dall'inizio dell'incontro, Vale colse un lampo di calore nel suo sguardo. «Ha deciso che ti vuole e niente riuscirebbe a tenerlo lontano se sapesse che sei qui.»

Miner rivolse a Vale uno sguardo di fredda valutazione. Era chiaro che neanche lui fosse ben disposto nei suoi confronti. «Pensa che le trattative inizino a mezzogiorno, così l'abbiamo mandato dall'altra parte della città a prendere i rinfreschi, visto che siamo rimasti all'improvviso senza niente di decente da offrire.»

«Capisco.»

«Miner non è felice che io abbia organizzato questo incontro senza Jason, ma considerato quante decisioni abbia preso di recente riguardo a nostro figlio e alle nostre vite senza consultarmi, ho pensato fosse giusto fare lo stesso.»

Vale inarcò un sopracciglio e accanto a lui Yosef si schiarì la voce.

«Che tu accetti o meno la mia richiesta, ti rivelerò lo stesso queste informazioni, ma preferirei che tu mandassi via per qualche minuto il tuo legale. Ci sono alcune cose di cui preferirei parlare solo con te.»

Yosef posò una mano sul braccio di Vale e scosse la testa.

«Vai, Yosef,» rispose Vale calmo. Il suo cuore sanguinava, ma stava procedendo tutto secondo i suoi piani, anzi meglio. «Me la caverò.»

«Vale, in coscienza, non posso approvare niente di tutto questo.»

Vale gli rivolse un sorriso rassicurante e insisté: «Vai.»

Yosef gli sussurrò all'orecchio: «Potrebbero ricattarti o incastrarti in qualche modo...»

Vale lo interruppe. «Non è di questo che si tratta. Va tutto bene, so cosa sto facendo. Per favore, aspetta nell'atrio.»

Yosef raccolse la sua pila di documenti, borbottando sottovoce: «Questa è una mossa stupida, come è stupido tutto quello che hai in mente di fare.»

Con la bocca resa amara dalla tristezza, Vale non rispose e mantenne il sangue freddo.

Yosef sospirò. «Sono nell'atrio, se hai bisogno di me.»

Vale attese finché la porta non si fu chiusa del tutto, prima di voltarsi verso Yule e Miner. «Se si tratta di ieri sera...»

«Sì,» lo interruppe Yule. «Non so cosa Jason ti abbia detto del perché è uscito di casa, ma qualunque cosa sia, qualunque cosa tu sappia, vorremmo la garanzia da parte tua che resterà confidenziale, a prescindere da come finiranno le trattative.»

Vale li fissò. «Vi riferite... ah. Credevo... bene, capisco.»

«Credevi?»

«Credevo che mi avreste messo sotto torchio in merito a cosa Jason e io potremmo avere o non avere fatto ieri sera, quando lui era a casa mia.» Nella sua miseria, Vale si diede un'immaginaria pacca sulla schiena per non aver ammesso del tutto la violazione di ogni protocollo che li aveva portati a suggellare il loro legame di *Érosgápe* senza aver prima firmato il contratto.

Lo sguardo di Yule si indurì un poco, ma gli angoli della bocca di Miner si sollevarono leggermente e un luccichio comparve nei suoi occhi nocciola.

«Sono sicuro che tu e mio figlio abbiate infranto fino all'ultimo protocollo possibile, ma a questo punto non me ne frega un accidente,» esclamò Yule.

Miner gli rivolse uno sguardo d'approvazione.

Yule fissò Vale con espressione dura. «Vedi, ci troviamo in una situazione difficile. Miner aspetta un figlio.»

Vale annuì e rispose: «Jason me l'ha detto.»

«E ti ha anche detto che siamo in disaccordo sulla questione?»

«Sì.»

«E cosa ne farai di queste informazioni?»

Vale si accigliò, guardando Miner. «Cosa intendi? Non capisco.»

«Ti rivolgerai alle autorità? Se riuscissi a far capire a Miner quanto sia folle la sua ostinazione e riuscissi a convincerlo a porre fine alla gravidanza prima che lo uccida, cosa faresti?»

«Io…» Vale lo fissò. «Non farei nulla. Perché mi fate questa domanda?»

Se la gravidanza di Miner fosse stata interrotta con mezzi artificiali, lui avrebbe potuto non venirne a sapere mai nulla. Considerata la storia dell'Omega, avrebbe presunto che si fosse trattato di un aborto spontaneo. E considerata la sua, non avrebbe mai insistito per avere altre informazioni sulla questione. Il suo stomaco iniziò a stringersi per l'ansia.

Yule si passò una mano tremante tra i capelli. «Perché se Jason ti ha raccontato quello che penso, ora tutta la mia famiglia è nelle tue mani. Sai dei farmaci abortivi?»

La gola di Vale si strinse. Se anche non l'avesse già saputo, l'avrebbe scoperto ora. Era chiaro che Yule fosse fuori di sé dalla preoccupazione e stesse rivelando troppo. Era pericoloso. Per tutti. Soprattutto per Miner e Jason e, di conseguenza, per Vale.

«Sacro Lupo! Tieni la bocca chiusa su simili faccende!» sussurrò Vale con urgenza. Non aveva intenzione di rinunciare al suo cucciolo di Alpha solo per abbandonarlo alle possibili conseguenze del panico cieco di suo padre. «È troppo rischioso parlare di queste cose in modo così diretto.»

«Dimmi cosa pensi di fare con le informazioni che hai sulla mia famiglia!» gli intimò Yule, sbattendo il pugno sul tavolo.

Miner si accigliò e mise la mano sulle sue dita, ma lui le tirò via.

Il cuore di Vale perse un colpo. «Non sono nella posizione di giudicare voi o le vostre scelte, passate o presenti. E, credetemi, non c'è alcuna possibilità che mi vengano estorte queste informazioni. Nuocerebbe a tutte le persone coinvolte, Jason incluso.»

«Anche a te. Se ufficializzi l'unione con lui. È giusto che tu conosca quali sono i rischi che corri.»

Se Yule stava cercando di farlo scappare spaventato, non avrebbe dovuto preoccuparsene. «Non ho intenzione di firmare il contratto con vostro figlio.»

Miner sussultò e Yule strinse gli occhi. «Avete portato a compimento l'imprinting, ieri notte,» lo accusò, «ma non vuoi stringere l'unione con lui? Perché mai?»

«Quello che avete fatto renderà le cose più difficili per entrambi,» affermò Miner, le sopracciglia corrucciate sopra gli occhi cerchiati di scuro. «Niente può reggere il confronto con lo stare insieme al proprio *Érosgápe*.»

Vale avrebbe voluto contestare quell'affermazione, ma non poteva. L'intensità di quello che aveva provato con Jason non era paragonabile a qualunque incontro sessuale avesse avuto con altri Alpha, persino durante il calore. Rifiutare l'unione lo faceva sentire come se stesse strappando la propria anima a metà. «In quel momento non sembrava una questione di scelta.» E se lo era stata, era parsa l'unica possibile.

Yule si passò una mano sul volto. «Sta andando tutto in malora.»

«Non avrei dovuto permetterlo,» aggiunse Vale in tono di scusa, la voce pervasa da un sincero tremore. «Avrei dovuto mandarlo a casa, ma era sconvolto e…»

Miner annuì. «Gli Omega devono dare conforto ai loro Alpha.»

Yule sbuffò.

«Sì, volevo calmarlo,» concordò Vale, la mano che strofinava il mento non rasato. *E volevo che mi amasse allo stesso modo in cui io so di poterlo amare.* «Ma poi le cose...»

«Basta così. Ce lo ricordiamo.» Yule sospirò. «Non riesco a credere di stare per farti questa domanda. Due giorni fa, ero certo di voler convincere Jason a prendere un surrogato, ma...» Sospirò di nuovo. «Perché non vuoi concludere l'unione con nostro figlio? A causa della nostra situazione? O per via della nostra storia con i farmaci abortivi di contrabbando?»

Il timore di Yule di aver compromesso la felicità del figlio era commovente, ma Vale non lo torturò lasciandolo aggrappato a quell'idea. «No. Non siglerò il contratto con vostro figlio perché alla fine non ci sarebbero che rimpianto, risentimento e infelicità. Merita un Omega della sua età, che possa dargli dei figli.» Il singhiozzo conclusivo non fu un tentativo di dare enfasi alla frase. Gli era sfuggito come se una mano avesse stretto il suo cuore e l'avesse liberato.

Miner serrò la mascella e si sporse verso di lui, scuotendo la testa. «Non ha senso. Non sarà mai felice, senza di te. Tu non sarai mai felice, senza di lui. Non so cosa tu abbia fatto in passato per cui ritieni di dover essere punito, ma per favore non fare del male a mio figlio a causa dell'odio che nutri verso te stesso.»

Il cuore di Vale martellava frenetico da qualche parte fuori dal suo corpo. «Voi meritate di avere dei nipoti. Lui merita una famiglia. E io non posso dargliela.»

«La parola "famiglia" può avere molti significati,» rispose Yule in tono gentile.

«Non dovrebbe averli per Jason,» mormorò Vale con le lacrime agli occhi.

Miner incurvò le spalle, sconfitto. «Non è così che dovrebbe andare.» Abbassò lo sguardo sulle sue mani serrate, appoggiate sul tavolo. «Non doveva andare così per Jason.»

«È proprio quello che intendevo,» ribatté Vale. Si alzò su gambe incerte e sollevò il mento per mostrare la propria determinazione, anche se tremava. «E mi assicurerò che non lo faccia. Jason avrà una vita felice. Come hai detto tu, Miner, è un ragazzo fantastico. E sarà un Alpha fantastico per qualcuno. Vorrei essere io quella persona, davvero, ma non ho intenzione di essere la causa della sua tristezza e della sua sofferenza future.»

Miner gli rivolse un sorriso di scherno e si tastò il taschino in cerca del portasigarette d'argento, senza trovarlo. «Sei un pazzo. Essere *Érosgápe* è una benedizione e una maledizione. Soffrirai lo stesso, e anche lui.»

«Lo faccio per il suo bene.»

«No. Sei spaventato. Ti stai nascondendo!»

«Almeno lui avrà dei figli. Mi pare di capire che siano creature irresistibili, per cui vale la pena sacrificare la propria felicità e persino la vita.» Vale fece una smorfia quando la sua frecciata giunse a segno e Miner, ancora più pallido, si portò una mano al cuore. «Manterrò i vostri segreti, accetterò la vostra indennità, e in cambio…»

«Cosa?» chiese Yule in tono secco.

«Voi terrete vostro figlio lontano da me.»

Vale si voltò, la gola stretta dal dolore, e lasciò la stanza. Yosef lo aspettava nell'atrio, ma Vale gli fece un cenno di diniego e fece le scale due alla volta. Aveva un'ultima cosa da fare, prima di tornare a casa, rannicchiarsi nel letto e sperare di morire.

Prima, doveva spezzare il cuore di Jason.

JASON TORNÒ A casa con una borsa piena di cibo e la testa che ronzava. Si sentiva strano, disconnesso, come se la notte precedente non avesse provato l'incredibile piacere di essere dentro Vale, ma l'unica realtà fosse la disperazione emanata dai suoi genitori.

Aveva cercato di mettere tutto da parte e concentrarsi sul fatto che quel giorno Vale avrebbe firmato il contratto e sarebbero stati ufficialmente uniti come *Érosgápe*. Cosa ciò significasse per la loro vita di tutti i giorni, ancora non lo sapeva. Quello stesso giorno avrebbero discusso la loro sistemazione abitativa, per gli ultimi ritocchi al contratto.

Sperava di potersi trasferire subito a casa di Vale. Avrebbe fatto in modo di farsi recapitare tutte le sue cose nelle settimane successive. Si concesse di fantasticare sul portare Vale a casa, preparargli la cena e scoparlo finché non si fossero addormentati entrambi nel grande letto color panna e caffè.

Eppure, non riusciva a essere entusiasta come avrebbe voluto. Ne attribuiva la colpa alla preoccupazione per suoi genitori e a quella gravidanza maledetta dal Sacro Lupo, ma non riusciva a scacciare neppure il pensiero dell'addio che si erano scambiati lui e Vale la notte precedente. Ricordò come gli occhi verdi dell'Omega si erano colmati di lacrime, quando aveva aperto la porta per farlo uscire.

«Non piangere. Resteremo separati solo per qualche ora,» lo aveva consolato Jason, desiderando che Vale gli avesse permesso di rimanere e che avessero potuto andare insieme alla riunione per le negoziazioni.

Vale lo aveva baciato con una strana disperazione e, quando si erano allontanati, lo aveva pregato: «Ricorda questo bacio per sempre. Promettimelo.»

Jason aveva promesso, confuso, ma non avrebbe negato a Vale un desiderio così semplice. Era naturale che avrebbe ricordato quel bacio per sempre. Avrebbe ricordato per sempre tutto quello che riguardava Vale.

Dopo che lo aveva accontentato, Vale lo aveva spinto fuori dalla porta e lo aveva mandato per la sua strada. Da quel momento, nulla era più sembrato a posto.

Quando entrò dalla porta principale, trovò la casa immersa in uno strano silenzio e, sorpreso, vide Yosef seduto sulla panca nell'ingresso, con in mano la valigetta e una pila di documenti.

«Sei in anticipo,» lo salutò con un sorriso. «Ti stringerei la mano, ma come vedi le mie sono piuttosto piene.»

Yosef si alzò e allungò un braccio per prendere un sacchetto. «Lascia che ti aiuti a portare questa roba in cucina.» Diede un'occhiata alle scale e si corresse: «Anzi, perché non lasci che me ne occupi io e vai a prepararti?»

Jason arrossì. «Sono in ritardo? Non pensavo di averci messo così tanto.»

«No, sei in orario.» Yosef prese le borse senza difficoltà. «Vai di sopra.»

«D'accordo. Lascia pure tutto sul tavolo della cucina, se non ti dispiace. Non c'è niente che possa andare a male. Preparerò i vassoi dopo essermi fatto la doccia e vestito.»

Yosef non rispose, ma sparì lungo il corridoio, diretto in cucina con le borse.

Jason fece le scale due gradini alla volta. Un'ondata di adrenalina attraversò il suo corpo. Aveva già assunto l'alpha-tranquillante quella mattina, ma ne prese due pastiglie dalla tasca e le inghiottì svelto. Sarebbe stato serio e calmo durante le trattative e, non appena fossero terminate, avrebbe ricevuto il suo premio.

Non importava che tutto gli sembrasse così strano. Quello sarebbe stato un giorno felice, e lui se ne sarebbe assicurato.

La porta della sua camera era aperta. Si accigliò, chiedendosi chi avesse invaso il suo spazio, e per quale motivo. I suoi genitori avrebbero fatto bene a non toccare la camicia che aveva indossato il giorno precedente e che era ancora coperta di sperma. Non aveva ancora avuto il tempo di godersela per bene. Entrò nella stanza e il suo naso avvertì subito che la camicia era ancora lì, e non solo quella.

C'era anche Vale.

«Cosa stai facendo?» chiese, colto dall'incertezza.

Vale sussultò e quasi lasciò cadere il disegno in cui lui aveva cercato di raffigurare la sabbia, come appariva sotto al microscopio. «Volevo vedere la tua camera, prima che tutto finisse.» La sua voce tremava.

La speranza si dibatté nel cuore di Jason, lottando con le sue fragili ali contro la strana sensazione che lo aveva tormentato per tutta la mattina. «Visto che abbiamo già consumato il nostro legame,» rispose Jason incerto, «ormai è solo questione di firmare i documenti. Te l'avrei mostrata più tardi.»

Lo sguardo di Vale si fece distante.

Le ali della speranza tremarono nello sforzo di continuare a volare.

«Vale?» chiese. «Cosa c'è che non va?»

«Ci ho pensato.» La sua voce suonò spezzata, come miele indurito e poi andato in frantumi.

Jason deglutì. Fece un passo in avanti e il suo cuore perse un colpo quando Vale ne fece uno indietro. «A cosa?»

«All'unione fisica,» rispose Vale piano, tenendosi dal suo lato della stanza. «Cosa la rende così speciale? Avevamo già condiviso un orgasmo. Mettere il tuo uccello nel mio corpo cambia davvero qualcosa?»

«Sì.» La voce di Jason ebbe un tremolio. «Per te non ha cambiato le cose?»

Vale scrollò le spalle, la sua pelle chiara impallidì ancora di più e lui abbassò lo sguardo sul disegno. «E cosa cambierebbe, di preciso?»

«Rafforza il legame che si sta sviluppando,» rispose Jason. Chiuse la porta della stanza e vi si appoggiò. Sperava che i suoi genitori non venissero a bussare, ma non credeva sarebbe successo.

Qualcosa nel silenzio della casa gli fece intuire che non avessero intenzione di interferire.

Vale sospirò. «Il legame, giusto.»

«Perché siamo *Érosgápe*.» Che problema aveva Vale? Perché era così distante, così indifferente?

«Cosa c'è nel sesso che fa crescere il legame?» chiese l'Omega.

«Non lo so. Tra *Érosgápe* è speciale. Per me è stato speciale.»

Vale annuì con riluttanza.

«E durante il calore ci sarà il nodo,» suggerì Jason. Ovviamente lui non aveva mai dato il suo nodo a qualcuno. Il suo uccello si indurì al solo pensiero di essere così stretto e a fondo, il suo nodo tanto grosso da non poter uscire nemmeno se lo avesse voluto. Voleva sentire Vale venire sul suo nodo, ancora e ancora. Voleva sfiancarlo dal piacere. «Il nodo è una cosa speciale.»

Un sopracciglio inarcato, Vale lanciò un'occhiata sprezzante ai pantaloni di Jason, che mostravano un evidente rigonfiamento. «Sì, anche il nodo rafforza il legame. Almeno è ciò che dicono.» Le sue parole suonarono vuote e lui guardò ancora una volta il foglio che aveva in mano, prima di posarlo con attenzione sulla scrivania di Jason.

Si schiarì la gola e lo guardò negli occhi. «Ho avuto moltissimi Alpha, Jason. *Moltissimi* Alpha, e ho preso un'infinità di nodi.»

Jason sentì stringersi la gola e scosse la testa. «Non mi importa.»

Vale sollevò una mano. «Se sapessi quanti, se conoscessi tutta la verità, non potrebbe non importartene. Ecco perché devo dirtelo adesso.»

«Vale...»

«La notte scorsa hai detto che avrei dovuto parlartene quando *fossi* stato pronto e, anche se credo che sia ammirevole, sono tutte stronzate. Vedi, il fatto è che devo dirtelo ora, prima che firmiamo qualunque contratto. Non conta che io sia pronto oppure no, non conta ciò che desidero. Lo capisci?»

«No.»

Il respiro di Vale divenne affannoso, ma lui raddrizzò la schiena e proseguì: «Quando saprai tutto, non mi vorrai più.»

«Non è vero.» Jason sentì una fitta allo stomaco e le sue ginocchia iniziarono a tremare.

«Sì, che lo è. E anche se tu provassi a ignorare ciò che sto per dirti, a fingere che non abbia importanza, un giorno ne avrà. *Non ci vorrà* molto perché tu inizi ad avercela con me e a rimpiangere quello che ti ho portato via.»

«Non mi interessa quanti…»

«Adesso taci.»

Jason chiuse la bocca di scatto.

Vale si avvicinò a lui con passo rigido. «Avevo ventuno anni quando mi hanno interrotto la somministrazione dei soppressori del calore, appena mi sono laureato alla Mont Juror. Due settimane dopo, sono andato in calore per la prima volta e non avevo nessuno.» Si fermò a qualche passo da Jason, gli occhi accesi dalla rabbia. «Ho provato un dolore atroce, tanto che ho implorato l'amico Omega che si stava prendendo cura di me di uccidermi. Ho urlato così a lungo da perdere la voce, e poi ho cercato comunque di gridare ancora. Sembrava che il mio corpo stesse andando a fuoco, fiammata dopo fiammata.»

Gli occhi di Jason si riempirono di lacrime. «Mi dispiace così tanto. Avrei dovuto essere lì per te.»

«Eri un bambino!» scattò Vale. «Adesso ascoltami.»

Con la gola chiusa dall'emozione, Jason annuì e provò ad ascoltare, nonostante il rombo nelle sue orecchie. Gli tremavano le gambe.

«Dopo quell'esperienza, ho assunto per anni dei surrogati, ma mai lo stesso uomo. Erano costosi ed erano sconosciuti, e *odiavo* il fatto di avere tanto bisogno di loro. Odiavo anche loro.» Vale serrò i pugni. «Quando il calore finiva, non volevo più rivederli e mi assicuravo che non accadesse.»

I suoi occhi si offuscarono a quei ricordi dolorosi. Jason avrebbe voluto dire qualcosa per alleviare la sua sofferenza e cancellare il suo passato, ma non poteva. Rimase in silenzio e lasciò che Vale continuasse il racconto.

«Avevo poco meno di trent'anni, ed ero appena diventato professore alla Mont Nessadare, quando mi resi conto che il mio calore sarebbe arrivato a metà semestre, nel periodo delle prove intermedie. Decisi così di provare i soppressori del calore che il governo aveva approvato di recente per gli Omega adulti. Sapevo che molti non li trovavano efficaci come quelli che ci davano alla Mont Juror, ma dovevo tentare per la mia carriera e per i miei studenti. Hanno funzionato. Il mio calore è stato posticipato di quasi un mese, mai poi è arrivato, ed è stato ancora più devastante.»

«Un calore di ritorno?» chiese Jason.

Vale fu scosso da un brivido. «Yosef e Rosen hanno dovuto chiedere l'aiuto di quattro amici Alpha per farmelo superare. Capisci quanto è stato potente, Jason? Quattro Alpha riuscivano a malapena a soddisfarmi. Quando è passato, ero così esausto che ho dovuto chiedere un ulteriore periodo di congedo dal lavoro per riprendermi. È stato un disastro.»

«È stato allora che si è formato il tessuto cicatriziale?»

«No.» Vale impallidì al punto che Jason ebbe paura che stesse per svenire. «È successo un anno dopo, quando ho provato di nuovo i soppressori.»

Il sole fuori dalla finestra della stanza di Jason fu nascosto da una nuvola e la stanza cadde in una fredda penombra.

Vale proseguì, l'espressione persa, distante. «Yosef e Rosen mi avevano regalato un viaggio al mare per il mio compleanno. Sapevo che le date avrebbero coinciso con il mio calore, ma non volevo rovinare il loro regalo.» Vale fece una risata aspra che era più un singhiozzo. «Ho pensato che il calore di ritorno non sarebbe stato potente come la volta precedente, e ho trovato alcuni Alpha per assistermi quando fossi tornato a casa.» Si passò una mano sulla barba, con dita tremanti. «I soppressori hanno posticipato il calore solo di una settimana e mezza. Il giorno prima che rientrassimo mi ha colpito con tutta la sua forza. Non c'era stato alcun preavviso, nessun indizio, e sono impazzito per il dolore. Yosef e Rosen facevano a turno per sorvegliarmi, mentre l'altro usciva a cercare un Alpha che mi aiutasse. Ma non riuscirono a trovarne uno decente, disposto ad aiutare un Omega sconosciuto. Non potevano tenermi sotto controllo ogni istante e, alla fine, Rosen è crollato addormentato e io sono scappato, alla disperata ricerca di qualunque cosa potesse placare il bisogno che provavo, che riuscisse a spegnere il fuoco che mi bruciava dentro.»

Jason aveva la nausea «Cosa accadde?»

«Non lo so. Sparii per tre interi giorni. Non ho idea di quanti Alpha mi abbiano preso, né di quante volte l'abbiano fatto. Ricordo che lottarono per accoppiarsi con me. Ricordo di aver lasciato che mi scopasse chiunque lo volesse, ancora e ancora. Credo che persino alcuni Beta abbiano fatto i propri comodi e io non facevo che gridare che si levassero e lasciassero tornare un Alpha, perché solo i loro grossi cazzi potevano spegnere il fuoco dentro di me. Gli Alpha ridevano di me e mi usavano con crudeltà. E io li maledicevo, ma poi singhiozzavo per il sollievo quando il successivo mi montava. Erano violenti, ma non mi importava. Era così che li volevo.»

«Basta, ti prego.»

«Devi sapere.»

«Ho detto basta!»

Vale si inumidì le labbra e continuò in tono sommesso: «Quando tutto finì, ero gravido. Fu presto evidente.»

Jason scosse la testa. «No, no, no.»

«Sì. Aspettavo un figlio. Di chi? Non ne ho idea. Con gli innumerevoli Alpha che mi avevano scopato, lo sperma di un fortunato gentiluomo aveva raggiunto il mio ovulo innescando la reazione a catena della divisione cellulare.»

«Sacro Lupo…»

«Ammetto che ero terrorizzato.» La voce di Vale ora era sicura, come se stesse pronunciando parole che qualcun altro aveva preparato per lui. «Non avevo nessuno a cui rivolgermi. Entrambi i miei genitori erano morti, e non potevo rischiare di raccontarlo a molte persone. Avrei perso la mia posizione all'università. Sarei diventato un emarginato. Avevo la mia eredità, ma quanto sarebbe durata? E a quale scopo?»

Jason si sentiva stordito, ma non riusciva a muoversi, né a fare altro che fissare Vale che continuava a parlare, ancora, ancora e ancora di quella cosa tremenda di cui lui non voleva sapere nulla.

«Mi sono confidato con Yosef e Rosen, ovviamente. Sono stati loro a trovarmi in quella topaia diroccata, ancora coperto di sangue e sperma. Mi avevano cercato per giorni, terrorizzati che fossi stato seviziato o assassinato.» La sua voce si spezzò. «Devo a loro la mia vita, per aver mantenuto i miei segreti.»

Lo stomaco di Jason si rivoltò.

«Sapevo di avere poco tempo se volevo interrompere la gravidanza. Ne ho parlato con un Omega, mio amico dai tempi della scuola. Si vociferava che avesse avuto un'esperienza simile riguardo a un calore imprevisto. È stato allora che ho conosciuto Urho Chase.» Vale sollevò il mento. «*Non* l'ho incontrato al campus come ho lasciato credere a Yosef e Rosen. Mi era stato indicato dal mio amico Omega. Urho lo aveva aiutato, e quando ne ho avuto bisogno, ha aiutato anche me.»

«Urho?»

«Ha praticato l'aborto, sì. È stato in quel modo che l'ho conosciuto e poi ha accettato di aiutarmi ad affrontare i calori successivi. Rosen e Yosef non sanno che è lui il medico al quale mi ero rivolto. Finora era rimasto un segreto tra me e Urho.»

La testa di Jason girava nel tentativo di elaborare tutto quanto. «Hai abortito?»

«Sì. Non è andato tutto liscio. Urho ha fatto del suo meglio, ma ho avuto le convulsioni come reazione all'anestesia. La sua mano è scivolata e mi ha procurato una brutta ferita. Le convulsioni non si fermavano, ho avuto un'emorragia e sono quasi morto. Mi ha salvato, ma il risultato è stato quel tessuto cicatriziale nel mio colon... nel canale del parto. Quello che hai sentito l'altro giorno con le dita.»

Jason deglutì.

«Non posso avere figli, Jason. Come Miner, con tutta probabilità morirei.» Un sorriso amaro distorse la bellissima bocca di Vale. «Chiamami pure egoista, ma non ho intenzione di sacrificare la mia vita e non permetterò che tu condivida il mio destino. Sei una brava persona, non hai fatto niente di sbagliato e sarai un padre meraviglioso. Meriti una famiglia. Dovresti prendere un surrogato.»

Jason scosse la testa, si sentiva la lingua intorpidita e insensibile.

Vale sorrise con tenerezza e allungò una mano verso di lui, ma senza toccarlo. «Non proverai per lui ciò che provi per me, ma sarà giovane e sarà in grado, anzi *non vedrà l'ora*, di darti un sacco di figli. Un Omega surrogato potrà aiutarti a superare il tuo struggimento per me e, se sceglierai con saggezza, potrai essere a tua volta la sua salvezza.»

«Come?»

Vale avanzò di un altro passo, gli occhi colmi di lacrime. «Potresti stringere il contratto con un giovane vedovo, per esempio, e dargli conforto nel suo dolore. Potreste aiutarvi *l'uno con l'altro*, e io sarei libero di continuare la mia vita come prima. Nel modo che prediligo.» Le lacrime sgorgarono dai suoi occhi quando aggiunse: «Ed è ciò che voglio davvero, Jason. Non firmerò il contratto con te. Sarà un bene per tutti quanti.»

Vale se ne andò dalla stanza e la vista di Jason venne offuscata da piccoli puntini neri. Annaspando in cerca d'aria provò a respirare, ma la camera continuava a girare intorno a lui. L'oscurità lo sopraffece e cadde a sedere sul pavimento, incapace di comprendere il vuoto assordante nel suo cuore, dove fino a poco prima la felicità era di casa.

CAPITOLO 21

«TI HA LASCIATO? Ma non ha senso!» Xan soffiò sulla tazza di sidro di mele bollente, poi bevve cautamente un sorso. «Sei sicuro che sia quello che voleva? Forse avresti dovuto inseguirlo, come in quei romanzi d'amore che amano leggere Beta e Omega.»

«Sono sicuro,» rispose Jason avvilito. Si era distratto quando aveva ordinato lo speciale del giorno, e non aveva idea di che sapore dovesse avere, ma la sua tazza era piena di schiuma. Infilzò un coltello nel fiore che il barista ci aveva disegnato sopra e lo distrusse, riducendolo a una spirale priva di senso che assomigliava al caos della sua mente.

«Non saprei,» insisté Xan. «Come ho già detto, non ha senso. È stato fortunato a trovare uno come te.» Gli lanciò un'occhiata rovente da sopra il bordo della tazza. «Molto fortunato.» Si allontanò i capelli dalla fronte e alzò le spalle. «Deve esserci in ballo qualcos'altro. Non vuole *davvero* che tu prenda un surrogato. Nessun Omega vorrebbe che il proprio *Érosgápe* facesse una simile scelta.»

Jason non aveva raccontato tutto a Xan. Non avrebbe mai rivelato le confidenze di Vale in quel modo, anche se in quel momento desiderava farlo. Avrebbe voluto sputare il rospo, così che il suo migliore amico potesse dirgli cosa pensare, quali sentimenti provare e come agire. Voleva che Xan gli dicesse come salvare la situazione.

«E se...» Jason si interruppe.

«Cosa?»

«Parlo in via del tutto ipotetica, ovvio.»

«D'accordo.» Xan socchiuse gli occhi, più furbo di quanto non lasciassero intendere i suoi voti a scuola. «Allora, per pura ipotesi, *se* cosa?»

«Se il motivo per cui non vuole stare con me fosse perché *in realtà* vuole stare con me?»

«È quello che ho appena detto. Vuole che tu lo insegua. Gli Omega adorano essere corteggiati. Forse non hai fatto abbastanza per conquistarlo.»

«Non in quel senso,» ringhiò Jason frustrato. «E se volesse che io fossi felice e fosse convinto che con lui non potrei mai esserlo?»

«Ah.» Xan si accigliò sorseggiando la sua bevanda. «Beh, potrebbe avere ragione. Voglio dire, come ripeto fin dall'inizio, lui è…»

«Che il Lupo mi aiuti, Xan, se dici "consumato" ti prendo a pugni.» Jason era stato dentro Vale e non avrebbe permesso che quell'esperienza meravigliosa venisse sminuita. «Gli esseri umani non possono "consumarsi". Gli Omega non sono gomme per cancellare, che hanno solo un certo numero di utilizzi prima di esaurirsi.»

«Ho detto una cattiveria,» concordò Xan. «A volte mi capita, non riesco a trattenermi. Soprattutto quando ci sei di mezzo tu. A differenza del tuo Omega, sono piuttosto egoista quando si parla dei miei sentimenti, e se proprio in questo momento tu mi chiedessi di ricominciare, io accetterei.»

«Xan…» Non avrebbero mai ricominciato. Non sapeva come essere più chiaro di così, senza rovinare la pace precaria che avevano raggiunto.

«Lo so, lo so. Devo smettere di farti pressione. Non puoi cambiare i tuoi sentimenti.» Alcuni Alpha della loro università entrarono nella caffetteria, animando il locale con il loro baccano e la loro rude energia. «Cazzo, vuoi che ce ne andiamo? Questa conversazione non resterà privata ancora a lungo.»

«Ma guarda chi c'è!» La voce di Wilbet Monhundy si alzò dal gruppo in fila per ordinare caffelatte o cappuccini. «Sabel, come te la passi, amico? Come sta quella troia del tuo Omega? Ti ha già succhiato il cazzo e ha preso il tuo nodo?»

Jason digrignò i denti. «Ignoralo,» sussurrò a Xan. «Non ne vale la pena.»

Monhundy e due suoi amici, ragazzi di cui Jason non si era mai preso la briga di imparare il nome, uscirono dalla fila e si diressero al loro tavolo, i sorrisetti maligni impressi sui loro volti.

«Allora, hai intenzione di frequentare tutte le lezioni questa settimana?» Monhundy si fermò dietro a Jason, gli mise le mani sulle spalle e le massaggiò come se fossero vecchi amici. «O sarai troppo occupato a scopare quel tuo disgustoso Omega sfondato?»

Jason serrò i pugni e si alzò. «Prova a ripeterlo.»

«Sì, ripetilo, stronzo!» esclamò Xan, saltando in piedi a sua volta, faccia a faccia con Monhundy.

«Oh, Jason, hai bisogno del tuo amichetto per proteggere i tuoi sentimenti delicati?» rise Monhundy, ma i suoi occhi divennero piccoli e penetranti e le sue labbra si tesero in un ghigno. «Allora le voci sono vere? Ho sentito che è un *invertito* e che tu sei quello che se lo scopava.»

Xan ringhiò e si lanciò su Monhundy. Mise a segno un bel pugno, ma grazie al suo fisico massiccio l'altro lo afferrò senza alcuno sforzo, leggero com'era, e lo scaraventò sul tavolo facendo schizzare ovunque le loro bevande. Jason si lanciò nella mischia, pronto a combattere, ma un pugno lo colpì sulla mascella e la stanza ondeggiò e si fece buia attorno a lui. Cadde sul pavimento accanto a Xan, con un forte dolore che si irradiava attraverso il volto e la testa che girava.

Monhundy incombeva su di loro, la faccia distorta in un ghigno malvagio. «Riduciamo in poltiglia questi bastardi *invertiti*,» disse da sopra la spalla a quei bastardi dei suoi amici.

«Ehi, ehi, niente risse!» Garth, il Beta muscoloso che era proprietario della caffetteria, volò fuori da dietro il bancone con un asciugamano bagnato sulla spalla e lo fece scattare verso Monhundy, frustandolo con forza sulla pelle nuda dell'avambraccio. I suoi riccioli rossi erano sparati in tutte le direzioni e il suo volto rubizzo era accesso dall'irritazione.

Con un po' di fatica, Jason si rialzò da terra, il pavimento instabile sotto i suoi piedi. Aiutò anche Xan a risollevarsi e subito se ne pentì, poiché dovette tenerlo fermo per impedirgli di gettarsi di nuovo su Monhundy.

«Rimangiatelo!» urlò Xan. «Di' quello che vuoi su di me, ma rimangiati ciò che hai detto su Jason!»

Monhundy rise e commentò: «L'avete sentito? L'ha ammesso.»

«Vaffanculo, ti ucciderò,» ringhiò Xan, lottando contro la presa di Jason.

«Basta!» Garth batté le mani davanti al suo viso. «Smettila, ragazzo.» Poi si rivolse a Monhundy e alla sua cricca. «Andatevene, tutti e cinque. E non tornate fino a quando non avrete imparato maniere più consone alle arie da Alpha che vi date.» Inarcò le spalle e flesse le braccia, scimmiottando la stazza e la forza di Monhundy, poi si raddrizzò e gli conficcò senza alcun timore l'indice nello sterno. «Non fatemi chiamare la polizia, Alpha mocciosi e viziati che non siete altro.»

Monhundy e i suoi amici buffoni risero e lo schernirono, ma sembrarono prenderlo in parola. I tribunali non apprezzavano gli Alpha adolescenti che infastidivano i commercianti Beta, non importava quanti soldi avessero i loro genitori. Così Monhundy e i suoi compari se ne andarono in fretta, lanciando insulti alle loro spalle.

Monhundy, che ovviamente doveva avere l'ultima parola, gridò a Xan: «Gli Alpha *invertiti* non hanno posto alla Mont Nessadare.

Meglio che ti trovi una scuola che ti prepari alla tua prossima carriera di succhiatore di cazzi Alpha per pochi spiccioli all'angolo di qualche strada. Forse ti prenderanno alla Mont Juror.»

Xan ringhiò, ma non cercava più di liberarsi dalla presa di Jason.

«State bene, ragazzi?» chiese Garth una volta che Monhundy se ne fu andato. Li squadrò con attenzione. «Siete sempre qui e non avete mai causato problemi, ma appena compaiono quegli idioti, ecco che all'improvviso spuntano i guai. Non siete i primi giovani Alpha con cui hanno attaccato briga di recente. Sto pensando di bandirli dal locale.»

«Tutto a posto,» rispose Jason, ma Xan tremava per la rabbia, pallido e silenzioso, gli occhi blu incollati alla schiena di Monhundy che si allontanava, colmi di un odio che Jason non aveva mai visto prima nell'amico. «Giusto, Xan?»

«Sì, certo,» borbottò lui. «Ci stavamo solo divertendo un po'.»

Garth squadrò Jason con un sopracciglio inarcato e continuò: «Potete restare, se siete disposti a pulire questo disastro. Oppure potete andarvene e lasciare che sia io a sistemare.»

«Puliamo noi.» Jason non sapeva se Monhundy e i suoi amici fossero in strada, in attesa di continuare lo scontro, e non aveva fretta di affrontarli di nuovo.

«No, andiamo,» ribatté Xan. Afferrato il braccio di Jason, lo tirò con sé con forza sorprendente. «Scusami, Garth, ho bisogno di prendere un po' d'aria.»

Jason venne trascinato fuori dalla porta laterale, in un vicolo che si allontanava dalla direzione in cui si erano diretti Monhundy e la sua cricca. «Sei stato sgarbato. Garth è sempre gentile con noi, avremmo dovuto restare ad aiutarlo.»

«Non mi interessa. Dovevo uscire da lì.» Xan si diresse ai moli. «Odio Monhundy. Lo odio così tanto. E odio me stesso. Odio tutti quanti.» Lanciò uno sguardo a Jason. «Tranne te. *Vorrei* davvero riuscire a odiarti.»

Jason non sapeva cosa dire. "Anch'io" non gli sembrava la risposta corretta, però avrebbe dato qualsiasi cosa perché ciò che Xan provava per lui fosse meno intenso, ma non poteva cambiare i sentimenti dell'amico, così come non poteva cambiare ciò che Vale aveva fatto in passato e quello che gli aveva detto nella sua stanza. Solo che non sapeva come accettarlo, perlomeno non ancora.

Seguì Xan fino alle banchine, vagamente conscio che, anche se all'inizio era andato da lui in cerca di conforto, ora si trovava nella posizione di dover consolare l'*altro*. Non era uno sviluppo insolito, per loro, e finché non avesse potuto essere onesto fino in fondo sulla situazione con Vale, forse era meglio così.

Ai moli l'acqua era salmastra, la superficie densa di chiazze d'olio. Davanti ai loro occhi c'era un viavai di imbarcazioni, una delle quali attraccò alla banchina usata dalla ditta di suo padre per spedire le componenti dei motori. Lui e Xan si trovarono un buon punto da cui osservare senza essere d'intralcio, e guardarono una variegata squadra di Beta scaricare le casse dalle stive.

«Come farai a scuola, adesso che Monhundy ti ha preso di mira?» chiese Jason, quando ritenne che fossero al sicuro.

Xan emise un lungo sospiro e scrollò le spalle. «Senza te a darmi una mano con i compiti, sono comunque destinato a non superare i corsi. Avevo già deciso di chiedere a mio padre se fosse possibile iniziare un tirocinio anticipato al suo studio. Certo, se mi laureassi sarebbe più prestigioso, ma non mi serve un'istruzione specifica per fare il suo lavoro. Svolge un ruolo di mera rappresentanza, e lo stesso dovrò fare io. Sorriderò, taglierò nastri all'inaugurazione dei nuovi progetti edilizi e lascerò che Ray faccia tutto il lavoro.»

«Sul serio? Ray?»

«Pur essendo un Beta, nella famiglia è lui che ha ricevuto tutto il cervello.» Sul viso di Xan comparve un sorriso sdolcinato e del tutto falso. «Sotto ogni punto di vista.»

Quando Xan si era confermato Alpha, i suoi genitori ne erano stati entusiasti. Il loro primogenito era un Beta e il figlio minore era morto a causa di una malattia infantile, così Xan era diventato la luce dei loro occhi, e la grande speranza di entrambi.

Jason era convinto che Xan fosse sottoposto a una pressione maggiore di quella che, come figlio unico, gravava su di lui. Perlomeno lui aveva un buon rapporto con entrambi i suoi genitori, ma il Father di Xan era un uomo freddo ed esigente, duro e critico. Aveva detto a Xan, senza mezzi termini, che avrebbe dovuto mettere al mondo almeno quattro figli sani, due dei quali avrebbero dovuto essere Alpha, per compensare la misera prestazione del Pater in quell'ambito. Anche qualche Omega sarebbe stato bene accetto, ma i Beta erano fuori discussione.

«Pensi che tuo padre te lo *permetterà*?» Sapeva che avrebbe dovuto incoraggiare Xan a continuare a studiare e a completare la sua istruzione, ma era impensabile che il suo amico potesse sopravvivere se Monhundy avesse deciso di prenderlo di mira. «Non c'è un altro modo di dimostrare che non sei un *invertito*?»

«Io *sono* un *invertito*, idiota. Rassegnati. Io l'ho fatto.» Si voltò verso la brezza salata. «Posso studiare da casa. Non ho bisogno di avere a che fare con stupidi coglioni come Monhundy per ricevere un'istruzione. Posso assumere dei tutori. Posso fare quello che voglio. Comunque, l'unico scopo dell'università era stare con te.» Scrollò le spalle. «E quello non è più possibile.»

«Forse lo sarà, dato che Vale non vuole contrarre l'unione con me.»

Xan alzò gli occhi al cielo. «Non essere ridicolo. È il tuo *Érosgápe*. Farà quello che gli dici di fare.» Sbuffò irritato. «Devi essere stato troppo buono con lui. Gli hai detto di firmare il contratto? No? Beh, non mi meraviglia che se ne sia andato. Riprendi il controllo, Jason. Sei tu l'Alpha. Sei tu che comandi, te lo ricordi?»

«Non sembra così.» E comunque come avrebbe mai potuto

levarsi dalla mente le immagini evocate da Vale con la sua fin troppo particolareggiata confessione? Come poteva smettere di immaginarlo mentre veniva scopato da un'orda di uomini, per poi abortire per cancellarne la prova? Come poteva dimenticare che la ragione per cui non avrebbero avuto figli era che Vale aveva insistito per andare al mare senza preoccuparsi del suo calore?

Aveva promesso a Pater che non avrebbe mai rinfacciato a Vale il suo passato e non l'avrebbe fatto. Non sul serio, ma non riusciva ancora a non pensarci. Il passato di Vale aveva cambiato il loro futuro in modi che Jason non era pronto ad accettare.

«Quando avrò un Omega...» Xan si interruppe.

«Sì?»

«Sacro Lupo, io non voglio un cazzo di Omega!» gemette. «Farei qualsiasi cosa per essere nei panni di Vale. È un idiota. Lo odio! È ufficiale, si è unito a tutti coloro che non sono te, nell'enorme mucchio di persone che odio.»

«Se ti buttassi giù da questo molo, mi odieresti. E forse tutto si sistemerebbe.»

Xan rise. «Non lo faresti mai.»

Con un po' di fatica, visto che Xan era più pesante di quanto ci si sarebbe immaginati da una persona così minuta, Jason lo afferrò per la vita, lo trascinò verso il parapetto, lo sollevò e finse di buttarlo giù. Xan si agitava, scalciava e strillava oltraggiato e Jason scoppiò a ridere, sorpreso. Non credeva che sarebbe mai riuscito a ridere di nuovo.

E a proposito di sorprese...

Rimise Xan a terra e sopportò che l'amico, infastidito, gli rifilasse diversi spintoni vendicativi, prima di rivelare: «Sai, Pater aspetta un figlio.»

«Cosa?» chiese Xan, accigliato. «Pensavo che non potesse concepire, o qualcosa del genere, dato che non è accaduto per tutto questo tempo.»

«Non sarebbe dovuto succedere, è troppo rischioso per lui. Potrebbe morire.»

Sul viso di Xan apparve un'espressione sconvolta «Cazzo, che casino. Il tuo Omega ti scarica e tuo padre rischia di morire? È terribile. Jason, credo che dovremmo prenderci una sbronza. Non so come altro affrontare tutto questo. E tu?»

Jason rise di nuovo. La schietta sincerità di Xan riusciva sempre a scuoterlo dalla depressione, ed era la prima volta che ne soffriva tanto intensamente. «Una sbronza, eh?» si strofinò il livido che si stava formando sulla sua mascella. «L'idea non mi dispiace. Dove?»

«Da questa parte.» Xan lo prese per mano e lo trascinò di nuovo lungo il molo, verso la strada. «Il Rifugio di Hollander. Gin a buon mercato. Non controllano i documenti.»

«Abbiamo l'età giusta.» Anche se a malapena.

«Non rovinare sempre tutto! Limitati a seguirmi e a fare quello che ti dico. Non lo rimpiangerai. Te lo prometto.»

VALE NON SAPEVA nemmeno perché si desse la pena di scrivere poesie. Erano spazzatura. Ogni singola parola era spazzatura, spazzatura, spazzatura.

E la sua pelle *bruciava*. In modo terribile, senza concedergli un attimo di tregua.

Sapeva cosa significava. Non aveva altri tre giorni, né due e nemmeno uno solo. Non aveva più tempo. Eccolo lì, il suo calore era arrivato, ed era solo questione di tempo, prima che iniziasse a contorcersi e gridare e, se nessuno glielo avesse impedito, sarebbe fuggito nei bassifondi alla ricerca di qualunque Alpha fosse riuscito a trovare.

Gli serviva un piano, quindi aveva chiamato Rosen.

Si grattò le braccia e prese a dondolarsi avanti e indietro. Già,

Rosen. Sperava che sarebbe arrivato nel giro di qualche minuto, perché non aveva idea di quanto tempo gli restasse prima di essere colpito dall'ondata iniziale del calore. Gettò la penna sulla scrivania e guardò fuori dalla finestra, verso il giardino. Quello che, ormai, nella sua mente sarebbe sempre stato il *giardino di Jason*. Prima era stato di Pater e ora era di Jason, e lui l'avrebbe visto ogni giorno e si sarebbe consumato nel desiderio. Quanto era stato stupido a permetterlo?

«Vale?» La voce di Rosen fu allo stesso tempo un sollievo e un fastidio.

Nonostante tutto, sebbene avesse detto le parole giuste per far allontanare Jason, aveva mantenuto la crudele speranza che il suo cucciolo di Alpha sarebbe apparso fuori dalla finestra. Aveva sperato che gli avrebbe perdonato tutto, rinunciato a una possibile discendenza e che, dopo aver scavalcato il davanzale, lo avrebbe scopato sul pavimento dello studio fino a farlo uscire di testa.

Ma non sarebbe successo. Non in quel momento, né *mai*.

Al suo posto c'era Rosen, con le braccia cariche di provviste, ed era la cosa migliore che potesse avere. Sarebbe stato bene. Meravigliosamente, addirittura. Alla fine. Mai.

«Chiamo Urho,» annunciò il suo amico, abbandonando le provviste sulla scrivania e avvicinandosi con un'espressione allarmata. «Non puoi affrontare il calore da solo. Non te lo permetterò. Non passerò di nuovo attraverso una simile esperienza, e non lo farai neanche tu.»

«No!» Vale scosse il capo, disperato. «Non chiamare Urho. Non lo voglio. Non lo accetterò. Non farlo.»

«Ti manca così poco,» rispose Rosen, facendo scorrere le dita fresche sulla sua guancia, dove non cresceva la barba. «Stai bruciando.»

«*Non* chiamare Urho,» ripeté Vale. «Promettimelo.»

La mascella di Rosen si contrasse, poi si rilassò. «Non lo farò.»

«Sì!»

«Non ti legherò a un letto per rimanere a guardarti soffrire!»

«La cantina,» disse Vale, con un cenno in direzione del corridoio. «Non potrò uscire. Non avrai bisogno di legarmi.»

«Non ci penso nemmeno.»

«È perfetta. Avrò l'acqua del lavandino e ho creato un giaciglio accogliente con lenzuola e asciugamani. Se mi chiudi lì e non mi lasci uscire, starò bene.»

«È pieno di ragni e di dieci anni di chissà cosa, laggiù. Ed è uno *scantinato*. Non ha nemmeno il pavimento, Vale! Dovresti startene in un letto comodo, ubbidire alla natura e cedere all'estasi della lussuria di un Alpha. Se non vuoi che sia Urho, lasciami chiamare Jason.»

«*No!*» Vale rabbrividì e si grattò le braccia di nuovo. «Se non hai intenzione di aiutarmi, allora vattene.»

Rosen gli accarezzò una guancia con tenerezza e la sua espressione si addolcì «Ti aiuterò. È quello che fanno gli amici. Aiutano, anche quando l'altra persona si comporta da perfetto idiota.»

«Non permetterò a Urho di aiutarmi. *Non* lo farò.»

Rosen annuì piano. «Lo capisco.» I suoi occhi divennero pensosi, poi attirò Vale a sé. «La cantina?»

«Sì. La cantina.»

«E se dovessi portare qui Jason?»

«Ti odierei per sempre.»

Rosen emise un basso mugugno.

«Cosa?»

«Non è un no. Accetteresti di farti aiutare da lui.»

«Vaffanculo, tu e i tuoi cavilli,» ringhiò Vale. «Oh, cazzo. Arriva. Tienimi stretto, ti prego.»

La stretta di Rosen non era abbastanza. Nulla bastava, quando il calore ti colpiva. Solo un Alpha poteva soddisfare i bisogni del suo corpo. Si contorse e gridò, l'onda infuocata crebbe dentro di lui e si abbatté, ancora e ancora, finché non si ritrovò sudato e in lacrime a implorare di essere scopato.

«Sss,» gli sussurrò Rosen all'orecchio, cullandolo per tutto il tempo. «Sono qui. Ci sono io, ad aiutarti.»

Vale si aggrappò a lui, gemendo. E quando infine riemerse dalla prima ondata del calore, si ritrovò solo in cantina a dondolarsi su mani e ginocchia, con il culo all'aria. A piangere per Jason.

CAPITOLO 22

JASON SI PENTÌ di essere andato al Rifugio di Hollander con Xan. Se ne pentì amaramente.

Aveva rimesso due volte lungo la strada e ricordava a malapena di aver scaricato Xan a casa dei suoi genitori. Se non fosse stato per l'espressione inorridita del Pater di Xan di fronte alle tracce di vomito sul maglione del figlio, avrebbe quasi creduto che fosse stato solo un sogno. Ma non era così. Era stato davvero divertente. O almeno era quello che aveva pensato al momento, ma mentre stava tornando sobrio, si sentiva un po' in colpa per aver riso.

Sgattaiolò su per le scale, a testa bassa, sperando con tutto il cuore che uno dei suoi genitori non sbucasse all'improvviso a chiedergli spiegazioni. Non li vedeva dal giorno precedente, prima di uscire a comprare i rinfreschi da offrire durante le negoziazioni che non avevano mai avuto luogo.

Dopo che Vale aveva lasciato la sua stanza, vi si era chiuso dentro e si era rifiutato di uscirne. Con i genitori fuori dalla porta che lo chiamavano, era rimasto nel letto a piangere, aggrappato alla camicia che aveva nascosto sotto al cuscino. Era stato un comportamento triste e patetico e pensò di ripeterlo, ma prima si buttò sotto la doccia.

Quella mattina, durante la colazione, si era chiesto dove fossero finiti i suoi genitori, ma era stato grato di non dover parlare con loro né vedere le loro espressioni compassionevoli. Soprattutto quando sapeva molto bene che almeno Father aveva desiderato che finisse così sin dall'inizio.

Aprì il rubinetto dell'acqua calda nella doccia, si chinò sul gabinetto e rigettò un'altra volta. Sperava fosse l'ultima. Giurò al Sacro Lupo che, se la nausea fosse passata, non avrebbe mai più bevuto gin.

Si diede una ripulita veloce, lavando via il sudore disgustoso dal corpo e sciacquandosi la bocca per cancellare il sapore del liquore. Dopo essersi pettinato e aver spazzolato bene i denti, si rivestì con un paio di pantaloni sportivi e una maglietta grigia in cui stare comodo mentre si crogiolava nella propria miseria.

Scese al piano di sotto con l'intenzione di andare a prendere un bicchiere di latte di cocco per reidratarsi e trovò un biglietto sul tavolino all'ingresso.

Jason,

vado al molo a controllare una consegna. Pater sta dormendo nella veranda. Non disturbarlo, ha bisogno di riposare. Ho messo le costolette a scongelare sul bancone, prepara qualcosa di decente per cena. E non preoccuparti, figliolo, sistemeremo tutto. Lo faremo per te.

Ti voglio bene
Father

Jason si diresse in cucina per iniziare a preparare il pranzo, ma si fermò accanto allo specchio di fronte allo studio di Father per controllare il livido che stava comparendo sulla sua mascella. Il colore violaceo stava già assumendo una sfumatura bluastra. Se il pugno lo avesse colpito più in alto, avrebbe preso lo zigomo procurandogli un occhio nero, ma guardandolo meglio era probabile che sarebbe guarito in un paio di giorni e nessuno se ne sarebbe accorto.

Purtroppo, Monhundy l'avrebbe raccontato a tutta l'università. Quel bastardo. Prima o poi qualcuno avrebbe dato una lezione a quel coglione e Jason sperava di essere presente quando fosse successo.

Mentre si allontanava dallo specchio, un lieve lamento carico d'angoscia lo raggiunse dalla veranda di Pater, seguito da un forte gemito. Poi un altro suono, più forte e straziante, quasi un grido, riecheggiò tra le pareti.

Jason corse in direzione dei gemiti, con lo stomaco che si rivoltava ancora una volta. A un primo sguardo la veranda gli apparve vuota, tranne che per il fumo di sigaretta nell'aria e l'odore, nuovo e insolito, che era di Pater e allo stesso tempo del bambino. Fece qualche passo e trovò Pater sul divano, rannicchiato su un fianco con le braccia avvolte attorno al ventre, il viso gonfio di lacrime, il pavimento attorno a lui disseminato di posacenere pieni.

«Pater?» chiese piano. «Che cosa ti succede? Stai bene?»

«Lo sto perdendo,» mormorò lui, stringendo e poi rilassando i pugni sullo stomaco.

Jason si avvicinò con cautela e allontanò con il piede i posacenere. Si inginocchiò accanto al divano e passò le dita tra i capelli del padre in un gesto tranquillizzante. «So che è fuori di sé in questo momento, ma Father non ti lascerebbe mai.»

Pater emise un sibilo e si rannicchiò ancora di più sul fianco, il viso pallido e svuotato. «È il bambino. Sta morendo. Lo sto perdendo.»

Jason sentì il cuore spezzarsi. «Sei sicuro? Cosa devo fare?» si alzò in piedi. «Chiamo l'ambulanza.»

Il sudore scuriva i capelli di Pater sulle tempie, ma lui scosse il capo in un cenno di diniego.

«Perché no?»

«I farmaci che uso dopo i calori si sono accumulati nel mio sistema. Se ne accorgeranno. Non posso andare in ospedale, Jason.» I suoi occhi ruotarono all'indietro e un altro gemito gli sfuggì dalle labbra.

Con un mugolio, Jason cadde in ginocchio accanto a lui. «Allora cosa devo fare?»

Pater fu scosso da un brivido, poi il suo corpo si irrigidì, spezzandogli il respiro. Quando parlò, lo fece con una voce flebile e ansimante. «Niente. Aspettiamo.»

«Chiamo Father.»

«No. Si preoccuperà. Lascia stare,» gli intimò digrignando i denti. «Ricordati che l'ho già fatto. Molte volte.»

Jason ricordò i ricoveri di Pater a causa degli aborti, quando era ancora piccolo. Con il passare del tempo non era più accaduto, e ora ne conosceva il motivo. I farmaci nell'organismo del padre avrebbero rivelato il loro segreto e la prigione sarebbe stata la pena più lieve in cui avrebbero potuto sperare. Tormentato dall'angoscia, rimase seduto al suo fianco, guardandolo mentre si contorceva e gemeva con i capelli intrisi di sudore. «C'è qualcosa che puoi prendere per il dolore?»

«L'ho già preso. Non è necessario che tu stia seduto qui, Jason. Sto bene.»

A Jason non sembrava proprio che stesse bene. Aveva il volto cinereo e di tanto in tanto si lasciava sfuggire un grido smorzato che gli lacerava il cuore. Non sapeva cosa fare, ma aveva il sospetto che Father avrebbe *perso la testa* se fosse tornato a casa e li avesse trovati così, senza che lui l'avesse chiamato.

«Torno subito,» sussurrò.

Pater ebbe un sussulto, ma non rispose.

Lasciò la porta aperta, nel caso avesse bisogno di lui, e corse al telefono nello studio di Father. A causa delle grida e delle attività di sottofondo al molo, non fu facile comunicare con il Beta che aveva risposto alla chiamata dalla sede dei magazzini, ma alla fine Jason riuscì a dirgli di rintracciare il padre e mandarlo subito a casa. «Ditegli che il suo *Érosgápe* ha bisogno di lui. È... malato. Molto malato. Sta soffrendo. Per favore. Ditegli di sbrigarsi.»

Una volta riabbassata la cornetta, Jason prese alcuni lenti respiri per calmarsi e cercò di riflettere sul da farsi. Pater doveva essere disidratato, così versò un bicchiere d'acqua fresca e inumidì un asciugamano pulito da mettergli sulla fronte.

Giunto a metà del corridoio, sobbalzò nell'udire un urlo che lacerò il silenzio della casa. Il bicchiere andò in frantumi sul legno del pavimento, spargendo ovunque acqua e schegge di vetro, ma Jason non se ne curò e corse verso la veranda e le urla di Pater.

Jason sentì il cuore in gola alla vista di suo padre, in ginocchio sul pavimento, la parte superiore del corpo sul divano, le mani aggrappate ai cuscini. Aveva preso a calci i posacenere attorno a sé, spargendo la cenere sul pavimento e nell'aria. Un gelido terrore lo travolse quando colse altri dettagli: la parte posteriore dei pantaloni di Pater era macchiata di sangue e la chiazza rossa si allargava sempre più mentre lui gettava la testa all'indietro, gridava e spingeva.

«No,» piagnucolò Jason. «No, no, no.» Si precipitò accanto a lui, si inginocchiò e gli avvolse un braccio attorno alle spalle. «Pater, cosa devo fare?»

Ma l'uomo era troppo perso nel suo dolore per rispondere. Si stirava e spingeva, con i tendini del collo che si gonfiavano, si contorceva e il suo corpo si piegava e si tendeva. Il viso, prima così pallido, era quasi viola per lo sforzo e il sangue scuro grondava da lui, gli macchiava i pantaloni e gocciolava sul tappeto sotto le sue ginocchia.

Jason gli accarezzò il collo sudato. «Torno subito, non andare da nessuna parte. Si sistemerà tutto.»

Non andare da nessuna parte? Tornando di corsa al telefono, si diede dell'idiota.

Non sapeva cosa fare o chi chiamare. Aprì la rubrica di Father e trovò il numero di un medico che aveva visitato Pater in passato, quello che a volte veniva a casa dopo un calore difficile o quando

Pater era malato, ma il numero era disconnesso. Chiamò il centralino e chiese che gli fosse passato lo studio del dottore, ma la linea era occupata e non riuscì a parlare con nessuno. Sfogliò la rubrica alla ricerca di un nome o del numero di un qualunque altro medico. Non trovò nulla.

Disperato e a corto di idee, fece il numero di Vale, ma non ottenne risposta. Provò di nuovo. Ancora nessuna risposta. Dalla veranda, le grida di Pater gli fecero venire la pelle d'oca mentre, con dita tremanti, premeva il tasto *zero*. Quando un nuovo operatore rispose, chiese dell'unico altro medico che sapeva con certezza aver già affrontato quel tipo di problema.

«Mi serve il numero del dottor Urho Chase, per favore. Anzi, me lo passi direttamente e lasci squillare finché non risponde qualcuno. È un'emergenza.»

ABBANDONATO SUL PAVIMENTO della cantina, Vale era in agonia, fradicio di sudore. Era riuscito a bere qualche sorso d'acqua dal lavandino, prima che iniziasse la seconda ondata, ma aveva ancora sete ed era troppo stanco per strisciare fino al rubinetto e metterci la testa sotto. Quella era una delle cose per cui erano utili gli Alpha, prendersi cura dei bisogni basilari dei loro Omega alle prese con il calore.

Sentì alcuni passi al piano superiore. Dal suono, sembravano due paia di piedi. Sperava che fossero solo Rosen e Yosef, ma per quel che ne sapeva, il suo amico poteva averlo del tutto ignorato e aver chiamato Urho o, peggio, Jason. Se la porta si fosse aperta in quel momento, e uno dei due Alpha fosse sceso dalle scale, sapeva che non avrebbe avuto la forza di rifiutarlo.

Il calore non era sopportabile. Il bisogno senza fine era soverchiante. Come aveva potuto credere di riuscire a superarlo da solo?

L'alpha-dildo che aveva portato con sé riusciva a malapena ad attenuare la tensione senza i feromoni di un Alpha ad alleviare le sue necessità, ma almeno faceva pressione sulla prostata dolorante e spingeva contro le ghiandole omega, gonfie di liquido lubrificante, che stimolavano il suo utero a scendere e ad aprirsi. Non era sufficiente, ma l'avrebbe mantenuto sano di mente.

Non era passato neanche un giorno. Come poteva superarne altri quattro?

Le voci si alzavano e poi tacevano, riecheggiando dalle tubature, vibrando attraverso le assi del pavimento, ma non riusciva a distinguere le parole, né a capire dal tono chi stesse parlando. Sentì squillare il telefono al piano di sopra e gli parve che quel suono producesse una fastidiosa vibrazione sulla sua pelle surriscaldata e troppo sensibile. Continuò a suonare a lungo e lui si chiese come mai Rosen non rispondesse.

Il calore lo travolse di nuovo e non gli importò più di niente. Disperato, si scopò con l'alpha-dildo, consumato dal desiderio che ci fosse Jason a farlo per lui, a leccare i suoi capezzoli, a succhiargli il cazzo mentre alleviava il suo dolore con il dildo. Poi avrebbe gettato via il dildo e lo avrebbe scopato con forza…

Ah, Sacro Lupo!

Gridò e venne attorno al dildo, ma non abbastanza da superare il dolore. Non bastava. Non poteva bastare. Non senza gli appaganti feromoni di un Alpha e il suo ancor più soddisfacente nodo a dilatarsi contro le sue ghiandole e a mettere fine al suo impellente bisogno. Si voltò a quattro zampe, urlò e tremò, inarcò la schiena, spingendo il culo in fuori, nell'inutile ricerca di ciò che non c'era. Di ciò che gli serviva.

Poi arrivò il dolore accecante, che si schiantò contro il suo corpo come lava incandescente, lo sommerse e lasciò di lui solo lacrime e sudore. Lo annientò.

«MINER!» LA VOCE di Father rieccheggiò dall'atrio d'ingresso e Jason quasi scoppiò a piangere per il sollievo.

«Siamo nella veranda!» gridò Jason. Le sue braccia non lasciarono il corpo tremante del padre nemmeno per un attimo, nel tentativo di dargli conforto mentre si contorceva e lottava contro qualunque cosa stesse accadendo dentro di lui.

C'era stato così tanto sangue che Jason era stato costretto a sfilargli i pantaloni e lo aveva avvolto in alcuni asciugamani, cercando di non mettersi a urlare per il senso di impotenza che provava. Aveva pensato di correre per strada o bussare alle porte dei vicini in cerca d'aiuto, ma Urho stava arrivando e lui non era riuscito a costringersi a lasciare suo padre da solo. E poi, cosa avrebbero potuto fare per lui i vicini?

Il viso bianco come la neve e gli occhi blu ardenti, Father entrò nella stanza e corse da Miner, spingendo via Jason per stringerlo tra le braccia. «Miner? Riesci a sentirmi?»

«Non fa che urlare,» mormorò Jason con il viso rigato di lacrime. «C'è così tanto sangue.» Indicò gli asciugamani fradici e il disastro sul pavimento.

«Sacro Lupo, hai chiamato il suo dottore?» chiese Father con gli occhi sgranati.

«Ci ho provato, ma…»

Father balzò in piedi e si voltò verso la porta dello studio. «Non c'è nessun "ma". Ci serve un dottore, Jason!»

Jason lo afferrò per un braccio. «Father, aspetta! C'è un medico che sta venendo qui. Arriverà da un momento all'altro. Non sono riuscito a parlare con il dottor Ruke, quindi ho dovuto chiamarne un altro.»

«Chi?»

«Urho Chase.»

«L'Alpha amico di Vale?» chiese Father sospettoso.

«Sì, te lo ricordi? Era un medico dell'esercito e ha già affrontato parti e aborti.»

Father si acciglió. «Preferirei il dottor Ruke, almeno so che mi posso fidare di lui.» Pater gridò e ricominciò a perdere sangue. Father divenne così pallido che Jason credette che sarebbe svenuto. «Non c'è tempo per fare gli schizzinosi. Tra quanto arriverà?»

«Non lo so. L'ho chiamato subito dopo aver chiamato te, ma non so dove abiti.»

Father sollevò l'asciugamano che Jason aveva usato per coprire suo padre e imprecò. Allungò una mano nel tentativo di sistemare qualcosa, ma provocò nuove grida da parte dell'Omega sofferente, allora si avvolse attorno alla sua schiena, cercando di calmarlo tra i singhiozzi.

Il campanello suonò e Jason lasciò i genitori, facendo riecheggiare i suoi passi sul pavimento di legno, mentre correva a rispondere.

Urho lo spinse subito da parte e si tolse il suo ridicolo berretto. «Presumo che la situazione sia grave, se hai chiamato proprio me. Dov'è?»

Un altro grido proveniente dalla veranda sconvolse Jason, che afferrò il braccio di Urho e lo tirò nella giusta direzione. Era rimasto senza parole, preso da un panico cieco.

«Non è un buon segno,» commentò Urho quando, entrato nella veranda, vide tutto quel sangue.

Father ringhiò all'avvicinarsi di Urho, per il naturale istinto di protezione di ogni Alpha verso il proprio Omega in pericolo.

«Fatti indietro,» abbaiò il medico, poi si voltò verso Jason. «Devo lavarmi le mani, ma sarebbe meglio che non mi allontanassi da lui. Portami dell'acqua calda. Parecchia.» Prese Father per un braccio. «Riprendi il controllo e spostati, così posso vedere cosa sta

385

succedendo.»

Jason esitò giusto il tempo di assicurarsi che Father avrebbe permesso a Urho di aiutare, poi si diresse in cucina. Fece scorrere l'acqua calda e ne mise un po' a bollire, poi tornò di corsa nello studio con acqua, sapone e asciugamani puliti.

Urho aveva un'espressione cupa, ma ringraziò Jason e si lavò rapidamente le mani. «Deve andare in ospedale. Chiama un'ambulanza.»

«Niente ospedale,» sussurrò Jason.

Urho inarcò un sopracciglio. «Come, scusa?»

Father avvolse di nuovo il proprio corpo attorno a quello di Pater per calmarlo.

«Ci sono farmaci abortivi illegali nel suo organismo. Li usa a ogni calore.»

Urho fece una smorfia ma non disse più nulla riguardo all'ospedale. «Va bene. Da quello che vedo, il feto è bloccato, forse intrappolato dal tessuto cicatriziale dovuto ai precedenti aborti. Ma è piccolo, non dovrebbe essere difficile tirarlo fuori. Il vero problema è il colon perforato, è da lì che viene il sangue. Probabilmente Miner è in shock settico.» Aggrottò la fronte e scosse il capo. «Porta altra acqua calda.»

L'ora seguente sembrò non finire mai. Jason camminava avanti e indietro per la stanza, con il cuore in gola e la mente che correva impazzita. Father lavorava a fianco di Urho, ma mentre loro facevano ciò che era necessario, Jason gli voltava le spalle e guardava fuori dalla finestra, nel giardino di Pater, il viso rigato dalle lacrime.

Il suono dei singhiozzi di Father e le urla di agonia di Pater lo stavano distruggendo.

«Gli serve una trasfusione,» annunciò Urho alla fine, una volta che le urla furono cessate perché Pater, grazie al Lupo, aveva perso conoscenza. «Non ho sacche di sangue, ma ho gli strumenti per fare una trasfusione diretta da persona a persona. Qual è il suo gruppo sanguigno?»

«Lupo 3,» rispose Father, il tono mortalmente piatto. «Io sono Lupo 2, e anche Jason. Tu che gruppo sanguigno hai?»

Urho gemette. «Lupo 1.»

A quel punto Jason si voltò. Pater era ancora privo di sensi, come era stato da quando era iniziato il peggio; era appoggiato su un fianco con gli asciugamani avvolti attorno alla parte inferiore del corpo. Inginocchiato accanto a lui, Father lo confortava accarezzandogli la fronte.

Urho si passò una mano sul viso e imprecò sottovoce. «Chi conoscete nei dintorni? Qualcuno che possa avere il gruppo Lupo 3? Un vicino? Un amico?» La sua espressione si illuminò. «Vale è Lupo 3,» disse concitato. «Chiamalo. Subito.»

Jason tornò di corsa nello studio per effettuare quella telefonata urgente, ma di nuovo non ci fu risposta. Appese e provò ancora. E ancora. E ancora. E ancora.

Finalmente qualcuno rispose.

«Ho bisogno del tuo aiuto!» esclamò agitato. «È un'emergenza.»

«Jason?»

Non era Vale. Era Rosen.

«Sì, sono Jason. Ho bisogno di Vale. È un'emergenza. Deve venire subito a casa mia, è una questione di vita o di morte. Ci serve il suo sangue.» Si strofinò il volto sudato con una mano. «Pater è... Ascolta, c'è qui Urho. Ha detto di fare venire Vale. Per favore, mandalo qui. Abbiamo bisogno di lui, altrimenti Pater potrebbe morire.»

«Oh, Sacro Lupo! Jason, in questo momento Vale non può andare da nessuna parte,» rispose Rosen, in preda all'agitazione.

«Ma deve farlo!»

«Mi dispiace, non può. Dimmi di più. Cosa sta succedendo? *Posso* essere d'aiuto?»

«Non è in casa?»

«Sì, è qui, ma…»

«Questo non è uno scherzo!» La mente di Jason correva impazzita, cercando di pensare a qualcun altro a cui potesse chiedere di donare il sangue. Bussare alla porta di un vicino restava una possibilità. Avrebbero accettato il sangue di chiunque. Chiunque. Purché fosse Lupo 3. «Mio padre ha bisogno di una trasfusione o morirà. Vale ha il gruppo sanguigno giusto. So che è arrabbiato con me, me lo merito, perché avrei dovuto dirgli subito che il suo passato non ha alcuna importanza, ma sono stato un idiota e non gli ho detto proprio niente. So che dovrò implorare il suo perdono, e lo farò, ma sono anche certo che non vorrebbe che Pater… che lui…» Non riuscì a ripetere quelle parole.

Rosen rimase in silenzio per un lungo momento, un attimo che sembrò durare un'eternità. «Jason, Vale è in calore.»

La stanza svanì e Jason crollò sulla sedia di Father, stordito e impotente. «No,» mormorò. «Non adesso. Non può succedere adesso.»

Rosen ignorò il suo rifiuto di riconoscere la situazione. «Posso aiutarvi? Di cosa ha bisogno Miner? Hai detto che ha bisogno di sangue? Di quale gruppo?»

In sottofondo, oltre il respiro leggero di Rosen, Jason udì urla e grida che chiedevano aiuto, poi la voce sfinita di Vale, in qualche modo attutita e diversa dal solito, che chiamava il suo nome, ancora e ancora.

Era troppo. La vita ci stava andando giù pesante con lui e lo stava travolgendo come una tempesta. Non riusciva a respirare, stava soffocando. Si obbligò a sussurrare: «Chi lo sta aiutando?» Urho era lì, quindi non poteva essere lui.

«Nessuno.»

«Sta affrontando il calore da solo? Sta soffrendo?»

«Non voleva che tu lo scoprissi, ma non ha detto che ti avrebbe rifiutato.»

Jason chiuse la telefonata. Si premette le mani sulla bocca per trattenere un urlo di agonia. Chiuse gli occhi, frugando disperato nella propria mente alla ricerca di una soluzione, e quando la trovò scoppiò in un pianto sollevato.

Fece il numero dei genitori di Xan e quasi singhiozzò quando il suo amico rispose, intontito ma in buone condizioni nonostante la sbronza che avevano preso. «Mi serve il tuo aiuto. Adesso.»

«Sai che per te ci sono sempre.»

Grato, Jason si rilassò. «Grazie.» Poi aggiunse: «Non farmi domande, fai solo ciò che ti dico. Non c'è tempo.»

Sperava che, per una volta, il suo amico riuscisse a essere altruista e facesse quello che gli veniva chiesto. Dipendeva tutto da quello.

IL SONNO ERA così prezioso durante il tormento di un calore senza un Alpha, che Vale odiò con tutte le sue forze chiunque l'avesse svegliato. L'ondata successiva non l'aveva ancora colpito ed era riuscito a bere un po' d'acqua e a collassare nel suo giaciglio di lenzuola e asciugamani per un po' di riposo. A un certo punto, durante gli spasmi, aveva sentito suonare di nuovo il telefono, seguito dal rumore di qualcuno che camminava avanti e indietro, ma alla fine, mentre l'ondata del calore scemava, tutto era tornato tranquillo.

Il suono di passi sui gradini lo riportò alla piena coscienza e gli sfuggì una leggera imprecazione. «Vattene, Rosen. Non voglio che tu mi veda in queste condizioni.»

«Non è niente che non abbia già visto,» rispose Rosen quando comparve in fondo alle scale. Era bello al punto da essere irritante, con i suoi capelli scuri tirati all'indietro in uno chignon e gli occhi, altrettanto scuri, accesi dalla frustrazione. Non aveva alcun diritto di avere un così bell'aspetto, quando Vale si sentiva un disastro. «Dovresti venire al piano di sopra, così posso aiutarti a fare la doccia.»

«Cosa?» Vale scosse il capo, disperato. «No, non è sicuro. Potrei scappare di nuovo.»

Rosen lo raggiunse e lo fece alzare dal pavimento, sostenendolo quando le gambe tremanti lo fecero inciampare. «Sei debole come un bambino, in questo momento. E comunque qualcuno sta venendo ad aiutarti.»

«No.» Vale gli diede uno spintone. «Nessuno mi può aiutare,» farfugliò. «Solo Jason. E lui non verrà. Me ne sono assicurato.»

«Beh, questo deve essere Jason a deciderlo, no?» Rosen lo tirò verso le scale e lui pensò di fare resistenza, ma i suoi muscoli erano doloranti a causa del giaciglio improvvisato sul pavimento e si sentiva lurido, coperto di sudore e di altri umori.

«Infatti ha deciso,» precisò lui. «Non è venuto a cercarmi.»

Rosen sospirò. «Andiamo, Vale, aiutami. Sei pesante.»

Cedendo alle insistenze e alle spinte di Rosen, Vale decise che sarebbe stato fantastico fare una doccia. Poi, se avesse avuto fortuna, avrebbe avuto il tempo di far ragionare l'amico, prima che arrivasse una nuova ondata e che si facesse vivo chiunque Rosen avesse arruolato.

Con un senso di vertigine, lasciò che Rosen lo conducesse per due piani di scale, fino al bagno della sua stanza da letto, per poi spingerlo sotto l'acqua calda che già stava scorrendo. Gemette e si appoggiò alle piastrelle, tremante di stanchezza, e permise all'amico di insaponarlo e lavare via la sporcizia.

«È dura, vero?» mormorò Rosen. «Stai soffrendo.»

«L'avevo dimenticato,» ammise Vale. «C'è stato Urho per troppo tempo ad aiutarmi e il ricordo è sbiadito. Pensavo che bastasse essere coraggioso, ma Sacro Lupo, Rosen, è oltre ogni limite di sopportazione.»

«Lo so.»

Lasciò che l'altro gli lavasse i capelli. «I miei amici Omega che hanno partorito dicono che è la stessa cosa. La mente dimentica il dolore straziante.»

Rosen gli rivolse un sorriso gentile e si prese il suo tempo nel risciacquarlo. «Mi rimangio ciò che ho detto quel giorno, nel mio studio. Non sono sicuro che un figlio valga tutta questa sofferenza.»

Vale si godette le attenzioni, ma a un tratto la sensazione di formicolio tornò e da sotto la pelle si diffuse fino ai muscoli. Stava ricominciando troppo presto. «Rosen, è ora. Aiutami.»

Rosen afferrò svelto un telo e lo asciugò, prima di condurlo, tra le sue deboli proteste, nella camera da letto. «Devi portarmi in cantina,» piagnucolò.

«No. Ti meriti un letto, Vale.»

Rosen lo spinse sul copriletto morbido e fresco che avvolgeva il materasso.

«Non voglio Urho,» mugugnò Vale, e l'amico gli passò le dita tra i capelli.

«Lo so, tesoro. Non sarà lui, ma qualcuno ti aiuterà, d'accordo?»

Vale non sapeva più di cosa Rosen stesse parlando. Il letto sotto la sua schiena era un confortevole sollievo, ma niente poteva eclissare il bruciore che stava montando in lui con violenza. Mugolò e gettò indietro la testa. «Ho bisogno di Jason,» implorò, la voce strozzata dal pianto.

«Jason è proprio qui,» gli rispose Rosen con dolcezza.

E chissà come, era davvero lì.

Sbattendo gli occhi umidi, Vale allungò le mani verso il ragazzo alto che stava uscendo nudo dal suo bagno. Rimase senza fiato alla vista del cazzo duro che puntava dritto verso di lui e il suo volto livido e gonfio per le lacrime.

Mentre il calore lo afferrava con forza, Vale gemette: «Tesoro, sei venuto.»

CAPITOLO 23

DOPO AVER CHIAMATO Xan, Jason aveva detto a Urho dove sarebbe andato.

Father era troppo sconvolto per notare l'assenza di Jason, e Urho avrebbe potuto spiegarglielo quando il pericolo fosse passato. *Se* fosse passato. Quello era ancora da vedere.

Poi aveva preso una manciata di alpha tranquillanti e ne aveva infilati altri nelle tasche: aveva bisogno di mantenere il controllo.

Si era quindi precipitato a casa di Vale, facendosi largo tra le persone sui marciapiedi. Nella sua mente continuavano a riaffacciarsi gli eventi di quel giorno. Non gli importava più niente, lui non avrebbe mai voluto dei figli. Non dopo *quello* che era accaduto. Non ne valeva la pena a un simile prezzo. Non avrebbe *mai* preso un surrogato e non gli importava di quello che Vale aveva fatto in passato, purché fosse al sicuro. Fosse al sicuro e non soffrisse. Ed era compito suo assicurarsi che ciò accadesse.

Quando era arrivato da Vale, Jason era sudato e senza fiato. Sperava che Xan avesse raggiunto casa sua almeno alla metà di quella velocità. Pater aveva bisogno di sangue e la sua memoria fotografica non lo aveva tradito nel momento del bisogno. Mentre era alla disperata ricerca di una soluzione, si era ricordato di quando, due anni prima, era stato seduto vicino a Xan durante una lezione di biologia ed entrambi si erano punti le dita, per poi annotare il risultato del test. Lupo 3: ecco cosa aveva scritto Xan. E Lupo 3 era quello di cui Pater aveva bisogno.

Xan stava smaltendo la sbronza, ma aveva accettato di andare subito dai suoi quando Jason gli aveva spiegato la situazione. Sperava che fosse arrivato in tempo. Una parte di lui avrebbe voluto telefonare per accertarsene, ma era consapevole di non poter controllare quello che stava accadendo. Il suo dovere era stare lì, insieme a Vale. Con Urho, Pater era in buone mani. Jason si fidava di lui, sapeva che avrebbe fatto quello che era necessario, anche se avesse significato mettersi in mezzo alla strada e fermare gli automobilisti finché non ne avesse trovato uno con il gruppo Lupo 3 disposto a donare il sangue.

Balzò sul portico di Vale e allungò una mano verso il campanello, ma Rosen aprì la porta prima che avesse la possibilità di suonare. Aveva la camicia mezza slacciata sul torace villoso e la crocchia di capelli scuri era in disordine. I suoi occhi erano stanchi e lo sfinimento si irradiava da lui a ondate.

«Bene, sei qui.» Tirò Jason all'interno e nel farlo gli strinse la mano in un gesto rassicurante. «Devi essere congelato.»

Jason abbassò lo sguardo su di sé e si accorse di essere uscito di nuovo senza giacca. Visto che indossava solo i pantaloni della tuta e una maglietta macchiata di sangue, immaginò che avrebbe dovuto essere infreddolito, ma non sentiva nulla. Percepiva una tale distanza tra sé e il resto del mondo, in parte per l'alpha-tranquillante, ma più che altro per lo shock, da poter navigare per ore su una barca a vela senza mai raggiungere la riva.

Rosen gli strofinò le braccia nude nel tentativo di scaldarle e fece schioccare la lingua. «Guarda come sei ridotto.»

Anche Yosef e Zephyr indugiavano nell'ingresso. Sembrava che tutti lo stessero aspettando. Zephyr si avvolse alle sue gambe in segno di saluto e Yosef gli rivolse un sorriso gentile, le sopracciglia bianche contratte per la preoccupazione. Gli afferrò la mano, la strinse e la sua presa sembrò trasmettergli forza. «Sta andando tutto bene a casa tua?»

Jason scosse il capo. Non sapeva cosa dire e non era sicuro di *poter* parlare di quanto stava accadendo ai suoi genitori. Sembrava che la sua capacità di ragionare l'avesse abbandonato.

«Vieni in cucina, bevi una tazza di tè e cerca di calmarti,» lo invitò Yosef, circondandogli le spalle con un braccio e accompagnandolo nell'atrio.

«Ma Vale...»

«Sta dormendo,» lo rassicurò. «Finalmente.»

«Grazie al Lupo,» aggiunse Rosen. «Avrai il tempo di scaldarti in cucina.» Lo fece accomodare al tavolo e gli servì una montagna di pane all'uvetta, che Jason assaggiò appena, e una tazza di tè, che sorseggiò mentre riduceva in briciole il resto del cibo. Nel frattempo Yosef, seduto di fronte a lui, beveva dell'acqua da un bicchiere che gli rammentò quello che aveva mandato in frantumi nell'ingresso di casa. Non aveva mai raccolto i frammenti.

Rosen prese la sedia libera accanto a Jason e rivolse a Yosef uno sguardo carico di significato.

«Iniziamo dal problema più grave,» cominciò Yosef, appoggiato al tavolo, la fronte solcata da rughe sottili. «Dicci di Miner.»

Jason fece del suo meglio per spiegare la tragedia in corso a casa sua, l'aborto, il sangue e il probabile shock settico, senza scoppiare a piangere.

«Io ho il gruppo Lupo 3,» dichiarò Yosef quando Jason concluse il racconto. Si alzò dal tavolo. «Vado subito. Potrei essere ancora d'aiuto, nel caso Xan non arrivi prima di me.»

Più grato di quanto potesse esprimere, Jason sentì gli occhi colmarsi di lacrime. Rosen gli mise tra le mani il tè bollente e lo sollecitò a bere.

Dopo che Yosef fu uscito, Zephyr gli saltò in grembo, gli diede un colpetto con il naso e si sistemò su di lui. Il suo peso appoggiato al fianco gli diede conforto. Mentre la accarezzava, le dighe cedettero e arrivarono le lacrime vere. Bollenti e silenziose, scivolarono lungo il suo viso e lui ne sentì il gusto salato a ogni sorso di tè.

Rosen gli strinse una spalla.

«Mi dispiace,» si scusò Jason, asciugandosi gli occhi con la manica. «Gli ultimi giorni sono stati piuttosto difficili.»

«Non scusarti.» Rosen prese un fazzoletto dalla tasca e glielo offrì.

«Come sta Vale?» chiese Jason dopo aver ripreso il controllo.

Rosen fu colto da un brivido. «È stato straziante. Pensavo che sarei impazzito ad ascoltarlo. Stavo per cedere e chiamarti, quando…» Si interruppe. «Jason, sii sincero. Sei pronto per ciò che ti aspetta?»

Jason abbassò lo sguardo sui suoi vestiti chiazzati di sangue e sulle sue mani tremanti. «Non ne sono sicuro. Non ho mai dovuto gestire un calore, prima.» Raccolse il coraggio e incontrò lo sguardo di Rosen. «Suppongo che farò bene ad esserlo.»

Rosen gli spiegò il piano in poche parole, lo condusse di sopra, nel bagno della camera di Jason e gli mostrò gli asciugamani, il sapone e lo shampoo. Poi prese una manciata di profilattici per Alpha dall'enorme scatola sotto al lavandino e li mise sul comodino di Vale.

Lui cercò di non pensare al motivo per cui Vale avesse un'intera scatola di quei profilattici, ma ovviamente lo sapeva. Vale doveva averne avuto bisogno innumerevoli volte nel corso degli anni, ed era un bene che fosse stato scrupoloso nell'usarli. Lo avevano tenuto vivo e al sicuro perché Jason potesse trovarlo.

«Mi assicurerò che ci sia abbondanza di cibo pronto in cucina. Se ci riesci, ti consiglio di farlo mangiare tra un'ondata e l'altra del calore. E anche tu avrai bisogno di mantenere le forze.»

«Va bene.» Jason era esausto. Non aveva idea di come sarebbe riuscito ad affrontare la situazione. Sapeva solo di poterlo fare. Per Vale, l'avrebbe fatto.

«Sai cosa aspettarti?»

Il suo innato umorismo si fece strada nel panico che aveva avviluppato il suo cuore. Jason rise. «Credo di saperne abbastanza.»

«Bene.» Rosen gli sorrise e gli diede una pacca rassicurante. «Puoi farcela. Sei il suo Alpha.»

Jason deglutì per la tensione e annuì.

«Ora datti una ripulita e io vedrò di svegliare Vale. Avrà bisogno di una doccia; ma non preoccuparti, me ne occuperò io nell'altro bagno. Tu pensa solo a prepararti, sarà un'esperienza faticosa anche per te.»

Jason annuì e si diresse in bagno per lavare via il trauma degli ultimi eventi dalle mani e dalla pelle. L'acqua calda fece il suo lavoro, ma nonostante avesse sentito Vale e Rosen salire le scale, non era ancora riuscito a controllare il folle terrore che a suo padre potesse accadere qualcosa di brutto.

Fu il profumo di Vale a scuoterlo dall'intorpidimento provocato dal panico. L'aroma dolce e pungente dell'eccitazione del suo Omega lo raggiunse dall'altro bagno e il suo uccello si drizzò a una velocità tale da lasciarlo senza fiato. Sentì l'eco della voce di Vale e persino attraverso la parete del bagno ne colse il tono roco ed esausto. Il distacco dovuto all'alpha-tranquillante lottò contro l'ardore crescente della sua lussuria. Prese alcuni respiri profondi, poteva gestire un calore. Per Vale.

Si asciugò e mise il resto dell'alpha-tranquillante sul ripiano del bagno, per dopo. Avrebbe aiutato a mantenerlo lucido abbastanza da ricordarsi di usare i profilattici per non fecondare Vale e scegliere come usare, nel modo migliore, il tempo tra un'ondata e l'altra del calore.

«Ho bisogno di Jason,» la voce di Vale si alzò misera dalla camera da letto.

«Jason è proprio qui,» rispose Rosen.

Quando uscì dal bagno, l'unica cosa che fu in grado di vedere fu Vale, abbandonato sul letto. Fece scorrere lo sguardo dal suo uccello duro ai capezzoli arrossati, su fino alla bocca turgida e agli occhi lucidi. La sua pelle era arrossata per la doccia e i capelli brillavano umidi sul cuscino. I suoi occhi inchiodarono Jason con una disperazione che lo colpì come un pugno nello stomaco.

Rosen se ne andò, chiudendosi la porta alle spalle.

«Tesoro, sei venuto.»

Jason si avvicinò piano al letto con il cazzo duro che ondeggiava davanti a lui. «Avresti dovuto dirmelo.»

Vale rabbrividì. «Non volevo che lo sapessi.» Allungò una mano verso di lui e dal suo uccello pulsante colò una goccia di liquido delizioso. A Jason venne l'acquolina in bocca e si fece più vicino, pronto a leccarlo. «Ma in questo momento non riesco a ricordarne il motivo.»

Jason sì. Ricordava bene come la vergogna provata da Vale lo avesse spinto a cercare di recidere il loro legame, ma a lui non importava più. Qualunque cosa Vale avesse fatto o potesse raccontargli del suo passato, non era importante quanto tenerlo al sicuro. Non poteva fare niente per Pater, ma poteva proteggere Vale. Per sempre.

«Sono qui per te,» rispose. «Non mi allontanerai mai più.»

Vale si tese verso di lui con tutto il corpo, inarcandosi e chiamandolo a sé, così bagnato, aperto e consumato dal bisogno. Jason gemette con il cazzo dolorante e le palle che si contraevano. Il profumo dell'eccitazione di Vale era travolgente, Jason desiderava seppellirvi il viso, leccare e assaporare quel liquido delizioso, ma voleva anche afferrare quei fianchi snelli e affondare in lui come aveva fatto due sere prima sul divano.

Mentre si dibatteva tra i due impulsi, fu Vale a decidere per lui.

«Ah, fa male!» ansimò e si inarcò con forza tra le grida di dolore, prima di voltarsi sullo stomaco e spingere in alto il sedere.

Jason afferrò un profilattico e lo indossò con mani tremanti. Gli dava una sensazione strana, come una seconda pelle priva di sensibilità, ma il materiale gli permetteva di sentire la pressione delle sue dita e il calore del suo palmo. Si asciugò il sudore nervoso dagli occhi e si posizionò.

Vale si allargò le natiche implorando con tutto il corpo, mugolando perché Jason riempisse il suo vuoto. «Ne ho bisogno. Ti prego, ti prego, ti prego. Ho bisogno di *te*, tesoro. Fa *male*!»

Niente di ciò che stava accadendo assomigliava a come aveva immaginato il suo primo calore insieme a Vale. Aveva pensato che avrebbero fatto un viaggio al mare, che l'avrebbero atteso per settimane con anticipazione. Aveva sognato giorni di solo e puro piacere.

Ma la vita continuava a dimostrargli, ancora una volta, che non aveva importanza ciò che ci si aspettava accadesse. "Ci si aspetta che" andava bene per le favole. No, Vale era lì, davanti a lui, a quattro zampe e implorante dopo ore di dolore straziante. Era quella la realtà. Forse non era romantica, né dolce, e non faceva sognare. Ma era vera, ed era sua. Vale era *suo*.

Suo da reclamare, possedere, confortare. Marchiare e riempire. Perdonare e amare.

Fanculo i contratti, fanculo le fauci aguzze della morte e, soprattutto, fanculo le fantasie che aveva cullato prima di saperne di più. Quella era la sua vita, il suo Omega.

Il suo Vale.

Mise l'uccello in posizione, si abbassò sulla schiena di Vale e con una forte spinta si immerse a fondo dentro di lui.

VALE ARTIGLIÒ LE lenzuola e spinse all'indietro per prendere Jason ancora più a fondo, poi gemette piano nel sentire le sue ghiandole omega rilasciare un'abbondante quantità di liquido a causa della forte pressione esercitata da quel cazzo enorme. L'alpha-dildo non era stato sufficiente, non lo era mai. Allungò una mano dietro di sé per afferrare i capelli di Jason e si contorse tirando la sua bocca contro la propria. L'uccello dentro di lui divenne ancora più spesso, tanto da comprimere le ghiandole a ogni spinta, senza sosta, come una promessa del nodo che presto sarebbe arrivato. Vale tremò d'impazienza, avido di quella sensazione primordiale di pienezza che lo lasciava ogni volta meravigliato e sazio.

Jason interruppe il bacio e gli afferrò i fianchi per tenerlo fermo, l'uccello ancora sepolto a fondo nel suo corpo. «Stringiti attorno a me,» ansimò. «Stringi forte.»

La bocca di Vale doleva dal desiderio delle labbra di Jason, così cercò di tirarlo di nuovo a sé, ma uno schiaffo repentino sul sedere lo riportò alla lucidità con un sussulto.

«Stringimi,» ordinò ancora Jason. Con lo stomaco che faceva le capriole, Vale si affrettò a ubbidire. «Più forte. Devi sentirmi dentro di te.»

Vale strinse di nuovo, gemendo a occhi chiusi mentre il suo corpo vibrava attorno all'asta di Jason, così massiccia e piacevole contro le sue ghiandole doloranti. Vale serrò i pugni, forzò il più possibile la presa e il liquido colò a bagnare le sue cosce e il letto, permeando l'aria con il profumo pungente del suo bisogno.

«Così,» lo incitò Jason, accarezzandogli la schiena in un gesto confortante. «Scopati sul mio cazzo. Svuota quelle ghiandole su di me. Sei proprio un bravo Omega.»

Vale si rilassava e poi stringeva di nuovo, con l'uccello pulsante che colava liquido sulle lenzuola e gli occhi che ruotavano all'indietro. Voleva che Jason gli dicesse di nuovo quanto fosse bravo, in quell'esatto momento e ogni giorno, fino a quando fosse morto.

«Mmh, il tuo profumo è perfetto,» gemette Jason e si chinò a baciargli le spalle, per poi prendere tra le labbra uno dei suoi lobi. «Voglio rotolarmi nel tuo liquido.»

Anche Vale voleva spalmarglielo ovunque, per assicurarsi che ogni Omega sapesse che quello era il suo uomo. Jason gli mise una mano attorno alla gola, gentile ma deciso, e gli tolse il fiato quando gli mormorò: «Tieniti forte alle lenzuola. Adesso ti scopo.»

Vale gridò e il suo mondo si dissolse, mentre Jason spingeva forte e veloce facendo sbattere il letto contro la parete. La loro pelle sembrava schioccare a ritmo, Vale inarcò la schiena andando incontro avidamente a ogni colpo e chiedendo a gran voce di più, anche quando il suo cazzo esplose e riversò sulle lenzuola getti e getti di sperma. Rimase lì a tremare, ma non si ribellò alla mano decisa di Jason sulla sua gola. Un secondo picco di piacere lo travolse e lui urlò, si contorse e venne ancora, mentre il suo canale si serrava e poi si rilassava attorno a quell'uccello pulsante.

«Dammi il tuo nodo,» supplicò.

Jason si chinò in avanti e rise accanto al suo orecchio. «Ho preso l'alpha-tranquillante, dovrai avere un po' di pazienza.»

Vale sussultò e Jason diede una stretta leggera alla sua gola.

«Prendimi. Apriti,» mormorò Jason, facendogli scorrere un pollice su e giù lungo il lato del collo. A ogni spinta, la punta del suo cazzo enorme premeva contro la bocca dell'utero di Vale che era disceso e accendeva i suoi nervi sensibili.

Vale gridò contraendosi attorno a Jason, e altro liquido fluì dalle sue ghiandole. «Ti prego, dammi il tuo nodo.»

«Lo farò,» sussurrò Jason, gli baciò il lobo e fece scivolare le mani verso il basso per afferrargli i fianchi. «Quando sarò pronto.» Appoggiò la fronte tra le sue scapole e diede sfogo alla passione.

Vale gemette, graffiò le lenzuola e venne di nuovo, il suo culo che si contraeva e l'uccello che emetteva altro seme. Piagnucolò quando Jason lo baciò, spingendo all'indietro per avere di più. Rabbrividì e tremò con il cuore che faceva le capriole a ogni duro colpo, finché non urlò: «Ti prego!»

Jason, però, non gli diede ciò che voleva.

Invece, uscì da lui.

«No,» gemette Vale, il suo buco aperto e insaziabile.

Jason lo fece voltare sulla schiena, con maggiore forza di quella che Vale pensava avesse. Crollando accanto a lui, lo baciò sulla bocca con un mormorio tranquillizzante, poi abbassò la mano e infilò tre dita dentro di lui.

«Scopami!» si lamentò Vale mentre cavalcava disperato le sue dita. Aveva sofferto per ore e *a quel punto* voleva la sua ricompensa.

«Lo so,» sussurrò Jason. «Devi solo essere paziente.»

Vale sentiva la pelle formicolare e il suo corpo era un unico grumo di dolore. Aveva bisogno del cazzo di Jason. «Torna dentro di me,» ordinò afferrandogli il mento. «Scopami.»

Jason liberò il volto dalla sua presa, tolse le dita dal suo calore e rotolò sopra di lui per immobilizzarlo. Vale gli spinse l'uccello duro, sempre incredibilmente duro durante il calore, contro l'addome e lo implorò con il suo corpo, si torse i capezzoli e si fece scorrere le mani sul petto.

Jason ringhiò, si piegò a leccare la striscia di liquido lasciata dal cazzo di Vale, gli spinse in alto le gambe e affondò il viso tra le sue natiche.

Vale si afferrò le gambe con un mugolio e Jason strofinò il volto e le spalle tra i suoi umori, mise la bocca sulla sua apertura e lo penetrò con la lingua. Era stupendo, ma non bastava. Non poteva bastare. Gli serviva molto di *più*.

Jason infilò con facilità quattro dita e Vale si contorse, nel tentativo di sentirle colpire tutti i punti giusti dentro di lui, i punti contro cui il cazzo di Jason premeva senza sforzo, portandolo a nuovi orgasmi.

«Dov'è... ah,» sussurrò Jason e Vale gridò e si inarcò. «Ecco il tessuto cicatriziale. Ti fa sempre male?»

Vale artigliò la mano che era tra le sue cosce. Incapace di parlare, allargò di più le gambe e cavalcò le dita di Jason come un folle, lasciando che colpissero le cicatrici ancora e ancora. Il dolore era piacevole e intenso. Jason massaggiò quel tessuto con i polpastrelli, poi sfilò la mano e la portò al viso per sentirne il profumo, quindi si strofinò le dita umide sul petto, lasciando strisce luccicanti dove passava. «Tieniti aperto,» gli ordinò.

Vale mise le mani sotto alle ginocchia e allargò le gambe. La sua apertura fremeva avida e ogni suo respiro era un'implorazione.

Jason si accarezzò l'uccello, gli occhi che percorrevano il corpo di Vale pieni di lussuria. «Dillo.»

Vale gemette.

«Dillo!» comandò di nuovo Jason.

«Alpha, con la benedizione del Sacro Lupo, dai il nodo al tuo Omega,» sussurrò, pronunciando l'invocazione che non aveva mai rivolto ad alcun Alpha, sebbene qualcuno avesse provato a strappargliela. Erano parole sacre, l'incipit del solenne voto di unione.

Gli occhi blu di Jason brillarono possessivi, affondò di nuovo in lui con spinte dure e rapide e seppellì il viso nel suo collo per soffocare i gemiti. Vale si aggrappò al suo corpo con disperazione, mentre si sentiva colmare dal cazzo di Jason, che poi si ritraeva prima di riempirlo di nuovo fino in fondo. Intorno a loro, il profumo dell'unione aleggiava con un'intensità inebriante.

«Cazzo,» mormorò Jason, stringendolo così forte da rendergli difficile respirare. «Cazzo... ecco che arriva. Ecco il mio nodo.»

Vale singhiozzò nel sentire la punta dell'uccello di Jason premere contro l'apertura del suo utero, poi il ragazzo spinse di più, penetrando all'interno. Il piacere lo travolse ancora una volta e lui si contorse con forza. «Riempimi,» pregò, ormai incoerente e preda dell'istinto. «Riempimi col tuo seme!»

Jason gettò indietro la testa con un grido di soddisfazione che parve essergli strappato dalle viscere e venne. «Vale!» urlò, il corpo che sussultava e si contorceva tra le gambe di Vale che lo stringevano. «Oh, Sacro Lupo, è...» Il suo corpo fu attraversato da un altro spasmo così forte da fargli sbattere i denti. «È troppo.»

Il suo corpo fu pervaso dai brividi, poi anche Vale lo sentì, il nodo duro e arrotondato che si andava formando alla base dell'uccello di Jason e lo riempiva tutto, prosciugando le sue ghiandole fino all'ultima goccia. Affondò le unghie nella schiena del suo Alpha, perso nel piacere, tra gemiti e mugolii, il corpo scosso da brividi di beatitudine, il canale teso attorno a quel nodo sempre più grosso.

Jason fremeva tra le sue braccia, travolto dall'estasi, mentre il nodo allargava l'apertura di Vale e li teneva uniti. «Mio,» ringhiò al suo orecchio. «Il mio Omega. Mio.»

Vale serrò la presa sul suo nodo e Jason ululò, gli morse una spalla, tremò e sussultò, il cazzo che pulsava a fondo nel suo utero. Gli occhi di Vale si rivoltarono e lui perse quasi conoscenza, travolto da una nuova ondata di orgasmi. Quando riemerse da quel piacere insostenibile, continuò a venire sul nodo di Jason, sudando e gridando il proprio piacere.

Ci volle parecchio tempo prima che Vale riemergesse appieno dalla nebbia della lussuria, l'ondata del calore terminasse e gli orgasmi senza sosta rallentassero.

«Perfetto. Sei perfetto,» mugolò, quando riuscì di nuovo a respirare. Si arrischiò a dimenarsi sul nodo che li teneva bloccati e Jason quasi gli lacerò la pelle della spalla quando lo morse un'altra volta, scosso da un altro orgasmo. «Non è mai stato così prima d'ora. L'incastro perfetto.»

Rilassato e sazio per la prima volta da quando era stato colpito dall'ondata iniziale del calore, si crogiolò sul nodo del suo Alpha, lo strinse e fu preso da un orgasmo languido. Voleva che durasse per sempre. «Bellissimo.» La sua mente vagava nella pigra dolcezza dell'estasi che seguiva il piacere dopo aver ricevuto il nodo. «Così bello, tesoro.»

Jason gemette e singhiozzò piano contro la sua spalla, sopraffatto. Vale gli accarezzò la schiena con un mormorio tranquillizzante, affascinato dalla dolcezza e dalla cruda sensualità del ragazzo che lo aveva fatto suo. Gli diede un bacio leggero sul collo e sussurrò: «Tieniti a me. Ci sono qui io.»

Jason lo strinse forte e rabbrividì ancora, mentre le sue lacrime gli bagnavano il collo e la spalla. Con il cuore gonfio di tenerezza, Vale gli sussurrò parole colme di affetto.

Sentendosi all'improvviso sicuro, Vale strinse a sé Jason e sussurrò le rimanenti parole del voto sacro degli Omega: «Noi siamo Alpha e Omega, l'inizio e la fine.»

Jason si sollevò a fissarlo con uno sguardo intenso e sigillò il voto con la risposta degli Alpha: «Siamo Alpha e Omega, il tutto.»

CAPITOLO 24

Jason aveva osservato per quasi un'ora Vale dormire profondamente, dopo che era crollato intorno al suo nodo ormai a riposo, ed era affamato. Si districò con attenzione dalla sua presa e si infilò i pantaloni di un pigiama di Vale: erano un po' corti per lui, ma non aveva intenzione di indossare i suoi vestiti macchiati di sangue. Scelse quindi una maglietta blu che gli calzava abbastanza bene. Prima di uscire dalla stanza, controllò che Vale stesse ancora dormendo, poi aprì la porta e trovò acqua, frutta e un pacchetto di biscotti. Non sarebbero bastati a sfamarlo, così seguì l'aroma di qualcosa di caldo e speziato che giungeva dal piano inferiore e arrivò in cucina.

Zephyr era appollaiata sulle spalle di Rosen che era ai fornelli e stava mescolando qualcosa dentro a una grossa pentola.

«Ehi,» lo salutò Jason, tirando l'orlo della maglietta nella speranza di non apparire ridicolo. «È per noi, quella?»

«A dire il vero, sì,» rispose Rosen con un sorriso da sopra la spalla. «Sono andato dal macellaio e al negozio di formaggi quando sono iniziate le grida e, per quando sono rientrato, la casa aveva smesso di tremare.» Gli fece l'occhiolino. «Devo ammetterlo, non credevo che fossi così bravo, ma da quello che ho sentito Vale non avrà da lamentarsi.»

Jason si sedette al tavolo mentre Rosen gli riempiva una ciotola. «A essere onesti, non ho fatto niente di speciale, ma è stato intenso essere insieme in quel modo, durante un calore, per la prima volta.»

Un sorriso malinconico attraversò le labbra di Rosen. «Non ti nascondo che *alcuni* aspetti del rapporto Alpha-Omega sembrano meravigliosi, ma il resto? Beh, sentire Vale questa mattina e oggi pomeriggio ha fatto piazza pulita di qualunque fantasia mi fossi permesso di coltivare dall'ultima volta che ero stato seduto accanto lui durante un calore. No, grazie. Mille volte meglio essere un Beta. Senza figli, certo, e senza un amore da fiaba, ma libero di scegliere chi amare e con chi andare a letto.» Nel rivolgere lo sguardo a Jason, si accigliò.

«Cosa c'è?»

«Vieni qui. Conosco un rimedio per quello.» Lo trascinò verso gli armadietti, ne aprì uno pieno di un ammasso caotico di pomate e unguenti e vi rovistò dentro. «Ecco.» Strofinò con cautela una crema lenitiva sulle zone infiammate del mento e delle guance di Jason. «Quelle bruciature da barba sono terribili. Dovresti dirgli di radersi.»

Jason sentì il volto avvampare, ma non disse nulla. Non avrebbe mai chiesto a Vale di radersi, amava i peli del suo corpo e adorava il raschiare della sua barba. «La mia pelle diventerà più resistente.»

«Forse. Prima o poi, potrai fartela crescere anche tu.» Rosen indicò il suo stesso viso. «Ti farà da scudo.»

Jason scrollò le spalle e tornò a sedersi al tavolo. Prese un cucchiaio di zuppa, poi raccolse il coraggio e chiese: «Hai avuto notizie da Yosef?»

Rosen si sedette davanti a lui. Zephyr miagolò e gli scivolò giù dalle spalle per accomodarsi sul suo grembo. Jason sentì un pizzico di gelosia, gli avrebbe fatto piacere ricevere un po' di conforto da Zephyr, ma immaginò che Rosen, avendo fatto parte della sua vita da più tempo, meritasse la sua lealtà.

«Ha chiamato.» Rosen allungò una mano e prese quella di Jason. «Le notizie, pur da prendere con cautela, sono buone. Quando Yosef è arrivato, Xan era già lì a donare il sangue. La febbre di Miner si è stabilizzata, alla fine non ha avuto uno shock settico e ha smesso di sanguinare.» Gli strinse la mano.

«Allora qual è il problema?»

«Sta ancora molto male. Urho pensa che abbia un'infezione all'utero, un'infezione pericolosa.»

Jason lasciò cadere il cucchiaio, strappò la mano da quella di Rosen e si alzò. «Per quanto tempo dormirà, Vale? Posso farcela ad andare a casa e tornare in tempo?»

«Miner sta riposando e tuo padre è con lui. Yosef mi ha detto di riferirti il messaggio di Yule, dice che capisce perché te ne sei andato ed è contento che tu non fossi lì nel momento peggiore.»

Jason sgranò gli occhi. Si era perso il *momento peggiore?* Cosa poteva esserci di peggio di quanto aveva visto?

«Non pensi che abbia bisogno di me?» chiese. «Se Pater sta così male e ha un'infezione all'utero, dovrei stare accanto a lui, almeno finché Vale non si sveglia.»

Come aveva potuto perdersi in Vale in quel modo, quando Father stava soffrendo e Pater avrebbe potuto morire? Era egoista e stupido e...

«Qualunque cosa tu stia pensando, tesoro, smettila subito.» Rosen lo tirò di nuovo a sedere e spinse la ciotola di zuppa verso di lui. «Mangia.»

Zephyr scese con un salto dalle ginocchia di Rosen, come ispirata dall'odore del cibo, e si diresse nell'angolo a piluccare le sue crocchette.

«Questa è la vita. Tu sei giovane, ancora non te ne rendi conto, ma le cose tremende accadono insieme a quelle meravigliose in ogni momento. E se lasci che le peggiori ti distolgano dal miracolo di quelle più belle, non proverai mai la vera felicità. Ti è concesso vivere questo momento con Vale.»

Jason non sapeva cosa rispondere, così tornò alla zuppa. Era deliziosa, ora che vi prestava attenzione. «L'hai preparata mentre noi...»

«Non a partire da zero. Ho comprato la zuppa di verdure da Nix e Nots, poi ho aggiunto la carne che ho preso dal macellaio perché fosse più sostanziosa per te. Avrete entrambi bisogno di molte energie, quindi, quando tornerai di sopra, dovresti prenderne una ciotola e provare a fargliela mangiare.»

Jason lo sapeva, ovvio. Aveva seguito le lezioni e i suoi genitori gli avevano spiegato tutto, ma si limitò ad annuire mandando giù un'altra cucchiaiata di zuppa, grato che Rosen se ne preoccupasse.

«Ne ho preparata a sufficienza per un paio di pasti e domani tornerò con uno sformato e qualche contorno per sostenerti. Nel frattempo, vado a casa.» Le sue labbra si sollevarono in un sorrisetto.

«E se...»

Rosen scosse il capo. «Te la caverai benissimo, Jason. E confido che lo stesso farà Miner. Urho resterà a casa vostra finché il pericolo non sarà passato.» Si alzò da tavola per riempire di nuovo la ciotola di Jason, ormai vuota. «Sei stato furbo a pensare a lui. Non molti lo sanno, ma Urho ha una notevole esperienza nel campo della cura degli Omega. Dopo la morte di Riki, non riusciva a sopportare l'assenza di immediatezza del suo lavoro di ricerca all'università. Voleva fare qualcosa per aiutare le persone in difficoltà. Credo che lo veda come un modo per espiare un crimine che non ha commesso.»

«Che tipo di crimine?»

«Non essere riuscito a salvare la vita di Riki.»

Jason pensò a Vale e capì subito che se gli fosse successo qualcosa, qualcosa di terribile, anche lui avrebbe dato la colpa a se stesso. Proprio come sapeva che Father si sarebbe ritenuto responsabile se Pater fosse morto. «Urho è un brav'uomo.»

Rosen aggrottò le sopracciglia. «Sì. È irritante, ma è un brav'uomo.» Gli sorrise. «Dopo ciò che è successo a Riki, ha iniziato a lavorare come volontario per aiutare i poveri. Uno dei rischi maggiori per gli Omega privi di mezzi economici è affrontare una gravidanza. Urho ha dovuto gestire moltissimi parti e anche diversi aborti spontanei.» Scelse le parole successive con cautela. «Si dice che a volte, quando un Omega ne aveva davvero bisogno, si sia spinto anche oltre.»

Il riferimento indiretto al passato di Vale provocò a Jason uno spiacevole brivido. Avrebbe fatto qualsiasi cosa per poter tornare indietro nel tempo ed eliminare quegli eventi della vita del suo Omega. Non perché volesse avere figli, ma perché odiava il fatto che Vale avesse sofferto così tanto, che incolpasse se stesso e si sentisse così solo.

«So a cosa ti riferisci. Vale me lo ha raccontato.»

«Bene. Sono felice che non te lo stia più nascondendo.» Rosen sospirò. «Vale non sa che Yosef e io sappiamo quello che Urho ha fatto per lui. Crede che pensiamo sia stato qualche sconosciuto, ma il tempo dei segreti è finito. Sappiamo tutti come sono andate le cose.»

Jason annuì. «Sono grato a Urho per essere accorso quando l'ho chiamato. Non sapevo cos'altro fare.» Gli tornò alla mente il panico provato nel vedere Pater in agonia.

«Urho sa essere un idiota bigotto a volte, ma come hai detto tu, è un brav'uomo e un buon medico.»

Jason finì di mangiare, poi Rosen gli mostrò dove Vale teneva piatti e posate. «Così puoi prepararti qualcosa.» Gli mise tra le mani un'altra ciotola di zuppa, meno piena rispetto alla sua. «Ora porta questa di sopra. Tra poco Vale si sveglierà.»

Zephyr lo seguì fuori dalla stanza e Jason dovette fare attenzione a non inciampare su di lei nel salire le scale. Quando non le permise di entrare nella camera di Vale, la gatta gli soffiò contro.

«Abbiamo bisogno di intimità,» le sussurrò.

Lei lo fissò, poi si voltò con la coda dritta per mostrargli il posteriore. Jason ridacchiò.

«Mi dispiace, è solo per qualche giorno. Dopo di che...»

Il futuro era un'altra delle cose che lo spaventavano e che non poteva controllare, così Jason spinse via anche quel pensiero e aprì la porta.

Vale si mise seduto con cautela, come se avesse i muscoli doloranti e il culo indolenzito.

«Stai bene?» gli chiese Jason. «Non ti ho fatto male, vero?»

Vale sbuffò. «Mi sembra improbabile, tesoro. Sarò di nuovo pronto per te prima che ce ne rendiamo conto.» Sgranò gli occhi mentre Jason si arrampicava sul letto con la scodella di zuppa. «Cos'è quella? L'ha fatta Rosen?»

«Sì.»

«Forse dovremmo assumere un Beta per cucinare, durante i calori,» borbottò Vale, lasciando che Jason gli offrisse un cucchiaio. «Magari senza rimanere qui, ma per preparare i pasti in anticipo.»

Il cuore di Jason sussultò speranzoso. «Se stai facendo programmi per i prossimi calori che affronteremo insieme, vuol dire che sei intenzionato a firmare il contratto?»

Vale scrollò le spalle. «Forse. Ce ne serve uno? Dal punto di vista legale, tutto ciò che è mio ti appartiene comunque. Il resto sono dettagli.»

«Non vuoi ufficializzare l'unione con me? Davvero?»

Le ciglia scure di Vale si abbassarono sui suoi zigomi. «Se non firmiamo il contratto, tu potresti ancora prendere un surrogato e…»

«Smettila, Vale.» Jason gli porse un altro cucchiaio di zuppa. «Mangia un altro po', poi parleremo.»

Jason lo imboccò ancora, finché Vale non si allontanò. «Basta così.»

Jason non fece discussioni. Era risaputo quanto fosse difficile nutrire un Omega durante il calore, perché il loro intestino doveva badare a cose più importanti della digestione. «Adesso ascoltami con attenzione. Non prenderò mai un surrogato. Hai capito?»

«Sei un uomo ostinato, Jason Sabel,» rispose Vale rivolgendogli uno sguardo cupo da sotto le ciglia.

Jason mise la ciotola sul comodino e si sistemò in una posizione più comoda, appoggiato al cuscino e con lo sguardo colmo d'affetto fisso sull'espressione vulnerabile di Vale. «Pensavi davvero di spaventarmi al punto di farmi scappare, con la tua confessione?»

Vale si grattò la barba e Jason rammentò l'irritazione che aveva sul mento e che bruciava a dispetto dell'unguento di Rosen. «Lo speravo, sì.»

«Perché? È così terribile stare insieme a me? Un'ora fa stavi piangendo commosso per la perfezione del mio nodo.»

Vale alzò gli occhi al cielo e un sorriso tenero si formò sulle sue labbra. «Sei un cazzone.»

Jason sogghignò. «Intendevi dire che ho un cazzone.»

«Mi sembra che abbiamo già avuto questa conversazione.»

«E si è conclusa con te che mi imploravi di scoparti. Ho il sospetto che anche questa finirà allo stesso modo,» rispose Jason tronfio.

«Sei così orgoglioso di te stesso?» chiese Vale.

«Mi chiedi se sono orgoglioso di aver fatto piangere di gioia il mio Omega, prima di farlo venire così forte da svenire? Sì che lo sono. Ne sono piuttosto fiero e ho intenzione di acquistare uno spazio sul giornale per annunciarlo al mondo intero, poi dipingerò anche un enorme cartello a fianco della strada più trafficata del quartiere Calitan.»

Vale ridacchiò e Jason sentì un brivido di gioia lungo la spina dorsale. «Che idiota che sei! E sei anche bellissimo.»

Jason si rannicchiò più vicino a lui. «Devo confessarti quanto sono dispiaciuto.»

«Per cosa?»

«Avrei dovuto dirtelo subito, non appena me lo hai raccontato, che ciò che ti è successo durante quel calore di ritorno non è stata colpa tua.»

«Sì che lo è stata. Se non avessi…»

«*Quello che ti è successo non è stata colpa tua,*» ripeté Jason, il tono pervaso di autorità. «Voglio che la smetti con questo senso di colpa. Hai capito?»

A Vale si serrò la gola per l'emozione. «Sì.»

Jason gli diede un bacio lieve sulla bocca. «Grazie per avermi raccontato ogni cosa, ecco come avrei dovuto rispondere quel primo giorno, ma sono stato un idiota e mi sono comportato nel modo peggiore. Mi dispiace.»

«A me dispiace di avertelo rivelato in quel modo.»

«Eri spaventato,» lo consolò Jason con dolcezza.

«Sì,» riconobbe Vale, le dita affondate nei suoi avambracci. «Ma tu meriti il meglio, Jason. Meriti di meglio di…»

«Siamo *Érosgápe*. Sei tu il *meglio*, per me.»

Vale abbassò lo sguardo, annuì e dai suoi occhi sfuggì una lacrima. «Mi dispiace di averti ferito.»

Jason gli baciò la fronte. «È stata la nostra prima lite, tutto qui. Sono certo che ce ne saranno altre.»

«Sacro Lupo, spero di no.»

«Allora ti legherai a me?»

Vale lo guardò con gli occhi accesi di meraviglia. «Lo desidero davvero tanto.»

Jason lo baciò fino a che rimasero entrambi senza fiato. Poi si tirò indietro e chiese: «Hai mai… mi chiedevo se… durante il calore, hai mai provato…»

«Adesso non fare il timido. Lo so che sei un ragazzo perverso.»

Jason si schiarì la voce. «Hai mai provato il fisting? All'università ho letto che dà quasi la stessa sensazione di un nodo e che durante il calore alcuni Omega riescono a prendere un'intera mano, con esiti piuttosto sorprendenti.»

Vale scosse la testa. «Nessuno ci ha mai provato. La maggior parte degli Alpha non vogliono altro che riempirti con il loro nodo e...» si interruppe, l'espressione accigliata, e scosse la testa.

«Era solo un'idea.»

Vale lo baciò di nuovo e gli sfiorò il viso con tenerezza. «Un'idea generosa. Tutto il piacere per me e niente per te.»

Jason scrollò le spalle. «Mi piace guardarti venire.»

Vale si mosse sulle lenzuola, il corpo snello e flessuoso, i tatuaggi che brillavano a contrasto con la pelle arrossata e cosparsa da una leggera peluria. «Non sono contrario a fare un tentativo.» Aggrottò le sopracciglia e si mise a sedere più dritto. «Cosa è successo alla tua faccia?»

«Sei stato un po' rude nel baciarmi,» lo prese in giro lui.

«No.» Toccò il livido che aveva sulla mascella. «Chi ti ha colpito?»

«Ah.» Con tutto quello che era accaduto, si era quasi scordato di Monhundy e di quelle teste di cazzo dei suoi amici. «Ero con Xan e...» Alzò gli occhi al cielo. «È difficile da spiegare.»

«Non sono sicuro che questo tuo migliore amico mi piaccia, se ti picchia. Forse anch'io dovrei *dargli* un pugno in faccia, per dimostrargli la mia amicizia allo stesso modo.»

Il cuore di Jason si scaldò. Povero Xan, probabilmente sarebbe finito al tappeto se mai Vale avesse dato seguito a quella minaccia. «No, non è stato lui a colpirmi. Ero con lui in caffetteria e...» Gemette. «Mi dispiace, è una lunga storia e a dire il vero non sono sicuro che ci sia abbastanza tempo prima che arrivi la tua prossima ondata di calore.»

Vale si accigliò. «D'accordo. Se preferisci raccontarmela più tardi, va bene.» Si accoccolò sul suo petto e iniziò a giocherellare con i suoi capezzoli. Li torse e vi tracciò intorno dei cerchi con la punta delle dita, facendo fremere Jason.

«Prima, quando sei arrivato,» mormorò Vale, «sembrava che avessi pianto. È stato a causa mia?»

Jason scosse il capo.

«No?» Vale sembrava un po' deluso.

«Beh, *ho* pianto anche a causa tua. La notte scorsa.» L'espressione soddisfatta di Vale gli fece alzare gli occhi al cielo. «Non devi esserne orgoglioso.»

«Oh, tesoro. Non potrei mai essere felice del fatto che il mio bellissimo cucciolo di Alpha abbia pianto per me. Mai.» Ma mentre parlava la sua gioia sembrava incontenibile.

Jason gli diede una gomitata tra le costole. «Questa mattina, comunque, avevo smesso di piangere per te; avevo intenzione di capire come riconquistarti, ma poi...» Sospirò e si morse il labbro. Non voleva parlare di ciò che era accaduto proprio in quel momento, ma era inevitabile.

«Poi cosa? Il tuo amico Xan?»

«No, Pater.» Prese la mano di Vale e mormorò: «Non è il caso di parlarne proprio adesso. Voglio stare qui con te e non... ricordare.»

«Jason, cosa è successo?»

«Starà bene. C'è Urho, con lui.»

«Ah, capisco. La gravidanza.» Gli angoli della bocca di Vale si incurvarono verso il basso e nei suoi occhi si accese un lampo di comprensione. «Mi dispiace.»

Jason lo attirò più vicino a sé. «Anche a me.»

Pensò a come sarebbe stato il suo futuro con Vale. Quella sarebbe stata la loro camera e lui avrebbe appeso alle pareti i disegni di ciò che amava osservare al microscopio. Sarebbe andato all'università, per poi tornare a casa e preparare la cena a Vale. Avrebbe lavorato in giardino e il suo Omega avrebbe scritto poesie e ripreso a tenere i suoi corsi. Sarebbe stata una vita quotidiana normale e tranquilla, e poteva essere loro.

«Non voglio avere figli,» dichiarò. «Tu sei perfetto per me, così come sei. Staremo bene per conto nostro. Organizzeremo feste, inviteremo i nostri amici e invecchieremo...»

«Alcuni di noi più rapidamente di altri.»

«… e vivremo le nostre vite, felici quanto chiunque altro.»

Soprattutto perché era chiaro che la vita non seguisse le regole che gli erano state insegnate dai suoi genitori. L'unica cosa che potevano fare era impegnarsi il più possibile per essere felici.

«Un giorno li vorrai, dei figli,» ribatté Vale, accoccolandosi accanto a lui.

«Dopo oggi, credo che non accadrà mai.» Rabbrividì.

«Non è così che di solito… Dovrei proprio smettere di provare a convincerti, vero? Non sto facendo alcun favore a me stesso.»

«Non stai comunque facendo alcun progresso. Ho preso la mia decisione. Io ti voglio e tu vuoi me.» Jason annuì con fermezza. «Quando questo calore sarà concluso, firmerai il contratto, senza alcuna clausola relativa alle gravidanze, e io mi trasferirò qui.»

Al suo fianco, Vale rabbrividì. «Di punto in bianco? Allora sarai tu a decidere per me?»

«Sì. Perché sono il tuo Alpha e sembra che tu non sappia cosa è bene per te.»

«Oh, ma io so cosa è bene per me,» protestò Vale. «Stavo cercando di non comportarmi da stronzo egoista.»

«Eppure, chissà come, non ci sei riuscito per niente,» non poté fare a meno di rimarcare Jason.

Vale sbuffò.

«Aveva ragione Urho. Avrei dovuto semplicemente dirti cosa fare sin dall'inizio.»

Vale rise, si girò appoggiandosi a un gomito, e lo fissò. «Ah, e così hai preso lezioni da Urho?» rise di nuovo. «Sarà un bel divertimento. C'è una ragione, mio caro, se non mi ha mai attratto tanto da considerare di siglare un contratto di unione con lui.»

«Credevo che stessi solo aspettando me,» lo stuzzicò Jason.

Qualunque gelosia nei confronti di Urho era svanita quando Vale aveva singhiozzato sul suo nodo. Era abbastanza certo che Urho non avesse mai ottenuto una simile reazione o fosse stato definito *perfetto*. E se anche lo fosse stato, di sicuro Jason non voleva saperlo.

«Ovvio. Dentro di me, sapevo che eri là fuori.» Vale alzò gli occhi al cielo un'altra volta. «No, caro mio. Urho è soffocante e all'antica, e le sue idee sul rapporto Alpha-Omega sono piuttosto retrograde.»

«Mmh.» Jason non aggiunse altro, ricordando divertito l'assoluta obbedienza di Vale a ogni suo comando durante il sesso.

Urho ci aveva visto giusto su Vale, ma Jason non avrebbe insistito. Non era da lui imporsi fuori dal letto e non gli dispiaceva lasciar fare al suo Omega quello che voleva riguardo... beh, quasi a ogni cosa. Finché Vale fosse stato felice, lo sarebbe stato anche lui.

«Ah, Sacro Lupo,» sospirò Vale con un brivido, rannicchiandosi contro il suo corpo. «Sta ricominciando. Vorresti provare quello di cui mi hai parlato prima?»

«Davvero non l'hai mai fatto prima?»

Vale scosse il capo. «No, ma sono curioso.»

Jason rotolò su di lui e gli aprì le gambe. «Preparati, allora, perché ti mostrerò qualcosa di stupefacente.»

CAPITOLO 25

IL CUORE DI Vale batteva in preda all'ansia, mentre lui e Jason attendevano di essere ammessi nella camera dove Miner stava trascorrendo la sua convalescenza. Quando entrarono, si sentì sollevato nel trovare l'Omega seduto sul letto.

«Pater,» sussurrò Jason, poi si gettò tra le sue braccia.

Vale rimase indietro a osservare i componenti della famiglia di cui aveva accettato di far parte stringersi l'uno all'altro. Miner, anche se pallido, era vivo e quella era l'unica cosa che contava. Tuttavia, i cerchi scuri sotto gli occhi erano un chiaro segno del trauma che aveva subìto, così come la presenza di Yule accanto al letto, che si teneva aggrappato alla sua mano.

Vale lasciò vagare lo sguardo sulla camera da letto della coppia, lussuosa e fastidiosamente pulita. Sperava che a Jason non importasse troppo delle stanze polverose della sua casa, con gli abiti gettati alla rinfusa sulla sedia. E sul pavimento. E in un angolo.

Il bucato era un'incredibile scocciatura. Forse avrebbe davvero dovuto assumere qualcuno che lo facesse al suo posto. O forse no. Non gli importava, avrebbe fatto qualsiasi cosa desiderasse Jason.

Erano trascorsi sette giorni dall'inizio del suo calore e due da quando si era concluso. Una volta terminato, aveva avuto bisogno di tempo per riprendersi, così come Jason. Al telefono, Yule li aveva sollecitati a non affrettare il recupero, poiché Miner dormiva per la maggior parte del tempo e lui preferiva restare solo con il suo Omega.

Quel giorno, tuttavia, dopo colazione si erano diretti a casa di

Jason. Erano entrambi stanchi e di umore tetro poiché, pur avendo suggellato il legame, nel profondo erano ancora preoccupati per il futuro. Miner stava meglio, ma la guarigione avrebbe richiesto molto tempo prima che fosse del tutto fuori pericolo.

Quando l'abbraccio di famiglia si sciolse, Jason prese la mano di Miner e sedette sul letto accanto a lui, poi fece cenno a Vale di avvicinarsi. «Pater, guarda chi è venuto con me.»

«Sono felice di vederti qui, insieme a Jason,» lo salutò Miner con un sorriso, la mano libera tesa verso di lui. «Però sembrate entrambi esausti.»

«È stata una settimana lunga,» mormorò Vale sedendosi sul bordo del letto accanto a Jason.

Miner gli rivolse un sorriso stanco. «Lo è stata per tutti.»

«Tu come stai?» chiese Vale. «Ti stai riprendendo?»

Miner annuì e Yule spiegò: «Se non sviluppa infezioni a seguito dell'intervento, lunedì dovrebbe essere in grado di alzarsi e scendere al piano di sotto, Urho ritiene che nel giro di un mese tornerà come nuovo.»

«Non mi lasciano fumare, qui dentro,» brontolò Miner, accigliato. «Dicono che mi faccia male.» Lanciò un'occhiataccia a Yule, poi gli sorrise con indulgenza e allungò una mano per accarezzargli i capelli. «Comunque era ora che perdessi quella cattiva abitudine.»

Con un sorriso, Jason gli baciò la mano. «Io l'ho sempre odiata. Se fumavi, significava che eri triste.»

Miner sospirò piano, ma la sua espressione era serena. «Forse adesso avrò meno motivi di tristezza. Il dottor Chase mi ha asportato l'utero, te l'ha detto?»

«Che cosa? No!» Jason sgranò gli occhi. «Ma non è illegale?»

«Non se ci sono segni di necrosi,» rispose Yule, scuro in volto, accarezzando la guancia del suo Omega con tenerezza. «E Urho li ha trovati, o almeno questo è ciò che ha detto, così una volta che

Miner si è stabilizzato ha eseguito l'intervento. È stato più difficile per me che per Miner. Lui era privo di conoscenza per gli anestetici somministrati da Urho, mentre io ho assistito all'intera procedura.»

«Hai insistito tu per farlo,» ribatté Pater. «Ti sei rifiutato di uscire.»

«Non volevo lasciarti solo. Avresti potuto avere bisogno di me.»

Vale provò una stretta al cuore nel vedere la devozione che i genitori di Jason dimostravano l'uno nei confronti dell'altro. Era la stessa dei suoi genitori. Sapeva che il suo legame con Jason non avrebbe fatto che rafforzarsi col tempo e, alla fine, anche loro sarebbero arrivati ad avere quel tipo di rapporto.

Sul copriletto, la mano di Jason cercò la sua.

Forse, lo avevano già.

Dopo aver discusso ancora un po' della situazione di Miner nei dettagli, affrontarono la questione del contratto tra Vale e Jason.

«Vorrei scusarmi con te,» dichiarò Yule in tono tranquillo. «Non avrei mai dovuto insistere per la clausola sulla gravidanza o suggerire un surrogato. Ho commesso un errore.»

Vale inclinò il capo per mostrare di aver accettato le scuse, senza dire nulla.

Ma Yule non aveva finito.

«Quando ho pensato che Miner… Beh, quando ho creduto che l'avrei perso…»

«Non devi dare spiegazioni. Lo capisco.»

«Invece lo dirò,» ribatté lui, alzando il mento. «E voi mi ascolterete. Tutti quanti.»

Jason si alzò, si spostò dietro a Vale e gli circondò le spalle in un gesto protettivo.

Yule continuò: «Jason era andato via per venire da te, quando è accaduto il peggio. Il cuore di Miner si è fermato e il dottor Chase non riusciva a farlo ripartire. Io ero inutile. Il tuo amico Xan, però, è stato di grande aiuto,» ammise Yule, rivolgendosi a Jason. «Ha seguito gli ordini di Urho alla lettera e ha soffiato l'aria nei polmoni di Miner, mentre Urho gli praticava il massaggio cardiaco.»

«Sacro Lupo,» sussurrò Vale, e le braccia di Jason si strinsero attorno a lui.

Miner afferrò di nuovo la mano di Yule per consolarlo.

«In quel momento mi sono sentito così grato che Jason non fosse lì, che fosse con te e, almeno così speravo, che fosse felice.»

Jason emise un piccolo gemito. Vale sapeva che si sentiva in colpa per la gioia che avevano condiviso mentre i suoi genitori stavano soffrendo. Dal canto suo, rimpiangeva di aver cercato di allontanare Jason, per fortuna il suo tentativo era stato vano, ma aveva comunque rovinato la perfezione del loro primo calore insieme.

«È stato in quel momento che ho capito quanto mi fossi sbagliato e quanto fossi stato irragionevole. Jason sarà sempre più felice con il suo *Érosgápe*, che abbia figli oppure no. Alla lunga, non avrà importanza. Niente dura per sempre. Nessun uomo, nessuna relazione, nessuna vita. La morte reclama tutto quanto. Quindi, perché cercare di sottrarsi a questa verità?»

«Amore, ti stai addentrando nei meandri della filosofia e sei anche un tantino macabro,» mormorò Miner, posando un bacio sulle sue dita. «Credo che un semplice "mi dispiace" possa essere sufficiente.»

Vale scosse la testa. «No, apprezzo la tua sincerità. Avrei dovuto imparare la lezione dopo aver perso i miei genitori, ma non è stato così. Invece, ho cercato di allontanare Jason da me.» Si appoggiò all'alta figura dell'Alpha dietro di lui, felice delle braccia forti, snelle ma muscolose, che lo stringevano. «Avevo paura che mi avrebbe trovato inadeguato e avrebbe rimpianto il fatto che siamo *Érosgápe*.»

Una parte di lui lo temeva ancora, ma Jason era così... Jason. Aperto, affettuoso, pronto ad abbracciare il loro futuro insieme. Non poteva non fidarsi.

Jason gli baciò la sommità del capo e sussurrò: «Sei un idiota.»

«E tu un cazzone.»

«Abbiamo già avuto questa conversazione.»

Vale sentì le guance avvampare e si passò una mano sulla barba, abbassando lo sguardo.

Miner sbadigliò e subito Yule si alzò. «Ora dovreste andare. Miner ha bisogno di riposare. Tornate domani, discuteremo gli accordi per la firma del contratto.»

«Domani?» chiese Jason, confuso.

Yule, che stava aiutando Miner a mettersi comodo su una gigantesca pila di cuscini, alzò lo sguardo e rispose: «Non avevi in programma di stare con Vale?» sgranò gli occhi per la confusione, ma subito continuò: «Naturalmente, se vuoi continuare a vivere a casa, sei il benvenuto. Ti vogliamo bene e, se è ciò che desideri, saremmo felici che tu restassi qui. Solo non ci aspettavamo che saresti voluto rimanere.»

«Ah! No, io...» Jason si interruppe e si voltò verso Vale. Non avevano discusso le tempistiche, Jason si era limitato ad affermare che avrebbero vissuto a casa di Vale. Entrambi avevano dato per scontato che i genitori di Jason avrebbero voluto che continuasse a vivere con loro finché non avessero firmato il contratto, forse finché Miner non si fosse rimesso in piedi, ma era evidente che Yule fosse perfettamente in grado di prendersi cura di Miner, e nessuno sembrava più dare troppo peso al contratto.

«Mentre siamo qui, dovresti preparare una valigia,» suggerì Vale. «Hai già esaurito i vestiti della borsa che ti ha portato Xan, e io temo di essere una frana con il bucato.»

Jason gli rivolse un gran sorriso, gli occhi blu che risplendevano come il sole. «Vuoi che mi trasferisca subito da te?»

«Certamente! Non preoccuparti per il resto delle tue cose, possiamo tornare in seguito con le scatole per trasportare quello che ti serve.»

Miner porse una mano a Jason, che si avvicinò per baciarlo di nuovo. «Mi dispiace di averti spaventato,» sussurrò suo padre con una carezza sul viso. «Posso solo immaginare quello che devi aver provato nel vedermi in quello stato, mio dolce ragazzo.»

Jason gli scostò i capelli dalla fronte e vi posò un altro bacio. «Hanno pensato a tutto Father e Urho, io non ho fatto altro che camminare avanti e indietro e pregare.»

«Non è vero,» intervenne Yule. «Sei stato tu a chiamare Urho. Tu hai fatto in modo di far arrivare Xan. Hai affrontato questa emergenza da vero uomo. Siamo orgogliosi di te.»

Miner sospirò. «Per fortuna non dovremo più affrontare un simile calvario.»

«Grazie a Urho,» aggiunse Yule. «È lui l'altro eroe del momento.»

«Ma Jason è il vero eroe per averlo chiamato,» ribadì Miner con uno sbadiglio.

«Ora, però, basta chiacchiere,» lo ammonì Yule severo. «Devi riposare.»

Jason abbracciò Yule e diede un ultimo bacio a Miner, prima di prendere la mano di Vale e condurlo fuori dalla stanza.

«MI STAI DICENDO che quei volti sorridenti non sono disegnati sui vetrini?»

Jason rise e infilò in valigia un'altra camicia. Aveva già appallottolato quella che aveva indossato la prima volta in cui lui e Vale avevano mischiato il loro seme e l'aveva ficcata in fondo al bagaglio, con gran divertimento del suo compagno. Non l'avrebbe lasciata lì, e anche se ormai aveva Vale tutto per sé, non era pronto a separarsi da un oggetto a cui era così legato.

«Credo che questi sorrisi li abbia disegnati tu, Jason.»

Jason chiuse la cerniera della valigia e rise di nuovo. «Te lo giuro, quello è l'aspetto dello sparto della sabbia, l'erba delle dune, al microscopio.»

Vale sembrava scettico. «Vuoi farmi credere che assomiglia a un gruppo di bambini verdi sorridenti?»

«Sì, ma aspetta…» Si avvicinò alla scrivania e tolse dalla scatola un altro rettangolo di vetro già pronto. «Questo al momento è il mio preferito. Lascia che te lo mostri.» Jason tolse il vetrino con lo sparto della sabbia per sistemare quello nuovo e rimase chinato sul microscopio il tempo necessario a regolare l'ingrandimento. «Ecco, guarda.»

«Ah! Sembra uno dei dipinti di Rosen.»

«In che senso?»

«Nei colori e nelle linee decise.» Vale si allontanò dal microscopio per guardare Jason con occhi colmi di gioia. «Che cos'è?»

«Polvere. Come quella roba sparsa ovunque in casa tua.» Sogghignò. «Beh, casa nostra adesso, suppongo.»

Vale rise, le spalle che tremavano, e si chinò di nuovo a guardare attraverso le lenti del microscopio. «Cosa vorresti insinuare? Che dovrei spolverare più spesso?»

«No, la tua… la nostra casa è un capolavoro segreto. Tutti gli altri vedono polvere, ma non noi. Quando ci guarderemo attorno, noi vedremo questo. Moltiplicato per un miliardo di miliardi.»

Vale spostò il microscopio e si alzò per catturare le labbra di Jason in un bacio. «Sei proprio adorabile. Cosa devo fare con te?»

Jason fece un sorrisetto. «Beh, io lo so cosa farò con te, non appena arriveremo a casa, e riguarda il tuo culo e la mia lingua.»

Lo sguardo di Vale si scurì. «Capisco.»

Jason ammiccò allusivo e si sentì scoppiare dalla gioia. «Vuoi che ti dia una dimostrazione?» fece un cenno verso il letto.

Vale si schiarì la gola, si morse il labbro inferiore e chinò la testa in un gesto quasi timido. «E se ti dicessi di sì?»

«La mia porta ha una chiave.»

«Devo ammetterlo, il mio culo è piuttosto interessato al tuo piano. Prevede forse un orgasmo per me?»

«Lo spero,» ringhiò Jason, poi chiuse di scatto la porta e girò la chiave.

Lanciato Vale sul letto, balzò sopra di lui e gli diede un bacio duro e travolgente, strofinò il viso contro la sua barba morbida e affondò il naso nel suo collo. Il sangue affluì al suo uccello e lui spinse contro la gamba di Vale.

«Abbassati i pantaloni,» ordinò, la presa salda sulla mascella del compagno mentre leccava la pelle dietro al suo orecchio. «Subito.»

Vale si slacciò i calzoni con un gemito e si affrettò ad abbassarli, rivelando il suo cazzo duro. Quando provò ad accarezzarlo, Jason gli allontanò la mano con uno schiaffo e si mise a cavalcioni su di lui. «Togli la camicia, ti ridurrò un disastro.»

Vale gemette e rabbrividì. «E se i tuoi genitori…»

«Sanno molto bene cosa abbiamo fatto per tutta la scorsa settimana.»

Le dita di Vale, però, stavano già slacciando i bottoni e in un lampo la camicia fu tolta. Jason fece scorrere le dita tra la peluria del suo torace, giù lungo lo stomaco, fino alla traccia sottile sotto il suo ombelico.

«Sexy,» mormorò chinandosi per strofinarvi il viso. «Il mio bellissimo Omega.»

Vale emise un dolce gemito di resa, come faceva ogni volta che lui lo chiamava il suo Omega, e si inarcò al suo tocco, gettando indietro la testa quando Jason iniziò a stuzzicargli i capezzoli e fece scorrere le dita di nuovo in basso, fino al suo uccello.

«Raccontami di questi,» chiese Jason sfiorando i tatuaggi sulle sue braccia e tracciando con un dito la frase sulle sue costole. «Quando li hai fatti? Perché?»

Con un fremito, Vale sospirò. «Molto tempo fa, dopo i calori. Ero furioso per aver dovuto lasciare che quegli Alpha sconosciuti mi scopassero. Volevo riappropriarmi del mio corpo, essere certo che chiunque mi scopasse, sapesse che era mio, non loro.»

Jason inarcò un sopracciglio. «E adesso?»

Vale inarcò un sopracciglio di rimando. «Adesso?»

Jason rise e lo baciò sulla bocca, per poi posare altri baci su ogni tatuaggio. «Adesso sono nostri. Non importa quello che facciamo, tu resti sempre Vale.»

Vale allungò una mano, lo afferrò per il colletto e lo tirò verso l'alto per guardarlo negli occhi. «Hai detto qualcosa riguardo al mio culo e alla tua lingua. Non limitarti alle chiacchiere, cucciolo di Alpha.»

Jason allontanò la sua mano con un colpetto e con cautela mise la propria sulla sua gola. «Sei prepotente, per essere un Omega.» Strinse un poco la presa, poi baciò la sua bocca morbida. «Ma è così che mi piaci.»

Quindi lo fece voltare, gli allargò le gambe e si dedicò a un rimming lungo e intenso, finché Vale venne, tremando e gemendo il suo nome.

DOPO IL SESSO, Vale aiutò Jason a mettere in valigia il resto delle sue cose, canticchiando sottovoce un motivetto che aveva sentito da Pater anni prima. Jason mormorava una sorta di accompagnamento e, prima che potesse rendersene conto, avevano riempito tre borse con i suoi effetti personali più importanti da aggiungere al caos che regnava a casa di Vale.

Tuttavia, quando Vale fece per voltarsi e aprire la porta della camera da letto, Jason gli afferrò la mano con dolcezza e disse: «Lascia che ti mostri un'ultima cosa.» Aprì la finestra che dava su un meraviglioso giardino e scavalcò il davanzale uscendo sul tetto sottostante. Una volta fuori, si inginocchiò e gli tese la mano.

Vale rabbrividì.

Gli venne in mente il loro primo colloquio attraverso la finestra del suo studio, così dolce e surreale. «*Arrivo.*» Allungò la mano e prese quella di Jason, lasciando che lo guidasse fuori sulle lastre di ardesia.

Vale sedette e osservò il giardino, la casa vicina e gli alberi che si innalzavano verso il cielo azzurro. «È una vista mozzafiato. Temo che non ci sia nulla del genere a casa mia.»

«Ci sei tu, perciò sarà perfetto,» rispose Jason, si appoggiò con i gomiti sul tetto con le ginocchia che puntavano verso il cielo. Aveva la testa piegata all'indietro, la linea del collo interrotta dalla sporgenza del pomo d'Adamo. Vale sentì l'acquolina in bocca. Voleva baciarlo.

«Ero qui fuori quando ho letto le tue poesie per la prima volta,» sussurrò Jason.

«Davvero? Che incredibile coincidenza! Sto componendo una poesia su di te proprio in questo momento.»

«Lo stai facendo davvero?»

Vale ridacchiò. «Sì, ma è ancora nella mia mente.»

«Dimmela.» Jason si mise seduto. «Ti serve un po' di carta? Te la devo portare? Non voglio che te la scordi. Dovresti proprio scriverla.»

Vale scoppiò a ridere e il suono riecheggiò in casa e fino al giardino dall'aria autunnale. «Vuoi che scriva poesie su di te?»

«Certo. E che le pubblichi.» Jason annuì entusiasta. «Sono convinto che tutti debbano sapere quanto ami il mio uccello. Devi dirlo a tutti, in un modo molto esplicito, ma elegante.»

Vale rise di nuovo. «Credevo che per quello, avessi in programma di pubblicare un annuncio sul giornale.»

«Una poesia è più di classe. Fa molto alta società.» Gli strizzò l'occhio e lo tirò accanto a sé. «Un giorno diventerò Jason Sabel, uno scienziato di fama mondiale e l'erede della società di mio padre. Non possiamo limitarci nel rendere noto al mondo che sono l'Alpha migliore che tu abbia mai incontrato.»

Vale sollevò gli occhi al cielo prima di chinarsi a sussurrare il verso di apertura al suo orecchio.

«Sì, lo adoro,» dichiarò Jason, afferrando il mento di Vale con una mano. «Come continua?»

Il secondo verso della poesia fu inghiottito dalla bocca di Jason, ma Vale non protestò. Premuto contro le lastre del tetto, scaldate dal sole, tirò il suo Alpha su di sé. Il cielo azzurro si apriva sopra di loro, il mondo continuava a girare, ma su quel tetto fuori dalla stanza di Jason, loro due erano la sola cosa che aveva importanza.

Alpha e Omega, uniti, il cerchio completo.

Il principio e la fine.

EPILOGO

«SEI SICURO CHE sia stato saggio chiedere a Urho di venire?»
Rosen diede una gomitata nelle costole a Vale e fece un cenno verso il punto in cui Jason e Urho erano fermi, immersi fino alle ginocchia tra le onde che si infrangevano sulla spiaggia, e discorrevano di *scienza* all'infinito. Urho aveva accettato di prendere Jason come assistente ricercatore durante il suo secondo anno di università, ed erano diventati anche troppo amici.

Vale si appoggiò allo schienale della sdraio in legno e allungò le gambe pallide per godersi il primo vero caldo dell'estate. Erano venuti al cottage sulla spiaggia dei genitori di Jason e avevano in programma di trascorrervi due settimane. «Se non la smettono di discutere sul legame tra gli orgasmi anali degli Omega, l'atteggiamento lordotico e gli innesti di DNA di lupo nel nostro codice genetico, e di formulare teorie sulla *ragione* precisa di questo legame, allora sì, potrei avere qualche rimpianto.»

Rosen, che stava spalmando una crema all'aloe sulle spalle di Yosef, scoppiò a ridere.

«Quei due hanno troppe cose in comune,» borbottò Yosef, infastidito dalla scottatura che si era procurato addormentandosi al sole il primo giorno di vacanza. «Dovresti odiarli quando si comportano così.»

Vale scrollò le spalle. Sotto sotto, era felice di vedere che il suo ex amante e il suo Alpha andavano d'accordo. Yosef aveva ragione nel dire che avevano più cose in comune di quanto pensassero, ma se lo avesse detto a Urho, non avrebbe ottenuto altro che uno stupido commento sul fatto che entrambi erano stati con Vale.

Ma era molto più di quello.

I due uomini condividevano il sentimento di devozione nei confronti degli amici e della famiglia, indice della stessa forza di carattere e di un animo amorevole. Per la maggior parte del tempo Vale non riusciva a credere di essere stato tanto fortunato da trovare Urho quando aveva bisogno di lui, per poi essere a sua volta trovato da Jason, quando nemmeno *sapeva* di averne bisogno.

Non avrebbe potuto essere più felice.

Lanciò un'occhiata a Xan, il migliore amico di Jason, che stava scavando una buca nella sabbia, lo sguardo cupo rivolto alle barche a vela in lontananza. Per quanto riguardava la felicità, Xan era un'altra faccenda. Vale provava per quel ragazzo una profonda pietà e desiderava conoscerlo meglio. Sebbene Jason sostenesse che Xan fosse un tipo divertente, fino a quel giorno era stato piuttosto tranquillo, ma quando parlava era abbastanza simpatico. I suoi occhi, tuttavia, indugiavano su Urho un po' troppo a lungo per il suo stesso bene, e Vale era preoccupato di ciò che sarebbe potuto accadere se l'altro Alpha se ne fosse accorto. Fino a quel momento, comunque, erano andati tutti d'amore e d'accordo e non c'erano stati scontri.

Beh, se si escludeva Zephyr, che aveva fatto il diavolo a quattro per non farsi prendere e portare alla pensione per gatti per la durata della vacanza. Vale aveva ancora un graffio sull'avambraccio e un morso sulla mano a causa di quella lotta, ma Urho l'aveva medicato e Jason ogni sera gli applicava il farmaco che gli era stato prescritto.

«Sei emozionato al pensiero di riprendere a insegnare, il prossimo autunno?» chiese Rosen.

«Oppure sei diventato troppo pigro e viziato per colpa delle continue attenzioni di Jason?» aggiunse Yosef.

Vale rise, affondando le dita dei piedi nella sabbia. «Devo ammettere che, quando me lo hanno imposto, non avrei mai creduto di godermi così tanto il mio periodo sabbatico, ma sì… non vedo l'ora di riprendere a insegnare. Non sono per nulla impaziente, però, di sorbirmi il tormento da parte dei miei studenti sul fatto che un loro compagno di corso sia il mio Alpha.»

Xan sbuffò, mostrando che stava ascoltando pur non partecipando alla conversazione. «Già, buona fortuna,» mormorò.

«Mi stavo chiedendo come se la stia cavando Miner,» continuò Yosef, mentre indicava a Rosen un punto sul suo fianco che aveva dimenticato di spalmare con l'aloe.

«Piuttosto bene. Che ci si creda o no, va ancora in calore. Non è proprio la stessa cosa, dopo l'operazione, ma gli ormoni che lo inducono sono ancora attivi. Finalmente possono rilassarsi e goderselo senza alcuna preoccupazione, poiché Miner non ha più un utero che possa accogliere un figlio.»

«È fantastico.»

«Jason dice che lui e Yule sono più felici di quanto lo siano stati da anni, e io gli credo. Si comportano come se fossero in luna di miele.» Vale fece scivolare la mano verso il basso, grattandosi la peluria sotto l'ombelico. Una parte di lui ancora si struggeva dal desiderio di avere un figlio da Jason, ma non temeva più che il suo Alpha lo avrebbe odiato perché non poteva farlo. Il modo adorante con cui Jason si prendeva cura di lui sotto ogni aspetto, fisico, emotivo e finanziario, aveva fatto sparire del tutto la sua paura. L'aveva annientata.

«Xan!» chiamò Jason. «Vieni qui!» fece cenno all'amico di raggiungerlo. Il sole illuminava i suoi capelli e lo faceva sembrare un angelo inviato dal Sacro Lupo.

Xan si alzò ed entrò in mare, schizzando Urho e Jason. Vale sorrise nell'udire la risata di Jason riecheggiare dall'acqua dritta al suo cuore.

L'Omega inghiottì la propria gratitudine, come se la gioia avesse formato un nodo che gli ostruiva la gola, poi si allungò ancora di più sulla sdraio e lasciò che il sole gli scaldasse il petto e le braccia nude. Chiuse gli occhi, sentendosi al sicuro tra le persone che amava. Il suono delle onde e la brezza fresca si riversavano su di lui, cullandolo. Felice, si appisolò, per poi svegliarsi con un sussulto quando Jason crollò sopra di lui, freddo e bagnato dato che era appena uscito dall'oceano.

«Sveglia, piccolo. Vieni a nuotare con me, l'acqua è perfetta.» Lo baciò sulla bocca. «Perfetta proprio come te.»

Vale rise e si aggrappò a quella felicità senza lasciarla più andare, mentre si tuffava verso il suo futuro, nell'azzurro cristallino del mare.

FINE

Calore proibito (Calore d'amore Vol. 2)

Un giovane Alpha disperato. Un Alpha più grande di lui e con il complesso dell'eroe. Un insopprimibile amore proibito.

Il giovane Xan Heelies sa che non potrà mai avere ciò che davvero desidera: un'appassionata storia d'amore a lieto fine con un altro Alpha. Non solo è vietato dalla fede vigente, è persino illegale. Rassegnato a un triste futuro, Xan stipula un legame a contratto con Caleb, un Omega asessuale e aromantico, che richiede a sua volta esigenze speciali. La loro amicizia è un conforto, ma Xan nutre il desiderio bruciante di ricevere l'amore e il dominio sessuale di un altro Alpha.

Urho Chase è un Alpha di mezza età con un doloroso passato. Prudente, controllato e risoluto, viene considerato vecchio stampo e serioso dai suoi amici. Quando Urho scopre un pericoloso e inatteso lato della vita di Xan, il suo mondo viene scosso e il desiderio lo consuma. Le meticolose cuciture che lo hanno tenuto in piedi dopo la perdita del suo Omega e di suo figlio cedono... e cede anche lui.

Ma per amarsi e costruire una vita insieme, Xan e Urho rischiano la rovina totale. Con l'accettazione e il supporto di Caleb, dovranno trovare la forza di affrontare il pericolo e costruire la famiglia che meritano.

Libro 2.5 della serie Calore d'amore

Calore pericoloso (Calore d'Amore Vol. 2.5)

di Leta Blake

Jason e Vale tornano in questa novella ambientata nell'universo di Calore d'amore!

Una gita romantica prende una piega drammatica quando Vale viene colto da un calore inatteso, costringendo Jason ad agire. La conseguente gravidanza mette Vale in pericolo e terrorizza Jason, ma con l'aiuto degli amici e della famiglia, i due scelgono di affrontare il loro futuro incerto. Insieme troveranno tutto l'amore, la gioia e il calore di cui hanno bisogno per superare le avversità!

Sebbene questa storia sia incentrata sui protagonisti di *Calore inatteso*, può essere meglio apprezzata se letta subito dopo *Calore proibito*, poiché si svolge in contemporanea alle vicende in esso narrate.

Calore amaro (Calore d'Amore Vol. 3)

Un Omega incinto, intrappolato in una situazione disperata. Un Alpha senza legami e con tanto da dimostrare. E un amore inaspettato che potrebbe salvare entrambi.

Kerry Monkburn è vincolato da un contratto a un violento Alpha, in prigione per crimini brutali. Rimasto incinto, Kerry si è rifugiato sulle montagne, ben lontano dalla città che un tempo lo ha sedotto con promesse di una vita migliore. Schiacciato da amarezza e paura, accarezza l'idea di porre fine a una vita di oscurità, ma il destino si mette in mezzo.

Janus Heelies ha commesso degli errori in passato. Per cercare di redimersi, ha fatto dell'integrità il suo motto per il futuro. Mentre fa un tirocinio da infermiere con l'unico dottore disposto ad assumerlo, Janus è deciso nel suo proposito: vivrà in modo retto sulle montagne ed eviterà qualsiasi relazione inappropriata. Ma non ha previsto l'attrazione che Kerry esercita sul suo cuore e sulla sua mente.

Quando l'incertezza sulla futura salute e sicurezza di Kerry giunge a un esplosivo culmine, solo l'intervento del destino potrà guidare questi due uomini disperati verso un lieto fine.

Gay Romance Newsletter

La newsletter di Leta ti permetterà di essere aggiornato sulle sue ultime pubblicazioni e sulle novità nel mondo del romance MM. Iscriviti subito.

letablake.com

Notiziario in lingua italiana

a newsletter dedicata agli avvisi e alle informazioni sui libri di Leta Blake in lingua italiana.

letablake.com

Altri libri di Leta Blake

In ogni singola vita
Cuore di ghiaccio
Un fiume in piena
Smoky Mountain Dreams
Angelo imperfetto
Un uomo fortunato
Le differenze

The Training Season Series
Training Season. La stagione dell'allenamento
Training Complex. Il complesso dell'allenatore

Home for the Holidays
Cuore di ghiaccio
La lista dei cattivi

Serie Calore d'amore
Calore inatteso
Calore proibito
Calore amaro

'90s Coming of Age Series
Ritratti di te
Tu non sei me

Leta Blake e Indra Vaughn
Vespertine
Cowboy cerca marito

Leta Blake su Patreon

Unisciti al gruppo dei sostenitori di Leta Blake su Patreon per avere accesso a contenuti esclusivi in lingua inglese: scene extra, scene eliminate, racconti inediti, premi, interviste e altro ancora.

www.patreon.com/letablake